**UMA HISTÓRIA DE AMOR
REAL E SUPERTRISTE**

Gary Shteyngart

UMA HISTÓRIA DE AMOR REAL E SUPERTRISTE

Tradução de
Antônio E. de Moura Filho

Título original
SUPER SAD TRUE LOVE STORY

Esta é uma obra de ficção. Nomes, personagens, lugares e incidentes são produtos da imaginação do autor ou foram usados de forma fictícia. Qualquer semelhança com pessoas reais, vivas ou não, acontecimentos ou localidades é mera coincidência.

Copyright © 2010 by Gary Shteyngart

Edição brasileira publicada mediante acordo com a Random House, um selo da The Random House Publishing Group, uma divisão da Random House, Inc.

Direitos para a língua portuguesa reservados com exclusividade para o Brasil à
EDITORA ROCCO LTDA.
Av. Presidente Wilson, 231 – 8º andar
20030-021 – Rio de Janeiro – RJ
Tel.: (21) 3525-2000 – Fax: (21) 3525-2001
rocco@rocco.com.br
www.rocco.com.br

Printed in Brazil/Impresso no Brasil

preparação de originais
MAIRA PARULA

CIP-Brasil. Catalogação na fonte.
Sindicato Nacional dos Editores de Livros, RJ.

S564h Shteyngart, Gary, 1972-
Uma história de amor real e supertriste/Gary Shteyngart; tradução de Antônio E. de Moura Filho. – Rio de Janeiro: Rocco, 2011.
14x21cm

Tradução de: Super sad true love story.
ISBN 978-85-325-2660-1

1. Romance norte-americano. I. Moura Filho, Antônio E. de. II. Título.

11-2623
CDD–813
CDU–821.111(73)-3

**UMA HISTÓRIA DE AMOR
REAL E SUPERTRISTE**

NÃO ENTRES DOCILMENTE!
DO DIÁRIO DE LENNY ABRAMOV

1º DE JUNHO
Roma – Nova York

Querido diário,

Hoje tomei uma decisão importantíssima: *não morrerei jamais*. Os outros ao meu redor, sim. Todos virarão pó. De suas personalidades nada restará. As luzes se apagarão. Suas vidas, suas passagens por aqui ficarão registradas no mármore polido das lápides, resumidas em lindas frases mentirosas ("foi uma mulher iluminada", "um ser inesquecível", "apreciador de jazz"), e essas, por sua vez, igualmente desaparecerão, carregadas por um tsunami ou transformadas em picadinhos pelos perus geneticamente modificados do futuro.

Não caia nessa história de que a vida é uma viagem. Viagem é um processo que sempre acaba em *algum* lugar. Quando pego o trem 6 para encontrar-me com a assistente social, isso é uma viagem. Quando cruzo o oceano Atlântico neste avião capenga da UnitedContinentalDeltamerican que não para de chacoalhar e peço ao piloto que, pelo amor de Deus, volte direto a Roma, onde eu possa cair nos bracinhos finos de Eunice Park, *isso sim* é uma viagem.

Mas espere aí. Não é só isso, é? Não podemos nos esquecer de nosso legado. Uma vez que nossa prole permanece viva, nela permanecemos vivos! O ritual de passagem do DNA, os cachinhos da mamãe, o lábio inferior do vovô, *ah, eu acredito que as crianças são o nosso futuro*. Tirei essa frase daquela canção "The Greatest Love of All", da diva pop dos anos 1980, Whitney Houston, faixa nove de seu primeiro LP epônimo.

Quanta baboseira! As crianças são nosso futuro somente no sentido mais restrito e transitivo. São nosso futuro até a hora em que também morrem. O verso logo a seguir, que fala de ensiná-las bem e deixá-las seguir o próprio caminho, sugere que o adulto abra mão de sua individualidade em favor das gerações futuras. A frase "Eu vivo pelos meus filhos", por exemplo, equivale a admitir que a pessoa está prestes a morrer e que sua vida praticamente já era. Seria mais correto então dizer: "Estou, aos poucos, morrendo pelos meus filhos."

Ah, mas o que são nossos filhos? Tão adoráveis e vigorosos em sua juventude; não sabem o que é mortalidade; rolam pela grama igualzinho a Eunice Park, com suas perninhas brancas; um bando de veadinhos, doces veadinhos, todos eles, brilhando em sua onírica plasticidade, juntos com a natureza aparentemente simples de seu mundo.

E, então, passado rapidamente quase um século, lá estão eles, doentes terminais, babando em uma enfermeira mexicana num hospital de quinta, no Arizona.

Pó. Sabia que toda morte tranquila de causas naturais aos 81 anos de idade é uma tragédia sem precedentes? Todos os dias, pessoas, indivíduos – *americanos*, para que você consiga sentir o drama – caem em campos de batalha e jamais se levantam. Deixam de existir. São personalidades complexas cujos córtices cerebrais cintilam entre mundos que vêm e vão, universos que deixariam nossos ancestrais – aqueles pastorezinhos comedores de figo – de queixo caído. Ninguém dá valor a esses deuses menores, que transbordam amor e generosidade, gênios anônimos, divindades da criação que se levantam às seis e quinze da matina, ligam a cafeteira, rezam em silêncio, rogando para que vivam e acordem no dia seguinte e no dia que segue e que possam estar lá para ver Sarah se formar, e então...

Pó.

Mas comigo vai ser outra história, querido diário. Diário sortudo. Diário indigno. A partir de hoje, você testemunhará a maior aventura já vivida por um cara nervoso, medíocre, de 1,75 de altura, 80 quilos, com um índice de massa corporal ligeiramente perigoso de 23.9. Por que "a partir de hoje"? Porque ontem conheci Eunice Park, que vai me manter vivo para sempre. Olhe bem para mim, diário. O que vê? Um sujeito insignificante, com um rosto cinza que mais parece um couraçado afundado, olhos úmidos, curiosos, uma enorme testa reluzente na qual uma dúzia de homens das cavernas poderia ter pintado algo bacana, um nariz torto logo acima de uma boca minúscula e franzida e, visto por trás, um sinal de calvície cada vez maior, formando uma clareira no formato do estado de Ohio, com a capital, Columbus, marcada por um sinal de nascença. *Insignificante*. Insignificância é minha maldição em todos os sentidos. Um corpo mais ou menos em um mundo onde só serve um corpo que seja escultural. Um corpo de 39 anos cronológicos, todo ferrado de tanto colesterol ruim, excesso de hormônio adrenocorticotrófico, uma porrada de coisas que acaba com o coração, faz picadinho do fígado e explode toda esperança. Uma semana atrás, quando Eunice ainda não me dera motivo para viver, você não me teria notado, diário. Uma semana atrás, eu não existia. Uma semana atrás, em um restaurante em Turim, eu me aproximei de um cliente potencial, um HNWI (Indivíduo de Alto Patrimônio Líquido). Ele tirou os olhos do seu *bollito misto*, olhou-me de relance, ocupou-se novamente de sua fervilhante suruba de sete carnes e sete legumes, ergueu a cabeça de novo e, *mais uma vez*, passou os olhos rapidamente por mim; ou seja, nem é preciso explicar que, para chamar a atenção de um membro da alta sociedade, preciso, em primeiro lugar, acertar um alce dançarino com uma flecha de fogo ou levar um chute no saco de um chefe de Estado.

Mesmo assim, Lenny Abramov, este humilde autor de diários, este zé-ninguém, viverá para sempre. A tecnologia está praticamente aí. Como Coordenador do Projeto Amantes da Vida (Nível G) da divisão Serviços Pós-humanos da Staatling-Wapachung Corporation, serei o primeiro a beneficiar-me dela. Preciso apenas ser bom e acreditar em mim mesmo. Só preciso ficar longe das gorduras trans e da birita. Tenho apenas de beber baldes de chá verde e água alcalinizada e submeter meu genoma às pessoas certas. Precisarei regenerar meu fígado combalido, substituir todo o meu sistema circulatório por "sangue inteligente" e encontrar um lugar seguro e aconchegante (mas não aconchegante demais) para passar os períodos de raiva e os holocaustos. E, quando a terra expirar, o que certamente acontecerá, partirei para uma nova terra, ainda mais verde, porém com menos alergênicos; e, no florescer de minha inteligência, uns 1.032 anos depois, quando nosso universo resolver virar pó, minha personalidade saltará em um buraco negro e entrará numa dimensão de maravilhas inimagináveis, onde o que me sustentava na Terra 1.0 – *tortelli lucchese*, sorvete de pistache, os primeiros álbuns do Velvet Underground, a pele macia e bronzeada esticada por sobre a arquitetura barroca de uma bunda de vinte e poucos anos – parecerá tão ridículo e infantil quanto jogos de encaixe, papinha de bebê e brincar de Siga o Mestre.

É verdade: não morrerei nunca, *caro diario*. Nunca, nunca, nunca, nunca. Se duvidar de mim, você acabará no inferno.

Ontem foi meu último dia em Roma. Levantei-me por volta das onze, caffè macchiato no bar que serve o melhor brioche de mel, o filho do vizinho, um garoto de dez anos, antiamericano, gritando para mim da janela: "Abaixo a globalização!", toalha quentinha de algodão ao redor do pescoço, carregando a culpa de não ter movido uma palha, meu äppärät tocando feito louco, eram contatos, dados, fotos, projeções, mapas, rendimentos, som e fúria. E mais um dia de início do verão se passava, as ruas encarregadas do meu destino envolvendo-me em sua fornalha eterna.

Acabei onde sempre acabo. Ao lado do edifício mais belo da Europa. O Panteão. As formas redondas perfeitas; o peso do domo erguido sobre um dos ombros, suspenso no ar com gélida precisão matemática; o óculo deixando a chuva e o sol de Roma entrar; o frescor e a sombra que, no entanto, prevalecem. Nada consegue ofuscar o Panteão! Nem a espalhafatosa restauração religiosa (é oficialmente uma igreja). Nem mesmo os americanos gordos, agarrados ao seu último euro, buscando abrigo sob o pórtico. Nem os italianos dos tempos modernos brigando e bajulando do lado de fora, os rapazes tentando traçar as moças, scooters roncando sob pernas cabeludas, famílias de várias gerações, todas explodindo em acne. Não, esta aqui é a lápide mais gloriosa já erguida para a raça humana. Quando a terra se acabar, deixando-me para trás vivinho, partirei deste útero familiar levando a lembrança deste monumento. Atribuirei a ele um código binário para exibi-lo no universo. Vejam o que o homem primitivo construiu! Vejam seu primeiro desejo de imortalidade, sua disciplina, seu desprendimento.

Meu último dia em Roma. Tomei o macchiato. Comprei um desodorante caro, talvez antevendo o amor. Tirei uma soneca de três horas, levemente hedonista, sob o brilho ridículo de meu apartamento privado de luz solar. Então minha amiga Fabrizia deu uma festa na qual conheci Eunice.

Espere, não. Não é bem isso. A cronologia não está certa. Estou mentindo para você, diário. Mal cheguei à página 7 e já estou mentindo. Algo terrível aconteceu antes da festa de Fabrizia. Tão terrível que acho melhor não falar sobre isso, pois quero que você seja um diário *positivo*.

Fui à embaixada americana.

Não foi ideia minha. Um amigo, Sandi, disse-me que se a gente passar mais de 250 dias no exterior e não se apresentar ao Bem-Vindo de Volta, Parceiro, o Programa oficial de reentrada do Cidadão nos Estados Unidos, quando chega ao JFK é preso por subversão e vai parar em uma "unidade de escaneamento da segurança" – ou sei lá como se chama esse troço –, no norte de Nova York.

Como Sandi é superantenado – trabalha com moda –, resolvi seguir o conselho que, aliás, foi dado com toda ênfase – e cafeína – do mundo e rumei para Via Veneto, onde o palácio de cor clara da embaixada de nosso país jaz imponente atrás de um fosso construído há algum tempo. Não há tanto tempo assim, eu diria. Segundo Sandi, o falido Departamento de Estado acabou de vender tudo para a StatoilHydro, a petrolífera estatal norueguesa, e, quando cheguei a Via Veneto, as árvores e os arbustos do enorme complexo já estavam ganhando formas esguias e indecifráveis para agradar aos novos proprietários. Furgões blindados percorriam a área e, lá de dentro, vinha o som da máquina de picar papel, pelo jeito trabalhando a todo vapor.

Praticamente não havia ninguém na fila para pegar o visto. Só os mais tristes e necessitados albaneses ainda queriam emigrar para os Estados Unidos, e aquele grupo solitário foi logo demovido da ideia por um cartaz que exibia uma pequena lontra destemida de sombreiro tentando pular sobre um bote lotado com a seguinte legenda: "O barco está cheio, amigo."

Dentro, uma gaiola de proteção improvisada, um homem mais velho atrás do plexiglas gritou alguma coisa incompreensível para mim, enquanto eu agitava meu passaporte para ele. Uma filipina competente, indispensável nesses locais, finalmente apareceu e indicou-me um corredor atravancado, cheio de tralhas, direto para um recinto que mais parecia uma sala de aula de escola pública, com as paredes desbotadas, decoradas com o tema Bem-Vindo de Volta, Parceiro. A lontra mexicana da campanha "O barco está cheio" ali era americanizada (o sombreiro substituído por uma bandana vermelha, azul e branca ao redor do pescocinho peludo), montada num cavalo com cara de pateta, os dois galopando rumo a um escaldante sol nascente, muito provavelmente asiático.

Uns seis compatriotas meus estavam sentados atrás de mesas velhas, falando coisas incompreensíveis nos seus respectivos äppärät. Sobre uma cadeira vazia, um fone de ouvido largado e um cartaz dizendo: COLOQUE O FONE, PONHA O ÄPPÄRÄT SOBRE A MESA E DESABILITE TODAS AS CONFIGURAÇÕES DE SEGURANÇA. Segui as instruções. Uma versão eletrônica de "Pink Houses", de John Cougar Mellencamp ("Ain't that America, somethin' to see, baby!"), berrou em meu ouvido e, em seguida, apareceu na tela uma versão em pixels da lontra destemida, carregando nas costas as letras SAR, que desapareceram formando a legenda brilhante: "Secretaria Americana de Restauração."

A lontra ficou sobre as patas traseiras e ajeitou-se, espanando-se.

– E aí, parceiro! – exclamou; era uma lontra macho. – Meu nome é Jeffrey Otter e *aposto* que seremos amigos!

Fui tomado pela sensação de perda e solidão.

– Oi – respondi. – Oi, Jeffrey.

– E aí, cara! Agora vou fazer umas perguntinhas para efeitos estatísticos, OK? Se não quiser responder a alguma pergunta, é só dizer "Não quero responder a essa pergunta". Lembre-se: estou aqui para *ajudá-lo*! OK? Vamos começar com perguntas simples. Diga seu nome e o número de seu seguro social.

Olhei ao meu redor. Todos sussurravam com suas respectivas lontras.

– Leonard ou Lenny Abramov – murmurei seguido do número do seguro social.

– Oi, Leonard ou Lenny Abramov, 205-32-8714. Em nome da Secretaria Americana de Restauração, gostaria de anunciar que é um prazer tê-lo de volta ao *novo* Estados Unidos da América. Seja bem-vindo! O mundo que se prepare! Agora ninguém nos segura!

Um acorde de "Ain't No Stoppin' Us Now", sucesso de McFadden e Whitehead, retumbou em meu ouvido.

– Bem, agora me conte, Lenny. Por que saiu do nosso país? Trabalho ou lazer?

– Trabalho – respondi.

– O que você *faz*, Leonard ou Lenny Abramov?

– Mmmm. Prorrogação Indefinida de Vida.

– Você disse *provocação feminina devida*. Correto?

– *Prorrogação Indefinida de Vida* – corrigi.

– Qual a sua pontuação de Crédito, Lenny ou Leonard, numa escala de até mil e seiscentos?

– Mil, quinhentos e vinte.

– Muito bom. Você deve saber como abocanhar toda essa grana. Tem dinheiro no banco, trabalha com "provocação feminina devida". Agora, *devo* perguntar, você é membro do Partido Bipartidário? Se for, gostaria de receber em seu äppärät nosso informativo semanal, o "Ain't No Stoppin' Us"? Nele encontrará várias dicas de como se ajustar neste novo país e valorizar mais seu dinheiro.

– Não sou bipartidário, mas quero receber seu informativo sim. – Não quis que ele insistisse.

– Beleza! Acabamos de cadastrá-lo. Diga, Lenny ou Leonard, conheceu alguns estrangeiros interessantes durante sua estada no exterior?

– Conheci.

– Que tipo de gente?

– São italianos.

– Você disse "somalianos".

– São italianos – repeti.

– Você disse "somalianos" – insistiu a lontra. – Os americanos se sentem solitários no exterior, sabe como é. É muito comum! É por isso que nunca saio do cantão onde nasci. Pra quê? Diga, para efeitos estatísticos, você teve algum relacionamento íntimo com algum *não* americano durante o tempo em que morou no exterior?

Olhei fixamente para a lontra, com as mãos trêmulas sob a mesa. Será que fizeram essa pergunta para todo mundo? Eu não queria acabar numa "unidade de escaneamento" no norte de Nova York só porque trepei com Fabrizia e tentei afogar minha solidão e minha inferioridade dentro dela.

– Tive. Uma garota só. Transamos algumas vezes.

– E qual era o nome completo dessa *não* americana? O sobrenome primeiro, por favor.

Eu pude ouvir um cara de rosto quadrado, tipicamente britânico, parcialmente escondido por uma farta juba, sentado algumas mesas adiante, sussurrando nomes italianos no seu äppärät.

– Ainda estou aguardando o nome, Lenny ou Leonard – disse a lontra.
– DeSalva, Fabrizia – sussurrei.
– Você disse "DeSalva...".

Foi então que a lontra emudeceu entre um nome e outro e meu äppärät começou a fazer aquele barulho que faz quando está "pensando muito", um disco girando desesperadamente dentro de sua casca de plástico duro, os circuitos caquéticos sobrecarregados pela lontra e suas palhaçadas. Na tela surgiram as palavras ERROR CODE IT/FC-GS/FLAG. Levantei e fui até a cabine de segurança.

– Com licença – disse, inclinando-me em direção à abertura circular no guichê. – Meu äppärät ficou mudo. A lontra parou de falar comigo. Poderia pedir àquela filipina simpática que me desse uma ajuda?

A velha criatura a cargo do posto disse coisas incompreensíveis, as estrelas e as listras nas lapelas da camisa tremulando. Só entendi "espere" e "representante".

Uma hora se passou em metrônomo burocrático. Os funcionários de uma transportadora carregavam uma estátua dourada, do tamanho de um homem, da águia E Pluribus Unum, símbolo de nossa nação, e uma mesa de jantar sem três pernas. Finalmente, uma mulher branca, já de certa idade, calçando sapatos ortopédicos enormes, entrou no corredor pisando forte. Tinha um nariz tripartite magnífico, mais romano do que qualquer probóscide já vista ao longo das margens do Tibre, e o tipo de óculos imenso e cor-de-rosa que associei à gentileza e saúde mental progressiva. Os lábios finos tremiam pelo contato diário com a vida e os lóbulos ostentavam argolas prateadas um tanto grandes demais.

Fisicamente, lembrava-me Nettie Fine, uma mulher que eu não via desde que terminei o ensino médio. Foi a primeira pessoa a receber meus pais no aeroporto, quando vieram de Moscou para a América, quatro décadas atrás, à procura de dólares e de Deus.

Foi a "mãe" americana que os acolheu, a voluntária que carregava as panquecas de batata para a sinagoga, que arranjou aulas de inglês, herdou as sobras de mobília. Na verdade, o marido de Nettie trabalhara em Washington, no Departamento de Estado. Bem, antes de eu ir para Roma, minha mãe me disse que ele estava alocado numa certa capital europeia.

– Dona Fine? A senhora é Nettie Fine? – indaguei.

Senhora? Eu fora criado para idolatrá-la, mas tinha medo de Nettie Fine. Ela acompanhara minha família em sua pior fase, em toda sua pobreza e vulnerabilidade (meus velhos tinham imigrado para os Estados Unidos literalmente com a roupa do corpo). No entanto, essa doçura de mulher mostrou-me nada além de amor incondicional, um tipo de amor que me arrebatou e fez-me sentir fraco e esgotado, lutando contra uma corrente cuja origem eu não conseguia identificar. Num piscar de olhos, ela já estava a abraçar-me, ralhando comigo por não tê-la visitado antes; quis saber o porquê de minha repentina aparência mais velha. Entre outras manifestações de histeria judaica, seguiu-se:

– Mas estou à beira dos 40, Dona Fine.

– Ah, como o tempo passa, Leonard!

Acabei descobrindo que ela fora contratada pelo Departamento de Estado, para auxiliar no programa de reentrada.

– Não me entenda mal. Minha função aqui é atendimento ao cliente. Respondo a perguntas, não as faço. É por conta da Secretaria de Restauração.

Então, inclinando-se em minha direção, falou baixinho, deixando que seu hálito de alcachofra suavemente me afagasse o rosto:

– O que *aconteceu* conosco, Lenny? Tenho em minha mesa relatórios que me dão vontade de chorar. Os chineses e os europeus vão se separar de nós. Não tenho muita certeza do que isso significa, mas coisa boa é que não é. Vamos deportar todos os imigrantes que tenham pouco Crédito. Nossos rapazes, coitadinhos, estão sendo *massacrados* na Venezuela. Desta vez, acho que não vamos sair dessa.

– Não, Dona Fine, vai dar tudo certo. A América continua sendo única.
– E esse tal de Rubenstein? Trambiqueiro! Acredita que ele é um dos *nossos*?
– Um dos nossos?
Sussurro quase inaudível:
– *Judeu*.
– Na verdade, meus pais adoram Rubenstein – disse, referindo-me ao nosso arrogante, mas malsucedido secretário de Defesa. – Passam o tempo todo em casa assistindo ao FoxLiberty-Prime e ao FoxLiberty-Ultra.
A sra. Fine fez cara feia. Ajudara a integrar meus pais à vida americana, ensinou-os a lavar a boca e a remover manchas de suor, mas acabou enojada pelo conservadorismo judaico-soviético que lhes era inato.

Ela me viu nascer, no tempo em que os Abramov moravam no Queens, num apartamento térreo – com quintal – que hoje só traz nostalgia, mas que nunca deve ter sido lá um local cheio de vida e alegria mesmo. Meu pai trabalhava como zelador num laboratório do governo em Long Island, um emprego que viabilizou nosso sustento com carne de porco enlatada durante os meus dez primeiros anos de vida. Quando nasci, minha mãe foi promovida de escrevente/datilógrafa a secretária na cooperativa de crédito, onde aprendeu, a duras penas, o pouco inglês que sabe; de uma hora para outra, lá estávamos nós a caminho da classe média-baixa. Naquela época, meus pais me levavam para passear num Chevrolet Malibu Classic enferrujado mostrando-me bairros mais pobres que o nosso; ríamos daquela gente estranha e maltrapilha, de pele escura, andando de sandálias, e assim ensinavam-me o peso do fracasso na América. Quando contaram à sra. Fine sobre nossas incursões pelos bairros miseráveis de Corona e pelas áreas mais seguras de Bed-Stuy, a amizade entre eles começou a estremecer. Lembro-me de meus pais procurarem a palavra "cruel" no dicionário inglês-russo, apavorados com o fato de nossa "mãe" americana achar isso de nós.

– Conte-me tudo – disse Nettie Fine. – O que faz em Roma?
– Trabalho com economia criativa – respondi todo orgulhoso.
– Prorrogação Indefinida de Vida. Ajudaremos as pessoas a viver para sempre. Estou procurando HNWIs europeus, quer dizer, Indivíduos de Alto Patrimônio Líquido, nossos potenciais clientes. Nós os chamamos de "Amantes da Vida".
– Que máximo! – exclamou a sra. Fine. Apesar de não entender nada do que eu acabara de dizer, aquela mulher, mãe de três rapazes gentis, todos formados pela Universidade da Pensilvânia, só conseguia sorrir e incentivar, sorrir e incentivar. – Parece... excelente!
– E é mesmo, mas acho que estou tendo problemas por aqui.
Então contei-lhe o que acabara de ocorrer.
– Creio que a lontra acha que andei saindo com somalianos. O que eu disse foi "são italianos".
– Deixe-me dar uma olhada em seu äppärät, filho.
Ao levantar os óculos, a sra. Fine deixou à mostra as leves rugas de seus sessenta e poucos anos que lhe conferiam o aspecto que sempre devia ter tido, desde o dia em que nasceu: um aspecto de conforto.
ERROR CODE IT/FC-GS/FLAG
Ela suspirou.
– Poxa vida! Você entrou na lista negra.
– Mas por quê? – gritei. – O que foi que eu fiz?
– Shhhh. Deixe-me reiniciar o äppärät. Vamos tentar mais uma vez.
Apesar das inúmeras tentativas, a mesma imagem congelada da lontra aparecia com a mensagem de erro.
– Quando isso aconteceu? O que essa *coisa* estava lhe perguntando?
Hesitei, sentindo-me mais despido ainda na frente da nativa que salvou minha família.
– Perguntou o nome da italiana com quem eu tinha mantido relações.

– Vamos recapitular desde o início – disse Nettie, sempre solucionando problemas. – Quando a lontra pediu-lhe que fizesse a assinatura daquele troço, o "Ain't No Stoppin' Us Now!", você fez?
– Fiz.
– Bom. E qual a sua pontuação de Crédito?
Informei.
– Ótimo. Creio que não haja motivos para se preocupar. Caso o detenham no JFK, diga que me conhece e peça-lhes que entrem em contato comigo *imediatamente*.
Ela então inseriu suas coordenadas em meu äppärät. Ao me abraçar, sentiu meus joelhos tremendo de medo.
– Oh, meu bem – disse, com uma lágrima tépida escorrendo pela face e passando para a minha. – Não se preocupe. Vai dar tudo certo. Um homem como você. Economia criativa. Só espero que a pontuação de Crédito de seus pais esteja alta. Vieram lá da Rússia para os Estados Unidos e para quê? *Para quê?*
Só que eu *estava* preocupado. E não era para estar? Recebi um alerta de uma lontra desgraçada! Jesus! Disse para mim mesmo: relaxe, aproveite as últimas vinte horas deste idílio europeu que já dura um ano e, se possível, tome um porre de Montepulciano tinto e rascante.

Minha última noite em Roma começou como de hábito, caro diário. Mais uma orgia meia-boca na casa de Fabrizia, a mulher com quem eu tivera relações. Estou meio cansado dessas orgias. Como todo nova-iorquino, sou apaixonado por imóveis: em Turim, adoro aqueles apartamentos do final do século XIX da Piazza Vittorio, enorme e coberta de palmeiras, com vista ensolarada para as verdejantes Colinas Albanas. Na última noite que passei na casa de Fabrizia, o monte de quarentões que era esperado apareceu, os ricos filhos de diretores da Cinecittà que atualmente são roteiristas ocasionais da Rai (outrora a maior rede de televisão da Itália), mas, em sua maioria, esbanjadores da minguante fortuna dos pais. É isso que admiro nos jovens italianos: o gradativo declínio da ambição, o reconhecimento de que o melhor ficou no passado. (Alguma Whitney Houston italiana deve ter cantado "Acredito que os *pais* são nosso futuro".) Nós, americanos, temos muito que aprender com sua elegante decadência.

A presença de Fabrizia sempre me intimidou. Sei que ela só gosta de mim porque sou "divertido" e "engraçado" (leia-se semita) e porque faz muito tempo que um macho local não aquece sua cama. Porém, agora que eu a entreguei para a lontra da Secretaria Americana de Restauração, temo que haja consequências para ela no futuro. O governo italiano é o único da Europa ocidental que ainda baba nosso ovo.

Bem, mas a questão é a seguinte: Fabrizia não desgrudou de mim a festa inteira. Primeiro, ela e uma gorda – uma cineasta inglesa – revezaram-se na tarefa de beijar-me as pálpebras. Depois, esparramada no sofá, enquanto travava uma daquelas conversas italianas superinflamadas no äppärät, abriu as pernas, deixando à mostra a calcinha neon e os pentelhos grossos, típicos das mulheres do Mediterrâneo. Interrompeu o gemido sensual e a digitação alucinante para me dizer em inglês:

– Você não era assim tão decadente quando te conheci, Lenny.

– Estou tentando – respondi.

– Tente com mais vontade – acrescentou, fechando as pernas num estalo, o que me matou. Em seguida, voltou à discussão no äppärät.

Bateu uma vontade de apalpar mais uma vez aqueles lindos seios quarentões. Fiz mais alguns movimentos lentos e giratórios em sua direção, batendo os cílios (quer dizer, pisquei feito louco), tentando, com uma dose de ironia da Costa Leste, parecer com uma daquelas atrizes gostosas da Cinecittà dos anos de 1960. Fabrizia retribuiu as piscadelas e enfiou a mão na calcinha. Minutos depois, abrimos a porta do quarto e demos de cara com seu filho de três anos escondendo-se sob o travesseiro, envolto numa nuvem de fumaça que vinha dos cômodos principais.

– Puta merda! – exclamou Fabrizia, ao ver o pequenino asmático engatinhando sobre a cama, em sua direção.
– *Mama* – murmurou o menino. – *Aiuto me.*
– Katia! – gritou ela. – *Puttana!* Era para ela tomar conta dele. Fique aqui, Lenny.
Então saiu à procura da babá ucraniana, o menininho tropeçando em meio ao rastro de fumaça hollywoodiano que a seguia.

Entrei no corredor que parecia a sala de desembarque do Aeroporto Fiumicino, com alguns casais se encontrando, outros chegando juntos, entrando e saindo dos quartos, ajeitando blusas, afivelando cintos, separando-se. Peguei meu äppärät datado, com seu acabamento retrô cor de nogueira e a tela empoeirada piscando com dados lentos, tentando descobrir se havia algum Indivíduo de Alto Patrimônio Líquido ali presente – última chance de arrumar novos clientes para meu chefe, Joshie, depois de ter encontrado um expressivo total de *um* cliente durante o ano todo –, mas não achei nenhum rosto famoso a ponto de registrar na minha tela. Um sujeito midiadependente famoso, artista plástico bolonhês, emburrado e tímido pessoalmente, assistia à namorada azarando de forma ridícula um homem não tão bem-sucedido. "Trabalho um pouco, brinco um pouco", disse alguém em inglês com sotaque, seguido de uma risada feminina bonitinha e abafada. Uma americana recém-chegada, professora de ioga das estrelas, debulhava-se em lágrimas enquanto uma local, bem mais velha, espetava-lhe o peito com a unha pintada bem longa. A tal mulher a acusava pessoalmente pela invasão da Venezuela pelos Estados Unidos. Uma empregada entrou trazendo uma travessa grande com escabeche de anchovas. O homem calvo, conhecido como "Cancer Boy", acompanhava, desanimado, a princesa afegã por quem se apaixonou. Um ator da Rai, relativamente famoso, contava-me como engravidara uma garota de boa posição social no Chile e depois voltou para Roma antes que a lei chilena pudesse considerá-lo imputável. Quando um amigo napolitano chegou, disse:

– Com licença, Lenny, mas vamos precisar conversar em dialeto.

Continuei a esperar pela minha Fabrizia enquanto comia uma anchova, com a sensação de que, em Roma, não havia outro sujeito de 39 anos com tanto tesão quanto eu – uma característica digna de louvor. Talvez minha amante ocasional tivesse caído nos braços de outro durante nossa breve separação. Eu não tinha nenhuma garota esperando por mim em Nova York, tampouco a certeza de que lá ainda teria um emprego, depois de meus fracassos na Europa. Por isso, eu queria mesmo comer Fabrizia! Ela era a mulher mais macia que eu já havia tocado, os músculos movendo-se em algum lugar sob a pele, como uma engrenagem fantasma, e a respiração, como a do filho, fraca, mas intensa, de um jeito que, quando "fazia o amor" (palavras dela), parecia estar agonizando.

Avistei uma figura corriqueira em Roma, um velho escultor americano baixinho e de dentes podres que usava um cabelo à Beatles despenteado e gostava de mencionar sua amizade com o ator Bobby D., ícone de Tribeca. Inúmeras vezes enfiei aquele corpo gordo em um táxi, informando ao motorista seu endereço de prestígio na colina Gianicolo, entregando-lhe vinte de meus preciosos euros.

Quase não tinha notado a jovem em frente a ele, uma pequena coreana (já namorei duas antes, ambas deliciosamente insanas), com o cabelo arrumado num coque alto e provocativo que lhe conferia a vaga aparência de uma jovem Audrey Hepburn asiática. Tinha lábios carnudos e reluzentes e uma adorável, senão incongruente, camada de sardas sobre o nariz e não pesava mais do que 35 quilos, uma compacidade que me fez tremer com maus pensamentos. Fiquei pensando, por exemplo, se a mãe, provavelmente uma mulher minúscula e imaculada, imigrante ansiosa e de má religião, sabia que sua garotinha não era mais virgem.

– Ora, se não é o Lenny! – exclamou o escultor americano quando me aproximei para cumprimentá-lo. Era um Indivíduo de Alto Patrimônio Líquido, para dizer o mínimo, e eu já tinha tentado abordá-lo em diversas ocasiões. A jovem coreana olhou para mim com o que eu chamaria de falta de interesse (sua expressão normal já era de carranca), os punhos cerrados na frente do corpo. Pensei ter quebrado o clima entre os dois e estava prestes a pedir desculpas, mas o americano começou a nos apresentar.

– Esta é a linda Eunice Kim, de Fort Lee, Nova Jersey, aluna da Elderbird College, em Massachusetts – disse com aquele sotaque do Brooklyn, que ele julgava ser encantadoramente autêntico. – Euny está cursando história da arte.

– Eunice *Park* – corrigiu ela. – Não estudo história da arte. Nem sou mais universitária.

Fiquei feliz com a humildade dela, que me provocou uma firme e latejante ereção.

– Este é Lenny Abraham. Ele ajuda velhos corretores de valores a viver um pouco mais.

– Abramov – corrigi, fazendo uma subserviente reverência à jovem. Lembrei-me do copo de tinto siciliano em minha mão e bebi num só gole. Quando vi, estava com a camisa recém-lavada e o mocassim horroroso ensopados de suor. Peguei meu äppärät, abri-o com um gesto talvez considerado *au courant* uma década atrás, segurei-o na minha frente feito um idiota, coloquei-o de volta no bolso da camisa e em seguida peguei uma garrafa que estava próxima e enchi a taça mais uma vez. Coube a mim a tarefa de dizer algo impressionante a meu respeito.

– Trabalho com nanotecnologia e coisas do gênero.

– Como cientista? – indagou Eunice Park.

– Representante comercial, mais precisamente – irrompeu o escultor americano. Tinha a fama de ser competitivo quando o assunto era mulher. Na última festa, disputou com um jovem animador de Milão para ver quem ganhava um boquete de uma garota de 19 anos, prima de Fabrizia. Em Roma, a notícia causou o maior burburinho.

O escultor virou-se parcialmente em direção a Eunice, cobrindo a minha visão com o ombro gordo. Compreendi que o gesto era um sinal para que eu me retirasse, mas, sempre que eu tentava me afastar, ela dirigia-me o olhar, casualmente atirando-me uma corda salva-vidas. Talvez estivesse com medo do escultor, temendo acabar de joelhos num quarto mal iluminado.

Bebi muito, observando as várias tentativas do escultor para impressionar a completamente impassível Eunice Park.

– Então eu disse pra ela: "*Contessa*, você pode ficar na minha casa de praia em Puglia, até se reerguer." Não tenho tempo para a praia mesmo. Querem que eu comece a trabalhar em um projeto em Xangai. Seis milhões de iuans por duas peças. Isso dá quanto? Cinquenta milhões de dólares? Eu disse pra ela: "Não chore, *contessa*, sua velha espertinha. Eu mesmo vim do nada. Não tinha um centavo. Praticamente cresci no cais do porto, no Brooklyn. A primeira coisa de que me lembro foi um soco na cara. Pou!"

Senti pena do escultor não só porque duvidei de suas chances com Eunice Park, mas porque percebi que não tinha muito tempo de vida. Uma de suas ex-amantes contou-me que seu avançado diabetes quase lhe custou dois dedos do pé e o constante uso de cocaína estava afetando seu sistema circulatório já combalido pela idade. Em nossa área de negócios, nós o chamamos de IP, Impossível de Preservar: os sinais vitais muito fracos para intervenções atuais, os indicadores psicológicos mostrando "grande disposição/desejo de perecer". Ainda mais desesperadora era sua situação financeira. Estou citando diretamente de meu relatório para o chefe Joshie: "Renda anual 2,24 milhões de dólares, indexados ao iuan; obrigações, incluindo pensão alimentícia para ex-mulher e filhos, 3,12 milhões de dólares; bens para investimento (excluindo imóveis) 22 milhões em euros; imóveis, 5,4 milhões de dólares; total de dívidas, vultosos 12,9 milhões, não indexados." Ou seja, coisa de louco.

Por que fazer aquilo consigo mesmo? Por que não ficar longe das drogas e das moças exigentes, passar dez anos em Corfu ou Chiang Mai, esfriar o corpo com alcalinos e tecnologia inteligente, combater os radicais livres, manter a cabeça voltada para o trabalho, melhorar o portfólio de ações, tirar o pneu da barriga e deixar-nos dar um jeito naquele focinho de buldogue? O que prendia um escultor ali, numa cidade útil apenas como referência do passado, caçando mocinhas, empapuçando-se de boceta cabeluda e quilos de carboidratos, nadando conforme a maré, em direção à própria ruína, para virar pó? Atrás daquele corpo feio, daqueles dentes podres, daquele mau hálito, havia um visionário e um criador, cujo trabalho tosco eu às vezes admirava.

Enquanto eu enterrava o escultor, marchando atrás dos que carregavam seu caixão, consolando a linda ex-esposa e os querubínicos filhos gêmeos, meus olhos observavam Eunice Park, jovem, impassível, indiferente, fazendo que sim com a cabeça a cada observação egocêntrica do escultor. Tive vontade de tocar-lhe o peito magro, sentir os pequenos mamilos durinhos que imaginei proclamarem seu amor. Notei que o nariz afilado e os pequenos braços estavam cobertos de umidade e que tínhamos algo em comum tratando-se de bebida: ela arrancava taças de vinho das bandejas que passavam, a boca ligeiramente retorcida ficando roxa. Vestia jeans de boa qualidade, suéter de cashmere cinza e um cordão de pérolas que lhe emprestava, no mínimo, mais uns dez anos de idade. O único detalhe jovial era um pingente branco brilhante – praticamente um seixo – que parecia um novo modelo de äppärät miniaturizado. Em certos ambientes privilegiados da sociedade transatlântica, as diferenças entre jovens e velhas vinham se erodindo e, em outros ambientes, as jovens andavam praticamente nuas, mas qual era a de Eunice Park? Será que estava tentando ser mais velha, mais rica ou mais branca? Por que gente atraente tem de ser o que não é?

Quando voltei a olhar, o escultor pusera a pata pesada no ombro minúsculo de Eunice e apertava-o com força.

– As chinesas são tão delicadas – disse.
– Não sou tão delicada assim.
– Ah, é sim!
– Não sou chinesa.
– Bem, Bobby D. e Dick Gere estavam brigando numa festa. Dick chegou pra mim e perguntou: "Por que Bobby me odeia tan-

to?" Espere. O que eu estava dizendo mesmo? Quer outro drinque? Ah! Você fez a escolha certa vindo pra Roma, gatinha. Nova York já era. A América é passado. E, com aqueles filhos da puta no poder, não volto pra lá nunca. Rubenstein filho da puta. Partido Bipartidário é o caralho. É *1984*, meu bem. Sei que talvez você não entenda a referência. Talvez nosso amigo Lenny, versado em livros, possa esclarecer. Você tem muita sorte de estar aqui comigo, Euny. Quer me dar um beijinho?
– Não. Muito obrigada.
Não, muito obrigada. Uma coreana bacana, aluna da Elderbird College, Massachusetts. Ai, que vontade de beijar aquela boca carnuda e ter nos meus braços o resto daquele corpo.
– Por que não? – gritou o escultor.
Então, tendo há muito perdido a capacidade de prever as consequências a curto prazo, ele a sacudiu pelo ombro, uma sacudidela de bêbado, mas que o pequeno corpo da coreana parecia frágil demais para aguentar. Eunice levantou os olhos e neles vi o ódio familiar de um adulto repentinamente arrastado para a infância. Pressionou uma das mãos sobre o estômago, como se tivesse recebido um soco e olhou para baixo. Acabou derramando vinho no seu suéter caro. Virou-se para mim. Percebi seu constrangimento, não pelo escultor, mas por si mesma.
– Opa, vamos com calma! – intervim, colocando a mão no pescoço tenso e úmido do escultor. – Vamos sentar no sofá e beber um pouco d'água.
Enquanto esfregava o ombro, Eunice afastava-se de nós. Parecia perita em segurar as lágrimas.
– Vá se foder, Lenny – bradou o escultor, dando-me um leve safanão. Suas mãos eram inegavelmente fortes. – Vá dar uma volta na sua fonte da juventude.
– Arrume um sofá e esfrie a cabeça – aconselhei.
Segui em direção a Eunice e coloquei meu braço próximo a ela, mas sem tocá-la diretamente.
– Sinto muito – murmurei. – Ele está bêbado.
– É isso aí, estou bêbado – gritou o escultor. – Talvez eu esteja meio alto, mas amanhã de manhã estarei produzindo arte. E o

que você estará fazendo, *Leonard*? Servindo chá verde e clonando fígados para os caquéticos bipartidários? Digitando um diário? Estou até vendo: "Meu tio abusou de mim. Fui viciado em heroína por três segundos." Esqueça a fonte da juventude, meu amigo. Você pode viver até mil anos que não vai fazer diferença. Medíocres como você *merecem* a imortalidade. Não confie nesse cara, Eunice. Ele não é como nós. É um americano de verdade. Um genuíno pilantra. É por causa dele que invadimos a Venezuela. É por causa dele que as pessoas têm medo de abrir a boca nos Estados Unidos. Ele não é melhor do que Rubenstein. Olhe pra esse judeu ashkenazi de olhos escuros e dissimulados. Kissinger II.

Uma multidão começou a se juntar ao nosso redor. Assistir ao famoso escultor tendo um chilique era uma grande fonte de diversão para os romanos, e as palavras "Venezuela" e "Rubenstein" pronunciadas devagar e em tom acusatório davam para despertar até um europeu em estado de coma. Ouvi a voz de Fabrizia vindo da sala de estar. Da maneira mais gentil possível, conduzi a coreana até a cozinha que dava para os aposentos dos criados, que tinham acesso próprio ao apartamento.

À meia-luz de uma lâmpada sem qualquer luminária, vi a babá ucraniana acariciando a cabecinha escura do filho de Fabrizia, enquanto colocava um inalador na boca do menino. A criança percebeu nossa intrusão com certa surpresa. A babá começou a dizer "*Che cosa?*", mas passamos rápido por ela e pelo pequeno monte de roupas e lembrancinhas baratas (entre elas um avental de cozinha com uma estampa de Davi de Michelangelo em pé, de pernas afastadas por sobre o Coliseu), que era tudo o que possuía. Enquanto eu e Eunice descíamos ruidosamente as escadas de mármore, ouvimos Fabrizia e os outros tentando nos seguir, chamando a caixa com seu emaranhado de cabos – o elevador – até o andar superior onde estavam, loucos para nos alcançar e saber o que acontecera, o que tinha incitado o ódio alcoólico do escultor.

– Lenny, volte aqui – gritou Fabrizia. – *Dobbiamo scopare ancora una volta*. A gente ainda tem que trepar. Uma última vez.

Fabrizia. A mulher mais macia que toquei na vida. Talvez, entretanto, eu não *precisasse* mais de maciez. Fabrizia. O corpo que perdera a guerra para um exército de pelos, as curvas que sucumbiram aos carboidratos, nada além do Velho Mundo e sua corporeidade não eletrônica, moribunda. E, na minha frente, Eunice Park. A mulher de dimensões nanométricas, cujos pentelhos provavelmente nunca lhe causaram comichão, com um corpo desprovido de seios e odor; sua existência era concebível tanto na tela de um äppärät quanto na rua em frente.

Lá fora, a lua cheia e satisfeita repousava por sobre as enormes palmeiras da Piazza Vittorio. Alguns dos habituais imigrantes dormiam após um longo dia de trabalho braçal, enquanto outros punham os filhos das patroas para dormir. Os únicos transeuntes eram italianos, todos muito elegantes, cambaleando após o jantar, que rompiam o silêncio com o zum-zum-zum de suas conversas amargas; ouvia-se ainda o atrito dos trilhos do velho bonde que percorria o lado norte da piazza.

Eu e Eunice Park continuamos a andar. Ela caminhava e eu saltitava, incapaz de disfarçar a alegria de ter saído da festa com ela ao meu lado. Queria que Eunice me agradecesse por tê-la salvo do escultor e seu cheiro de morte. Queria que ela me conhecesse e então repudiasse todas as coisas terríveis que ele dissera a meu respeito, minha suposta ganância, minha ambição desmedida, minha falta de talento, minha fictícia filiação ao bipartidarismo e meus planos sobre Caracas. Queria contar-lhe que eu mesmo estava em perigo, que a lontra da Secretaria Americana de Restauração acusara-me de subversão só porque eu transara com uma italiana de meia-idade.

Olhei para o suéter de Eunice, maculado pelo vinho, e para o corpo obscenamente jovem que sob ele residia, transpirava e – eu esperava – explodia de desejo.

– Logo ali mais adiante, conheço uma tinturaria boa que remove mancha de vinho tinto. É de uma nigeriana. – Frisei o "nigeriana" para reforçar que não era preconceituoso. Lenny Abramov, amigo de todos.

— Trabalho como voluntária num abrigo para refugiados, perto da estação ferroviária — disse Eunice, a propósito de algo.
— É mesmo? *Fantástico!*
— Você é tão nerd. Ela sorriu cruelmente para mim.
— O quê? Desculpe. — Ri também, no caso de ser uma piada, mas, na hora, fiquei magoado.
— LPT — disse ela. — TIMATOV. ROFLAARP. PRGV. Completamente PRGV.
Os jovens e suas abreviações. Fingi entender tudo.
— Sei. FMI. OLP.
Ela olhou para mim como se eu estivesse maluco e disse:
— JBF.
— Quem? — Imaginei um protestante alto.
— Significa "just-butt-fucking", o mesmo que "just kidding", JK. Brincs, entendeu?
— Dã! Eu sabia. Sério. O que acha que faz de mim um nerd na sua apreciação?
— "Na sua apreciação" — imitou ela. — Quem fala uma coisa dessas? Quem usa um sapato desses? Parece até um escriturário.
— Percebo uma pontinha de raiva no ar — comentei.
O que acontecera àquela meiga e magoada coreana de três minutos atrás? Por algum motivo, estufei o peito e fiquei na ponta dos pés, embora eu já fosse mais alto que ela.
Ela tocou o punho de minha camisa e, depois, olhou-o com mais atenção.
— Isso aqui não está abotoado direito — constatou.
Mal consegui dizer qualquer coisa; ela ajeitou o botão e puxou a manga da camisa de forma a ajeitar o bolo formado nos ombros e na parte superior do braço.
— Pronto. Agora deu uma melhoradinha.
Fiquei sem ação. Quando lido com gente de minha idade, sei exatamente quem sou: não sou fisicamente atraente, mas, pelo menos, tenho boa escolaridade, recebo um salário decente trabalhando no limite entre a ciência e a tecnologia (embora eu manuseie o äppärät com a mesma habilidade que meus pais imigrantes

idosos). No Planeta Eunice Park, era evidente que esses atributos não tinham a menor importância. Eu era uma espécie de idiota ancestral.

– Obrigado. Não sei o que faria sem você.

Ela sorriu, fazendo com que eu percebesse aquele tipo de covinha que vai além de criar duas crateras na face e conferir simpatia e personalidade (e, no caso de Eunice, remove parte de sua raiva).

– Estou com fome – anunciou.

Devo ter parecido o embriagado Rubenstein na coletiva de imprensa, depois que nossos soldados dispersaram-se em Ciudad Bolívar.

– O quê? Com fome? Não está meio tarde?

– Mmm, não, vovô.

Levei na esportiva.

– Ouvi falar de um lugar na Via Del Governo Vecchio. Chama-se Tonino. Servem um *cacio e pepe* maravilhosos.

– É, tão dizendo isso aqui no meu guia *Time Out* – retrucou a desaforada.

Levantou o äppärät em forma de pingente e, num italiano surpreendentemente perfeito, chamou um táxi para nos buscar. A última vez que eu me sentira tão assustado assim fora no colegial. Mesmo a morte, minha magra e incansável adversária, parecia sem viço comparada à todo-poderosa Eunice Park.

Dentro do táxi, sentei-me longe dela, puxando uma conversa para lá de fiada ("Ouvi dizer que o dólar vai desvalorizar de novo..."). A cidade de Roma apareceu à nossa volta, casualmente esplêndida, eternamente segura de si mesma, feliz em pegar nosso dinheiro e posar para uma foto, sem precisar de nada nem de ninguém no final das contas. Depois, percebi que o motorista resolvera me passar a perna, mas não reclamei do percurso mais longo, sobretudo enquanto dávamos uma volta pela carapaça iluminada de roxo do Coliseu. Foi então que disse para mim mesmo: *ponha uma coisa na sua cabeça, Lenny: cultive um pouco de nostalgia por alguma coisa, pois do contrário você nunca entenderá o que é importante.*

No final da noite, entretanto, pouco remanescera em minhas lembranças. Digamos apenas que bebi. Bebi de medo (ela era tão cruel). Bebi de felicidade (ela era tão bonita). Bebi até a boca e os dentes ficarem vermelho-escuros e a pungência de meu hálito e da minha transpiração denunciarem minha idade. Ela bebeu também. Um *mezzo litro* do goró local virou um *litro* inteiro, e depois dois *litri*, e em seguida uma garrafa de alguma coisa possivelmente da Sardenha, mas, de qualquer modo, mais espessa do que sangue de boi.

Fartos pratos de comida foram necessários para completar aquela pródiga farra. Com cuidado, mastigamos as papadas suínas do *bucatini all'amatriciana*, comemos ruidosamente um prato de espaguete com berinjela picante e dissecamos um coelho praticamente afogado no azeite. Eu sabia que sentiria saudades de tudo aquilo quando voltasse a Nova York, inclusive daquela horrorosa iluminação fluorescente que evidenciava minha idade – os pés de galinha, uma longa supervia e as três estradinhas que cruzavam-me a testa, provas das noites que passei em claro preocupado com prazeres impagáveis, com os fundos que cuidadosamente acumulei e, sobretudo, com a morte. Aquele restaurante era frequentado, em particular, por atores de teatro e, à medida que eu enfiava o garfo nos enormes espaços entre a massa e as berinjelas reluzentes, tentei gravar na memória aquele vozerio escandaloso e o vibrante gesticular de mãos tipicamente italiano que, na minha cabeça, são sinônimos de animais vivos e, consequentemente, da própria vida.

Concentrei-me no animal vivo à minha frente e tentei seduzi-lo. Falei de forma extravagante e, espero, sincera. É disto que consigo lembrar-me:

Disse-lhe que agora, após tê-la conhecido, eu não queria mais ir embora de Roma.

Disse-me, novamente, que eu era um nerd, mas um nerd que a fazia rir.

Disse-lhe que queria mais do que fazê-la rir.

Disse-me que eu deveria agradecer pelo que tinha.

Disse-lhe que ela deveria se mudar para Nova York comigo.
Disse-me que provavelmente era lésbica.
Disse-lhe que meu trabalho era minha vida, mas que ainda havia lugar para o amor.
Disse-me que o amor estava *fora de questão*.
Disse-lhe que meus pais eram imigrantes russos que moravam em Nova York.
Disse-me que os dela eram imigrantes coreanos que moravam em Fort Lee, Nova Jersey.
Disse-lhe que meu pai era zelador aposentado que gostava de pescar.
Disse-me que o pai era podólogo, e gostava de dar socos na cara da mulher e das filhas.
– Oh! – exclamei.
Eunice Park deu de ombros e pediu licença. No meu prato, o coraçãozinho morto do coelho pendia de dentro das costelas. Coloquei as mãos na cabeça e fiquei pensando se deveria jogar uns euros sobre a mesa e sair.

Logo em seguida, entretanto, estava eu caminhando pela Via Giulia, coberta de hera, envolvendo aquele corpinho fragrante de menino com o braço. Ela, pelo visto, estava de bom humor, toda carinhosa e irritante: ora prometendo-me um beijo, ora criticando meu italiano. Eunice mostrava-se tímida ao mesmo tempo em que soltava risinhos de menina; o luar incidia sobre suas sardas enquanto ela soltava gritinhos ébrios e imaturos: "Ah, para, Lenny!" e "Como você é bobo!" Notei que libertara o cabelo do coque, revelando o cabelo escuro, comprido e espesso feito um cordão. Tinha 24 anos de idade.

No meu apartamento, só cabia um colchão de solteiro barato e uma mala escancarada, transbordando de livros ("Meus colegas na Elderbird chamavam essas coisas de 'trava-porta'", disse ela). Nós nos beijamos, sem muita empolgação a princípio e depois ardentemente, do jeito que desejávamos de fato. Houve alguns contratempos. Eunice Park não queria tirar o sutiã ("Não tenho peito nenhum"); eu, por minha vez, estava bêbado e assustado demais para ter uma ereção. Mas o fato é que eu também não estava lá muito a fim de transar com penetração. Convenci-a a tirar a calça, agarrei-lhe a bundinha, aqueles dois globinhos, e caí de boca naquela boceta macia e fogosa.

"Oh, Lenny", ela disse, soando um tanto melancólica, por talvez ter percebido o quanto seu frescor e sua juventude eram importantes para mim, um homem que vivia à beira da morte e que mal conseguia suportar a luz e o calor de sua breve estada na terra. Lambi repetidas vezes, inspirando o suave odor de algo autêntico e humano e, por fim, devo ter adormecido com a cara entre suas pernas. Na manhã seguinte, ela fez a gentileza de me ajudar a refazer a mala, que só consegui fechar com sua ajuda.

– Não é assim que se faz – disse, ao ver-me escovar os dentes. Mandou-me pôr a língua para fora e, com força, escovou a superfície roxa.

– Pronto. Assim está melhor!

Durante a corrida de táxi até o aeroporto, uma pontada tripla: felicidade, solidão e carência, tudo ao mesmo tempo. Ela me fez lavar bem a boca e o queixo de forma a apagar todas as marcas deixadas por ela, mas o forte cheiro alcalino de Eunice Park ainda estava na ponta de meu nariz. Aspirei o ar, tentando capturar sua essência, já pensando em como atraí-la até Nova York, desposá-la, fazer dela minha vida, minha vida eterna. Toquei meus dentes profissionalmente escovados e acariciei o tufo de cabelos grisalhos que despontava do colarinho de minha camisa, que ela examinou com cuidado à luz fraca do início do dia.

– Uma gracinha – disse ela.

E, depois, com uma admiração infantil:

– Você tá velho, Len.

Ah, querido diário. Minha juventude passou, mas a sabedoria da maturidade mal dá sinal de vida. Por que é tão difícil ser um homem adulto neste mundo?

ÀS VEZES A VIDA É UM SACO
DA CONTA DE EUNICE PARK NO GLOBALTEENS

I º DE JUNHO

Formato: Texto longo em linguagem padrão
SUPERDICA DO GLOBALTEENS: *Mude agora para Imagens!* *Menos palavras = mais divertido!!!*

EUNI-DIOTA NO EXTERIOR *PARA* FODAMADRINHA:
   Oi, Querido Pônei!
   E aí, buça! Saudade da sua "monga"? Quer me molhar de beijinhos? JBF. Estou cheia de transar com mulher! BTW, dei uma olhada nas fotos dos ex-alunos da Elderbird e vi você com a língua na, hum, orelha de Bryana. Espero que não esteja querendo provocar ciúmes em Gopher. Ele já estourou a cota de triângulos. Se liga, cachorra! Menina, nem te conto! Conheci um cara supergracinha em Roma! Do jeitinho que eu gosto: alto, cara de alemão, muito cabeça, mas sem ser babaca. Giovanna foi quem nos apresentou, ele está em Roma trabalhando pra LandO'LakesGMFordCredit! Aí me encontrei com ele na Piazza Navona (lembra da aula de manipulação de imagens? Navona é aquela cheia de tritões). Ele tava lá sentado, tomando um cappuccino e baixando *As crônicas de Nárnia*! Lembra que a gente baixou esse livro na Católica? Muito massa! Ele parecia um pouco com Gopher, só que muito mais magro (ha ha ha). O nome dele é supergay – Ben – mas ele é MEGALEGAL e inteligente. Me levou pra ver uns Caravaggios e daí meio que passou a mão na minha bunda. Então fomos a uma daquelas festas da Giovanna e demos uns amassos. Havia várias italianas de jeans Onionskin olhando pra gente, como se eu estivesse roubando um de seus caras brancos, sei lá. Ai, que ódio eu tenho disso! Se vierem falar mais uma vez de meus "olhos puxados", nem sei o que pode acontecer. Bem, PRECISO DE UM CONSELHO, porque ontem ele me ligou e me perguntou se eu tô a fim de ir a Lucca semana que vem; fiz jogo duro e res-

pondi que não. Só que amanhã, vou ligar pra ele e dizer que sim! O QUE EU FAÇO? SOCORRO!!!

P.S.: Conheci um tiozão gordo e tosco numa festa ontem, ficamos de porre e acabei deixando ele me chupar. Tinha um outro ainda mais velho, um escultor, tentando me rebocar pra cama, então, pensei: "Ai, gente, quer saber? Melhor escolher o menos pior." Ai, credo! Estou ficando igualzinha a você! Bom, o cara era legal, meio lesado, apesar de se achar superdescolado porque trabalha com biotecnologia ou coisa assim. Menina, que pés são aqueles? Nunca vi coisa mais podre! Um joanete e um esporão gigantesco, parecendo até que ele tem um polegar colado no pé. Tenso! Tá, já sei! Estou pensando igualzinho a meu pai. Mas, voltando: ele é tosco até na hora de escovar os dentes. Precisei ENSINAR UM HOMEM ADULTO A USAR UMA ESCOVA DE DENTE!!!! Pode?! Qual o meu problema, querido pônei?

FODAMADRINHA *PARA* EUNI-DIOTA NO EXTERIOR:

E aí, Querido Panda!

Seguinte, só vou dizer uma coisa: perdeu o elástico, amiga? Quantos anos tem esse cara? Pra que tocou nos pés dele? Não sabia que curtia pés. Tá escondendo o jogo? Vou mandar a conta da faxineira, porque estou aqui vomitando até as tripas de tanto nojo. Seguinte, esqueça o velho da cadeira de rodas. Esse tal de Ben parece mesmo descolado, e trabalha com Crédito, então deve estar MONTADO NA GRANA! Ai, quem dera que Gopher arrumasse um emprego na LandO'LakesGMFord. Anote o conselho megaóbvio da Fodamadrinha: vá com ele a Lucca – onde é que fica esse troço? –, dê uma esnobada e um gelo no primeiro dia, deixe que ele te coma feito um cão na primeira noite e depois deixe o cara boladíssimo o resto da viagem. Ele vai ficar caidinho, ainda mais depois que der um pega nessa XANA MÁGICA!!! E, quando estiver voltando pra Roma, seja bem legal, pra que ele fique com uma boa impressão, mas ainda bolado.

Bem, agora, vamos às novidades daqui. Um filipino deu uma festa em Redondo. Pat Alvarez, lembra dele lá da Católica? Bem, Wendy Snatch apareceu com uma calça jeans Onionskin e um sutiã Saaami, que deixa os mamilos aparecendo. Daí ela começou a se esfregar no colo de Gopher. Ele tentou se afastar, e aí a vagaba disse que achava que ele estava querendo que ela saísse na porrada com a namorada dele; menina, a criatura só faltou VARAR o olho dele com o mamilo, que é grande, rosa e NOJENTO como o de qualquer branquela. Gopher ficou me olhando com aquela cara de quem diz "por mim, vocês podem sair na porrada, só não vale fazer cena". Enquanto isso, amiga, as filipinas que acabaram de se formar pela UC Irvine caíam na porrada na sala, tentando impressionar um branquelo (sem ser o Gopher). Então olhei pra piriguete tipo NEM VEM QUE NÃO TEM, WENDY SNATCH. Só que não fui assim tão direta; foi mais assim, tipo: "Ih, tô fora, minha filha; ah, e essa mala aí onde você está se esfregando toda é do MEU NAMORADO." Então ela partiu pra cima de mim FISICAMENTE e me VERBOU, tipo: "Ah, pensei que você fosse sapa, porque estudou na Elderbird; não sabia que curtia homem também"; daí eu disse assim: "é, mas mesmo se eu fosse a maior sapa da América, não lhe daria porrada nem com uma pá." Agora, adivinha só onde ela foi parar no fim da festa? Na banheira, levando pau no cu e mijada na cara! Pois é, o Pat Alvarez e mais três amigos pegaram ela de jeito! Gravaram tudo e postaram no GlobalTeens no dia seguinte. ADIVINHE só quanto a cotação dela subiu? Personalidade 764 e Fodabilidade 800+. O que deu nesse povo?

2 DE JUNHO

CHUNG.WON.PARK *PARA* EUNI-DIOTA NO EXTERIOR:
    Niciiin,
    Ontem chega seu resultado pra faculdade direito. Sally tenta esconder invelope de mim. Você tira 158. Muito baixa. Nem pra direito na Rutger você passa. Eu desapontada porque você tira mesma nota do ano passado. Não estuda direito pras prova. Eu saber que às vezes vida é um saco, mas você tem vinte e quatro. Já moça. Não posso mais ficar em cima de você. Você deve estudar e quando estuda tem que ficar queta em casa! Vê se namora moço bom. Vê se não se intrega de bandêja. Tem de manter o mistério. Tem algum moço da coreia em roma? Filha, perdoe meus erro.
    Eu te amo,
    Mamãe

P.S.: Papai diz que é pra eu não dizer eu te Amo, porque eu mimo você e pais coreano não diz que ama filho, mas Amo muito você do fundo no meu coração, por isso digo!

EUNI-DIOTA NO EXTERIOR *PARA* CHUNG.WON.PARK:

Mãe, por favor, deposite dez mil dólares indexados ao iuan na minha conta da AlliedWasteCVSCitigroupCredit. Vou fazer a prova de novo, quando voltar. Ethel Kim tirou 154 e fez três aulas preparatórias para o exame. Estou bem. É difícil trabalhar aqui, porque é necessário um *permesso soggiorno*, que é uma espécie de green card e eles odeiam americanos. Do contrário teria que trabalhar de *au pair* ou algo do gênero. Já estou trabalhando três horas por semana como voluntária num abrigo para refugiados. Você contou pro papai? Não há rapazes coreanos em Roma. Roma fica na Itália. Procure no mapa.

3 DE JUNHO

CHUNG.WON.PARK *PARA* EUNI-DIOTA NO EXTERIOR:

Niciiin,

Pra que você acha que tem mãe? Sempre que tem problema, escreve pra mim, não só quando preciza de dinheiro. Se você ser advogada, mamãe orgulhosa de você e você não pede dinheiro. Você fica orgulhosa também porque ajuda mamãe e família. Família o mais importante, senão por que Deus bota gente no mundo? Eu muito preocupada com você e Sally. Papai não bem. Talvez tudo culpa minha. Vou ingreja e faço reza extra pra você. Reverendo Cho diz que todo jovem tem caminho especial. Você sabe qual o seu? Por favor, diga se sabe, senão saber, vamo vê junta. E tenha sempre Jesuis no coração. É importante! Outra coisa, tem moço coreano em todo canto. Vá ingreja coreana que você acha namorado. Talvez você não entende meu inglês orrivel.

Eu te amo,

Mamãe

EUNI-DIOTA NO EXTERIOR *PARA* CHUNG.WON.PARK:
Como assim papai não está bem? Se alguma coisa ruim está acontecendo, você e Sally devem ir pra casa de Eunhyun. Mãe! Esqueça Jesus por um segundo! É IMPORTANTE. Você está me apavorando. Ele fez alguma coisa com você ou com Sally? Ontem tentei ligar pra casa oito vezes, mas só cai na secretária. Responda no meu GlobalTeens quando receber esta mensagem!

CHUNG.WON.PARK *PARA* EUNI-DIOTA NO EXTERIOR:
Niciiin,
Não preocupe. Papai bebe um pouco demais e fica furioso porque fiz soon-dubu com tofu estragado. Mandei Sally dá uma volta, mas ela dorme quarto de ospide e eu durmo porão. Tá tudo bem! Recebeu a transferência pra AlliedWaste? Vá verificar e ver. Muito dinheiro, não me decepcione. Aproveite roma, você boa aluna na Elderbird, você merece, mas agora sua vida acaba de começar. Não faça mais bestera! Fique longe de moço meeguk. É tudo mal intensionado, até os cristão. Eu reza Jesuis todo dia pra você encontrar felicidade que eu nunca tive, porque vai vê eu fiz pecado contra DEUS. Morro de vergonha. Escreva Sally mais vezes. Ela sente saudade. Você tem muita responsabilidade porque é irmã mais velha. Acho pena você não tirar nota que queria. Você triste, mamãe triste. Você magoada, mamãe mais magoada.

EUNI-DIOTA NO EXTERIOR: Sally! O que tá rolando entre mamãe e papai?
SALLYSTAR: Nada. Ele ficou chateado por causa do soon-dubu. Até parece que você liga.
EUNI-DIOTA NO EXTERIOR: Por que tá zangada COMIGO?
SALLYSTAR: Não estou zangada. Me deixa. Tem sutiã de verão da Saaami aí em Roma?
EUNI-DIOTA NO EXTERIOR: Tem, mas custa oitenta euros.
SALLYSTAR: E quanto é isso?
EUNI-DIOTA NO EXTERIOR: Caro pra cacete! Na loja da Saaami na Elizabeth Street você encontra muito mais barato ou então no site TeenyBopper. Por que você quer usar um sutiã que deixa os mamilos de fora? Aliás, eu achava que você não ligava pra moda.

SALLYSTAR: Todo mundo está usando. Até em Fort Lee.
EUNI-DIOTA NO EXTERIOR: Quem em Fort Lee?
SALLYSTAR: A irmã de Grace Lee.
EUNI-DIOTA NO EXTERIOR: Bona? É uma idiota.
EUNI-DIOTA NO EXTERIOR: Sally, papai bateu em você?
SALLYSTAR: Ele diz que sente saudade da Califórnia. O consultório ficou vazio a semana inteira. Todos os coreanos de NJ já têm podólogo. Mamãe anda meio aluada.
EUNI-DIOTA NO EXTERIOR: Tudo bem, não responda à minha pergunta. Tô sabendo que você escondeu o resultado da minha prova. Valeu!
SALLYSTAR: Nem adiantou porque mamãe acabou encontrando. E aí, o que conta de novo?
EUNI-DIOTA NO EXTERIOR: Conheci um cara branco que é uma gracinha. Ele trabalha na LandO'LakesGMFord.
SALLYSTAR: É mais tranquilo namorar um coreano. Por causa das famílias e tudo mais.
EUNI-DIOTA NO EXTERIOR: Obrigada, mamãe.
SALLYSTAR: Só estou falando.
EUNI-DIOTA NO EXTERIOR: É, talvez eu namore um coreano que nem o papai. É o que se chama de "padrão".
SALLYSTAR: Ah, por mim tanto faz. Aproveite a grana dele. Tô indo. Reunião às 13:00.
EUNI-DIOTA NO EXTERIOR: Que reunião?
SALLYSTAR: Protesto da Columbia-Tsinghua contra a SAR. Daqui a uma semana, vamos a Washington.
EUNI-DIOTA NO EXTERIOR: O que é SAR?
SALLYSTAR: Secretaria Americana de Restauração. Os Bipartidários. Não lê notícias?
EUNI-DIOTA NO EXTERIOR: Ih, você TÁ zangada comigo.
EUNI-DIOTA NO EXTERIOR: Sally, você não precisa morar com mamãe e papai. Dá pra morar no alojamento da Barnard. Dá pra arranjar um estágio remunerado ou um trabalho numa loja. Não quero que você se envolva com política. Vamos tentar curtir a vida.
EUNI-DIOTA NO EXTERIOR: Sally? Alô? Quer que eu volte pra casa? Pego um avião amanhã mesmo, se quiser. Vou cuidar da mamãe.

EUNI-DIOTA NO EXTERIOR: Sally, por favor, não fique zangada comigo. Lamento não estar aí, justamente na hora em que você e mamãe precisam de mim. Cara, só faço merda nessa vida.
EUNI-DIOTA NO EXTERIOR: Sally? Alô? Você já deve ter saído. Já são 13:00 aí.
EUNI-DIOTA NO EXTERIOR: Sally, eu te amo.

LEONARD DABRAMOVINCI *PARA* EUNI-DIOTA NO EXTERIOR:
Oi. É Lenny Abramov. Deve estar lembrada de mim, do nosso breve encontro em Roma. Obrigado por escovar meus dentes! Hihihihi. Bem, já estou de volta aos E.U. da A. Tenho praticado minhas abreviações. Acho que você disse ROFLAARP em Roma. Significa "Rolando no chão vendo pornografia de rodentes viciante". Viu só? Não sou assim tão velho! Bem, tenho pensado em você. Planeja vir a Nova York em breve? Tem onde ficar aqui. Tenho um cantinho legal todo arrumado, 69 metros quadrados, varanda, vista para o centro da cidade. Não sou páreo para *da tonino*, mas faço uma berinjela no forno deliciosa. Posso até dormir no sofá, se você preferir. Ligue ou escreva a hora que quiser. Foi muito, muito, MUITO bom conhecê-la. Estou guardando na memória a constelação que formam suas sardas, à medida que escrevo esta mensagem (espero que isso não a constranja).
Amor,
Leonard

A LONTRA ATACA NOVAMENTE
DO DIÁRIO DE LENNY ABRAMOV

4 DE JUNHO
Nova York

Querido diário,

Vi o gordo no saguão da primeira classe no Fiumicino. Há um terminal só para voos com destino aos Estados Unidos e ao Estado de Segurança de Israel; de todos os terminais no aeroporto de Roma, é o que se encontra em pior estado de conservação, onde quem não é passageiro está armado ou aponta para você alguma geringonça usada para inspeção. Inclusive não há assentos para passageiros da classe econômica próximos aos portões, pois fica mais fácil revistar quem está de pé, verificar por entre as dobras da carne e iluminar o cara como se fosse uma lâmpada de seiscentos watts. Bem, a vida na primeira classe é muito melhor e foi lá que fui ver se achava alguns Indivíduos de Alto Patrimônio Líquido de última hora, alguns Amantes da Vida em potencial que talvez pudessem se interessar por nosso Produto. Cheguei a me imaginar entrando na sala de meu chefe Joshie e dizendo: "Saca só! Nem mesmo em trânsito seu Lenny descansa. Sou como médico: sempre de prontidão!"

Os saguões da primeira classe não são mais como antigamente. Hoje em dia, a maioria dos asiáticos ricos tem avião particular, mas meu äppärät localizou algumas faces escaneáveis, uma velha atriz pornô e um espertalhão de Mumbai começando a erguer seu primeiro império Varejista internacional. Todos portavam dinheiro, talvez até a quantia que estou procurando para investimento – vinte milhões de euros –, mas havia um sujeito completamente *indetectável*. Ou seja, ele não estava lá. Não havia äppärät ou, pelo menos, não estava ligado no modo "social" ou então pagou algum garoto russo para bloquear o sinal de forma a não ser detectado. Além disso, parecia um ninguém. Uma aparência que as pessoas não têm mais hoje em dia. Mais do que imperfeito, era horrível. Um gordo, com olhos fundos, queixo caído, cabelo lambido e aspecto de sujo, uma camiseta que expunha as enormes tetas e uma tenda de ar nojenta sobre onde se imaginava estar sua genitália. Fui o único a olhar para ele (mesmo assim, só por um minuto), pois o sujeito estava à margem da sociedade por não pertencer a nenhuma classe social, por ser IP, Impossível de Preservar, porque não fazia sentido sua presença ali, misturado a verdadeiros HNWIs, no saguão da primeira classe. Agora, fazendo um retrospecto, tenho de admitir que o cara é um herói; minha vontade é de pôr um livro grosso em suas mãos e um par de óculos com lentes bifocais mais grossas ainda no seu nariz. Gostaria que se parecesse com Benjamin Franklin. Só que eu prometi a você dizer a verdade, querido diário, e a verdade é que desde o momento em que vi esse cara, *fiquei apavorado*.

Com as mãos entrelaçadas sobre o saco, o gordo Impossível de Preservar olhava pela janela, a cabeça movendo para frente e para trás com satisfação, feito um jacaré metade submerso num dia de sol. Ignorando quem estava à sua volta, ele observava, com o abandono de um entusiasta, os novos aviões da China Southern Airlines, com lustroso nariz de golfinho, taxiando atrás dos nossos descascados 737 da UnitedContinentalDeltamerican e alguns El Als igualmente um lixo.

Quando finalmente embarcamos após um atraso técnico de três horas, um rapaz vestindo um traje informal passou pelo corredor filmando todos nós, focalizando repetidamente o gordo, que enrubescia e tentava virar o rosto. O cinegrafista cutucou-me o ombro e, dirigindo-se a mim em lento inglês sulista, pediu-me que olhasse *diretamente* para a antiquada câmera quadrada. "Por quê?", perguntei. Entretanto, aquela reação exasperada era tudo o que ele queria de mim. Em seguida, afastou-se.

Quando já estávamos voando, tentei tirar da cabeça o cinegrafista, a lontra e o gordo. Ao voltar do banheiro, vi o Gorducho apenas como uma massa amorfa de tom pastel no canto, iluminada levemente pelo sol na altitude. Tirei da bagagem de mão uma antiga edição dos contos de Tchecov (queria saber ler em russo como meus pais) e voltei à novela *Três anos*, que conta a história de Laptev, um sujeito feio, mas decente, filho de um rico mercador de Moscou, que se apaixona pela bela Julia, muitos anos mais jovem. Queria achar algumas dicas de como seduzir Eunice e vencer a diferença estética entre nós. Num certo trecho da novela, Laptev pede a mão de Julia em casamento e, a princípio, ela recusa, mas depois muda de ideia. Achei essa passagem particularmente útil:

> [A atraente Julia] estava angustiada e sem ânimo, e disse a si mesma que era loucura, capricho e insensatez recusar um homem bom e honrado que a amava simplesmente porque *ele não era atraente* [grifos meus]; sobretudo quando o casamento lhe possibilitaria mudar de vida, sua vida sem graça, monótona, enfadonha, em que *a juventude passava sem nenhuma perspectiva de melhoria futura* [grifos meus]. Deus podia até puni-la por isso.

Dessa única passagem, tirei três conclusões:
Primeira: eu sabia que Eunice não acreditava em Deus e deplorava a educação católica que recebera, de forma que seria inútil evocar aquela divindade e seus infindos castigos para obrigá-la a se apaixonar por mim, mas, muito à semelhança de Laptev, eu era mesmo aquele "homem bom e honrado que a amava".
Segunda: a vida de Eunice em Roma, apesar da sensualidade e beleza da cidade, também parecia-me "sem graça, monótona" e, certamente, "enfadonha" (eu sabia que ela trabalhava duas horas semanais como voluntária com umas argelinas, o que não deixa de ser muito bacana, mas não é exatamente um trabalho). Não venho de família rica como o Laptev de Tchecov, mas meu poder de compra anual de cerca de duzentos mil iuans daria a

Eunice um bom motivo para refletir sobre seus possíveis hábitos de compras no futuro e na "mudança em seu modo de vida".

Terceira: Todavia, seria necessário mais do que meras considerações monetárias para induzir Eunice a me amar. Sua "juventude passava sem nenhuma perspectiva de melhoria no futuro", assim como Tchecov disse sobre sua Julia. Como eu poderia tirar vantagem desse aspecto em relação a Eunice? Como poderia convencê-la a alinhar sua juventude com a minha decrepitude? Pelo visto, na Rússia do século XIX essa tarefa era bem mais simples.

Notei que alguns passageiros da primeira classe olhavam-me de banda, por eu estar com um livro aberto.

"Cara, essa coisa fede feito meia molhada", disse um jovem atleta ao meu lado, representante sênior da LandO'LakesGMFord. Rapidamente, enfiei o Tchecov na bagagem de mão, guardando-o bem longe, no compartimento acima das poltronas. Quando os passageiros voltaram a se concentrar em suas telas oscilantes, peguei meu äppärät e comecei a martelar no teclado para mostrar que eu adorava todas essas coisas digitais, olhando rapidamente de relance para a caverna latejante ao meu redor: os passageiros acalmados pelo vinho, viajando a negócios, mergulhavam em suas próprias vidas eletrônicas. Nesse momento, o rapaz de roupa casual voltara com a câmera e parara ali no início do corredor, filmando o gordo com um toque de prazer sádico expresso pelo canto da boca (sua presa enfiara a cabeça num travesseiro e dormia ou fingia dormir).

Eu buscava pistas de Eunice Park. Minha amada era tímida, se comparada a outras de sua geração, de forma que sua vida digital ainda não deixara traços suficientes para ser rastreada. Eu precisava encontrá-la indiretamente, por meio da irmã, Sally, e do pai, dr. Sam Park, o violento podólogo. Com a ajuda de meu poderoso e superaquecido äppärät, conectei-me com um satélite indiano ao sul da Califórnia, cidade natal de minha querida. Dei um zoom numa série de fazendas de telhados vermelhos ao sul de Los Angeles, fileiras e mais fileiras de retângulos de 280 metros quadrados, tendo por única característica aérea os minúsculos rabiscos prateados que indicam a existência de ar-condicionado central instalado no alto dos telhados. Todas essas unidades voltavam-se para uma piscina azul-turquesa em forma de U, protegida pelos halos cinza de duas palmeiras maltratadas, único e exclusivo vestígio de flora no condomínio. Dentro de uma dessas casas, Eunice Park aprendeu a falar, a andar, a seduzir e a debochar; ali seus braços cresceram fortes e sua cabeleira, vasta; ali seu coreano familiar deu lugar ao inglês da Califórnia; ali ela planejou a impossível fuga para a Elderbird College na Costa Leste, para as piazzas de Roma, para os bacanais dos quarentões da Piazza Vittorio e, esperava eu, para os meus braços.

Assim, procurei pela nova residência do dr. e da sra. Park, uma casa de formato quadrado, estilo colonial holandês, com uma chaminé, posicionada em um desajeitado ângulo de quarenta e cinco graus e dentro de uma bacia de neve do Médio Atlântico. A casa na Califórnia que eles deixaram valia 2,4 milhões de dólares, não indexados ao iuan, e a segunda, em Nova Jersey, era bem menor e valia 1,41 milhão. Percebi a queda nos rendimentos do pai e quis descobrir mais.

A tela do meu äppärät retrô exibiu lentamente dados informando que o negócio do velho estava falindo. Apareceu um gráfico, mostrando os rendimentos dos últimos 18 meses; os valores em iuan estavam em permanente declínio, desde que cometeram o equívoco de trocar a Califórnia por Nova Jersey – a renda de julho, após despesas, era de oito mil iuans, cerca da metade da minha, e eu não tinha uma família de quatro pessoas para sustentar.

Não havia dados sobre a mãe, que era apenas "do lar", mas sobre Sally, a caçula, havia um monte de informações. Em seu perfil, vi que se tratava de uma menina mais gordinha que Eunice, cujo peso concentrava-se nas bochechas e nas discretas formas arredondadas dos braços e dos seios. Mesmo assim, sua taxa de colesterol LDL estava bem abaixo do normal, ao passo que a de

HDL, surpreendentemente acima. Mesmo com aquele peso, conseguiria chegar aos 120 anos, caso mantivesse a dieta e os matutinos exercícios de alongamento. Depois de verificar sua saúde, examinei suas compras e inferi sobre as de Eunice. As irmãs Park gostavam de blusas tamanho PP, estilo formal, austeros suéteres na cor cinza que se distinguiam somente pela procedência e pelo preço, brincos de pérola, meias infantis (tinham pés pequeninos) de cem dólares, calcinhas que pareciam laços para presente, barras de chocolate suíço de delicatessens variadas, sapatos, sapatos e mais sapatos. Notei que a conta da AlliedCVSCitigroup subia e descia como o peito de um animal respirando. Em um lado, vi os links para algo chamado AssLuxury e para várias butiques de L. A. e de Nova York; do outro lado, links para a conta AlliedWaste dos pais. Notei também que o pé-de-meia da família de imigrantes vinha em constante e maléfico declínio. Vi a totalidade numérica da família Park e tive vontade de salvá-los deles mesmos, da cultura de consumo imbecil que aos poucos consumia suas reservas. Queria orientá-los e provar-lhes que – como filho de imigrantes – eu era de confiança.

Em seguida, acessei as redes sociais. Apareceram as fotos. A maioria era de Sally e seus amigos. Garotos asiáticos discretamente embriagados por cerveja mexicana, meninos e meninas atraentes, de moletom comportado, fazendo sinal de V para a lente do äppärät em frente a pianos cobertos com toalhas de crochê e de quadros com moldura dourada exibindo figuras pastoris de Jesus em extasiada queda livre. Garotos brigando na cama dos pais, e calças jeans por todos os cantos. Garotas juntinhas, todos os olhares voltados para um mesmo äppärät, tentando a todo custo gargalhar, mostrar espontaneidade e alegria de mocinhas fazendo farra. A irmã Sally, estampando no rosto uma amabilidade entristecida, um par de chifrinhos na cabeça, formado pelos dedos furtivamente postos ali atrás pela garota igualmente gordinha – trajando o uniforme da escola católica – que ela abraçava; e, ao final de uma fileira de dez formandas de sorriso escancarado, estava minha Eunice, os olhos observando friamente um quintalzinho asfaltado da Califórnia e um frágil portão à prova de cachorro, as bochechas levantadas com muito custo, para dar aquele sorriso aberto que a situação requeria.

Fechei os olhos e deixei que a imagem entrasse para o arquivo mental "Eunice". Depois olhei novamente. Não foi o falso sorriso reluzente de Eunice que me chamara a atenção. Havia algo mais. Ela se desviara da lente do äppärät, enquanto uma das mãos ficou parada no ar, tentando colocar rapidamente um par de óculos escuros. Ampliei a imagem em 800% e focalizei no olho distante da câmera. Logo abaixo e de um lado só, vi o que parecia um traço negro de capilares rompidos que fazia lembrar uma faixa de couro. Dei um zoom, tentando decifrar a imperfeição num rosto que não tolerava defeitos, e acabei identificando a marca de dois dedos, ou melhor, três dedos – indicador, médio, polegar – no rosto.

Melhor parar. Chega de bancar o detetive. Chega de obsessão. Chega de tentar bancar o salvador de uma menina espancada. Vejamos se consigo escrever três páginas sem mencionar Eunice Park pelo menos uma vez. Vejamos se consigo escrever sobre outro assunto que não seja meu coração.

Isso porque, quando as rodas do avião finalmente tocaram a pista em Nova York, quase deixei de notar os tanques e os veículos blindados para transporte militar em meio às áreas cobertas por grama queimada que dividiam as pistas. Quase deixei de perceber os soldados de botas sujas de lama correndo ao longo da extensão de nossa aeronave, na hora em que chacoalhamos em razão de uma parada prematura, a voz ansiosa do piloto transmitida pelo sistema de som, mas destoada pela microfonia.

Nosso avião fora cercado pelo que se imaginava ser o Exército americano. Logo em seguida, ouvimos baterem à porta da aeronave, à qual a comissária de bordo se dirigiu afobada, para atender ao chamado urgente dos militares. "Que porra é essa?", perguntei ao jovem atleta ao meu lado, aquele que se queixou do cheiro do meu livro, mas ele se limitou a pressionar um dos de-

dos contra os lábios e virou-se para o outro lado, como se eu também exalasse o fedor de uma antologia de contos.
Estavam dentro da cabine da primeira classe. Nove sujeitos de camuflados encardidos, a maioria com uns trinta anos (velhos demais para servirem na Venezuela), com mancha de suor debaixo do braço, garrafas d'água casualmente grudadas aos coletes à prova de bala, M-16 atravessadas por sobre o tronco, sem sorrisos, sem palavras. Escanearam-nos com enormes äppärät marrons por três intermináveis minutos, durante os quais o contingente americano permaneceu petulantemente em silêncio, enquanto os italianos a bordo começaram a falar em tom agressivo e irritado. Foi então que começou.
Eles o pegaram pelos braços e tentaram puxá-lo pelos pés, seu vasto volume protestando de forma passiva. Imediatamente, os passageiros americanos viraram o rosto, mas os italianos começaram logo a bradar: *"Que barbarico!"* e *"A cosa serve?"*
O pavor do gordo feio espalhou-se pela cabine em ondas putrefatas. Nós o sentimos antes mesmo de ouvirmos o som de sua voz que, como todo o resto, fugia dos padrões vigentes: era fraca, inconsistente, desprezível. "O que foi que eu fiz?", gaguejava. "Olhem na minha carteira. Sou bipartidário. Olhem na minha carteira. Tenho passagem para a primeira classe. Disse ao castor tudo o que ele queria."
Discretamente, observei aqueles que atormentavam o gordo, de pé, ao seu redor, dedos nos gatilhos. As fardas eram decoradas com insígnia malfeita, uma espada sobreposta à coroa da Senhora Liberdade, que creio representar a Guarda Nacional do Exército de Nova York. Não obstante, percebi que aqueles rapazes brancos não eram de nenhum lugar *próximo* a Nova York. Eram lentos e desajeitados, de aparência cansada, como se alguém lhes tivesse espetado as pupilas e depois lhes feito um círculo ao redor dos olhos.
– Seu äppärät – ordenou um deles.
– Deixei em casa – respondeu o gordo em voz alta.
Todos nós sabíamos que era mentira.

Quando os soldados finalmente o colocaram de pé, a cabine foi inundada pelo som do choro de um adulto que não chorava havia muito tempo. Olhei para trás e vi sua calça baggy e malajambrada, grande demais para as pernas estranhamente miúdas. Foi tudo o que vi ou ouvi do passageiro criminoso no voo 023 da UnitedContinentalDeltamerican rumo a Nova York, pois, sabe-se lá como, os soldados fizeram-no parar de chorar e tudo o que se ouviu foi o barulho de seus mocassins em meio ao baque dos coturnos.

A confusão ainda não terminara. Os italianos começaram a reclamar em voz alta sobre a situação complicada de nosso país, murmurando o nome do *"il macellaio"* ou "o açougueiro" Rubenstein, que aparecia manchado de sangue num cartaz espalhado em cada esquina de Roma, empunhando um cutelo; enquanto isso, um segundo grupo de soldados retornou à cabine.

– Cidadãos americanos, mãos para o alto – disseram-nos.

Minha careca em forma de Ohio sentiu o frio do apoio de cabeça da poltrona. O que eu tinha feito? Será que deveria ter ficado quieto, quando a lontra me perguntou o nome de Fabrizia? Será que deveria ter dito "Não quero responder a essa pergunta", já que ele me dissera que era um direito meu? Será que fui obediente *demais*? Será que havia tempo de acessar meu äppärät e procurar informações sobre Nettie Fine, de modo a mostrá-las aos guardas? Será que eles iam me arrastar para fora do avião também? Meus pais nasceram no que um dia foi a União Soviética e minha avó sobrevivera aos últimos anos do governo stalinista, ainda que aos trancos e barrancos, mas eu não tinha instinto genético para lidar com autoridade arbitrária. Sucumbo diante de uma força maior. Foi então que, quando minha mão começou a longa jornada do colo até o ar impregnado de medo da cabine, eu quis meus pais perto de mim. Queria a mão da minha mãe atrás do meu pescoço, o toque frio que sempre me acalmava na infância. Queria ouvir meus pais falarem russo em voz alta, pois sempre o considerei a língua da aquiescência inteligente. Queria que enfrentássemos aquilo juntos, pois imagine se eu fosse alvejado por traição e meus pais ficassem sabendo por um vizinho, um noticiário policial, pelo âncora cara de batata do seu FoxLiberty-Ultra? "Amo vocês", sussurrei na direção de Long Island, onde meus pais moravam. Utilizando-me dos meus poderes mentais de satélite, dei um close no telhado verde corrugado da casa humilde de Cape Cod, a minúscula cotação do iuan flutuando sobre a igualmente minúscula mancha verde que era o seu quintal de proletário.

Então quis Eunice perto de mim, compartilhando esses últimos momentos. Queria sentir sua impotência jovem, minha mão sobre seus joelhos ossudos, acariciando-os para acalmá-la, mostrando-lhe que eu era o único que poderia protegê-la.

Nove pessoas, incluindo eu, levantaram as mãos. Os americanos.

– Peguem seus äppäräti.

Assim o fizemos. Sem perguntas. Ergui meu äppärät em um gesto de súplica, como um leãozinho envergonhado, mostrando que fizera bagunça na jaula. Os dados de meu äppärät foram sampleados e escaneados para um äppärät militar por um rapaz que parecia não ter rosto, escondido sob a longa aba verde do boné. Só consegui ver os braços, exsudando a força de um trator. Levantou a cabeça em minha direção, deu um suspiro e depois olhou para o relógio.

– Tudo bem, pessoal, vamos! – gritou.

A primeira classe desembarcou com muita rapidez. Descemos as escadas correndo e seguimos pela pista rachada do JFK, que estremecia sob as frotas de carrinhos blindados para transporte de funcionários e os de transporte de bagagem. O calor do verão aqueceu-me as costas molhadas e senti-me como se tivessem acabado de extinguir um incêndio que me consumia todo o corpo. Peguei meu passaporte americano e o mantive na mão, passando o dedo na águia dourada que decorava a capa, ainda esperando que ela tivesse algum significado. Lembro-me de meus pais afirmando terem tido *sorte* de trocar a União Soviética pelos

Estados Unidos. Ai, meu Deus, pensei, permita que a sorte ainda exista neste novo mundo.

– Por favor, aguardem sob a "guarita da segurança" – disse-nos aos soluços uma das comissárias de bordo.

Andamos na direção de um estranho afloramento em meio a uma paisagem de antigos terminais abandonados, uns amontoados sobre os outros, parecendo uma favela nigeriana. Vimos os velhos prédios de um país precocemente envelhecido; mais adiante, longe dos tanques blindados, guindastes despontavam sobre o complexo futurista do Terminal de Carga da China Southern Airlines ainda em construção. Um tanque se deslocou em nossa direção e os nove americanos da primeira classe instintivamente levantamos as mãos. O tanque parou perto; um único soldado de camiseta e short saiu pela escotilha e, ao lado, colocou uma placa, como as de trânsito que se veem numa autoestrada, as letras pretas contrastando com o fundo de cor laranja:

É PROIBIDO ADMITIR A EXISTÊNCIA DESTE VEÍCULO ("O OBJETO") ATÉ QUE SE ESTEJA A 800 METROS DE DISTÂNCIA DO PERÍMETRO DE SEGURANÇA DO AEROPORTO INTERNACIONAL JOHN F. KENNEDY. A LEITURA DESTE AVISO IMPLICA A NEGAÇÃO DA EXISTÊNCIA DO OBJETO E SEU CONSENTIMENTO.

– Secretaria Americana de Restauração,
Diretriz de Segurança IX-2.11
"Juntos Surpreenderemos o Mundo!"

Os italianos, convencidos de que o pior já havia passado, começaram a falar sobre os dez últimos minutos como se tivessem vivido uma eletrizante aventura geopolítica; as italianas já falavam nas lojas de bolsas em Nolita, onde podiam aproveitar o combalido dólar. Foi então que percebi que o cheiro de medo do gordo não havia saído de minhas narinas, grudando-se aos pelos de meu nariz, os mesmos pelos que Eunice delicadamente puxara na minha cama em Roma, enquanto sussurrava: "Eca, que nojo!" Então, antes que eu soubesse o que acontecera, eu estava sentado no chão da guarita de segurança, as pernas estendidas, imobilizadas, os braços esticados sobre o novo ar americano, como se eu fosse um sonâmbulo ou um atleta fazendo alongamento. Meu passaporte caíra de minha mão. Os italianos diziam algo solidário em minha direção. Estava sempre alerta a doenças, esse gentil povo ancestral. Os sons que Eunice chamava de "verbações" escapavam-me da boca, mas, ainda que encostassem o ouvido na minha boca, ninguém entenderia uma palavra do que eu dizia.

O ÚNICO HOMEM DA MINHA VIDA
DA CONTA DE EUNICE PARK NO GLOBALTEENS

5 DE JUNHO

Formato: Texto longo em linguagem padrão
SUPERDICA DO GLOBALTEENS: *Estudos realizados pela Harvard Fashion School mostram que o excesso de digitação deixa os pulsos largos e nada atraentes. Seja eternamente um GlobalTeen – mude agora para Imagens!*

EUNI-DIOTA NO EXTERIOR *PARA* FODAMADRINHA:
Querido Pônei,
E aí, vagaba? Que chato não ter você por aqui agora, amiga. Estou precisando verbar com alguém e o *Teens* não tá dando conta. Estou tão confusa. Fui a Lucca com Ben (o cara do Crédito). Ele foi superfofo, pagou os restaurantes e o hotel – a gente ficou num quarto lindo! Ele me levou pra conhecer as muralhas da cidade e uma *osteria* maravilhosa; ele é megafamoso lá! Tomamos um vinho de 200 euros. E eu não parava de pensar: "ai, gente, ele seria o namorado perfeito!" e então dei um suadouro naquele corpinho magro e gostoso. Só que, do nada, comecei a dizer a ele, tipo, sem motivo nenhum, que ele tinha chulé, que era vesgo, que estava ficando careca (uma baita MENTIRA). Daí ele amarrou a cara, bloqueou o acesso comunitário no äppärät, pra eu não saber onde ele estava com a porra da cabeça e depois ficou olhando pro nada. Só que a gente não deixou de transar, entende? Transamos. E foi bom. Só que, logo depois, me baixou uma coisa e dei um piti, mas ele tentou me consolar, dizendo que eu parecia uma putinha e que a minha Fodabilidade era de 800+ (o que NÃO é bem assim, porque não consigo achar nenhum cabeleireiro, em Roma, que saiba fazer um corte asiático), mas não conseguiu. Ai, que vergonha, amiga! Acho que não mereço estar com alguém como Ben; durante os passeios pela cidade, fiquei imaginando ele com uma supermodelo linda ou uma garota inteligente mas *mediawhore* gostosa. Alguém que ele realmente mereça e não uma doida feito eu.

Recebi outra mensagem, pelo GlobalTeens, da minha mãe, dizendo que meu pai voltou a aprontar. Pra se livrar dele, Sally foi dormir no quarto de hóspedes lá em cima e mamãe no porão; é que quando ele enche a cara, não consegue nem subir nem descer escada ou, pelo menos, quando consegue, dá pra ouvir o barulho que ele faz.

Fiz de tudo pra arrancar alguma informação de Sally, mas ela só falou coisa sem importância, tipo que mamãe estragou o tofu e o consultório de papai anda vazio; daí, a culpa ou é de mamãe ou dos pacientes, menos dele. Bem, estou procurando passagem aérea mais barata, porque, por mais que eu adore gastar o dinheiro desse filho da puta, sei que sou responsável pelo que acontece com Sally e mamãe.

Acho que parte de mim está apaixonada por Ben, mas sei que não vai rolar, porque a outra parte, a doente, acha que meu pai sempre será o único homem da minha vida. Sempre que algo de bom acontece com Ben, sem mais nem menos, começo a pensar em tudo de bom que meu PAI fez e começo a SENTIR SAUDADE dele. Tipo, ele sempre ajudou os mexicanos pobres, na época da Califórnia: quando os caras não tinham plano de saúde, o que não era raro, ele não cobrava as consultas. Gente, e se eu for a filha má por ter virado as costas pra ele e ter vindo pra Europa? Meu Deus, desculpe por toda essa verborreia. Lembra quando você morava em Long Beach e dormia lá em casa? Lembra que minha mãe acordava a gente, tipo, umas sete da manhã gritando: "liiireo-na! liiireo-na! Deus ajuda quem cedo madruga!" Sinto tanta saudade de você, Querido Pônei!

FODAMADRINHA *PARA* EUNI-DIOTA NO EXTERIOR:
Querido Panda,

E aí, cachorra? Recebi sua mensagem bem na hora que eu estava saindo do carro em frente ao JuicyPussy, em Topanga. Nossa, fiquei supermega-triste. Uma das vendedoras até verbou comigo, querendo saber se eu tava bem e eu disse que eu tava "pensando" e ela fez uma cara de quem pergunta "pra quê?".

Amiga, nem sei o que dizer. Acho que os pais podem decepcionar, mas são os únicos que temos. Tipo assim, a gente tem que respeitar os velhos independentemente de qualquer coisa e se eles fizerem alguma coisa que magoe, a gente precisa tentar ficar na boa e agir com mais carinho ainda. Pena que você não tem um irmão mais velho como eu tenho, porque ele é o para-raios aqui de casa. Deve ser um saco ser a irmã mais velha numa família só de mulher.

Agora, sobre o Ben, acho que você está certíssima! Ele não sabe que tudo isso se deve ao seu conflito interno; deve estar achando que você é uma puta durona e que ele precisa suar a camisa para ganhá-la. O pau dele é curvo pra baixo e meio virado de lado? O do Gopher é (ele tem PhD – Pau Hediondamente Dotado!) e aí fiquei pensando se é o caso de todo cara branco, a curvatura. Está vendo como sou virgem? Ha ha.

Você sabe que pode me verbar a qualquer hora do dia ou da noite. Grande parte do tempo, eu não sei mesmo o que estou fazendo, mas acho legal a gente poder confiar uma na outra, porque o mundo às vezes parece assim, tipo, não sei nem descrever. É como se eu estivesse flutuando e, no momento que alguém se aproximasse de mim ou eu de alguém, rolasse uma estática. Às vezes, as pessoas verbam comigo e eu fico olhando pras bocas com aquela cara de paisagem, tipo: "Gente, do que você está falando?" Como eu respondo a esse troço? Será que adianta alguma coisa o que eu verbo? Tipo, pelo menos você levantou, saiu de casa e foi pra ROMA! Quem faz isso? BTW, aí na Itália eles vendem aquela calcinha transparente e erótica, a TotalSurrender? Acho que é de Milão, mas não tô achando nem no TeenyBoppers nem no AssLuxury. Se você achar azul-marinho, eu reembolso, juro. Você sabe o meu tamanho, vagaba. Sinto muita saudade de você também, Querido Panda. Volte pro sol californiano! Acho que, quando tô tomando a pílula, me dá uma coceira na buça. Que diabo é isso?

7 DE JUNHO

CHUNG.WON.PARK *PARA* EUNI-DIOTA NO EXTERIOR:

Niciiin,

Como você está. Não quero que preocupe. É bom você escrever Sally. Irmã mais nova sempre ouve irmã mais velha. Eu e papai fomos inigreja e conversamos com reverendo Cho. Eu me desculpo com Papai, porque não tenho consideração com ele que trabalha muito e precisa de tudo perfeito, inda mais soon-dubu que é comida preferida dele! ☺ Papai prometeu que quando se sentir isquisito PRIMEIRO vamo rezar junto e pedir DEUS pra Ele dá luz, DEPOIS ele baixa o cacete. Então reverendo Cho leu a Bíblia que diz que mulher vem depois do homem. Ele diz que homem é cabeça e mulher é perna ou braço. Depois a gente reza junto e daí eu coloco você e Sally, porque você e sua irmã são tudo que a gente tem nesse mundo. Senão, a gente nunca saimos da Coreia que agora é país mais rico que Estados Unidos e também não tem muito problema político, mas a gente não pudia adivinhar quando saimos de lá, né? Agora até em Fort Lee se vê tanque na Center Avenue. Muito susto pra mim, como na Coreia em 1980, muito tempo atrás, quando teve problema em Kwangju e muita gente morreu. Espero nada aconteça com Sally em Manhattan.

Então, porque deixamos tudo pra trás por tua causa, você tem muita responsabilidade com Papai, Mamãe e com Irmã. ☺

Acabei de aprender a fazer carinha feliz. Gosta? Haha. Me dê orgulho e espero de você como antes.

Amo você sempre,
Mamãe

EUNI-DIOTA NO EXTERIOR *PARA* CHUNG.WON.PARK:
Mamãe, por que você e Sally não vêm para Roma? Ela pode fazer um curso de verão no ano que vem. Vamos arrumar um apartamento maior e vou levar vocês pra conhecer a cidade. Você merece tirar umas férias do papai. Aqui tem uma igreja cristã (não católica), com culto em coreano, vamos comer uma comida deliciosa e curtir muito. Talvez eu consiga me concentrar mais, porque sei que vocês estarão bem e daí conseguirei tirar nota melhor na prova.

Um beijão,
Eunice

EUNI-DIOTA NO EXTERIOR: Sally, você quer a calcinha da TotalSurrender?
É aquela transparente e erótica que a atriz pornô polonesa usa no vídeo *AssDoctor*.
SALLYSTAR: Aquela de quadris falsos?
EUNI-DIOTA NO EXTERIOR: Acho que sim. Não sei por que, mas não consigo baixar *AssDoctor* no meu äppärät. Nada funciona na Itália.

SALLYSTAR: Dá pra usar com Onionskins, porque é fina e transparente.

EUNI-DIOTA NO EXTERIOR: Por que não usar com jeans comum? Assim, você pode "proteger o mistério", como diz mamãe.

SALLYSTAR: Hahaha. Kwan me contou que, em Los Angeles, umas coreanas recém-chegadas nem usam camisinha, porque querem que os caras pensem que são virgens. E têm tipo 28 anos! Já bem passadinhas, né?

EUNI-DIOTA NO EXTERIOR: NOJO! Não dá pra entender. Você parece melhor. Está tudo bem?

SALLYSTAR: Acho que papai está melhor. Ele entrou no banheiro pra cantar comigo no chuveiro.

EUNI-DIOTA NO EXTERIOR: NO CHUVEIRO?

SALLYSTAR: Não, a cortina estava fechada! Dã!

EUNI-DIOTA NO EXTERIOR: Mas a cortina é de plástico!

SALLYSTAR: Você consegue comprar a TotalSurrender mais barato aí na Itália? Sabe meu número. Na verdade, engordei um pouquinho... estou um número acima. Ai, treva!

EUNI-DIOTA NO EXTERIOR: É só fechar a boca! E vê se não vai deixar o papai entrar no box!

SALLYSTAR: Ele não estava DENTRO do box. É um barato cantar com ele. Cantamos "Sister Christian" e a canção tema de "Oral Surgeon Lee Dang Hee". Lembra que o papai ficava puto com aquela série? Qual era mesmo aquele karaokê onde a gente ia de vez em quando?

EUNI-DIOTA NO EXTERIOR: Ah, acho que é num-sei-quê Olympic! Você devia passar o verão aqui em Roma.

SALLYSTAR: Não dá. Tenho aula. Além do mais, vamos a Washington semana que vem e vai rolar mais protestos no verão.

EUNI-DIOTA NO EXTERIOR: Mamãe me disse que viu um tanque em Ft. Lee. Sally, na boa, não se envolva com política. Venha pra Roma! Tem um shopping enorme com lojas de grife que fica a uns vinte minutos daqui! Lá você vai achar a coleção de outono da Saaami e a linha de verão da JuicyPussy com 80% de desconto.

SALLYSTAR: Pensei que o dólar não valesse mais nada.

EUNI-DIOTA NO EXTERIOR: E ainda economiza. Se liga, 80% de desconto. Faça as contas, cabeção!

SALLYSTAR: Não dá. Tenho que ficar com a mamãe.

EUNI-DIOTA NO EXTERIOR: Ué, venha com ela!
SALLYSTAR: Eunice, tá achando que é fácil dar um jeito nas coisas e deixar todo mundo feliz? Não é assim que a banda toca, querida.
EUNI-DIOTA NO EXTERIOR: Poxa, o que posso fazer então? Rezar para JC e pedir pra Ele "mudar o coração de papai"?
SALLYSTAR: Você sabe que não gosto do reverendo Cho, mas uma coisa que aprendi na igreja foi sobre humildade. O negócio é esse. Meus pais são isso. Preciso aceitar minhas limitações e fazer o melhor que posso com o que Deus me deu. Se você não pensa assim, vai sofrer muito.
EUNI-DIOTA NO EXTERIOR: Ou seja, o negócio é desistir de tudo e deixar JC iluminar seu caminho. Só que pro seu governo, eu já ESTOU sofrendo.
SALLYSTAR: Eu não desisti de nada. Vou ser cardiologista e vou ganhar dinheiro suficiente pra que papai se aposente e não tenha que se preocupar mais com pés brancos fedorentos. Daí quem sabe a gente não consiga ser uma família melhor.
EUNI-DIOTA NO EXTERIOR: Ahã, com certeza isso vai dar um jeito em tudo.
SALLYSTAR: Valeu pela força! Você é igualzinha a papai, mas nem desconfia. Pode ficar em Roma. Um aqui já é mais que o suficiente.
EUNI-DIOTA NO EXTERIOR: Não foi isso que eu quis dizer.
SALLYSTAR: Ah, deixa pra lá.
EUNI-DIOTA NO EXTERIOR: Tenho muito orgulho de você.
EUNI-DIOTA NO EXTERIOR: A doida sou eu, tá?
EUNI-DIOTA NO EXTERIOR: Você ainda está aí? Vou comprar aquela calcinha TotalSurrender, mas aquele sutiã que deixa os mamilos de fora fica por sua conta.
EUNI-DIOTA NO EXTERIOR: Sally! Você sabe que eu fico megatriste quando você me deixa assim no vácuo.
EUNI-DIOTA NO EXTERIOR: Você sabe que eu faria qualquer coisa pra deixar você e mamãe felizes. Talvez eu realmente VÁ pra faculdade de direito e venha a trabalhar no Varejo sofisticado e consiga comprar um apartamento pra mamãe em Manhattan. Assim, ela ficará bem.
EUNI-DIOTA NO EXTERIOR: Vou voltar pra casa, Sally. Oi? Assim que conseguir passagem barata, volto pra casa.

A FALÁCIA DA MERA EXISTÊNCIA
DO DIÁRIO DE LENNY ABRAMOV

6 DE JUNHO

Querido diário,

Segue uma mensagem de Joshie que apareceu no meu äppärät logo após a minha dolorosa experiência no JFK:

> CARO MACACO RESO, JAH VOLTOU? POR AKI MTAS MUDANÇAS POSITIVAS **E CORTES**; SE ACHAR NECESSÁRIO FICAR EM ROMA, FIQUE; SALÁRIO FUTURO & EMPREGO = A COMBINAR.

Que diabo foi isso? Será que Joshie Goldmann, meu empregador e segundo pai, está prestes a me despedir? Será que me mandou à Europa para me afastar mesmo?

Ainda tenho um caderno velho da Mead Five Star do meu tempo de criança, que eu estava louco para usar. Então, tirei uma folha, coloquei sobre a mesinha de centro e, de próprio punho, comecei a escrever o seguinte:

> PLANO ESTRATÉGICO PARA SOBREVIVER
> EM CURTO PRAZO E, NA SEQUÊNCIA, ALCANÇAR
> IMORTALIDADE APÓS RETORNAR A NOVA YORK
> DEPOIS DO FIASCO EM ROMA
>
> Por Lenny Abramov, b.a., m.b.a.

1) Empenhe-se por Joshie – Mostre sua importância na empresa; mostre que você não é apenas vaca de presépio, mas um pensador criativo e um Provedor de Conteúdo; arranje desculpas pelo mau desempenho na Europa;

consiga um aumento; diminua as despesas; economize para os primeiros tratamentos de descronificação; duplique sua própria expectativa de vida nos próximos vinte anos e continue aumentando de forma exponencial até conseguir Prorrogação Indefinida de Vida.

2) Consiga a proteção de Joshie – Evoque o laço paternal em resposta à situação política. Fale sobre o que houve no avião; evoque sentimentos judaicos, como o terror e a injustiça.

3) Ame Eunice – Ainda que ela esteja longe, tente considerá-la uma parceira em potencial; pense em suas sardas e sinta-se amado por ela, de forma a reduzir os níveis de estresse e sentir-se menos só. Deixe que a doçura dela o faça ainda mais feliz!!! Então, implore para que ela venha a Nova York e deixe-a tornar-se, a curto prazo, uma amante relutante, companheira cuidadosa, uma linda e jovem esposa.

4) Dê atenção aos amigos – Encontre-se com eles assim que tiver conversado com Joshie e tente recriar um sentido de comunidade com Noah e Vishnu, seus BFFs.

5) Seja legal com seus pais (dentro de certos limites) – Talvez sejam cruéis, mas representam seu passado e quem você é. 5a) Busque semelhanças com seus pais – eles cresceram numa ditadura e, um dia, você poderá viver numa também!!!

6) Celebre o que você possui – Tem gente em piores condições. Pense naquele gordo coitado no avião (onde estará ele agora? O que estarão fazendo com ele?), coloque-se no lugar dele e sinta-se feliz.

Dobrei o papel e coloquei-o na carteira para deixá-lo à mão. "Agora...", disse a mim mesmo, "Ponha seu plano em prática!"

Primeiro, celebrei o que possuo (item 6). Comecei pelos 69 metros quadrados que compõem a parte da ilha de Manhattan que me cabe. Moro no último reduto de classe média da cidade, no último andar de um zigurate de tijolos vermelhos que o sindicato dos trabalhadores judeus da indústria de vestuário ergueu às margens do East River, na época em que os judeus costuravam para sobreviver. Diga o que quiser, mas esses conjuntos habitacionais são cheios de gente velha e autêntica que tem um monte de histórias verdadeiras para contar (embora essas histórias sejam quase sempre cheias de rodeios e difíceis de acompanhar; por exemplo, quem foi esse tal de "Dillinger"?).

Depois, celebrei minha Muralha de Livros. Contei os volumes na estante modernista de mais de seis metros de comprimento, só para me certificar de que meu sublocatário não tinha posto nenhum deles no lugar errado ou usado na lareira.

"Vocês são sagrados para mim", eu disse aos meus livros. "Só eu ainda gosto de vocês. Ficarão comigo para sempre e, um dia, vou torná-los importantes de novo." Pensei naquela calúnia terrível por parte da nova geração: que os livros *fedem*. Mesmo assim, por via das dúvidas, preparando-me para a inevitável chegada de Eunice Park, resolvi borrifar um pouco de Pinho Sol, essência de flores do campo, ao redor dos volumes, espanando com a mão as gotículas do produto em direção às lombadas. Em seguida, celebrei o resto de meu patrimônio: os móveis modulares, os eletrônicos reluzentes, a cômoda inspirada em Corbusier, de meados dos anos 1950, cheia de recordações de relacionamentos passados, algumas com cheiro bem marcante dos países baixos, outras, impregnadas de uma tristeza que eu já deveria ter aprendido a esquecer. Celebrei a mesinha de varanda difícil de montar (uma das pernas ainda está curta demais) e tomei um pavoroso café nada romano *al fresco*, apreciando o movimentado horizonte do centro da cidade a uns vinte quarteirões adiante, helicópteros civis e militares passando pela exagerada torre da "Freedom" Tower e por toda aquela desordem cintilante de downtown. Celebrei os conjuntos habitacionais de prédios baixos que invadiam minha vista, logo em primeiro plano, as tais Vladeck Houses, igualmente erguidas em tijolos vermelhos, em solidariedade com meu prédio, não exatamente orgulhosas de si mesmas, mas sentindo-se resignadas e necessárias, seus milhares de moradores prontos para o calor de verão – e, se é que posso especular – o amor de verão. Mesmo a uma distância de trinta metros, às vezes consigo ouvir os gemidos de dor amorosa que seus residentes emitem por trás das esfarrapadas bandeiras de Porto Rico e, outras vezes, gritos violentos.

Com o amor em mente, resolvi celebrar a estação. Para mim, a transição de maio para junho é marcada pela mudança radical de meias três-quartos para meias soquete. Rapidamente, coloquei uma calça branca de linho, uma camisa listradinha da Penguin, um macio par de tênis malaios, de modo que fiquei parecido com muitos de meus vizinhos nonagenários. Meu prédio fica em uma área residencial de aposentados, uma espécie de Flórida para quem está debilitado demais ou não tem condições financeiras para mudar-se para Boca a tempo de morrer por lá. Perto do elevador, cercado por velhinhos de cadeiras de rodas motorizadas e por seus acompanhantes jamaicanos, contabilizei a carnificina diária no Quadro de Avisos Fúnebres. Só nos dois últimos dias, cinco moradores tinham falecido. A mulher que morava no E-707 (imediatamente acima de mim), Naomi Margolis, de oitenta e poucos anos, falecera e o filho, David Margolis, convidava a eclética vizinhança – os jovens profissionais da Mídia e do Crédito, as velhas costureiras viúvas e socialistas e os judeus ortodoxos, sempre em constante multiplicação – para "celebrarem a sua memória" em sua casa em Teaneck, Nova Jersey. Eu admirava a sra. Margolis por ter vivido tanto, mas, a partir do momento em que se aceita a ideia de que a memória, de alguma forma, pode substituir o ser humano em si, pode-se também abrir mão do conceito de Prorrogação Indefinida de Vida. Creio poder dizer que, ao mesmo tempo em que admirava a sra. Margolis, eu a *odiava*. Eu a odiava por ter desistido da vida, por ter deixado que as ondas viessem e partissem, levando-lhe o corpo decrépito. Talvez eu odiasse todos os idosos de meu prédio e quisesse que todos desaparecessem logo de uma vez, para que eu pudesse me concentrar na minha própria luta contra a mortalidade.

Com minha roupa de velho estiloso, desci a Grand Street, com tranquilidade e elegância, em direção ao East River Park, pisando em cada meio-fio com o profundo "ai, ai!", interjeição de cumprimento e resposta do meu bairro. Sentei-me no meu banco preferido, ao lado do sólido e consistente realismo do ancoradouro da ponte Williamsburg, notando que parte da estrutura parecia um monte de engradados de leite empilhados. Celebrei as mães adolescentes de Vladeck, cuidando do dodói dos filhos ("Uma abelha encostou em mim, mamãe!"). Eu gostava de ouvir a língua realmente *falada* pelas crianças. Verbos exagerados, substantivos explosivos, preposições lindamente desajeitadas. Era língua, não dados. Quanto tempo levaria para que aquelas crianças entrassem no denso mundo dos cliques do äppärät de suas mães absortas e seus pais ausentes?

Então avistei uma velhinha chinesa, de aparência saudável, pronta para a celebração e, a uma velocidade de cem metros por hora, segui-a pela Grand Street e depois pela East Broadway, observando-a apalpar tubérculos exóticos e mexer com uns peixes prateados. Fazia compras com despreocupação suburbana, comprando tudo o que lhe caía nas mãos e em seguida, depois de cada compra, corria para ficar ao lado de um dos postes telegráficos de madeira que hoje ladeiam a rua.

Sandi, meu amigo que trabalha com moda em Roma, comentara sobre esses Postes de Crédito, e falara muito sobre o design retrô bacana, do jeito como a madeira foi intencionalmente sulcada em certos pontos e como o fio tinha sido substituído por luzes coloridas. O visual retrô dos Postes tinha a óbvia intenção de evocar um tempo menos propenso a mudanças na história de nosso país, exceto pelos pequenos contadores digitais na altura dos olhos que registravam a pontuação de Crédito daqueles que por eles passavam. Sobre os postes, placas da Secretaria Americana de Restauração piscavam em vários idiomas. Nas áreas de Chinatown na East Broadway, os cartazes diziam em inglês e chinês "A América Celebra seus Consumidores!" – com o desenho animado de uma formiguinha correndo, toda serelepe, em direção a uma montanha de presentes de Natal. Nas áreas latinas da Madison Street, lia-se em inglês e espanhol "Poupe para os tempos difíceis, *Huevón*!" – com um gafanhoto de cara amarrada vestindo um terno zoot e mostrando os bolsos vazios. Cartazes alternados mostravam os seguintes dizeres nas três línguas:

> O Barco Está Cheio
> Evite a Deportação
> Latinos, Economizem
> Chineses, Gastem
> Mantenham SEMPRE Sua Pontuação de Crédito Dentro do Limite
>
> Secretaria Americana de Restauração
> "Juntos Surpreenderemos o Mundo!"

Senti um arrepio liberal penetrante ao ver seres humanos de várias raças sumariamente reduzidos e estereotipados, mas fiquei voyeuristicamente interessado em ver a pontuação de Crédito das pessoas. A senhora chinesa tinha 1.400 – muito bom –, mas outros, como as jovens mães latinas e até mesmo um jovem judeu hasside esbanjador passando pela rua aos bufos, tinham suas pontuações abaixo de 900 piscando em vermelho. Deu pena. Passei por um dos Postes, permitindo-lhe colher os dados de meu äppärät e vi minha própria espantosa pontuação: 1.520. Ao lado, entretanto, havia um asterisco vermelho piscando.

Estaria a lontra ainda no meu encalço?

Pelo GlobalTeens, enviei uma mensagem para Nettie Fine, mas recebi um arrepiante "DESTINATÁRIO DELETADO" como resposta. Como assim? O GlobalTeens *jamais* deleta quem quer que seja. Tentei rastreá-la pelo GlobalTrace, mas recebi uma mensagem ainda mais assustadora: "DESTINATÁRIO NÃO RASTREÁVEL/

INATIVO". Que tipo de gente não pode ser encontrado na face da Terra?

Quando estava em Roma, costumava almoçar com Sandi no da Tonino e falávamos sobre as coisas de Manhattan de que mais tínhamos saudade. Para mim, os bolinhos fritos de carne de porco com cebolinha da Eldridge Street; para ele, as negras velhas e mandonas da companhia de gás ou do departamento de auxílio-desemprego que o chamavam de "amor", "meu bem" e às vezes de "neném". Ele disse que não era coisa de boiola, mas que as negras o acalmavam, como se ele tivesse conquistado momentaneamente o amor e o cuidado materno de uma perfeita estranha.

Creio ser exatamente isso que eu desejava neste momento com Nettie Fine "INATIVA", com Eunice a seis fusos horários de distância, com os Postes de Crédito reduzindo todo o mundo a um simples numeral de três dígitos, com um gordo inocente arrastado do avião, com Joshie dizendo-me: "futuro salário & emprego = a combinar": um pouco de amor e cuidado materno.

Andei para cima e para baixo pela Grand Street, tentando organizar as ideias, restabelecer minha relação com o lugar. Contudo, não eram apenas os Postes de Crédito. O bairro mudara bastante desde que fui para Roma um ano atrás. Todos os estabelecimentos comerciais menores de que me lembrava ainda estavam lá, lojas decadentes com piso de linóleo e nomes tipo A-OK Pizza Shack, frequentados por clientes pobres que martelavam o teclado de um velho terminal de computador, enquanto lambuzavam a cara com o óleo da pizza; empilhados em um canto, dez volumes da edição de 1988 do *New Book of Popular Science*, todos mofados, aguardando clientes que soubessem ler. Havia, entretanto, um desnorteamento maior na população; pela rua cheia de ossos de galinha, desempregados cambaleavam, como se tivessem bebido meio litro de álcool de cereais, e não apenas uma dose de Negra Modelos, suas expressões pesadas, sob a influência deprimentemente ébria que em geral associo a meu pai. Uma menina de tranças e aparência angelical, com uns sete anos de idade, gritava para seu äppärät: "Se eu 'misbarrar' com aquela crioula de novo, ela vai levar um soco bem na boca do estômago!" Uma judia, já idosa, moradora do meu prédio, caíra sobre o asfalto quente e os amigos fizeram uma espécie de cortina humana à sua volta, enquanto ela girava feito uma tartaruga. Perto da cerca de arame farpado, que circundava um condomínio de luxo que não deu certo, um bêbado com uma camisa guayabera, cheia de frufru, baixou a calça e começou a evacuar. Já vi esse cavalheiro cagando em público antes, mas a expressão de dor em sua face, o jeito com que ele esfregava as ancas nuas enquanto defecava, como se o calor de junho não fosse suficiente para mantê-las aquecidas, os grunhidos assustadores que soltava em direção ao céu de nossa cidade, talhado de nuvens, causaram-me a sensação de que a rua em que nasci estava escapando de mim e caindo no East River, dentro de uma nova brecha do tempo, onde podíamos todos arriar as calças e cagar furiosamente sobre a terra natal.

Um veículo blindado para transporte de soldados com a insígnia da Guarda Nacional de Nova York estava estacionado transversalmente numa cratera imensa, do tamanho de um homem, no movimentado cruzamento da Essex com a Delancey; na parte superior do veículo, uma metralhadora Browning, calibre 50, girava 180 graus para frente e para trás, como um metrônomo retardado pela agitada, mas tranquila região do Lower East Side. O tráfego estava todo parado ao longo da Delancey Street. Um engarrafamento silencioso, já que ninguém ousava buzinar em direção à viatura militar. A esquina onde eu estava esvaziou-se até que fiquei ali sozinho, o olhar fixo no cano de uma arma feito um idiota. Apavorado, ergui as mãos e tratei de me arrancar dali.

Minhas celebrações começaram a ficar complicadas. Peguei minha lista e resolvi ir direto ao item 2 (Consiga a proteção de Joshie). Próximo a Povertea, um bistrô em Bowery recém-fechado, achei um táxi e segui para o covil de meu segundo pai, no Upper East Side.

A divisão de Serviços Pós-Humanos da Staatling-Wapachung Corporation fica em uma antiga sinagoga em estilo mourisco, perto da Quinta Avenida, um edifício maltratado e todo enfeitado de arabescos, contrafortes estranhos e mais um monte de porcaria que lembra um Gaudí menor. Joshie o comprou em um leilão, à bagatela de 80 mil dólares, quando a congregação fechou as portas, depois de ser passada para trás por um esquema de pirâmide judaico, anos atrás.

A primeira coisa que observei foi o odor familiar. No ar, uma densa camada de aromatizador de ambientes hipoalergênico recomendado pela divisão de Serviços Pós-Humanos, para mimetizar o complexo aroma da imortalidade. Os suplementos, a dieta, a constante retirada de sangue e de pele para exames, o medo de componentes metálicos encontrados em boa parte dos desodorantes, criam uma curiosa mistura de odores *post-mortem*, dos quais o mais benigno é o "bafo de sardinha".

Com algumas exceções, não fiz nenhuma amizade na Serviços Pós-Humanos desde que cheguei aos trinta. É duro fazer amizade com gente de vinte e dois anos que reclama do seu nível de glicose ou posta uma mensagem no GroupTeen informando o seu índice de adrenalina com um smiley. As pichações nas paredes e portas dos banheiros dizendo "A taxa de insulina de Lenny Abramov está uma loucura" carregam certa dose de competitividade que, por sua vez, eleva os índices de cortisol associados ao estresse e provoca falência das células.

Ainda assim, quando passei pela porta, esperei que fosse reconhecer *alguém*. O dourado santuário principal da sinagoga estava cheio de moças e rapazes vestidos com desleixo agressivo pós-universitário, mas projetando, de algum lugar entre os olhos, a mensagem de que eram a personificação da letra da canção de Whitney Houston já mencionada aqui: que eles, as crianças, são *de facto* o futuro. Tínhamos funcionários suficientes na Serviços

Pós-Humanos para repopular as Doze Tribos de Israel originais, habilidosamente representadas nos vitrais das janelas do santuário. Sob a luz azul-oceânica que os vitrais projetavam, como parecíamos opacos.

A arca, onde se guardavam as torás, tinha sido retirada e, do lugar que antes ela ocupava, pendiam cinco gigantescos quadros de horários Solari que Joshie resgatara de várias estações ferroviárias italianas. Em vez dos horários de *arrivi* e *partenze* dos trens chegando e partindo de Florença ou Milão, o painel mostrava os nomes dos funcionários da Serviços Pós-Humanos e também os resultados dos nossos últimos exames físicos, nossas taxas de metilação e homocisteína, de testosterona e estrogênio, de insulina e triglicérides, e, mais importante, nossos "indicadores de estado de espírito + estresse", que deveriam sempre sugerir "positivo/brincalhão/pronto a colaborar", mas que, com o *input* de colegas competitivos, poderiam mudar para "de ovo virado hoje" ou então "sem espírito de equipe este mês". Naquele dia em particular, os flapes preto e branco viravam alucinadamente, mudando letras e números – um monótono tique-taque – formando novos índices numéricos e palavras, quando um infeliz Aiden M. foi rebaixado de "refazendo-se da perda de ente querido" para "deixando a vida pessoal interferir no trabalho" e depois para "problema de relacionamento com os outros". Como se já não bastasse, muitos de meus ex-colegas, inclusive meu amigo russo, o brilhante maníaco-depressivo Vasily Greenbaum, foram marcados pela temida legenda TREM CANCELADO.

Quanto a mim, nem da lista constava.

Posicionei-me no meio do santuário, num local abaixo dos Quadros, tentando fazer parte daquele suave vozerio ao meu redor.

– Oi – cumprimentei.

E com um movimento de braços:

– Sou Lenny Abramov, pessoal!

Entretanto, minhas palavras desapareceram no novo revestimento de madeira à prova de som; diversos jovens, alguns de braços dados, como se fossem namoradinhos casuais, passavam freneticamente pelo santuário em direção à Cozinha de Soja ou a Lounge da Eternidade, ignorando-me. Fiquei ali ouvindo as palavras "Política Flexível" e "Redução de Danos", "ROFLAARP", "PRGV", "TIMATOV" e "plug anal Rubenstein" e, com uma risada feminina, "Macaco Reso".

Meu apelido! Alguém reconhecera minha relação especial com Joshie, o fato de que um dia fui importante naquele lugar. Era Kelly Nardl. Minha querida Kelly Nardl. Uma mulher da minha idade, baixinha, toda durinha, por quem eu me sentiria profundamente atraído se conseguisse viver a três metros de seus odores animais não desodorizados. Cumprimentou-me com um beijo em cada lado do rosto, como se fosse ela quem estivesse retornando da Europa. Depois levou-me pela mão até sua mesa limpinha e brilhante, no local em que um dia foi a sala do chantre.

– Vou preparar um prato de legumes crucíferos pra você, meu querido – disse, reduzindo minha apreensão com aquela frase. Na Serviços Pós-Humanos, não se despede ninguém depois de lhe servir broto de repolho. Legumes sinalizam respeito. Por outro lado, Kelly, criada na Louisiana, era uma exceção aos tipos inflexíveis do local; doce e gentil, uma versão mais jovem e menos histérica de Nettie Fine (que ela esteja viva e bem, seja lá onde for).

Parei ali, enquanto ela, de costas para mim, salpicava agrião dourado sobre estepes de couve siberiana. Coloquei as mãos sobre seus ombros fortes e senti o cheiro de sua ácida vitalidade. Ela então encostou o rosto quente no meu punho, um gesto tão familiar a mim que parecia que tínhamos nos relacionado em outras vidas. As coxas claras e exuberantes saíam de dentro de um modesto short cáqui. Foi então que lembrei-me de *celebrar*, naquele caso, cada polegada da imperfeição de Kelly.

– Ué, cancelaram o trem de Vasily Greenbaum? Ele tocava violão e até falava um pouco de árabe. Era *tão* "pronto a colaborar" quando não estava deprimido.

– Ele fez quarenta anos mês passado – respondeu Kelly com um suspiro. – Não atingiu a cota.
– Também já estou chegando aos quarenta. E por que meu nome não está no Quadro?
Kelly não disse nada. Picava couve-flor com um estilete cego, o suor gotejando da testa branca. Uma vez eu e Kelly tomamos uma garrafa de vinho juntos – ou "resveratrol", como a Serviços Pós-Humanos prefere chamar – em um barzinho, no Brooklyn. Depois eu a levei até o violento prédio em Bushwick, onde ela residia, e então pensei se um dia eu conseguiria me apaixonar por uma mulher tão discreta e compulsivamente decente (resposta: não).
– Quem da turma antiga ainda está por aqui? – perguntei, hesitante. – Não vi o nome de Jami Pilsner. Nem o de Irene Po. Vão despedir todo mundo?
– Howard Shu está indo bem. Foi promovido.
– Ótimo!
De todo mundo ainda empregado, tinha de ser o magricela, aquele canalha do Shu, meu colega de turma na NYU, que teve desempenho melhor do que o meu nos últimos doze anos em todas as disputas ferrenhas da vida. Particularmente acho que há um quê de tristeza nos funcionários da Serviços Pós-Humanos; creio que o arrogante e altamente profissional Howard Shu seja a personificação dessa tristeza. A verdade é que podemos até achar que somos o futuro, mas não somos. Somos empregados e aprendizes, não clientes imortais. Poupamos nosso iuan, tomamos nossos suplementos alimentares, picamo-nos, sangramos e medimos aquele líquido roxo escuro de mil maneiras diferentes, fazemos tudo, menos rezar, mas, no final, ainda estamos marcados para morrer. Eu poderia até mapear meu genoma e meu proteoma. Poderia declarar uma guerra nutricional contra meu alelo apo E4 defeituoso até tornar-me um legume crucífero ambulante, mas nada poderia curar meu principal defeito genético:
Meu pai é zelador, nascido num país pobre.

O pai de Howard Shu é ambulante e vende miniaturas de tartaruga em Chinatown. Kelly Nardl é rica, mas nem tanto assim. O padrão socioeconômico em que crescemos já não conta mais. O äppärät de Kelly acendeu, iluminando-a e fazendo-a mergulhar nas necessidades de centenas de clientes. Após a decadência diária de Roma, nossas salas pareceram um exagero. Tudo banhado por cores suaves e pelo brilho saudável de madeira natural, os equipamentos cobertos por sarcófagos estilo Chernobyl, quando não estão em uso, estimuladores de ondas Alfa escondidos atrás de telinhas japonesas, acariciando nossos cérebros hiperativos com raios relaxantes. Pequenas dicas engraçadas espalhadas por toda a parte: "Diga não ao amido", "Anime-se! O pessimismo mata", "Células de telômero estendido são bem mais eficazes", "A NATUREZA TEM MUITO A APRENDER CONOSCO." E, tremulando acima da mesa de Kelly, um cartaz de "procura-se" mostrando um desenho de um hippie levando uma pancada com um buquê de brócolis na cabeça:

PROCURA-SE
Por furto de elétron
Assassinato de DNA
Sério dano celular

ABBIE "RADICAL LIVRE" HOFFMAN
AVISO: indivíduo talvez armado e perigoso
Não tente capturá-lo
Contate as autoridades imediatamente
e aumente o consumo de coenzima Q10

– Acho que vou para minha mesa – anunciei.
– Meu querido... – respondeu ela com os longos dedos ao redor dos meus. Dava para afogar um gatinho naqueles olhos azuis.
– Ai, meu Deus. Não me diga que...

– Você não tem mais mesa. Quer dizer, alguém a tomou. Aquele menino da Brown-Yonsei. *Darryl*, acho eu.
– Cadê Joshie? – perguntei automaticamente.
– Voltando de Washington – respondeu, checando o äppärät.
– Seu jatinho teve problemas mecânicos e ele está voltando de comercial. Vai chegar lá pela hora do almoço.
– O que faço? – sussurrei.
– Já seria um adianto dar uma rejuvenescida no visual. Cuide-se. Vá ao Lounge da Eternidade. Aplique Lexin-DC concentrado sob os olhos.

O Lounge da Eternidade estava lotado de jovens fedorentos de olhos grudados nos äppärät ou recostados nos sofás com a cara virada para o teto, desestressando, respirando corretamente. O aroma constante, similar ao de nozes, do chá verde sendo feito, conferia discretamente uma dose de nostalgia à apreensão que eu sentia por dentro. Eu estava presente, quando inauguramos aquele lounge, cinco anos atrás, onde outrora fora a sala de banquete da sinagoga. Eu e Howard Shu levamos três anos para tirar aquele fedor de carne de peito.

– Oi – cumprimentei quem estivesse a fim de ouvir.

Olhei para os sofás, mas não havia lugar nem para uma mosca. Peguei meu äppärät, mas percebi que os novatos tinham, em volta do pescoço, o modelo novo em forma de seixo, o mesmo de Eunice. Pelo menos três das meninas na sala eram lindas de um jeito que transcendia o aspecto físico, o que fazia com que a pele macia, etnicamente indefinida, e os melancólicos olhos castanhos remetessem aos primórdios da Mesopotâmia.

Dirigi-me ao frigobar onde havia chá verde sem açúcar, água alcalinizada e 231 suplementos nutricionais diários. Quando eu estava quase pegando os óleos de peixe e os cucrumins que evitam toda sorte de inflamação, alguém riu de mim; era uma risada feminina e, consequentemente, mais odiosa ainda. Espalhados aleatoriamente sobre os luxuosos sofás, meus colegas de trabalho pareciam personagens de um seriado de TV sobre jovens de Manhattan a que eu assistia quando menino.

– Passei um ano em Roma. Acabo de retornar – anunciei tentando dar um tom arrogante à voz. – Nunca vi tanto carboidrato. Preciso *ur-gen-te-men-te* encher a cara de nutrientes essenciais! Bom estar de volta, galera!

Silêncio total. Mas, quando voltei para pegar os suplementos, alguém perguntou:

– Qual é a boa, Macaco Reso?

Era um garoto com um esboço de bigode e um macacão cinza bem justo, com as palavras SUK DIK estampadas no peito, uma espécie de bandana vermelha em volta do pescoço. Era provavelmente Darryl, o cara da Brown que se apossou de minha mesa. Não devia ter mais que 25 anos. Sorri para ele, olhei para meu äppärät, suspirei, como se estivesse cheio de coisa para fazer, e, então, discreta e sorrateiramente, comecei a sair do Lounge da Eternidade.

– Vai aonde, Reso? – perguntou, bloqueando minha passagem com aquele corpo magro e de bunda durinha, enfiando seu äppärät na minha cara, seu rico cheiro orgânico invadindo-me as narinas.

– Não quer fazer um exame de sangue pra nós, cara? Estou vendo os triglicerídeos lá em 135. Isso foi *antes* de você fugir pra Europa feito um pastel.

Lá no fundo, ouvi mais risinhos, a mulherada adorando aquela provocação maldosa.

Afastei-me, murmurando:

– Cento e trinta e cinco ainda está dentro do limite.

Qual foi mesmo o acrônimo que a Eunice usou?

– JBF – respondi. – Tô de brincadeira.

E mais risinhos! Uma reunião da panelinha dos lindos e jovens, o brilho de mãos sem pelos, segurando brilhosos pingentes tecnológicos cheios de dados úteis. Por um momento, diante dos meus olhos, vi a prosa de Thecov, sua descrição de Laptev, filho do mercador de Moscou, que "sabia que era feio e agora sentia por todo o corpo a consciência de sua feiura".

Ainda assim, o animal acuado dentro de mim se defendeu.
– Cara... – comecei, lembrando-me de como o jovem mal-educado no avião me chamara, ao queixar-se do fedor do meu livro. – Cara, dá pra *sentir* seu ódio. Tudo bem, vou fazer um exame de sangue, mas vamos aproveitar e verificar suas taxas de cortisol e de epinefrina. Vou colocar seu nível de estresse nos Quadros. Você está tendo problema de relacionamento com os outros.

Só que ninguém ouviu as minhas sábias palavras. O suor que brilhava em minha testa de homem das cavernas falava por elas. Um convite aberto. Deixe que os jovens devorem os velhos. O cara da estampa SUK DIK me empurrou até que senti o frio da parede do Lounge da Eternidade contra minha escassez capilar. Ele enfiou o äpärät na minha cara. Na tela, piscava o resultado de meu exame de sangue do ano anterior.

– Como se atreve a voltar com esse índice de massa corporal? Acha que vai simplesmente ocupar uma de nossas mesas? Depois de passar um ano na Itália, fazendo um monte de cagada? Sabemos tudo sobre você, Macaco. Acho melhor dar o fora, senão vou enfiar um macarrão cheio de carboidrato no seu rabo *agora mesmo*!

Uma gigantesca onda de gargalhadas de siticom veio por trás dele – um burburinho de ódio feliz e uma alegre consternação, o apoio da tribo ao seu membro mais fraco.

Depois que o coração deu duas batidas e meia, os risos cessaram.

Ouvi murmurarem Seu Nome e o clip-clop de sua chegada. A multidão inquieta e barulhenta se dispersou, os guerreiros do SUK DIK saindo de fininho, os Darryls e as Heaths.

E lá estava ele. Mais jovem do que antes. Os tratamentos de descronificação iniciais – os tratamentos beta, como chamam – já fazendo efeito. O rosto sem linhas de expressão e harmoniosamente sereno, exceto pelo nariz grosso, que se contorcia vez ou outra, alguns grupamentos musculares fora de controle. Como duas sentinelas, as orelhas ladeavam-lhe a cabeça tosquiada.

Joshie Goldmann nunca revelava a idade, mas eu supunha que ele estivesse com uns sessenta e tantos anos: um homem de quase 70 anos, com um bigode preto como a eternidade. Algumas vezes, quando saímos juntos para comer em um restaurante, acharam que ele fosse meu irmão mais bonito. Tínhamos em comum uma mistura indefinida – e não muito admirada por sinal – de lábios carnudos, sobrancelhas grossas e peito projetado para frente, como o de um terrier, mas as semelhanças paravam por aí. Já que, quando Joshie olhava para alguém, quando baixava o olhar sobre alguém, a pessoa sentia o calor subir pela face e sentia-se estranha e irrevogavelmente presente.

– Oh, Leonard – disse ele, suspirando e fazendo um gesto negativo com a cabeça. – Esses caras estão pegando no seu pé? Pobre Reso. Venha. Vamos conversar.

Sem graça, eu o acompanhei escadaria acima (elevadores, *jamais*) até sua sala. Na verdade, ele subiu coxeando. Joshie tem um problema ósseo sobre o qual nunca falou, que o faz claudicar, caminhando em segmentos, em intervalos irregulares, como se uma música de Philip Glass comandasse-lhe os passos.

Sua sala estava cheia de funcionários jovens, uns 12, que, aliás, eu nunca vira antes, todos falando ao mesmo tempo.

– Pessoal – dirigiu-se aos seus acólitos. – Poderiam nos dar licença? É coisa rápida.

Suspiro coletivo. Juntos, passaram por mim, surpresos, agitados, confusos, os äppäräti já projetando dados a meu respeito, talvez informando-lhes minha insignificância, a obsolescência de meus 39 anos.

Ele então passou a mão pelos cabelos em minha nuca e virou-me a cabeça.

– Tão grisalho! – constatou.

Quase dei um passo para trás na intenção de me afastar. O que Eunice dissera nos últimos instantes em que passáramos juntos? *Você tá velho, Len.* Entretanto, permiti que ele me examinasse de perto, assim como eu observava seu peito protuberante, semelhante ao de uma águia, a presença muscular de seu nariz de calibre Nettie Fine, o equilíbrio que ele mantinha com muito custo sobre o chão. Afundou as mãos em meu escalpo e senti a inusitada frieza de seus dedos.

– Tão grisalho! – repetiu.

– São os carboidratos das massas – gaguejei. – E o estresse da vida na Itália. Por incrível que pareça, não é fácil viver lá com salário americano. O dólar...

– Como está seu nível de pH? – interrompeu-me.

– Nossa... – comecei a responder. A sombra produzida pelos galhos de um magnífico carvalho subia pela janela, conferindo à abóbada raspada de Joshie um par de cornos. As janelas daquela parte da sinagoga tinham sido planejadas de forma a projetar os Dez Mandamentos. A sala de Joshie ficava no último andar, com os dizeres "Amar a Deus sobre todas as coisas" ainda gravados na janela em inglês e em hebraico.

– ... oito ponto nove – completei.

– Você precisa se desintoxicar, Len.

Ouvia-se uma gritaria do lado de fora da sala. Vozes excitadas, uma mais alta que a outra, chamando-lhe a atenção, as tarefas do dia dispostas como os intermináveis corredores de dados se espalhando por Manhattan. Sobre a mesa de Joshie, um pedaço de vidro liso, uma graciosa moldura digital, mostrava sua vida em slides – o jovem Joshie vestido de marajá durante a brevíssima temporada de seu espetáculo solo fora do circuito da Broadway; budistas felizes da vida, olhando para a câmera, ajoelhados no templo laosiano que ele, Joshie, com dinheiro do próprio bolso, reconstruíra do zero; em outra foto, aparecia com um chapéu de palha em formato de cone, mal contendo um sorriso, durante o curto período em que plantou soja.

– Vou beber quinze copinhos de água alcalinizada por dia – comprometi-me.

– Essa sua calvície me preocupa.

Soltei uma gargalhada.

– Ha ha. Também me preocupa, Urso Pardo – respondi.

– Não estou me referindo ao aspecto estético. Toda essa testosterona judaico-russa está se transformando em diidrotestosterona. Isso mata! Câncer de próstata no futuro. Vai precisar de, pelo menos, 800 miligramas de Saw Palmetto por dia. O que há de errado com você, Reso? Por que essa cara de choro?

Entretanto, eu só queria ouvir um pouco mais daquele cuidado dele para comigo. Queria que ele prestasse mais atenção à minha diidrotestosterona e que me salvasse daqueles belos bullies do Lounge da Eternidade. Joshie sempre recomendou ao pessoal da Serviços Pós-Humanos que mantivesse um diário, para lembrarmos de quem *fomos*, porque a todo instante nossos cérebros e sinapses são reconstruídos e religados sem a menor preocupação com nossas personalidades. Assim, a cada ano, a cada mês, a cada dia, transformamo-nos em pessoas diferentes, uma iteração completamente inconfiável de nossa identidade original, da criança babona na caixa de areia. Mas eu não. Eu ainda sou uma cópia da minha tenra infância. Ainda estou à procura de um pai para me levantar, tirar a areia de minha bunda e ouvir o inglês fluido e imaculado saindo de sua boca. Meus pais foram crias de Nettie Fine, por que eu não podia ser cria de Joshie?

– Acho que estou apaixonado – gaguejei.

– Pode se abrir comigo.

– Ela é superjovem. Supersaudável. Asiática. Altíssima expectativa de vida.

– Já conhece minha opinião sobre o amor.

O vozerio do lado de fora mudava da impaciência para um profundo descontentamento adolescente.

– Acha que não devo ter nenhum relacionamento afetivo? Posso evitar.

– Estou brincando, Lenny – disse, dando um doloroso soco no meu ombro, subestimando sua nova força jovial. – Caramba, relaxe! O amor é ótimo para o pH, o ACTH, o LDL, ou qualquer mal que o aflija. Desde que seja um amor bom, *positivo*, sem desconfiança ou hostilidade. Agora precisa fomentar nessa saudável asiática uma dependência em você, similar à sua dependência em *mim*.

– Não me deixe morrer, Joshie. Preciso dos tratamentos de descronificação. Por que meu nome não está no Quadro?

– Estamos fazendo grandes mudanças, Macaco. Se tivesse acompanhado o CrisisNet em Roma, como devia, saberia exatamente do que estou falando.

– O dólar? – perguntei hesitante.

– Esqueça o dólar. O dólar é apenas um sintoma. Este país não produz nada. Nossos ativos não valem nada. A Europa do norte está arrumando um jeito de se dissociar da nossa economia e, na hora em que os asiáticos fecharem a torneira da grana, estaremos acabados. E sabe do que mais? Isso vai ser ótimo para a Serviços Pós-Humanos! Medo da Idade das Trevas, isso é que vai valorizar *totalmente* o nosso perfil. Talvez até os chineses e os cingapurianos nos comprem à vista. Howard Shu fala um pouco de mandarim. Seria bom você estudar mandarim. *Ni hao* e toda aquela parada.

– Desculpe se eu o decepcionei ficando tanto tempo em Roma – disse, quase sussurrando. – Pensei que talvez compreendesse melhor meus pais, se morasse na Europa. Passar um tempo pensando na imortalidade num lugar velho de verdade. Ler uns livros. Anotar umas ideias.

Joshie virou-se. Daquele ângulo, deu para ver seu outro lado: uma barbicha discretamente grisalha saindo do queixo, de redondeza perfeita como a de um ovo – discretos sinais de que nem *todo* ele poderia ser cientificamente revertido à imortalidade. Até agora.

– Essas ideias, esses livros, eles *são* o problema, Reso! Você precisa parar de pensar e começar a vender. É por isso que essa garotada fera no Lounge da Eternidade está querendo enfiar uma macarronada cheia de carboidrato no seu rabo. Pois é, acabei ouvindo. Estou com um tímpano beta novo. E que culpa têm eles, Lenny? Para eles, você parece a morte. Para eles, você parece uma versão primitiva e diferente de nossa espécie. Não fique chateado comigo. Lembre-se de que comecei exatamente como você: no teatro. Área de Humanas. É a Falácia da Mera Existência. FME. Você vai ter tempo mais do que suficiente para ponderar, escrever e se expressar depois. Agora você tem de *vender para viver.*

O cerco estava se fechando. Hora de acertar as contas. Eu era indigno, sempre indigno.

– Sou tão egoísta, Urso Pardo! Que pena que não consegui nenhum HNWI pra você na Europa. Meu Deus. O emprego ainda é meu?

– Vamos readaptá-lo.

Ao se dirigir à porta, tocou no meu ombro levemente.

– Não posso lhe arranjar uma mesa de imediato, mas posso colocá-lo no Welcome Center, para Seleção de candidatos.

Uma espécie de rebaixamento de posto, mas, tudo bem, desde que o salário fosse o mesmo.

– Precisamos lhe dar um novo äppärät. Terá de aprender a lidar melhor com o fluxo de dados. A classificar as pessoas mais rapidamente.

Foi então que me lembrei do item 2: *Evoque o laço paternal em resposta à situação política. Fale sobre o que aconteceu no avião; evoque sentimentos judaicos como o terror e a injustiça.*

– Joshie, jamais saia sem seu äppärat. No avião, tinha um gordo, coitado, que...

Joshie, no entanto, já estava na porta, lançando-me um olhar como quem diz "siga-me". As hordas de graduados da Brown-Yonsei e da Reed-Fudan em cima dele, cada um querendo mostrar mais informalidade do que o outro ("Joshster!", "Budnik!", "*Papi chulo!*"), cada um tendo nas mãos a solução para todos os problemas de nosso mundo. Joshie deu-lhes umas migalhas de atenção, passando a mão rapidamente sobre algumas cabeças, despenteando cabelos.

– Muito bem! Vá em frente – disse a um rapaz com cara de jamaicano que, olhando bem, não tinha nada de jamaicano além da cara.

Percebi que estávamos descendo, rumo ao intocado oásis do Departamento de Recursos Humanos, direto à mesa de Howard Shu.

E lá estava ele: Shu, aquele imigrante filho da mãe, determinado feito meu pai, mas com inglês fluente e excelentes índices marcados nos Quadros. Manipulava três äppäräti ao mesmo tempo; gerenciava informações digitando freneticamente com os dedos cheios de calosidades e falando loucamente com seu sotaque de Chinatown. Com isso mantinha a leve esperança de estar no controle. Ele me lembrou da visita que fiz a uma província na China, onde compareci a uma conferência sobre longevidade. Desembarquei num aeroporto recém-construído, lindo como um recife de corais e não menos complexo, dei uma olhada na multidão apressada, com os olhos vidrados de insanidade; no ponto de táxi, fui abordado por pelos menos três homens tentando me vender um novo e sofisticado aparador de pelos de nariz (será que Nova York era assim no início do século XX?) e pensei: "Senhores, o mundo é de vocês!"

Para piorar as coisas, Shu não era feio e, sempre que ele e Joshie erguiam os braços e trocavam tapinhas no ar, sentia-me consumido pela inveja, uma emoção que me adormecia os pés e deixava-me ofegante.

– Cuide bem do Len – recomendou Joshie a Shu, sem muita convicção. – Lembre-se de que ele é um VG.

Minha esperança era de que VG significasse Veterano Gângster e não Velho Gagá. Quando comecei a rir de seu comportamento brincalhão, de sua informalidade, Joshie já tinha saído, voltado para os braços abertos que sempre o acolhiam, onde e quando ele necessitasse de abraços.

Sentei-me em frente a Howard Shu e tentei fingir indiferença. Por trás do capacete negro de seu cabelo brilhante, Shu fez o mesmo.

– Leonard – disse, o nariz avermelhado em forma de botão.
– Estou acessando sua ficha.
– Ah, pois não.
– Estamos descontando 239 mil dólares de seu salário, em valores de iuan.
– O quê?
– Suas despesas na Europa. Viajou de primeira classe para tudo quanto foi lado. Treze mil euros de resveratrol?
– Não bebi mais do que duas taças por dia. Vinho tinto, só isso.
– São vinte euros a taça. E que diabos é esse negócio de bidê?
– Eu só estava tentando fazer meu trabalho, Howard. Você não...
– Ora, faça-me o favor... – interrompeu. – Você não fez nada além de trepar. Cadê os clientes? O que aconteceu com aquele escultor que "já estava no papo"?
– Não gosto do tom com que está falando comigo.
– E eu não gosto de sua incompetência.
– Tentei vender o Produto, mas os europeus não se interessaram. São absolutamente céticos em relação à nossa tecnologia. E alguns na verdade *querem* mesmo morrer.

Ele, então, lançou-me os raios daqueles olhos imigrantes.
– Nada de passe livre, Leonard. Nada de se esconder atrás da benevolência de Joshie. Ou você toma jeito ou logo participará das entrevistas demissionais. Manteremos seu salário; ficará alocado no setor de Seleção do Welcome Center e, assim, pagará por cada almôndega que comeu em Roma.

Olhei para trás.
– Não olhe pra trás. Seu papai foi embora. Que *porra* é essa?

Um código vermelho piscava em meio aos dados no visor do äppärät cromo.
– A Secretaria Americana de Restauração está dizendo que você recebeu um alerta na embaixada, em Roma. A SAR está na sua cola agora? Que diabos você aprontou?

O mundo deu mais uma rodada e então tropecei:
— Nada! — gritei. — Nada! Não tentei ajudar o gordo. E também não conheço nenhum somaliano. Dormi com Fabrizia só algumas vezes. A lontra entendeu tudo errado. É tudo armação. O cara me filmou no avião e eu perguntei "por quê?" Agora não consigo contatar Nettie Fine. Sabe o que fizeram com ela? Deletaram o endereço dela no GlobalTeens. Tampouco consigo localizá-la pelo GlobalTracer.
— Lontra? Nettie o *quê*? Aqui diz "provisão maliciosa de dados incompletos". Que droga! Mais um abacaxi pra eu descascar. Deixe-me ver seu äppärät. Ah, tá de sacanagem! Que é isso? Um iPhone?

Ele então falou em direção ao punho do blusão:
— Kelly, traga um äppärät novo para Abramov. Mande a conta para o setor de Seleção.
— Eu sabia. É culpa do meu äppärät. Acabei de dizer a Joshie que ele não pode se desgrudar do äppärät. Secretaria de Restauração é o caralho!
— Joshie não precisa de äppärät. Joshie não precisa de *porra* nenhuma — contrapôs Shu.

Olhou-me com um ar que poderia ser de piedade inimaginável ou ódio inimaginável; qualquer um dos casos envolveria uma perfeita imobilidade animal. Kelly Nardl subiu a escada bufando, trazendo um äppärät novo em uma caixa que por si só era um arco-íris de dados piscando, uma voz nasalada, com sotaque do Médio Atlântico de alguma forma nela embutida, prometendo-me "A última palavra em tecnologia RateMe".
— Obrigado — disse Shu, fazendo um gesto com a mão para que Kelly saísse.

Sete anos atrás, antes de a poderosa Staaling-Wapachung Corporation comprar Joshie por uma grotesca quantia, Kelly, Howard e eu ocupávamos o mesmo nível no que então chamava-se "organização horizontal", sem títulos ou hierarquias. Tentei estabelecer um contato visual com Kelly, trazê-la para o meu lado e pô-la contra aquele monstro que mal sabia pronunciar a palavra "bidê" direito, porém ela saiu sem nem mesmo balançar seu amigável traseiro.

– Aprenda *logo* a usar esse troço. Principalmente a parte do RateMe. Aprenda a mensurar todos à sua volta. Organize seus dados. Acesse o CrisisNet e acompanhe as últimas notícias. Hoje em dia, um vendedor mal informado está falido. Trate de pôr a cabeça no lugar. Depois, veremos se colocamos seu nome de novo no Quadro. É só, Leonard.

Pelos meus cálculos, ainda era hora do almoço. Fui até East River levando, sob o braço, a caixa do novo äppärät que não parava de berrar. Observei alguns barcos sem identificação abarrotados de armamentos, formando uma corrente naval cinza de Triborough até a ponte de Williamsburg. Conforme noticiara a Mídia, dali a umas duas semanas, o Banqueiro Central Chinês chegaria para fazer o reconhecimento de nosso endividado terreno e o policiamento em Manhattan seria ostensivo em razão de sua visita. Sentei numa cadeira dura de ferro e fiquei admirando a impressionante paisagem do Queens, toda em vidro, construída muito antes da última desvalorização do dólar. Abri a caixa e retirei o novo äppärät em forma de seixo e o senti já quente na minha mão. Uma asiática do calibre de Eunice projetou-se ao nível dos olhos. "Alô. Bem-vindo ao äppärät 7.5 com RateMe Plus. Gostaria de começar? Gostaria de começar? Gostaria de começar? É só dizer 'sim' e começaremos."

Eu devia 239 mil dólares, em valores de iuan. Era uma vez a minha primeira investida em descronificação. Meu cabelo continuaria a ficar grisalho e, um dia, cairia por completo. Então, num dia, absurdamente próximo ao dia de hoje, absurdamente semelhante ao dia de hoje, eu desapareceria da face da Terra. E todas essas emoções, todos esses anseios, todos esses *dados* – se é que isso facilita, a compreensão da enormidade do que estou dizendo – desapareceriam. E é isso que a imortalidade significa para mim, Joshie. Egoísmo. A crença que a minha geração tem de que cada um de nós importa mais do que você ou qualquer um possa imaginar.

    A água agitou-se, uma distração necessária. Deixando para trás uma espuma morna e branca, um hidroplano que seguia em direção ao norte decolou tão graciosamente, tão aparentemente sem mecânica ou turbulência, que, por um momento, imaginei que todas as nossas vidas continuariam para sempre.

O PRÓXIMO VOO PARA CASA
DA CONTA DE EUNICE PARK NO GLOBALTEENS

9 DE JUNHO

CHUNG.WON.PARK *PARA* EUNI-DIOTA NO EXTERIOR

Niciiin,

Hoje acordo triste, mas tudo bem. Vai ficar tudo bem! Só que seu pai furioso com você. Diz você boêmia. O que é isso? Ele diz você vai pra roma e não protege o mistério. Xinga você em coreano. Ele diz você provavelmente com um negro. Que horror! Ele diz que só gente boêmia vai Europa e gente boêmia é gente ruim. Diz que talvez não vai ser mais podólogo pra ser pintor, que sempre quiz isso, mas ele cresceu filho mais velho, então tem responsabilidade com pai e irmãos. Você é irmã mais velha. Então, tem responsabilidade. Eu já disse isso. Não somos como americanos, não esqueça! É por isso que Coreia é país muito rico e América deve tudo aos chineses. Papai diz você deve voltar casa e fazer LSAT de novo, mas desta vez estuda, talvez papai meio errado, porque o exército está na rua e é perigoso. Reverendo Cho diz papai é pecador e deve jogar fora ele mesmo e ficar vazio por dentro. Assim, o coração vai ficar cheio só de Jesus. Ele diz também que ele deve ir a Médico Especial tomar remédio pra não bater, mas papai diz que tomar remédio é vergonhoso. Niciiin! Estude pro LSAT e faz papai feliz e a gente ser família feliz de novo. Por favor, perdoa, porque mamãe é mãe ruim e esposa ruim.

Um beijo,
Mamãe

EUNI-DIOTA NO EXTERIOR: Sally, tô pegando o próximo voo pra casa.

SALLYSTAR: Ai, gente, que exagero. Não dê ouvidos à mamãe. Ela tá tentando te fazer sentir culpada. Vou ficar na casa de Eunhyun a semana toda. Tô estudando tanto pra prova de química que nem tenho tempo de dar atenção.

EUNI-DIOTA NO EXTERIOR: Ué, se você tá sem tempo, então quem tá cuidando de mamãe? Se estamos as duas fora de casa, ele vai começar a culpar a coitada por CADA COISINHA. Vai dizer que foi ela que deu força pra gente sair e que colocou nós duas contra ele. Ela está completamente desprotegida. Você sabe que ela nunca vai chamar a polícia muito menos o tio Harold, se ele meter a porrada nela.

SALLYSTAR: Olha o palavreado, por favor.

EUNI-DIOTA NO EXTERIOR: Que palavreado? Que ele mete a porrada nela?

SALLYSTAR: Chega! Pelo menos, janto em casa todos os dias, então sei o que tá rolando. Ele não aprontou nada sério.

EUNI-DIOTA NO EXTERIOR: Não com ela, é o que quer dizer. E com você?

SALLYSTAR: Tô bem, só a química que tá me matando!

EUNI-DIOTA NO EXTERIOR: Sei que tá mentindo pra mim, Sally. Vou pegar o próximo voo de volta e vou ver o que ele aprontou.

SALLYSTAR: Fique em Roma, Eunice. Você merece relaxar depois de terminar a faculdade. Uma de nós tem que ser feliz. E também nem vou ver o papai semana que vem porque vou a Washington participar daquele lance. Não se preocupe com mamãe. A prima Angela tá lá em casa, enquanto tô fora. Ela tem entrevistas de emprego marcadas na cidade.

EUNI-DIOTA NO EXTERIOR: Que lance em Washington? A passeata contra a SAR?

SALLYSTAR: É, mas não chame assim. Uns professores lá da escola dizem que nunca devemos mencionar o movimento no GlobalTeens, porque eles monitoram tudo.

EUNI-DIOTA NO EXTERIOR: Papai me chamou de *ghee jee beh*?

SALLYSTAR: Teve uma noite que baixou essa doideira nele de achar que você estava transando com um negro. Disse que sonhou com isso. Cara, tipo assim, ele não consegue distinguir mais sonho de realidade.

EUNI-DIOTA NO EXTERIOR: Você contou pro papai que eu ajudo no abrigo em Roma? Só não diga que é abrigo pra albanesas vítimas de tráfico. Só diga que é pra imigrantes, OK?

SALLYSTAR: Por quê?

EUNI-DIOTA NO EXTERIOR: Quero que ele saiba que tô fazendo algo que preste.

SALLYSTAR: Pensei que você não desse a mínima pro que ele pensa. Bem, tenho que escanear textos pra aula de Literatura Clássica Europeia. Não se preocupe, Eunice. A gente só tem uma vida. Aproveite enquanto pode! Eu cuido da mamãe. Rezo por todos nós.

SALLYSTAR: BTW nisso, aquele maiô cinza prateado da Cullo está na promoção na Padma. Aquele que você queria com protetor de peito.

EUNI-DIOTA NO EXTERIOR: Já tô dando lances pra tentar comprar um pelo AssLuxury. Se passar de 100 iuans, depois peço pra você comprar na Padma, se ainda estiver na promoção.

11 DE JUNHO

EUNI-DIOTA NO EXTERIOR *PARA* FODAMADRINHA:

Oi, Querido Pônei,

Sei que está em Tahoe, por isso não quero incomodar, mas a chapa esquentou feio lá com papai e tô pensando em voltar. Parece que com minha distância, ele acha que pode aprontar e ficar tudo por isso mesmo. Foi MÓ vacilo vir pra Roma. Não sei se aguento Fort Lee, mas tava pensando em arrumar um canto em Nova York e ir pra lá só nos finais de semana. Lembra de Joy Lee, aquela sua amiga que fazia no cabelo um permanente da época jurássica? Será que ela tem um cantinho pra mim? Não conheço ninguém em Nova York, tá todo mundo em Los Angeles ou no exterior. Acho que vou acabar ficando na casa daquele tiozão, o Lenny. Ele vive me mandando umas mensagens quilométricas pelo Teens, falando que adora minhas sardas e que vai preparar berinjela pra mim.

Terminei com o Ben. Já deu. O cara é tão gato, tão inteligente e com um futuro tão promissor na área de Crédito, que me deixou bolada. Não consigo dizer quem sou de verdade, porque acho que ele vai vomitar as tripas. Sei que meu corpo gorducho meio que deixa o cara brocha. E às vezes ele fica olhando pro nada quando eu surto. Deve ficar pensando "Tô de saco cheio dessa puta doida". Ai, que tristeza, amiga. Já tem vários dias que não paro de chorar. Choro por causa da minha família e por causa do Ben. Ai, Deus do céu, não liga pra minha deprê, Querido Pônei.

O que me deixa bolada é que tenho pensado em Lenny, o tiozão. Sei que ele é horrível fisicamente, mas é um fofo, sinceramente tô precisando de alguém que cuide de mim. Eu me sinto segura com ele, porque ele tá longe de ser meu ideal de homem; daí consigo ser eu mesma, porque não estou apaixonada. Talvez o Ben se sinta assim em relação a mim. Já fantasiei que estava transando com Lenny e aí tentei bloquear o visual medonho e só curtir o amor verdadeiro que ele sente por mim. Já fez isso, Pônei? Será que não tô me dando valor? Lá em Roma, a gente tava andando por uma rua superlinda quando percebi que Lenny não tinha abotoado a camisa direito. Daí, saí abotoando tudo. Só quis dar uma força e deixar o visu menos tosco, sabe? Isso também é uma forma de amor, né? E durante o jantar o papo fluiu; é que geralmente ouço tudo o que o cara diz e tento preparar uma resposta ou, pelo menos, agir assim de um jeito X ou Y. Só que, com ele, parei de prestar atenção depois de um tempo e comecei a observar os movimentos que ele fazia com a boca, o cuspezinho que se acumulava nos lábios e naquele pentelho de barba idiota, porque era tão SINCERO o modo como ele precisava me contar as coisas. E foi aí que pensei, puxa, Lenny, até que você é bonitinho! É o que a professora Margaux, do curso de Assertividade, costumava chamar de "ser humano de verdade". Sei lá. Não consigo definir o que sinto por ele. Às vezes penso, tipo, sem chance, nunca vai dar certo. Não tenho a menor atração por ele, mas aí penso nele metendo a cara no meio das minhas pernas até não conseguir respirar, coitadinho, e na possibilidade de eu fechar os olhos e fingir que somos outras pessoas. Ai, meu Deus, tenha piedade de mim. Ai, que saudade de você, Pônei. Muita saudade mesmo. Venha pra Nova York, por favor! Tô precisando muito de amor.

RateMe Plus
DO DIÁRIO DE LENNY ABRAMOV

12 DE JUNHO

Querido diário,

Meu Deus, que saudade! Até agora nenhuma mensagem de minha Euny, nenhuma resposta ao meu apelo para que se mude para cá e deixe-me cuidar dela com muita berinjela ao alho, meu afeto de homem maduro, com o que restou de minha conta bancária depois que Howard Shu descontou-me 239 mil dólares, em valores de iuan. Mas não desisto. Todos os dias pego minha lista e lembro a exigência do item 3: Ame Eunice até o dia em que ela me dê um pé na bunda via GlobalTeens para fugir com um gostosão do Crédito ou da Mídia, algum energúmeno tão inebriado por sua beleza física que nem perceberá que essa miniatura de mulher precisa de consolo e de uma chance de se refazer de tantos maus-tratos. Enquanto isso, os Abramov não param de mandar mensagens desoladas pelo GlobalTeens com erros ortográficos tipo "eu e momõe triste" e "mim preocupado" e *"sem filio a vida é sózinha"*; lembro então do item 5 de minha lista, "Seja Legal Com Seus Pais", o que já passou da hora. Preciso apenas ficar um pouco mais seguro não só em relação a mim mesmo, mas também à minha família, à minha vida e, sobretudo, às minhas finanças – um assunto doloroso para os sovinas Abramov – antes de passar em Long Island para visitá-los em seu vibrante e conservador habitat.

Por falar em dinheiro, fui no HSBC da East Broadway, onde uma linda dominicana de dentes podres mostrou-me a situação de minhas finanças. Em duas palavra: uma bosta!

Meu portfólio da AmericanMorning, embora indexado ao iuan, teve uma desvalorização de 10%, pois, sem o meu conhecimento, os idiotas dos gerentes de ativos enfiaram a massa falida do ColgatePalmoliveYum!BrandsViacomCredit no bolo; para completar, minhas aplicações de baixo risco no Fundo das Nações de Alto Desempenho, o BRIC [Brasil, Rússia, Índia e China] A-BRAC, registraram apenas 3% de crescimento devido ao tumulto ocorrido em abril nos arredores de Putingrado, na Rússia, e ao impacto da invasão dos Estados Unidos à Venezuela na economia brasileira.

– Estou chocado, nem sei o que dizer – anunciei a Maria Abriella, minha corretora.

A sra. Abriella mostrou-me uma velha tela de computador. Ignorei as flutuantes quantias em dólar e concentrei-me nas estáveis denominações em iuan e euro. Havia algo em torno de 1.865.000 iuans em meu nome, uma cifra que se aproximara de 2,5 milhões de iuans antes de eu ir para a Europa.

– Seu crédito é dos melhores, sr. Lenny – informou, com a voz rouca de fumante. – Se quiser ser patriota, deve pegar outro empréstimo e comprar outro apartamento a título de investimento.

Outro apartamento? Minhas economias estavam sofrendo uma *hemorragia*! Desviei a atenção dos belos lábios em formato de gaivota da sra. Abriella e deixei a morte correr sobre mim: de minhas axilas e coxas, começou a exalar, feito vapor, um odor fétido de velho, substituindo o cheiro de carne enlatada do meu pescoço úmido e, depois, a derradeira inhaca rançosa acumulada durante anos passados no hospital de doentes terminais no Arizona, onde um enfermeiro, munido de esponja e sabão líquido, me lavava como se eu fosse um elefante doente.

Dinheiro = vida. Calculo que, mesmo os tratamentos preliminares de descronificação beta que incluem, por exemplo, a transfusão de SmartBlood para regularizar meu sistema cardiovascular ridículo, vão me custar três milhões de iuans por ano. Em cada segundo que passei apreciando ardentemente a arquitetura romana, fodendo Fabrizia de forma arrebatadora, bebendo e comendo uma dose diária de açúcar suficiente para matar um fazendeiro cubano plantador de cana, eu traçara o caminho para minha própria morte.

E agora apenas um homem podia mudar as coisas.

O que me traz de volta ao item 1: Empenhe-se por Joshie. Creio estar fazendo tudo certinho nesse tocante. Já se passou uma semana desde que retornei à divisão de Serviços Pós-Humanos e nada de terrível aconteceu. Howard Shu ainda não me pediu para fazer nenhuma Seleção, mas passei a semana no Lounge da Eternidade, fuçando meu novo äppärät 7.5 em forma de seixo, com tecnologia RateMe Plus, que agora, orgulhoso, ostento ao redor do pescoço; usei o CrisisNet para baixar as intermináveis atualizações sobre a batalha que nosso país trava pela solvência enquanto, em mim, baixou um espírito falastrão. Falei de meus medos e de todas as minhas expectativas perante meus jovens e implacáveis adversários no Lounge da Eternidade: sobre o amor de meus pais por mim, ora exacerbado demais, ora beirando a frieza; sobre o quanto *desejo* e *preciso* de Eunice Park, embora ela seja linda demais para mim. Basicamente, venho tentando mostrar a essa garotada *de* código livre quantos dados um coroa "intro" como eu está disposto a compartilhar. Até o momento, as reações têm sido apenas do tipo "gordo", "nojento" e "TIMATOV" (cujo significado já aprendi: "Acho que Vou Vomitar"). No entanto descobri que Darryl, o cara do macacão justo SUK DIK e bandana vermelha, vem postando coisas gentis a meu respeito no GlobalTeens; o stream se chama "101 Pessoas Dignas de Pena". Ao mesmo tempo, ouvi o ruído dos Quadros, quando o indicador de estado de espírito de Darryl caiu de "positivo/brincalhão/pronto a colaborar" para "enchendo o saco de Joshie a semana inteira". Sua taxa de cortisol está destrambelhando também. É só estressá-lo um pouquinho mais que eu pego minha mesa de volta. Parece que estou fazendo progresso e logo estarei de volta ao meu cargo, mostrando meu valor, tentando monopolizar o afeto de Joshie e reassumir meu status de melhor coordenador de projeto a tempo de saborear o tempeh do Dia do Trabalho. Além disso, passei uma semana inteira sem ler meus livros e sem falar muito alto sobre eles. Estou aprendendo a venerar a tela de meu novo äppärät, seu mosaico colorido e pulsante, o fato de ele conhecer cada detalhe sórdido deste mundo, enquanto meus livros só conhecem a mente de seus autores.

Nesse ínterim, chegou o final de semana. Aleluia! Resolvi dedicar a noite de sábado ao item 4: Dê Atenção aos Amigos. Joshie tem razão: boas amizades fazem bem à saúde. E não se trata apenas de receber, mas aprender a retribuir a atenção. No meu caso, aprender a vencer a relutância de filho único a interessar-se genuinamente pelo universo alheio. Desde que voltei, ainda não consegui ver meus amigos, porque, como qualquer um que ainda esteja empregado em Nova York, o pessoal está trabalhando feito louco. Mas finalmente combinamos de nos encontrar no Cervix, o novo point badalado da igualmente badalada Staten Island.

Antes de deixar meus 69 metros quadrados, digitei o nome do meu velho amigo da Mídia, Noah Weinberg, no äppärät e descobri que ele transmitiria nosso reencontro ao vivo pelo seu stream no GlobalTeens, o "The Noah Weinberg Show!", o que, a princípio, me deixou nervoso; mas a verdade é que se eu quiser sobreviver neste mundo, preciso me acostumar a esse tipo de coisa. Então coloquei um jeans desconfortável e uma camisa vermelha vibrante, com um buquê de rosas brancas bordado na altura do peito. Quisera eu ter Eunice ali para me dizer se a roupa estava apropriada à minha idade. Ela parece ter uma boa noção de limites.

Na portaria do prédio, notei que, na Grand Street, havia ambulâncias com sirenes desligadas e luzes acesas, indicando mais uma morte no prédio, mais um convite para o shivá na casa de um filho enlutado em Teaneck ou New Rochelle, mais um apartamento à venda sendo anunciado no quadro comunitário de avisos. No meio do limpíssimo saguão, todo em tons pastel, décor anos 1950, havia uma cadeira de rodas solitária. A imobilidade, aliás, é o que nos assola a todos aqui na comunidade de aposentados; por isso, preparei-me para um encontro de gerações, imaginando ter de empurrar o velho amigo na cadeira para tomar um pouco de sol daquele finzinho de tarde e falar algumas palavras em iídiche, língua de minha avó.

Recuei. O que havia na cadeira era um corpo já em decomposição, dentro de um saco plástico opaco; envolvendo a cabeça, um pontiagudo bolsão de ar. O saco plástico estava veementemente colado aos estreitos quadris masculinos, e o falecido curvava-se ligeiramente para frente, como se praticando o inútil costume cristão de rezar.

Que absurdo! Onde estavam seus acompanhantes? Onde estava o pessoal do serviço de emergência? Minha vontade foi de ajoelhar-me e, contrariando os meus mais nobres instintos, oferecer consolo àquele ex-ser que se esfriava dentro daquele revoltante robe plástico. Olhei o minúsculo bolsão de ar sobre a cabeça do homem, como se aquilo fosse a visualização de seu último suspiro, e senti uma ânsia de vômito.

Aturdido, saí no abafado calor de junho em direção aos caras da ambulância, os dois curtindo um cigarrinho ao lado do veículo piscante que trazia a inscrição "Socorro Médicu [sic] Americano".

– Há um morto na portaria do meu prédio. Em cima de uma porra de uma cadeira *de rodas*. Vocês a largaram lá. Cadê o respeito, pessoal?

Ambos tinham feições muito comuns, vagamente hispânicas.

– É parente próximo? – perguntou um deles, olhando para o prédio.

– Que diferença faz?

– Meu amigo, pode ficar tranquilo que agora ele não vai a lugar algum.

– Que coisa nojenta! – retruquei.

– É a morte, só isso.

– Acontece com todo o mundo, Paco – acrescentou o outro.

Tentei contorcer a face de raiva, mas sempre que tento, dizem que fico com cara de velha maluca.

– Estou falando do *cigarro*. – Minha queixa rapidamente perdeu-se na umidade que nos envolvia.

Nada na Grand me oferecia consolo. Nada poderia me fazer Celebrar o que Possuo (item 6). Não a vida que pulsava dentro das crianças latinas com pouca roupa, tampouco o cheiro de *arroz com pollo* fresquinho que vinha do venerável Castillo del Jagua II. Projetei o "The Noah Weinberg Show!" novamente e ouvi meu amigo zombar da mais recente derrota de nossas forças armadas na Venezuela, mas não consegui entender os pormenores. Ciudad Bolívar, rio Orinoco, blindagem perfurada, Blackhawk abatido – que importância tinha tudo aquilo, agora que eu vislumbrava um final possível para minha vida: sozinho, dentro de um saco, em meu próprio prédio, curvado sobre uma cadeira de rodas, rezando para um deus em que nunca acreditei? Foi então que, passando pela grandiosidade ocre da St. Mary, vi uma bela mulher, um tanto atarracada e de quadris largos, fazer o sinal da cruz em frente à igreja e beijar o próprio pulso, sua pontuação piscando em abismais 670 num poste de Crédito próximo. Quis interpelá-la, mostrar-lhe o absurdo que é sua religião, fazê-la mudar a dieta, ajudá-la a gastar menos em maquiagem e outros supérfluos, fazê-la adorar cada momento biológico que lhe for oferecido em vez de uma divindade superdecadente. Por alguma razão, também quis beijá-la, sentir a vida que pulsava naqueles carnudos lábios católicos, lembrar-me da primazia do animal vivo, do tempo que passei com os romanos.

Precisava aliviar o estresse até a hora do encontro com os amigos. No caminho em direção à barca, entoei o item 4, Dê Atenção aos Amigos, Dê Atenção aos Amigos, porque precisaria deles ao meu lado, quando a ambulância do Socorro Médicu [*sic*] Americano chegasse ao número 575 da Grand Street. Contrariando minha crença de que qualquer vida que resultasse em morte era sem propósito, eu precisaria de meus amigos para abrir o saco plástico e dar uma última olhada em mim. Alguém teria de se lembrar de mim, nem que fosse só por alguns minutos na vasta e silenciosa sala de espera do tempo.

Meu äppärät apitou.

CrisisNet: DESVALORIZAÇÃO DO DÓLAR ULTRAPASSA MARCA DE 3% NO MERCADO LONDRINO E FECHA EM BAIXA HISTÓRICA DE 1€ = $8,64, ANTES DA CHEGADA DO PRESIDENTE DO BANCO CENTRAL CHINÊS AOS ESTADOS UNIDOS; TAXA LIBOR CAI 57 PONTOS; DÓLAR, EM BAIXA DE 2,3% FRENTE AO IUAN COTADO EM 1¥ = $4,90

Eu precisava descobrir o que significava LIBOR e por que estava sofrendo uma queda de 57 pontos, mas, honestamente, eu não dava a mínima para aqueles detalhes econômicos complicados! Como eu queria desesperadamente largar tudo aquilo, abrir um velho livro fedorento ou me deitar com uma jovem linda. Por que não nasci num mundo melhor?

A Guarda Nacional estava plantada na frente da estação, em Staten Island. Uma multidão de funcionárias de tênis brancos, os tornozelos rangendo e cobertos por meias transparentes, aguardavam pacientemente passar pela barreira de sacos de areia próxima ao portão da estação da barca. Um aviso da Secretaria Americana de Restauração advertia-nos que "É PROIBIDO ADMITIR A EXISTÊNCIA DESTA BARREIRA ('O OBJETO'). A LEITURA DESTE AVISO IMPLICA A NEGAÇÃO DA EXISTÊNCIA DO OBJETO E SEU CONSENTIMENTO".

De vez em quando, alguém era parado e eu ficava preocupado com o alerta da lontra em Roma, com o babaca me filmando no avião, com o asterisco que ainda aparecia quando minha positivíssima pontuação financeira piscava nos Postes de Crédito, com Nettie Fine ainda desaparecida (sem resposta às mensagens que envio diariamente e, convenhamos, se eles podiam pegar minha mãe americana, o que poderiam fazer com meus *verdadeiros* pais?). Homens à paisana revistavam as pessoas e seus äppäräti com o que parecia uma pequena peça tubular de um modelo antigo de aspirador de pó da Electrolux e pediam que negássemos e consentíssemos o que estavam fazendo conosco naquele momento. Os passageiros pareciam aceitar tudo aquilo pacificamente, os meninos bacanas de Staten Island, especialmente silenciosos e complacentes, só se mexendo um pouco debaixo dos capuzes clássicos. Ouvi vários rapazes de cor cochichando "negue e consinta", porém as mulheres mais velhas rapidamente os silenciaram com "Secretaria de Restauração" e "Vou dar um soco nessa boca, moleque!".

Talvez fosse coisa de Howard Shu, mas, de qualquer jeito, passei direto pela barreira.

Uma vez do lado de Staten Island, preparei-me para caminhar. A principal via, a Victory Boulevard, inclina-se com o vigor de San Francisco. Essas bandas de Staten Island, St. George e Tompkinsville antigamente nem constavam no mapa. Imigrantes vindos da Polônia, Tailândia, Sri Lanka e, principalmente, do México, desembarcavam aqui. Decoravam a fachada de seus respectivos restaurantes de comidas típicas, e abriam mercadinhos empoeirados, estabelecimentos de empréstimos e cabines telefônicas a vinte centavos o minuto. Do lado de fora das lojas, negros de ternos inchados vadiavam e cochilavam sobre engradados de leite. Lembro-me bem desse bairro, porque, quando eu e meus colegas saíamos da faculdade, pegávamos a barca e íamos a um pé-sujo singalês, onde, por nove dólares, comia-se uma panqueca de camarão maravilhosamente picante e um tipo etéreo de peixe vermelho, enquanto filhotes de barata tentavam escalar-nos as pernas das calças e tomar nossa cerveja. Agora, é claro, o pé-sujo singalês, as baratinhas e as minorias sonolentas já não mais existiam; foram todos substituídos por boêmios traficantes, metade deles eletronicamente equipados, subindo e descendo a ladeira da Victory Boulevard, empurrando carrinhos de bebê, enquanto garotos de Nova Jersey passavam com seus esportivos Hyundai pelos imóveis vitorianos absurdamente supervalorizados, lamentando não trabalharem para a Mídia ou para o Crédito.

O Cervix é exatamente o que se espera de mais um bar idiota para coroas de Staten Island, um bar repaginado e transformado em point para gente da Mídia e do Crédito, com quadros a óleo falsificados de antigas salas de recreação localizadas em porões, mulheres sensuais de vinte e poucos anos procurando complementar suas vidas eletrônicas e homens beirando os quarenta, de aparência razoável, vestindo roupas desesperadamente descoladas. Meus amigos preenchem muito bem os requisitos. Lá estavam eles, em volta de uma mesa, os äppäräti à mostra, falando com a boca virada para o colarinho, enquanto digitavam Conteúdos em seus respectivos aparelhos perolados, duas cabeças encaracoladas e de tom escuro completamente alheias ao mundo ao seu redor: Noah Weinberg e Vishnu Cohen-Clark, ex-colegas do que um dia se chamou Universidade de Nova York, instituição indispensável de ensino local para pessoas razoavelmente inteligentes, românticos inveterados como eu, amantes de palavras picantes e de intermináveis mistérios, viajantes do não lubrificado ânus da vida.

– Fala, negada! – gritei, mas não ouviram. – Fala, negada!

Noah deu um pulo, diferente do que ele dava na escola – um ambicioso pulo de corrida a curta distância –, mas suficientemente rápido a ponto de quase virar a mesa. Com um sorriso idiota e inevitável, os dentes resplandecentes, a boca ágil e mentirosa, aqueles olhos brilhando de entusiasmo, ele virou a câmera do äppärät em minha direção para gravar minha chegada desastrosa.

– Levantem a cabeça, *manitos*, que lá vem ele – gritou. – Despluguem o traseiro da cadeira, que a diversão vai começar. Esta é uma edição *especial* do "The Noah Weinberg Show". A chegada de nosso Negão número 1 após um ano daquela babaquice de autodescoberta em Roma, Itália. Estamos transmitindo ao vivo, pessoal. Ele está vindo em direção à nossa mesa em tempo real! Está exibindo um sorriso sem noção como quem diz "Ah, para com isso! Sou apenas mais um do grupo!" Oitenta quilos da mais pura segunda geração de ashkenazis estilo "Gente, vocês têm que me amar porque sou filho de imigrantes pobres". Com vocês, o totalmente freak *e* geek Lenny Abramov!

Acenei para Noah e, depois, com certa hesitação, para seu äppärät. Vishnu aproximou-se de mim com os braços abertos e a cara cheia de felicidade, um homem com mais ou menos a mesma altura que eu (pouco mais de um metro e setenta) e os mesmos valores morais que os meus, um homem cuja predileção por mulher – uma jovem coreana, equilibrada e inteligente, de nome Grace, que é também uma grande amiga minha – batia com a minha.

– Lenny – disse, prolongando as duas sílabas do meu nome, como se tivessem alguma importância. – Você fez falta, amigo!

Aquelas simples palavras me desmontaram e fizeram-me gaguejar alguma coisa um tanto constrangedora no ouvido de Vishnu. Trajava um macacão SUK DIK, idêntico ao de meu colega da Serviços Pós-Humanos, apesar da barba grisalha por fazer, os olhos cansados e inchados que revelavam sua idade. Abraçamo-nos os três, de um jeito meio exagerado, dando tapinhas na bunda e genitália. Crescemos todos com uma ideia relativamente tensa de amizade masculina, que compensávamos graças aos permissivos tempos atuais. Muitas vezes, minha esperança era de que nossas palavras e gestos rudes constituíssem um código de afeto e compreensão. Em algumas sociedades masculinas, as gírias e os abraços ritualísticos são toda a cultura, junto com o eventual chamado para se pegar na lança.

Enquanto eu abraçava cada um e dava um tapinha no ombro, notei que, discretamente, procurávamos um no outro sinais de decadência. Percebi também que Vishnu e Noah usavam o mesmo tipo de desodorante forte, talvez para disfarçar a mudança de odor. Estávamos todos beirando os 40, uma idade em que a bravata da juventude e a promessa de gloriosas explorações que um dia nos mantiveram juntos começariam a desaparecer, à medida que nossos corpos começassem a decair, afrouxar e encolher. Ainda mantínhamos a cordialidade e o carinho de qualquer outro grupo masculino, mas concluí que até o arrastado caminho rumo à extinção acabaria sendo competitivo para nós,

que alguns ali talvez conseguissem arrastar os pés mais depressa que outros.
– Hora de Redução de Danos – disse Vishnu.
Eu ainda não conseguia entender que diabos significava Redução de Danos, embora a rapaziada do Lounge da Eternidade não falasse em outra coisa.
– Qual das Leffe nosso Negão judeu errante vai querer? A clássica loura ou a morena?
– A loura – respondi, jogando uma nota de vinte dólares que exibia o fio prateado de autenticidade e os dizeres holográficos "Patrocinado por Zhongguo Renmin Yinhang/Banco da República Popular da China", esperando que o preço da bebida não estivesse em iuan e, assim, eu ainda ficasse com um troco bem gordo. A cédula foi jogada de volta para mim e gostei do sorriso gentil de Vishnu.
– Negão, faça-me o favor, né! – acrescentou ele.
Noah deu um suspiro típico de orador: profundo e ensaiado.
– OK, *putas* e *huevóns*. Ainda estou focando bem em vocês. Oito horas em ponto. Hora de Rubenstein na América. Está fazendo uma puta noite bipartidária aqui na República Popular de Staten Island e Lenny Abramov acaba de pedir uma cerveja belga de sete dólares ao valor de iuans.
Noah voltou a câmera do äppärät para mim, destacando-me como o objeto de seu noticiário noturno.
– O Negão vai contar tudo – disse Noah. – Vamos lá, negão da tribo de Israel! Atualize o pessoal que está nos vendo. Comece com as mulheres que você comeu na Itália.
Ele então começou a falar em falsete:
– "Ah, vem me comer, Leonardo! Judia de mim! Enfia esse cajadão!" Queremos os detalhes dos ravioles à putanesca, negão! Verba pra mim, Lenny! Dê-me uma Imagem do solitário Abramov lá na trattoria do bairro, sorvendo ruidosamente cada gota de molho. Depois conte toda a parada do retorno do negão pródigo. Como é ser o Lenny Abramov dócil e insuspeito agora que voltou à América unipartidária de Rubenstein?

Essa atitude agressiva e cáustica não era muito comum a Noah, mas, ultimamente, ele andava extrapolando mesmo; parecia ter perdido a noção de que sua falência pessoal corria paralelamente à de nossa cultura e à de nosso país. Antes de o mercado editorial falir, ele publicara um romance, um dos últimos cuja compra podia ser feita pessoalmente em uma loja da Mídia. Vinha ultimamente apresentando o "The Noah Weinberg Show!", que tinha o considerável total de seis patrocinadores, cujos nomes ele relutantemente mencionava apenas durante algum discurso inflamado – uma agência de acompanhantes no Queens, várias franquias da ThaiSnack no Brownstone Brooklin, um ex-político bipartidário que agora prestava consultoria em segurança para a Wapachung Contingency, a bem-amada divisão de segurança do meu empregador, e não me lembro do resto agora. O programa tinha mais ou menos 15 mil acessos diários, o que o colocava numa posição quase mediana no escalão dos profissionais de Mídia. Sua namorada, Amy Greenberg, é uma famosíssima Mediawhore, que dedica umas sete horas diárias transmitindo informações sobre o próprio peso. Quanto a meu amigo Vishnu, ele trabalha para o setor de Prospecção de Débitos da ColgatePalmoliveYum!BrandsViacomCredit, zanzando pelas esquinas e bombardeando os äppäräti dos outros com Imagens dos próprios assumindo mais dívidas.

    Cortesia do Prospector de Débitos, três cervejas à base de trigo, com alto teor de triglicerídeos, foram ruidosamente postas na mesa. Comecei a falar da viagem, tentando entreter os rapazes com histórias de meu romance engraçado, obsceno e intercultural com Fabrizia, desenhando com os dedos os contornos de seus pentelhos. Louvei o sabor e o cheiro penetrante de alho fresco do *ragù* do velho mundo e tentei instilar neles um amor pelo arco romano, mas eles não deram a mínima. O mundo de que precisavam estava bem ali, piscando e bipando, e exigia-lhes toda força e cada minuto de atenção que podiam dispensar. Noah, o autor de uma obra só, talvez conseguisse pensar em Roma em termos não imediatos, invocar Sêneca e Virgílio, *O fauno*

de mármore e *Daisy Miller*, mas nem mesmo ele parecia impressionado, olhando impacientemente para o äppärät, vivo com, pelo menos, sete graus de informações, números, letras e Imagens amontoadas na tela, correndo, fluindo e chocando-se uns contra os outros, como as águas do Tibre um dia fizeram.
– Estamos perdendo acessos – cochichou ele no meu ouvido.
– Não fale mais nada sobre Roma, beleza?
E depois, num tom de voz ainda mais baixo:
– Humor e política, sacou?
Abreviei a descrição do espaço vazio do Panteão inundado pelo sol da manhã, quando Noah voltou os amontoados resquícios da parte frontal de seu cabelo para mim e disse:
– Beleza! Agora preste atenção, negão. Imagine que você tivesse de comer a Madre Teresa de Calcutá ou a Margareth Thatcher...
Vishnu e eu rimos sem quaisquer exageros e sorrimos para nosso líder. Ergui as mãos em sinal de derrota: a única maneira como os homens ainda conseguiam conversar. Assim sinalizávamos que ainda éramos amigos e que nossas vidas ainda não tinham terminado por completo.
– Maggie Thatcher, se for papai e mamãe, e Madre Teresa, definitivamente, se for por trás – respondi.
– Você é *muito* Mídia – Noah comentou, e trocamos um cumprimento, batendo um punho no outro.
Desse ponto, a conversa mudou para *Threads*, um documentário *cult* da BBC sobre o holocausto nuclear; depois falamos dos primeiros sucessos de Dylan, de uma nova espuma inteligente para combater as verrugas genitais, da mais recente cagada do secretário de Estado Rubenstein na Venezuela ("nada mais oxímoro do que um judeu poderoso, não estou certo, *pendejos*?", comentou Noah), da iminente falência da AlliedWasteCVSCitigroupCredit, do consequente fracassado socorro financeiro do Fed, dos nossos instáveis portfólios, do "vup-vup" das portas do trem versus o discreto "chiiich" das portas do metrô, da vida e bizarra morte do comediante transgressor conhecido como Pee-

wee Herman e, final e inesgotavelmente, do fato de que, como a maioria dos americanos, logo seríamos demitidos e acabaríamos na rua, onde morreríamos.

– Eu comeria agora mesmo uma dúzia dessas saladas Issan de frango picado da ThaiSnack! – disse Noah, reverenciando um de seus patrocinadores.

Quando o aparelho de som retrô começou a tocar uma velha música do Arcade Fire, relaxei, tomei mais um copo de cerveja espumante, observando os rapazes de um metanível. De todos, Noah foi o que mais envelheceu. O peso parecia ter se deslocado da testa larga e inteligente para as mandíbulas, onde se mexia inoportunamente, conferindo-lhe um ar de raiva e insatisfação. Houve um tempo em que ele fora claramente o mais bonito e bem-sucedido de nosso grupo. Apresentou-nos à metade das mulheres que namoramos (não foram tantas assim, devo confessar), nos ensinou nosso vocabulário racial radical e nos mantinha atualizados com uma dúzia de mensagens a cada hora, informando-nos como devíamos agir e o que pensar. Entretanto, a cada ano, tornava-se mais difícil manter a mim e Vishnu sob controle. A fase dos quase 40, outrora baluarte da maturidade, era agora uma idade de exploração e cada um dos rapazes já tinha se virado sozinho.

Vishnu conformava-se à vida de um fracassado charmoso e inteligente, o macacão SUK DIK, os tênis retrô da Bathing Ape que devem ter custado cinco mil iuans, uma necessidade desesperada de gargalhar da piada dos outros com um som grasnado que desenvolvera na minha ausência, uma risada nascida de uma vida financeira cada vez mais decaída que, fiquei sabendo, culminaria miraculosamente no casamento com uma mulher adorável e misericordiosa chamada Grace.

Quanto a mim, eu era agora o estranho no ninho. Levaria um tempo para que os rapazes se acostumassem com meu retorno. Olhavam-me de modo estranho, como se eu tivesse desaprendido o idioma ou repudiado nosso estilo de vida comum. Eu já era visto como o esquisitão por morar a vida inteira em Manhattan.

Agora, eu desperdiçara um ano inteiro e uma boa parte de minhas economias na Europa. Como amigo, respeitado membro da elite tecnológica e, claro, um "Negão", eu precisava recuperar minha antiga posição de Noah interino. Precisava replantar-me em solo nativo.

Três coisas contavam a meu favor: uma inerente disposição russa de ficar bêbado e ser simpático, uma inerente disposição judaica de estrategicamente rir de mim mesmo e, o mais impressionante, meu novo äppärät.

– Porra, *cabrón*! – exclamou Noah, observando meu seixo. – O que é isso aí? Um 7.5 com RateMe Plus? Vou dar um close nessa porra!

Filmou meu äppärät com o dele, enquanto eu engolia mais uma caneca de triglicerídeos. Algumas garotas de Staten Island tinham aparecido por lá, vestindo roupas retrô, que fizeram sucesso em algum momento de minha juventude. O visual era bem Mídia por conta das botas Ugg de pele de carneiro e das bandanas incrustadas de falsos diamantes, algumas delas misturando roupas tradicionais com jeans Onionskin grudadas às pernas finas e nos arrebatados fundilhos cor de rosa, revelando-nos todos os seus segredos raspados. Também olhavam em nossa direção, rolando a tela dos aparelhos, entre elas uma bela morena de olhos sonolentos.

– Vamos fornicar? – disse Vishnu, apontando na direção delas.

– Que é isso, Negão! Sossega o facho – respondi, já embolando as palavras. – Você tem uma gatinha em casa.

Então, olhei diretamente para a lente da câmera de Noah e disse:

– E aí, Grace? Há quanto tempo, menina! Está assistindo ao vivo?

Os rapazes riram de mim.

– Que imbecil! – gritou Noah. – Vocês ouviram isso, meu querido público babaca? Lenny Abramov achou ter ouvido Vishnu Cohen-Clark dizer "Vamos fornicar".

– É FORMUNICAR – Vishnu explicou. – Eu disse "Vamos FORMUNICAR".

– O que significa isso?

– Parece minha avó lá de Aventura falando – disse Noah aos berros. – "FORMUNICAR? O que é isso? Quem sou eu? Cadê a minha fralda?"

– Significa "formar uma comunidade" – explicou Vishnu. – É uma forma de julgar as pessoas. E deixar que elas te julguem.

Ele então pegou meu äppärät e começou a mexer nas configurações até um ícone "FORMUNICAR" percorrer a tela.

– Quando aparecer FORMUNICAR, pressione o EmotePad contra o coração ou qualquer outro lugar onde sua pulsação possa ser detectada.

Vishnu apontou para a coisa aderente na parte de trás do meu äppärät que eu pensava que servia para grudá-lo no painel do carro ou na geladeira. Mais uma vez, errei.

– Aí... – continuou Vishnu – você olha para uma garota. O EmotePad detecta qualquer mudança na sua pressão arterial, o que vai indicar o quanto você quer transar com ela.

– OK, seus midiadependentes! – disse Noah. – Estamos transmitindo ao vivo o momento em que Lenny Abramov tenta FORMUNICAR pela primeira vez. É um acontecimento histórico, pessoal, por isso alarguem sua banda. É igual aos irmãos Wright aprendendo a voar, só que nenhum dos dois era meio retardado como nosso amigo Lenny aqui. Tô de sacagem com tua cara, Negão! Avise se eu estiver indo longe demais. Espere aí. Não existe esse negócio de *longe demais* na América de Rubenstein. Longe demais é quando se leva um tiro na nuca em algum buraco do Upstate e a Guarda Nacional taca fogo no seu corpo até virar churrasquinho, depois despacha as cinzas num banheiro químico de uma unidade de escaneamento da segurança em Troy. Lenny está olhando pra mim com cara de *Como é que é?*. Aqui vai um resumo do que você perdeu durante seu "ano de intercâmbio no exterior", Lenny-boy: os bipartidários estão mandando na Secretaria Americana de Restituição, ou seja lá como chamam essa porra; a SAR comanda a infraestrutura e a Guarda Nacional manda em *você*. Opa! Não posso dizer *isso* no GlobalTeens. Talvez eu tenha ido *longe demais*!

Notei que Vishnu moveu a cabeça para sair do enquadramento da câmera do äppärät de Noah quando ele mencionou a SAR e os bipartidários.

– OK, Negão. Estabeleça os seus Parâmetros de Comunidade. Selecione "Espaço Imediato 360°" para lhe dar uma visão geral do bar. Agora, olhe para uma garota e pressione a placa contra o coração.

Olhei para a linda morena, para o capô sem pelos que brilhava dentro do jeans transparente Onionskin, para o corpo macio imperiosamente agachado sobre um par de pernas lisinhas, para seu sorriso preocupado. Em seguida, pressionei a parte de trás do äppärät contra o coração, tentando enchê-lo com meu calor, meu natural desejo de amar.

A garota do outro lado do bar riu na mesma hora, sem sequer olhar na minha direção. Um monte de dados apareceu na minha tela: "FODABILIDADE 780/800, PERSONALIDADE 800/800, PREFERÊNCIA ANAL/ORAL/VAGINAL 1/3/2."

– Fodabilidade 780! – disse Noah. – Personalidade 800! Lenninho Abramov está *cheio* de tesão!

– Mas eu nem conheço a personalidade dela! – retruquei. – E como esse troço sabe de minha preferência anal?

– A pontuação da personalidade depende do quão extraordinária a garota é – explicou Vishnu. – Dê uma olhada. Essa garota tem mais de três mil Imagens, oitocentos streams e multimídia que não acaba mais sobre como sofreu abusos do pai. O seu äppärät compara os dados dela com as paradas que você baixou sobre si mesmo e aí, feitos os cálculos, aparece uma pontuação. Tipo, você namorou um monte de garotas que sofreram abusos, então o sistema fica sabendo que você gosta da coisa. Passa pra cá, deixe-me ver seu perfil.

Vishnu acessou algumas outras funções e meu perfil apareceu piscando na minha telinha.

LENNY ABRAMOV Código Postal 10002, Nova York, Nova York. Renda média nos últimos cinco anos de $289.420, indexados ao iuan, dentro dos 19% da distribuição de renda dos EUA. Pressão arterial no momento: 12 X 7. Tipo sanguíneo O. Idade: 39, expectativa de vida: 83 (47% da expectativa de vida já gastos; 53% restantes). Doenças: colesterol alto, depressão. Natural de: Flushing, Nova York, Código Postal 11367. Pai: Boris Abramov, nascido em Moscou, Rússia; Mãe: Galya Abramov, nascida em Minsk, Bielorrússia. Doenças dos pais: colesterol alto, depressão. Patrimônio acumulado: $9.353.000, não indexados ao iuan, propriedade: Grand Street, 575 – apartamento E-607, avaliado em $1.150.000, em iuan. Passivo: Hipoteca de $560.330. Poder aquisitivo: $1.200.000 por ano, não indexados ao iuan. Perfil de consumidor: heterossexual, não atlético, sem carro, sem religião, não bipartidário. Preferências sexuais: asiática/coreana e branca/irlandesa de baixa funcionalidade, de família de Baixo Patrimônio Líquido; indicador de abuso infantil: ligado; indicador de baixa autoestima: ligado. Últimas aquisições: artefato de Mídia não eletrônica, encadernado, impresso, 35 euros; artefato de Mídia não eletrônica, encadernado, impresso, $126 em iuan; artefato de Mídia não eletrônica, encadernado, impresso, 37 euros.

– Você precisa parar de comprar livros, Negão – aconselhou-me Vishnu. – Todos esses trava-portas vão puxar sua pontuação de PERSONALIDADE lá pra baixo. Onde ainda consegue comprar essas porras?

– Lenny Abramov, o último leitor na face da Terra – berrou Noah. Em seguida, olhando diretamente para a lente de seu äppärät, completou: – Estamos FORMUNICANDO muito neste momento, galera. Estamos ligando o RateMe de Lenny.

Fluxos de dados começaram a disputar tempo e espaço. A menina bonita que eu acabara de FORMUNICAR pontuava, em uma escala de 800, minha SENSUALIDADE MASCULINA em 120, PERSONALIDADE 450 e algo chamado de iuan-SUSTENTABILIDADE em 630. As outras garotas me mandavam números similares.

– Cacete! O pródigo Negão Abramov está se dando mal. Parece que as *chicas* não se amarram nesse seu snorkel hebreu. Nesses braços flácidos da rainha Ester. Turbine a posição dele no ranking, Vish.

Vishnu começou a mexer em meu äppärät até que alguns RANKINGS apareceram. Ele me ajudou a acessar os dados.

– Dos sete caras da Comunidade... – disse ele, apontando para o bar – ... Noah é o terceiro mais sexy, eu sou o quarto mais sexy e Lenny, o sétimo.

– Você quer dizer que eu sou o mais feio daqui? – indaguei, passando os dedos pelo que ainda me restava de cabelo.

– Mas você tem uma personalidade bacana – consolou-me Vishnu. – E, de todo o bar, é o segundo em se tratando de iuan-SUSTENTABILIDADE.

– Pelo menos, nosso Lenny é um bom provedor – disse Noah.

Foi então que me lembrei dos 239 mil dólares em valores de iuan que eu devia a Howard Shu e fiquei ainda mais deprimido com a possibilidade de me privar deles. Dinheiro e Crédito eram tudo o que me restava naquele momento. Isso e minha brilhante PERSONALIDADE.

Vishnu apontava para as garotas com o indicador, interpretando o fluxo de dados que naquele ponto consumiam toda a nossa atenção.

– Aquela à esquerda, com uma cicatriz no tornozelo e aquela pista de pouso na xana, Lana Beets, estudou direito em Chicago e agora está fazendo estágio em Varejo na Saaami Bras, ganhando oitenta mil dólares em valores de iuan. Aquela do "capô avantajado" é a Annie Shultz-Heik, trabalha no Varejo. Está usando aquela espuma inteligente para verruga genital e toma anticon-

cepcional. Ano passado, doou três mil iuans para o Fundo Mundial dos Futuros Jovens Líderes Bipartidários da América "Juntos Surpreenderemos o Mundo".
    Annie foi a garota que eu tinha FORMUNICADO primeiro. A que supostamente teria sofrido maus-tratos do pai e que pontuara minha SENSUALIDADE MASCULINA em míseros 120 numa escala que ia até 800.
    – OK, Annie – disse Noah ao seu äppärät. – Vote nos bipartidários e suas verrugas vão desaparecer mais rápido do que a dívida pública de nosso país. Vão desaparecer como as nossas tropas em Ciudad Bolívar. É a América vivendo a Era Rubenstein, galera. Era Rubenstein.
    Quando fui pegar umas cervejas, passei pelas garotas, mas estavam ocupadas demais checando os rankings. O bar estava ficando cheio de funcionários, seniores da área de Crédito, de calça de sarja boca fina e sapatos oxford. Eu me senti superior a eles, mas minha SENSUALIDADE MASCULINA estava em queda vertiginosa num universo de 37, 38, 39, 40 homens. Passando por Annie, cliquei em seu Multimídia "Abuso Infantil", deixando que o som de seu grito vibrasse em meus tímpanos, enquanto a imagem desfocada de uma espécie de mão pairava sobre uma Imagem de seu corpo nu; o grito deu lugar ao que parecia cem monges entoando o mantra: "ele me *tocou* aqui, ele me *tocou* aqui, ele me *tocou* aqui, ele me *tocou* aqui".
    Virei na direção de Annie com o lado esquerdo do lábio franzido em sinal de tristeza e meu cenho, sério, demonstrando empatia, mas a frase "Cai fora, imbecil" apareceu em meu äppärät. "Hora de transplante capilar para CER?", escreveu outra garota. ("Coroa Envelhecendo Rapidamente", traduziu meu aparelho). "Dá pra sentir o CP daqui" ("Cheiro de pau", prestimosamente informou meu äppärät). E o levemente consolador: "Belo iuan, tio!"
    Agora, o bar estava definitivamente imerso em uma densa névoa de dados, disparados de 59 äppäräti, 68% dos quais per-

tenciam a elementos do sexo masculino. Os dados masculinos apareceram em minha tela. Nossa renda média girava em torno da respeitável, mas não particularmente acima da marca de 190 mil dólares em valores de iuan. Buscávamos garotas que gostassem de nós pelo que éramos. Tivemos pais ausentes, às vezes presentes demais. Entrou um homem ranqueado como mais feio do que eu; ao avaliar suas chances, o sujeito deu o fora. Senti vontade de acompanhar aquela cabeça calva e enrugada rumo ao condescendente ar do verão que se sentia do lado de fora do bar, mas peguei uma dose dupla de uísque e duas Leffe Brunes.

– Depois que o RateMePlus mostrou a realidade, Lenny Abramov está recorrendo ao álcool – entoou Noah. Entretanto, depois de ver, pela minha expressão, que eu estava apavorado como um hamster, disse: – Vai ficar tudo bem, Lenny. Vamos dar um jeito na sua situação com a mulherada. Você vai encontrar o perdão nesse fluxo cruel de dados.

Vishnu, com a mão no meu ombro, dizia:

– Gostamos muito de você, companheiro. Quantos desses babacas seniores da área de Crédito diriam isso? Vamos turbinar sua posição no ranking, nem que pra isso seja preciso cortar um pedaço desse nariz.

– E acrescentar outro pedaço em seu pau – completou Noah.

– Ha-*huh* – riu Vishnu, meio triste.

Achei bacana a preocupação, mas senti-me mal ao receber aquele carinho. Era para *eu* cuidar *deles*. Assim, eu amenizaria meu perfil de estresse, o que faria um bem enorme aos meus níveis de hormônio adrenocorticotrófico. Enquanto isso, o uísque duplo e a morte lenta por triglicerídeos que ele anunciava tinham se depositado no pouquíssimo espaço que ainda restava em meu estômago e o mundo se projetava em mim de forma odiosa.

– Eunice Park! – disse em tom de lamento para o äppärät de Noah. – Eunice, meu amor. Você está me ouvindo? Estou morrendo de saudade.

– Estamos transmitindo essas emoções aqui ao vivo, galera – anunciou Noah. – Vejam, em tempo real, o amor que Lenny sente por uma garota chamada Eunice Park. Estamos "sentindo" as várias nuances dessa dor na mesma hora em que ele as sente também.

Comecei a balbuciar o quanto ela era importante para mim.

– Estávamos sentados naquele restaurante da Via Giulia, sei lá...

– Perdendo acessos, perdendo acessos – sussurrou Noah. – Não use palavras estrangeiras. Direto ao ponto.

– ... e ela... ela me escutava de verdade. Prestava atenção em mim. Nem sequer olhou para o äppärät enquanto conversávamos. Quer dizer, enquanto comíamos. *Bucatini all'*...

– Perdendo acessos, perdendo acessos.

– Massa. Mas, enquanto comíamos, falávamos *tudo* sobre nós, quem éramos, de onde vínhamos. Ela é marrenta. Qualquer um seria, se estivesse na pele dela, se tivesse encarado todas as merdas que ela teve de aguentar. Ela quer me conhecer melhor, quer me ajudar e eu quero tomar conta dela. Acho que ela deve pesar uns... sei lá, pouco mais de trinta quilos. Deveria se alimentar melhor. Vou preparar-lhe uma berinjela. Ela me ensinou a escovar os dentes.

– Transmitindo essas emoções ao vivo – repetiu Noah. – De primeira pra vocês, *patos*. Direto da boca de Abramov. Ele está verbando. Está deixando fluir as emoções. Estou recebendo uma mensagem de um bebum lá de Windsor, Ontario. Ele quer saber se você comeu a Eunice, Lenny. Você meteu essa sua coisinha aí naquela xana apertadinha? Quinze mil almas precisam desesperadamente saber agora; do contrário, vão pegar informação em outro lugar.

– Somos um casal tão improvável de dar certo, tão improvável... – berrei – ... porque ela é linda e eu sou o quadragésimo cara, o cara mais feio neste bar. Mas e daí? E daí? E se um dia ela me deixar beijar-lhe cada sarda novamente? Ela tem milhares de sardas. Mas cada uma delas é importante para mim. Não era assim que as pessoas costumavam se apaixonar? Sei que estamos vivendo na América de Rubenstein, como vocês vivem dizendo. Mas será que isso não nos torna ainda mais responsáveis pelo destino dos outros? E se eu e Eunice simplesmente dissermos "não" a tudo isso? A este bar. A esse negócio de FORMUNICAR? Nós dois. E se formos para casa e ficarmos lendo livros um para o outro?

– Ai, meu Deus – resmungou Noah. – Você acaba de reduzir os acessos pela metade, Abramov... OK, pessoal, estamos transmitindo ao vivo da América de Rubenstein, a hora H para nossa economia, a hora H para nosso poderio militar, a hora H para tudo o que um dia nos encheu de orgulho e não há santo que faça Lenny Abramov nos dizer se ele comeu a mignon asiática.

Fui direto ao banheiro descarregar os litros de cerveja belga e os cinco copos de água alcalinizada que eu bebera antes de sair de casa; ao lado do mictório, li uma pichação incentivando o usuário a "Votar nos Bissexuais e não nos Bipartidários". Outro trazia a piada: "A Redução de Danos reduziu meu pau."

Discretamente, Vishnu se aproximou de mim e disse:

– Desligue seu äppärät.

– Oi?

Ele esticou a mão e desligou meu pingente. Olhou-me bem nos olhos e, mesmo na agitação de minha embriaguez, percebi que meu amigo estava sóbrio.

– Acho que Noah trabalha para a SAR – sussurrou.

– O quê?

– Acho que ele está trabalhando para os bipartidários.

– Que é isso, cara? Pirou? Por que então ele fica repetindo esse negócio de "A América está vivendo a Era Rubenstein"? E essa história de "hora H"?

– Vá por mim. Cuidado com o que diz perto dele. Ainda mais quando ele está transmitindo o programa dele.

Minha urina parou de sair espontaneamente e senti uma dor na próstata. E o mantra não parava de se repetir: "Dê atenção aos amigos, dê atenção aos amigos."

– Não entendo – balbuciei. – Ele ainda é nosso amigo, não é?
– Cara, estão forçando o pessoal a fazer tudo quanto é troço – explicou Vishnu.
Com a voz ainda mais baixa, continuou:
– Sabe-se lá que ordens ele recebeu. Sua pontuação de Crédito vem despencando desde que começou a comer Amy Greenberg. Metade de Staten Island está colaborando. Todo mundo está amarelando, buscando apoio, proteção. Escreva o que tô dizendo: se os chineses tomarem conta disto aqui, Noah vai ser o primeiro a babar o ovo dos caras. Você devia ter ficado em Roma, Lenny. Foda-se essa babaquice de imortalidade. Não vai acontecer com você mesmo. Olha bem pra gente. Não somos HNWIs.
– Mas também não somos de Baixo Patrimônio Líquido!
– Não faz diferença. Somos modelos perfeitos para essa história de Redução de Danos. A prefeitura não tá nem aí pra gente. No mês passado, privatizaram o metrô. Vão demolir os conjuntos habitacionais, inclusive os elegantes dos judeus, como o seu. Até o final desta década, estaremos morando em Eire, na Pensilvânia.
Ele deve ter notado a tristeza letal desfigurando minha expressão. Fechou o zíper e deu um tapinha nas minhas costas.
– Mandou bem lá fora, quando falou da Eunice. Foi emocionante. Vai elevar sua PERSONALIDADE no ranking. Agora, quanto ao Noah, quem pode dizer? Talvez eu esteja errado. Talvez eu estivesse errado antes. Talvez eu estivesse errado muitas vezes, meu amigo.
Antes que minha melancolia me consumisse por completo, a namorada de Vishnu, Grace Kim, chegou, arrastando-o para casa, a agradável e refrigerada residência em Staten Island, provocando em mim uma avassaladora saudade de Eunice. Fiquei olhando para Grace de um jeito carente, beirando o sofrimento. Lá estava ela: vestida de modo inteligente, criativo e recatado (nada de jeans Onionskin exibindo seus delicados dotes), cheia de intenções programadas e planos determinados e interessantes, obstinada a se casar com o namorado sortudo, pronta para

parir lindos filhos eurasianos, pelo jeito as últimas crianças na cidade.

Junto com Noah, fui convidado para ir à casa de Vishnu e Grace e tomar a saideira, mas aleguei cansaço em razão do fuso horário e me despedi de todos. Fizeram a gentileza de acompanhar-me a pé até a estação das barcas, mas a gentileza não foi tanta assim a ponto de enfrentar comigo a barreira da Guarda Nacional. Fui devidamente revistado e apalpado por soldados entediados. Neguei e consenti tudo.

– Só quero ir pra casa – dei como resposta a alguma pergunta metafísica.

Não era a resposta certa, mas um negro com uma pequena cruz de ouro em meio aos escassos pelos do peito sentiu pena de mim e permitiu-me embarcar.

As pontuações de outros passageiros varriam a proa; inclinados contra o gradil, homens feios e arrasados expressavam desejos e desesperos em direção à escuridão do mar agitado. Uma garoa cor-de-rosa pairava por sobre a área em sua maior parte residencial, outrora conhecida como Distrito Financeiro, lançando tudo para o pretérito simples. Um pai beijava repetidas vezes a cabeça do filho com triste insistência, fazendo com que nós, filhos de maus pais ou órfãos, sentíssemo-nos ainda mais sozinhos e solitários.

Observávamos os vultos dos petroleiros, imaginando o calor de suas fortes e sólidas estruturas. A cidade se aproximava. Ligando Manhattan e Brooklyn, três pontes formavam um só colar de luzes. À medida que avançávamos, iam se distinguindo uma da outra. A torre do Empire State foi perdendo o brilho, escondendo-se atrás de um edifício de menor importância. Do lado do Brooklyn, o prédio de topo dourado do Williamsburg Savings Bank, encurralado pelos gigantes de vidro abandonados, cuja construção fora interrompida, discretamente mostrava-nos o dedo. Só a falida "Freedom" Tower, vazia e de estilo imponente, como um homem irado, pronto para desferir um soco, celebrava a si mesma noite afora.

A cada retorno, o nova-iorquino se faz a seguinte pergunta: esta ainda é a minha cidade?

Tenho uma resposta pronta, imbuída de obstinado desespero: é sim.

E se não for, vou amá-la ainda mais. Vou amá-la até que se torne minha novamente.

CAPRICHA NA BERINJELA
DA CONTA DE EUNICE PARK NO GLOBALTEENS

13 DE JUNHO

LEONARDO DABRAMOVINCI *PARA* EUNI-DIOTA NO EXTERIOR:
Oi! Aqui é Lenny Abramov. De novo. Desculpe-me por incomodá-la. Enviei uma mensagem aqui, pelo GlobalTeens, um tempinho atrás e você não respondeu. Acho que está ocupada e que não para de receber uma porção de mensagens de um bando de marmanjos chatos; não quero ser mais um pentelho enchendo seu saco a todo instante. Mas enfim, só queria dizer que participei do The Noah Weinberg Show!, o stream de um amigo; eu estava muito, mas muito BÊBADO e acabei dizendo aquelas coisas sobre suas sardas e contei que comemos bucatini all'amatriciana no da Tonino e que eu imaginava a possibilidade de um dia estarmos juntos, lendo livros um para o outro.

Eunice, desculpe-me por arrastar seu nome na lama assim. É que eu me empolguei e no fundo sentia-me muito triste, com saudades suas, chateado pela rara comunicação que estabelecemos. Não paro de lembrar aquela noite que passamos juntos em Roma; lembro cada minuto e creio que isso tenha se tornado o marco de referência do início de nossa história. Estou tentando parar de pensar nisso e concentrar-me em outras coisas como trabalho/situação financeira, que no momento não anda bem das pernas, e em meus pais, que não são tão difíceis quanto os seus, mas digamos que também não sejamos lá uma família muito feliz. Deus, não sei por que estou sempre querendo me abrir com você. Mais uma vez, desculpe-me se eu a constrangi com aquele stream ridículo e aquela história de você ler livros e coisa e tal.

Do amigo (espero que ainda o seja),
Lenny

14 DE JUNHO

EUNI-DIOTA NO EXTERIOR *PARA* LEONARDO DABRAMOVINCI:
 Tudo bem, Leonard. Capricha na berinjela, pois acho que vou pra Nova York. Pra mim já deu, "Arrivederci, Roma". Foi mal não ter feito contato por tanto tempo. Eu também penso um pouquinho em você, e quero muito passar um tempinho contigo. Você é um cara muito fofo e engraçado, Len. Mas vá logo sabendo que minha vida tá uma loucura. Acabei de romper com um cara que fazia meu tipo, tô tendo uns problemas com meus pais, blá-blá-blá. Já viu, né? Vai ter momentos em que não vou ser uma boa companhia e é bem capaz de eu te tratar mal de vez em quando. Ou seja, se você enjoar de mim, é só me colocar pra correr. É o que o povo faz. Hahaha!
 Assim que der, te envio as informações sobre o voo. Não precisa ir me pegar nem nada. Só me diga pra onde tenho que ir.
 Espero que não fique bolado com o que vou dizer, Lenny Abramov, mas minhas sardas estão morrendo de saudade de você.
 Eunice.
 P.S.: Tem escovado os dentes como te ensinei? Faz bem e elimina o bafo de onça.
 P.P.S.: Você estava muito gracinha no stream do seu amigo Noah, mas acho melhor cair fora desse lance de "101 Pessoas Dignas de Pena". Aquele cara do macacão SUK DIK está te sacaneando descaradamente. Você não é nenhum "coroa sujismundo", Lenny (gente, o que significa essa expressão?!). Por favor, seja firme e se defenda.

ENTREGA TOTAL
DO DIÁRIO DE LENNY ABRAMOV

18 DE JUNHO

Querido diário,

Ai, meu Deus, ai, meu Deus, ai, meu Deus! Ela está aqui. Eunice Park está em Nova York. Eunice Park está no meu apartamento! Eunice Park está sentada DO MEU LADO, no sofá, enquanto escrevo este texto. Eunice Park: um minúsculo fragmento de ser humano, de legging roxa, fazendo bico para alguma coisa errada que eu talvez tenha feito, o cenho franzido em sinal de aborrecimento, totalmente absorta no äppärät, verificando artigos caros no AssLuxury. Estou perto dela. Respirando baixinho para sentir o cheiro de alho em seu hálito. Sinto o cheiro de um almoço de anchovas malaias e acho que estou a ponto de enfartar. Ai, o que há de errado comigo? Tudo, querido diário. Está tudo errado comigo e eu sou o homem mais feliz do mundo!

Quando ela me respondeu dizendo que estava vindo para Nova York, corri até o mercadinho da esquina para comprar uma berinjela. Disseram que tinham de encomendar por äppärät, então esperei na porta umas doze horas. Quando a leguminosa chegou, minhas mãos tremiam tanto que nem consegui fazer nada com ela. Atordoado, enfiei-a no freezer (sem querer), depois fui para a varanda e comecei a chorar. De alegria, é claro!

Na manhã do primeiro dia da minha vida real, joguei fora a berinjela congelada e vesti minha camisa de algodão mais limpa e formal, que, tamanho meu nervoso, ficou ensopada de suor, mesmo antes de eu passar pela porta. Para me secar um pouco e organizar as ideias, sentei-me e pensei no item 3: Ame Eunice, do jeito que meus pais se sentavam antes de uma longa viagem e rezavam, daquele jeito russo primitivo, para que ela fosse segura.

Lenny!, falei sozinho em voz alta. *Não vá estragar tudo agora. É sua chance de ajudar a mulher mais linda do mundo. Você tem de ser bom, Lenny. Pare imediatamente de pensar só em si. Concentre-se apenas nessa pequena criatura. A recompensa virá. Caso não consiga fazer isso, caso magoe essa garota de alguma forma, não será merecedor da imortalidade. Entretanto, se você aconchegar aquele corpinho quente junto ao seu e a fizer sorrir, se mostrar a ela que o amor adulto pode superar a dor da infância, então os dois conhecerão o reino. Talvez Joshie bata a porta na sua cara, talvez veja que seu coração está prestes a parar numa cama de um hospital público, mas como seria possível ignorar Eunice Park? Como poderia qualquer deus desejar a ela menos do que a juventude eterna?*

Queria encontrar Eunice no JFK, porém não se pode mais nem chegar perto do aeroporto sem uma passagem aérea. O táxi me deixou na terceira barreira da SAR, na Van Wyck, onde a Guarda Nacional montara uma espécie de área de boas-vindas, uma tenda camuflada de uns seis metros sob a qual uma multidão de pobres criaturas de classe média se acotovelavam, aguardando ansiosamente a chegada de familiares. Quase perdi a hora da chegada do voo de Eunice, pois parte da ponte Williamsburg tinha caído e levamos uma hora tentando fazer o retorno na Delancey Street, próximo a uma nova placa da SAR, feita às pressas, que dizia: "Juntos, vamos Concertar [*sic*] Esta Ponte."

Quando seguíamos em direção à barreira, meu äppärät sinalizou a chegada de uma mensagem trazendo uma ótima notícia. Nettie Fine está viva e bem! Entrou em contato comigo usando um endereço novo e seguro:

"Lenny, desculpe-me se eu o deprimi em nosso encontro, em Roma. Meus filhos me dizem que às vezes sou uma grande 'Nettie Nervosa'. Só queria que você soubesse que as coisas não estão assim tão mal! A toda hora, recebo uma boa notícia. O país está realmente passando por mudanças. Os pobres que foram despejados estão se organizando como aconteceu durante a Grande Depressão. Ex-membros da Guarda Nacional estão acampando em parques e protestando por não terem recebido o bônus que lhes é devido pelo trabalho que cumpriram na Venezuela. Sinto que há uma energia brotando das camadas mais humildes! A Mídia não está cobrindo esse evento, mas vá ao Central Park e conte-me o que por lá encontrar. Talvez o reinado de Jeffrey Otter, a lontra, finalmente já faça parte do passado! Beijos, Nettie Fine."

Respondi a mensagem imediatamente, dizendo que iria ver o pessoal de Baixo Patrimônio Líquido no parque e que eu estava apaixonado por uma garota chamada Eunice Park que (previ a primeira pergunta de Nettie) não era judia, mas perfeita em todos os outros aspectos.

Depois das boas notícias a respeito de minha mãe americana, esperei pelo ônibus da UnitedContinentalDeltamerican, andando de uma lado para o outro, nervoso, até que os homens de arma em punho começaram a olhar para mim de um jeito esquisito. Então, entrei em um espaço improvisado de Varejo, onde comprei umas rosas já meio murchas e uma garrafa de champanhe de trezentos dólares. Pobre Eunice! Parecia tão cansada quando desceu do ônibus com todas aquelas malas, que eu quase a abracei na tentativa de animá-la, mas tomei o devido cuidado para não parecer dramático. Acenei para os homens armados com as rosas e o champanhe, mostrando-lhes que tinha Crédito suficiente para consumir no Varejo. Só então, dei-lhe um beijo apaixonado no rosto (cheirava a avião e hidratante) e, em seguida, no nariz reto, fino e, o que era estranho, sem características asiáticas. Depois, beijei o outro lado do rosto e de novo o nariz, depois voltei para o lado do rosto que havia beijado primeiro, seguindo as sardas, marcando o nariz como se fosse uma ponte a ser cruzada duas vezes. Acabei por derrubar a garrafa de champanhe, mas, seja lá com que tipo de lixo futurista a produziram, ela não quebrou.

Diante dessa louca forma de amor, Eunice não recuou, mas tampouco retribuiu meu ardor. Sorriu para mim com aqueles lábios carnudos e arroxeados e aqueles jovens olhos cansados. Abatida, fez um gesto com os braços, indicando que as malas estavam pesadas. E estavam mesmo, querido diário. Eram as malas mais pesadas que já carreguei. Os saltos pontudos dos sapatos femininos espetaram-me a barriga e um negócio de metal de origem desconhecida, redondo e duro, machucou-me o quadril.

O percurso de táxi transcorreu em silêncio, os dois meio sem graça com a situação, cada um provavelmente sentindo um pouco de culpa (eu, por meu relativo poder; ela, pela própria juventude), e conscientes do fato de que, no total, não chegamos nem a passar um dia inteiro juntos e que, por isso, ainda estávamos por descobrir nossos interesses em comum. Quando o trânsito parou por conta de outra barreira, sussurrei:

– Esse negócio de SAR não é uma loucura?

– Não sou muito ligada em política – respondeu.

Ela se decepcionou com meu apartamento, por ficar longe da linha F e pela feiura dos edifícios.

– Pelo jeito, pra pegar o trem, vou ter que fazer muito exercício. Ha ha.

Era assim que sua geração terminava as frases, como um tique nervoso. "Ha ha."

– Estou muito feliz por você estar aqui, Eunice – disse, esforçando-me para que todas as minhas falas soassem claras e sinceras. – Senti muita saudade de você. Pode até parecer meio esquisito, mas...

– Senti saudades suas também, seu cara de nerd.

Aquela única frase pairou no ar entre nós e o insulto gerou uma espécie de intimidade. Nitidamente surpresa consigo mesma, Eunice ficou perdida, sem saber se deveria acrescentar um "ha" ou um "ha ha", ou simplesmente ignorar tudo. Resolvi tomar a iniciativa e sentei-me ao seu lado, no meu sofá de couro com detalhes cromados, o tipo que um dia ornamentou luxuosos cruzeiros durante os anos 1920 e 1930 e que me fizeram desejar ser outra pessoa. Ela olhou a minha Muralha de Livros sem expressar qualquer reação, embora, devo dizer, o aroma ali fosse basicamente de Pinho Sol, essência de flores do campo e não mais o odor natural da tinta de impressão.

– Sinto muito pelo rompimento com o cara na Itália. Você disse no GlobalTeens que ele era mesmo o seu tipo.

– Não tô muito a fim de falar dele agora.
Que bom, pois eu também não estava. Queria apenas abraçá-la. Trajava um agasalho de moletom bege e, por baixo, consegui dar uma espiada e ver as alças do sutiã de que ela não precisava. A minissaia, muito mal cortada, feita com um tipo de fibra áspera, ficava acima das meias-calças roxo-claras, que também pareciam desnecessárias, dado o calor de junho. Estaria tentando se proteger de minhas mãos errantes? Ou será que sentia muito frio por dentro?
– Você deve estar cansada. Foram muitas horas de voo – especulei, colocando a mão sobre seu joelho violeta.
– Você está suando feito louco! – observou, rindo.
Passei a mão na testa, removendo o brilho de minha idade.
– Desculpe-me.
– Eu deixo você tão excitado assim, cara de nerd?
Não disse nada. Apenas sorri.
– Foi muito legal da sua parte me deixar ficar aqui na sua casa.
– O tempo que quiser! – exclamei.
– Vamos ver.
Quando lhe apertei o joelho e fiz um leve movimento para cima, ela agarrou-me o punho peludo.
– Vamos com calma. Acabei de sair de um relacionamento, lembra?
Ela pensou e acrescentou um "ha ha".
– Já sei o que vamos fazer. É o meu programa favorito no verão.

Levei-a ao Cedar Hill no Central Park. No caminho, ela chocou-se ao ver o trânsito dos residentes maltrapilhos do meu trecho na Grand Street, alguns caminhando, outros de cadeiras de rodas; os velhos dominicanos lançavam-lhe olhares maliciosos e gritavam:
– *Chinita!*
– É melhor gastar uma graninha, chinezinha!

Minha esperança era de que as provocações não fossem tão ameaçadoras. Fiz de tudo para evitarmos o quarteirão em que o nosso morador cagão sempre largava seu despacho.

– Por que você mora aqui?

Talvez Eunice Park tenha feito essa pergunta por não compreender que o preço dos imóveis em qualquer outra parte de Manhattan ainda era assustadoramente alto, apesar da última desvalorização do dólar (ou até por causa disso; não consigo entender essas questões cambiais). Então, para compensar toda aquela pobreza na qual eu residia, comprei passagens no vagão de classe executiva da linha F, cada uma custando dez dólares a mais que uma passagem comum. Como disse Vish certa noite, já meio bêbado, o decadente sistema de transportes de nossa cidade está atualmente estruturado para fins lucrativos e é administrado por um bando de corporações simpatizantes da SAR sob o lema "Juntos chegaremos lá". Na classe executiva, tínhamos o conforto dos aconchegantes sofás, já amarelados pelo tempo, e dos volumosos äppäräti acorrentados a uma mesa de centro e cobertos de impressões digitais e respingos de bebida. Membros da Guarda Nacional fortemente armados mantinham o vagão a salvo dos onipresentes cantores pedintes, dançarinos de break e famílias carentes pedindo vale-saúde, todo aquele bando miserável de Indivíduos de Baixo Poder Aquisitivo que transformaram os vagões comuns em um palco para seus talentos e aflições. Na classe executiva, podíamos desfrutar de milhares de momentos discretos de paz metroviária. Eunice deu uma navegada no *The New York Lifestyle Times*, o que me deixou muito feliz, pois, embora o *Times* não seja mais o jornal fabuloso dos áureos tempos, ainda contém mais texto do que outros sites: os ensaios sobre produtos que ocupam metade da tela às vezes oferecem uma análise sutil do mundo em maior escala; um texto sobre um novo delineador dá espaço a um breve parágrafo sobre a bem-sucedida economia do estado indiano de Kerala. Não restava dúvida de que a mulher por quem eu me apaixonara, além de inteligente, era dada à reflexão. Fiquei observando Eunice Park, os bracinhos bronzeados flutuando por sobre os dados projetados, pronta para atacar quando um tão desejado produto apareceu na tela, o ícone verde do "compre agora" movendo-se sob os nervosos dedos indicadores. Eu a observava com tamanha atenção, ignorando completamente as estações do metrô bem iluminadas, que acabamos por perder nossa própria estação e tivemos de voltar.

Cedar Hill. O ponto de partida de minhas caminhadas pelo Central Park. Muitos anos atrás, depois de romper violentamente com uma ex-namorada (uma triste russa com quem namorei apenas por uma espécie de perversa solidariedade étnica), eu costumava ir ao consultório de uma jovem e recém-formada assistente social que ficava a um quarteirão dali, na Madison. Por menos de cem dólares semanais, alguém cuidava de mim nesse aspecto, ainda que, no final, Janice Feingold, mestre em Serviço Social, não tenha conseguido curar-me do medo da não existência. Sua pergunta favorita era: "Por que você acha que seria mais feliz, se conseguisse a vida eterna?"

Após cada sessão, eu relaxava lentamente com um livro ou um jornal impresso, em meio àquela esplêndida vegetação de Cedar Hill. Tentava assimilar a visão terapêutica que a sra. Feingold tinha de mim como alguém que merecia todos os prazeres e cores da vida, e aquela área do Central Park, em particular, gentilmente esclareceu a mensagem que ela me passava durante sua prática clínica de qualidade. Dependendo do ângulo de observação, o Hill pode parecer um gramado de uma universidade da Nova Inglaterra ou uma densa floresta de pinheiros, rochas cinza, espalhadas com grandes distâncias entre si, e os cedros que cautelosamente se entrelaçam com os pinheiros. O Hill desce em direção ao leste rumo a um vale verde, revelando um elenco de carrinhos de bebê, cães basset de pelo longo e bandanas de bolinhas, habilidosas crianças anglo-saxônicas em plena atividade, babás de pele escura, turistas sentados sobre mantos étnicos curtindo a estação.

Que dia maravilhoso! Meados de junho, as árvores florescendo, os galhos enchendo-se em abundância. Juventude em toda a parte. Como conter o reflexo natural de ficar em pé nas pernas traseiras e farejar ardorosamente o calor do sol? Como pode alguém impedir sua boca de encontrar a de Eunice e nela penetrar?

Mostrei-lhe um cartaz no parque que dizia "Exerça atividades passivas".

– Estranho, não é? – comentei.

– *Você* é que é estranho.

Foi a primeira vez que ela olhou nos meus olhos desde que chegou. Havia o costumeiro desprezo retorcendo o lado esquerdo do lábio inferior, mas, de acordo com a informação do cartaz, aquilo era completamente passivo. Ela esticou as mãos que, antes de se abrigarem sob a sombra das minhas, foram acariciadas pelo sol. Por um breve momento, ficamos de mãos dadas, e, depois, ela desviou o olhar. *Doses homeopáticas*, pensei. *É o suficiente por enquanto*. De repente, porém, minha boca começou a falar.

– Caramba... eu seria mesmo capaz de aprender a amar...

– Não quero magoar você, Lenny – interrompeu-me.

Calma. Pega leve.

– Sei disso. Talvez você ainda esteja apaixonada por aquele cara da Itália.

Ela deu um suspiro.

– Tudo em que eu toco vira merda – lamentou, balançando a cabeça, o rosto inteiro parecendo mais velho e impiedoso. – Sou um desastre ambulante. Gente, o que é *aquilo*?

Foi doloroso aos meus olhos terem de desviar-se de seu rosto, mas olhei na direção indicada. Alguém construíra um pequeno casebre de madeira no topo da colina, dando um toque a mais ao seu charme rústico. Calmamente, subimos para investigar; aproveitei a oportunidade para observar seu traseiro, modesto e quase desnecessariamente localizado sobre duas pernas fortes. De repente, imaginei como Eunice conseguiria sobreviver sem bunda. Todo o mundo precisa de uma almofada. Talvez eu pudesse cumprir esse papel.

Na verdade, a casinha não era de madeira, apenas de um tipo de metal corrugado que, por ter perdido muito da sua textura e cor, parecia primitiva. Um girassol fora pintado junto com os dizeres "meu nome aziz jamie tompkins trabalhei motorista de ônibus expulso de casa dois dias atrás este espaço meu não atire". Um negro estava sentado sobre um tijolo do lado de fora do casebre, costeletas grisalhas como as minhas, um quepe bem velho que, depois de examinar melhor, concluí que pertencia à antiga Secretaria Metropolitana de Transportes; o resto da figura, porém, não tinha nada de incomum – camiseta branca e uma corrente dourada com um símbolo do iuan enorme –, exceto sua expressão facial. Atônito. Olhava para o lado, de boca aberta, serenamente inspirando aquela linda atmosfera, como um peixe exausto, completamente isolado da pequena multidão de novaiorquinos nativos que respeitosamente se juntaram para, a certa distância, observar sua pobreza e, logo mais atrás, os turistas de äppärät em punho, acotovelando-se para conseguir um ângulo de observação. De vez em quando, ouvia-se, de dentro do casebre, o barulho de uma panela de metal caindo, ou então o som de um obsoleto computador tentando reinicializar, ou ainda uma aborrecida voz feminina grave. O homem, porém, ignorava tudo aquilo, os olhos perdidos, uma das mãos suspensas no ar, como se praticasse algum tipo tranquilo de arte marcial, e a outra coçando desesperadamente um pedaço de pele morta que se estendia ao longo da panturrilha.

– Ele é pobre? – indagou Eunice.

– Acho que sim... Classe média.

– É motorista de ônibus – disse uma mulher.

– Era – outra corrigiu.

– Eles o removeram por causa da visita do banqueiro central – informou uma terceira.

– O Banqueiro Central *Chinês* – disse a primeira mulher, mais velha, com uma camiseta fedorenta, que claramente pertencia às classes mais baixas (o que fazia naquela parte de Manhattan?). Vários de seus pares olharam para Eunice de um jeito não lá muito amigável. Fiquei sem saber se deveria dizer à multidão ali reunida que minha nova amiga não era chinesa, mas Eunice estava absorta por alguma coisa no seu äppärät ou, pelo menos, fingia estar.

— Não tenha medo, querida — sussurrei.

— Ele morava perto da Van Wyck — disse a sabe-tudo marginalizada. — Eles não querem que os chineses vejam gente pobre no caminho do aeroporto. Pega mal.

— Redução de Danos — disse um rapaz negro.

— Que diabos ele está fazendo *no parque*?

— A Secretaria de Restauração não vai gostar nada disso.

— Ei, Aziz — gritou o negro.

Não houve resposta.

— Ei, mano. É melhor rapar fora daqui antes que a Guarda Nacional chegue.

O homem com o quepe da Secretaria de Transportes continuou lá sentado, se coçando e meditando.

— Você não quer acabar em *Troy*, né? — acrescentou o rapaz. — Vão levar sua mulher também. Você *sabe* o que eles vão fazer.

O tal Aziz provavelmente participava do novo movimento surgido das camadas mais baixas — idêntico ao que ocorrera na Grande Depressão — de que Nettie Fine falara. Apenas umas horas juntos e eu e Eunice já estávamos testemunhando a história! Peguei meu äppärät e comecei a tirar umas Imagens do homem, mas o negro gritou:

— Que porra é essa, meu irmão?

— Uma amiga minha pediu que eu tirasse uma Imagem — respondi. — Ela trabalha no Departamento de Estado.

— *Departamento de Estado?* Tá de sacanagem com a minha cara? É melhor guardar esse troço, Sr. Crédito de 1520, bipartidário escroto, comedor de puta vinte anos mais nova!

— Não sou bipartidário — respondi, mas guardei o äppärät.

Fiquei completamente confuso. E com um pouco de medo também. Quem *era* aquela gente ali ao meu redor? Americanos, eu supunha, mas que importância ainda tinha ser americano?

Atrás de mim, o povo começou a falar sobre o delicado assunto do domínio mundial exercido pela China.

– Maldito banqueiro chinês! – gritou alguém. – Quando ele chegar, vou cortar todos os meus cartões de crédito e jogar em cima dele que nem confete. Vou dar um tiro *bem no meio daquele cu de yakissoba*!

Os turistas chineses no perímetro externo começaram a debandar, e achei que fosse prudente sair dali com Eunice também. Abracei-lhe os ombros e, delicadamente, eu a afastei dali, descendo a colina, para longe de qualquer um que pudesse lhe causar mal e em direção ao Model Boat Pond.

– Estou bem, estou bem – disse ela, esquivando-se de meu abraço.

– Alguns ali tinham cara de bandido – justifiquei.

– E você ia botar aquela galera pra correr com seus golpes de nerd? – debochou, soltando uma gostosa gargalhada.

Vestígios de memória adolescente correram-me as entranhas. Cheguei a sentir cãibra. Creio ter sido o cara menos popular do colégio. Nunca consegui aprender a brigar ou a me portar feito homem.

– Não me chame mais assim, por favor – pedi, esfregando a barriga.

– Ha! Adoro quando meu nerd finge estar desafiando.

Soltei um resmungo, mas não deixei de observar o uso do possessivo: *meu nerd*. Será que ela ia me possuir mesmo?

Caminhamos lentamente, sem dizer uma palavra, ambos meio tristes, meio contentes, introspectivos. A noite típica do início de verão caía por sobre a cidade. O céu tinha um colorido fantasmagórico. A atmosfera, quente, mas com o frescor da brisa, exalava uma doçura polinizada e o aroma de pão fresquinho. Jovens casais europeus aglomeravam-se ao redor do lago em que transitavam os barquinhos, brincando feito crianças, amorosos como adolescentes, encantados com o crepúsculo que caía sobre aquele cenário, colocando com firmeza cédulas de dólar desvalorizado nas mãos de vendedores de camisetas e bugigangas. Crianças asiáticas, aprendendo a falar alto e agir impetuosamente, perseguiam os barquinhos de controle remoto umas das outras pelas águas calmas e cinzentas do lago.

No céu, três helicópteros militares, uniformemente distanciados, percorriam ruidosamente o combalido espaço aéreo. O quarto, que mal conseguia acompanhar os outros, parecia carregar uma lança gigantesca na porta; a lança tinha a ponta amarela brilhante. Só os turistas olhavam para cima. Pensei em Nettie Fine. Eu precisava acreditar em seu otimismo. Ela nunca se enganara, enquanto meus pais tinham se enganado sobre *tudo*. Um dia as coisas iam melhorar. Um dia. Apaixonar-me por Eunice Park justamente quando o mundo se desmoronava era uma tragédia para grego nenhum pôr defeito.

Agora caminhávamos de mãos dadas pela Sheep Meadow coberta de grama aconchegante como um tapete gasto de salão de jogos ou uma cama bagunçada. Ao fundo, nos três lados, ficava a constelação de edifícios um dia considerados altos: os antigos, austeros e de telhado de mansarda, e os novos, cobertos por informações piscando. Passamos por um casal branco-asiático curtindo um piquenique com prosciutto e melão, que me fez apertar a mão de Eunice. Ela se virou e passou as mãos umedecidas pelo meu cabelo grisalho. Preparei o espírito para ouvir um comentário a respeito de minha idade e minha aparência. Preparei o espírito para, mais uma vez, tornar-me o feio mercador Laptev, de Tchecov. Sabia muito bem que aquilo doía tanto que deixou um estranho gosto na minha boca, um pequeno aperitivo com sabor de amêndoa e sal.

– Meu doce pinguim imperador. Você é tão bonitico. Tão inteligente. E generoso. Tão diferente de todo mundo que já conheci. Tão *você*. Aposto que pode me fazer muito feliz, se eu simplesmente me permitir ser feliz.

Beijou-me os lábios rapidamente, como se tivéssemos trocado centenas de milhares de beijos antes. Depois, enfiou-se em um campo verde perto do qual passávamos e deu três graciosos saltos mortais – um após o outro. Fiquei ali. Delirando. Desfrutando o mundo aos poucos, cada vez mais. Aquele corpinho cortando o ar. A curvatura da espinha em movimento. A boca aberta, respirando ofegante, depois de uma leve exaustão. Ela olhava para mim. Sardas e calor. Controlei-me ao máximo, evitando fazer o que era esperado. Eu não ia chorar nem por um decreto.

Nuvens cinzentas carregadas de algum tipo de dejeto industrial cobriram o céu; o horizonte era aos poucos substituído por uma substância amarela que, por sua vez, fez-se noite. Quando o céu escureceu, vimo-nos cercados, nos três lados, pelo excesso de nossa civilização; entretanto, o solo sob nossos pés era macio e verde e, lá atrás, havia uma colina com árvores do tamanho de um pônei. Caminhamos em silêncio, enquanto eu sentia o cheiro forte de frutas dos cremes faciais antienvelhecimento que Eunice usava, misturado com um pequeno toque de algo vivo e corpóreo. Múltiplos universos me tentaram com sua existência. Assim como a imutabilidade de Deus ou a sobrevivência da alma, eu sabia que teria a comprovação de que eram uma miragem, mas, mesmo assim, eu me agarrava à crença... porque eu acreditava em Eunice.

Estava na hora de ir embora. Seguimos para o sul e, quando terminou o trecho das árvores, o parque nos devolveu à cidade. Rendemo-nos a um arranha-céu com um telhado de mansarda verde e duas chaminés sem nenhuma decoração. Nova York explodia ao nosso redor, vendedores ambulantes aos berros, gente comprando, gente exigindo, gente conectando. A cidade, densa, pegou-me de surpresa e sua imposição, sua fumaça alcoólica, sua arrogância, sua riqueza indiscreta e decadente deixaram-me aturdido. Eunice deu uma olhada em umas vitrines da Quinta Avenida, seu äppärät cheio de novas informações.

– Euny – experimentei uma forma diminutiva de seu nome. – Como você está? Exausta com a diferença de fuso horário?

Ela olhava uma pele de jacaré esticada formando um objeto enorme e não respondeu à minha pergunta.

– Quer ir pra nossa casa?

Nossa casa?

Ela estava ocupada, escaneando no äppärät a imagem do anfíbio morto, como se aquilo tivesse uma resposta. Ela sorria, mas era um sorriso apenas no nome. Quando desviou o olhar da vitrine, avaliando-me, o rosto já estava inexpressivo. Examinava o vazio liso e branco de meu pescoço.

– Não esfregue os olhos – aconselhou com a boca voltada para aquele vazio, balbuciando por entre os lábios e cortando cada sílaba. – Está matando as células em volta dos olhos ao esfregar assim com tanta força. É por isso que tem tanta pele escura. Te deixa com um ar mais velho.

Eu estava torcendo para que ela acrescentasse "cara de nerd", para que eu soubesse que estava tudo bem, o que não aconteceu. Não entendi. O que acontecera com os saltos mortais? O que acontecera com "meu pinguim imperador"? Com aquela palavra maravilhosa e absolutamente inusitada: "bonitico"?

Caminhamos de volta ao metrô sem trocar uma sílaba sequer, ela se limitando a lançar o olhar para o chão à sua frente como um farol de luz negativa. O silêncio continuou. Respirei tão fundo que achei que fosse desmaiar. Eu não sabia como restaurar o clima de antes entre nós. Não sabia como nos reconduzir ao Central Park, a Cedar Hill, a Sheep Meadow, ao beijo.

De volta ao meu apartamento, com a deserta "Freedom" Tower reluzindo extraordinariamente por detrás das espessas cortinas e o som de um ônibus vazio diminuindo a velocidade para pegar algum velho insone, eu e Eunice tivemos nossa primeira briga. Ela ameaçou voltar para a casa dos pais.

Fiquei de joelhos. Chorei.

– Por favor. Não pode voltar para Fort Lee. Fique comigo um pouco mais.

– Não seja ridículo! – exclamou Eunice, sentada em meu sofá, com as mãos sobre o colo. – Você é tão *fraco*!

– Eu só disse que "gostaria de conhecer seus pais um dia". Quero muito que você conheça os meus na semana que vem. Quero muito mesmo.
– Você sabe o que isso significa pra mim? Conhecer meus pais? Você não me conhece mesmo!
– Estou tentando conhecê-la. Namorei outras coreanas antes. Sei que as famílias são conservadoras. Sei que não são lá muito chegadas a branquelos como eu.
– Você não sabe *nada* sobre minha família. Como é que passou pela sua cabeça...

Deitei-me na cama, ouvindo Eunice na sala, teclando furiosamente no äppärät, provavelmente com as amigas do sul da Califórnia ou com os pais em Fort Lee. Finalmente, três horas depois, quando os pássaros já entoavam um canto matinal, ela entrou no quarto. Fingi que dormia. Tirou quase toda a roupa e deitou-se ao meu lado. Em seguida, pressionou as costas e a bunda quentes contra o meu peito e minha genitália, de modo que acabei aconchegando-me no calor de seu corpo. Ela chorava. Eu ainda fingia dormir. Beijei-a de um jeito compatível com o fato de que eu supostamente estava dormindo. Não queria que ela me magoasse mais naquela noite. Vestia uma dessas calcinhas que se soltam quando se aperta um botão na altura dos genitais. Total Surrender, acho que é assim que chama. Entrega Total. Abracei Eunice com mais força e ela correspondeu. Queria lhe dizer que estava tudo bem, que eu ia fazê-la feliz sempre que pudesse. Não havia tanta necessidade de conhecer seus pais agora.

Só que não era verdade. Era mais uma coisa que eu havia aprendido sobre as coreanas: os pais eram a chave para compreender-se Eunice Park.

ESTÁ PINTANDO UM LANCE MANEIRO
DA CONTA DE EUNICE PARK NO GLOBALTEENS

18 DE JUNHO

EUNI-DIOTA *PARA* FODAMADRINHA:

Querido Pônei,

Td blz, Vagaba Ocupada? Tô na áreaaaaa! A bela volta à América. Nossa, nem acredito! Todo mundo falando inglês e nada de *italiano*. Bem, no gueto onde Lenny se enfia, tem muito latino e judeu. Mas, enfim. Tô em casa. As coisas estão tranquilas em Fort Lee, pelo menos por enquanto. Logo, logo vou dar uma passada pra ver meus pais, mas acho que papai só se tranquiliza quando sabe que tô do outro lado do rio. Acho que nunca vou conseguir ficar a mais de dois quilômetros de distância de minha família, uma tristeza. E acho que papai tem um radar, sabe? Tipo, toda vez que alguma coisa legal acontece comigo, tipo quando conheci Ben na Itália, ele começa a arranjar encrenca, daí tenho que largar tudo e voltar pra casa. Tô cansada de ouvir mamãe dizer "Você é a mais velha. Tem responsabilidade". Às vezes eu tento me imaginar sem eles, me virando sozinha, que foi o que tentei fazer em Roma. Mas isso não rola.

E, agora que a Sally se meteu em política, acho que minha responsabilidade dobrou e tenho que ficar de olho pra ela não fazer nenhuma cagada. Com toda sinceridade, acho isso tudo uma grande besteira. Ela nunca ligou pra política. Quando fui pra Elderbird, o papo era sempre que o reverendo Cho disse isso, o reverendo Cho disse aquilo, e o reverendo Cho disse que não era problema nenhum papai puxar mamãe da cama pelos cabelos porque Jesus perdoa os pecadores. Essa história de política é tudo palhaçada. Ela, papai e mamãe querem atenção, isso sim; parecem três pirralhos.

Nossa, que saudade do Ben! A gente era tão compatível, sabe? Tipo assim, a gente não precisava ficar de muito papo; passávamos horas deitados na cama, fazendo qualquer coisa em nossos äppäräti, com a luz apagada. Com Lenny é diferente. Ele tem tanta coisa errada e acho que preciso dar um jeito em tudo. O problema é que ele é bem mais velho e acha que não tem que me dar ouvidos. Depois que ensinei a escovar os dentes, ele ficou com hálito de rosas e sumiu o bafo de onça. Se pelo menos ele cuidasse daqueles pés horrorosos! Vou marcar uma consulta num podólogo pra ele. Talvez com o papai. Brincs! Papai ia ter um troço se eu contasse sobre meu... huumm... "amiguinho" branco e coroa. Ah, e ainda temos que dar um jeito no visual dele, que é a treva! Ele tem uma amiga coreana chamada Grace (nunca vi mais gorda, mas já odeio a desgraçada) que, de vez em quando, vai com ele até as lojas pra comprar roupa, e a criatura escolhe umas coisas tipo com colarinho largo e umas camisas de acrílico dos anos 1970 que dão vontade de chorar! Espero que tenha um detector de fumaça em nosso apê, caso um dia esse troço todo pegue fogo. Bem, eu disse a ele desde o início: Olha só, você está com TRINTA E NOVE anos e estou morando contigo; então, querido, agora você vai ter que se vestir feito gente grande. Ele ficou todo putinho, meu nerdzinho, mas, semana que vem, vamos sair pra comprar umas roupas feitas com PRODUTOS ANIMAIS de verdade, tipo algodão, lã, ca$hmere e todas essas coisas de primeira linha.

No primeiro dia, quando cheguei, fomos ao parque (Lenny comprou passagens de metrô na classe executiva! É um fofo!) e vimos uma porção de barracos para os sem-teto no Central Park. Que triste. Estão expulsando o povo de casa – o povo que mora em beira de estrada – porque o banqueiro central chinês vai chegar e Lenny disse que os bipartidários não querem passar uma impressão de pobreza para os credores asiáticos. Tinha um negro, coitado, sentado do lado de fora de um dos barracos, com cara de quem estava envergonhado daquilo que ele tinha se tornado, igual a quando papai pensou que não fosse mais poder clinicar depois que acabaram com os planos de saúde. É o cúmulo da falta de dignidade para um homem não poder sustentar a própria família. Juro que quase comecei a chorar, mas não quis que Lenny achasse que eu ligo pra essas coisas. Ah, e no barraco tinha um computador velho que nem era um äppärät nem nada; dava até pra ouvir a porcaria carregando, só pra te dar uma ideia do barulho. Não vou fazer nenhum discurso político aqui, Pônei, mas acho uma sacanagem que o país não cuide desse povo. Taí uma coisa legal das nossas famílias: mesmo quando a coisa fica preta, eles sempre cuidam da gente, porque passaram por muito pior na Coreia. Agora deixe eu te contar um negócio engraçado. Lenny tem um diário e fica escrevendo umas listas de tudo o que ele está "celebrando". Tenso, eu sei! Mas esse lance me deixou bolada, imaginando o que eu deveria estar celebrando; talvez o fato de eu não estar morando em uma lata de zinco no Central Park e que você me ama e que talvez minha mãe e minha irmã também me amem; até o fato de que talvez eu tenha um namorado de verdade que está a fim de ter uma relação SAUDÁVEL, NORMAL e AMOROSA comigo.

Mas, voltando. Daí a gente se beijou no parque. Por enquanto nada além disso, mas foi muito show; senti que está pintando um lance maneiro aqui dentro de mim. Tô tentando ir com muita calma e conhecer melhor o cara. No momento eu ainda acho que a gente forma um par esquisito, nada a ver. Na boa, morro de medo de ver nosso reflexo quando passamos na frente de algum espelho; mas acho que quanto mais tempo passamos juntos, mais natural a coisa fica. Ele já disse que me ama e que sou perfeita pra ele. Disse que sou a mulher que ele esperou a vida toda. Ele não é apressado. Presta atenção quando conto o que meu pai fez comigo, com a Sally e com a mamãe; ele digere a história e às vezes até chora (chora muuuito) e depois de um tempo a gente vai desenvolvendo certa confiança e eu vou me abrindo pra ele como eu me abriria pra uma amiga. E ele meio que beija como uma menina, todo delicado e com os olhos fechados. HA HA. Até agora o que eu mais tenho curtido é andar na rua com ele. Ele me conta várias coisas que nunca aprendi nem na Elderbird, tipo, que Nova York era propriedade dos holandeses (gente, o que esses caras estavam fazendo na América?), e toda vez que vemos alguma coisa engraçada, tipo um cachorrinho basset, a gente se racha de tanto rir; ele segura minha mão e daí não para de suar porque ainda está supernervoso e feliz por estar comigo.

A gente briga muito. Acho que sou quase sempre a culpada porque, em vez de valorizar a personalidade bacana que ele tem, fico dando atenção ao visual do cara. Pra completar, ele quer conhecer meus pais, o que não vai rolar nem fodendo. Ah, e ele disse que vai me levar a Long Island pra conhecer os PAIS DELE! Semana que vem. Qual é o problema dele?

O cara não para de tocar nessa tecla de conhecer os pais. Eu disse que ia embora pra Fort Lee e então meu nerdzinho, tadinho, se ajoelhou e começou a chorar, dizendo que eu era importante pra ele. Tão ridículo e tão fofo ao mesmo tempo. Fiquei com tanta peninha que tirei a roupa toda, menos a TotalSurrender e fui pra cama com ele. Ele ficou me acariciando, mas a gente adormeceu rapidinho. Nossa, como eu falo, né, Querido Pônei?! Vou desconectar agora, mas vou te mostrar uma Imagem comigo e Lenny no zoológico do Central Park. Ele está à esquerda do urso. Não vá sacanear!!!!

FODAMADRINHA *PARA* EUNI-DIOTA:
Querido Panda,
Que bom que você voltou, pentelha! OK, eu tava na pressa pra fazer umas comprinhas na JucyPussy, mas vi rapidinho, um... vi a Imagem que você mandou e esse Lenny aí, sei lá. Não que ele seja o cara mais escroto que eu já vi, mas eu imaginava você com alguém diferente. Sei que você diz que ele tem lá suas qualidades, mas já pensou como seus pais reagiriam se você aparecesse com ele em casa ou na igreja? Seu pai ia passar a noite toda só olhando pra ele e pigarreando e daí, depois que o cara tivesse ido, ele ia te chamar de vagabunda pra baixo. Cara, só tô dizendo que você é muito gata, supermagra, sei lá. Não se acomode com esse cara não. Pega leve e vá com calma!
Menina, nem te conto! Fui no casamento do meu primo Nam Jun e tive que fazer um discurso completamente vomitante pra ele e a noiva gorducha. Ela é cinco anos mais velha que ele e tem uns tornozelos tipo toco de árvore. Pra ser uma ajumma só falta um permanente no cabelo e um chapéu verde! Pior que eles se amam, menina! Não se largavam, chorando o tempo todo e a gorda só dando bolinho de arroz na boquinha do noivo. Eca! Mas fico pensando se eu aprenderia a amar alguém assim. Às vezes saio por aí, como se fosse num sonho, como se estivesse olhando de fora, e vejo Gopher, meus pais e meus irmãos como fantasmas passando por mim levitando. Ah, e no casamento havia umas menininhas fofinhas pintadas como se fossem gatinhas, com uns vestidinhos; corriam atrás de um garotinho tentando derrubar o coitado e daí lembrei de sua priminha Myong-hee. Ela deve estar com o quê? Uns três anos? Gente, que sauda-

de daquela fofa. Acho que vou dar uma passada na casa dela só pra dar um apertuxo! Mas enfim, bem-vinda, minha piranha favorita. Um supermega beijo californiano pra você!

19 DE JUNHO

EUNI-DIOTA: Sally, você está dando lance naquela bota de cano curto cinza lá na Padma?
SALLYSTAR: Como descobriu?
EUNI-DIOTA: Dã! Você é minha irmã. E as botas são número 30. Mas, enfim, desista do leilão, cara. A gente tá completindo!
EUNI-DIOTA: COMPETINDO, eu quis dizer.
SALLYSTAR: Mamãe tava querendo a verde-oliva, mas não tinha o número dela.
EUNI-DIOTA: Vou ver se acho no Corredor de Varejo da Union Square. Não compre a verde-oliva. Você tem corpo em forma de maçã; tem que usar só cores escuras da cintura pra baixo e NUNCA, NUNCA usar batinhas, que te deixam com peitos de melancia.
SALLYSTAR: Você voltou pros Estados Unidos?
EUNI-DIOTA: Nossa, quanta empolgação da sua parte. Está em Washington D.C.?
SALLYSTAR: Tô, acabamos de saltar do ônibus. Está uma loucura isso aqui. As tropas da Guarda Nacional voltaram da Venezuela e estão espalhadas por aqui; prometeram aos guardas um Bônus de Serviço e deram o cano em todos eles. Daí estão marchando pela avenida empunhando todas as armas.
EUNI-DIOTA: COM AS ARMAS??? Sally, acho melhor você dar o fora daí.
SALLYSTAR: Que nada, está tudo bem. Eles são supermaneiros. Não é justo o que os bipartidários estão fazendo com eles. Tem ideia de quantos morreram em Ciudad Bolívar? E faz ideia de quantos ficaram marcados física e psicologicamente pelo resto da vida? E daí que o governo não tem grana? O que vão fazer com nossas tropas? Eles têm responsabilidade. É isso que acontece quando se tem apenas um partido no comando e se vive num Estado policial. Tá, eu sei que não deveria falar assim aqui pelo Teens.

EUNI-DIOTA: Sally, isso é ridículo. Por que você não faz passeata em Nova York? Se quiser eu até te acompanho; não quero que faça essas maluquices sozinha.

SALLYSTAR: Já foi lá em casa? Não recebi notícia nenhuma de mamãe.

EUNI-DIOTA: Ainda não. Não tô pronta pra ver papai. Ele tem falado em mim?

SALLYSTAR: Não, mas anda de cara amarrada e ainda não conseguimos descobrir o motivo.

EUNI-DIOTA: Ah, que se dane.

SALLYSTAR: Acho que tio Joon tá vindo por aí.

EUNI-DIOTA: Ai, que ótimo. Papai vai ter que dar dinheiro pra ele ir torrar tudo em Atlantic City. Como se os negócios de papai estivessem indo tão bem a ponto de ele poder fazer isso.

SALLYSTAR: Você está na casa de quem por aí?

EUNI-DIOTA: Lembra-se daquela garota, Joy Lee?

SALLYSTAR: De Long Beach? A que criava um tatu?

EUNI-DIOTA: Isso. Ela tá morando no downtown agora.

SALLYSTAR: Que chique.

EUNI-DIOTA: Não muito. Ela mora num conjunto habitacional. Mas não se preocupe. É seguro.

SALLYSTAR: A Cruzada do Reverendo Suk vai ser no mês que vem. Você deveria participar.

EUNI-DIOTA: Ah, tá de sacanagem, né?

SALLYSTAR: Já que não está a fim de voltar pra casa, deveria pelo menos dar uma passada e ver sua família. E talvez até conheça alguém. Na cruzada, tem coreano a dar com pau.

EUNI-DIOTA: Como sabe que não estou mais com o Ben?

SALLYSTAR: O cara branco de Roma?

EUNI-DIOTA: É, o cara BRANCO. Nossa, a Barnard abriu mesmo sua mente.

SALLYSTAR: Não seja sarcástica. Odeio isso.

EUNI-DIOTA: Será que não daria pra gente se encontrar e conversar sem ser num evento de igreja? Quando vai voltar pra casa?

SALLYSTAR: Amanhã. Quer jantar no Madangsui amanhã?

EUNI-DIOTA: Sem papai.

SALLYSTAR: Fechado.

EUNI-DIOTA: Amo você, Sally! Me liga assim que sair de Washington e me avisa que está tudo bem.
SALLYSTAR: Te amo também.

EUNI-DIOTA PARA LABRAMOV:
Lenny,
Vou sair pra fazer umas compras; se você estiver em casa quando a entrega chegar, será que dessa vez daria pra verificar se o leite é desnatado e sem antibiótico? Aproveite e veja se eles não esqueceram de mandar o Espresso Qualità Oro da Lavazza. Ah, coloque a vitela e o peixe na geladeira e os pêssegos brancos no balcão da cozinha; pode deixar que eu cuido deles depois. Não vai esquecer de colocar a vitela e o peixe na geladeira, Lenny! E se for lavar a louça, por favor, enxugue o balcão. Você sempre deixa tudo molhado. Você vive preocupado com baratas e mosquitos; o que acha que atrai esses desgraçados? Bom-dia pra você, cara de nerd.
Eunice

A OPÇÃO NUCLEAR
DO DIÁRIO DE LENNY ABRAMOV

25 DE JUNHO

Querido diário,

Esta semana aprendi a dizer "elefante" em coreano. Fomos ao zoológico do Bronx, pois Noah Weinberg disse em seu stream que a SAR vai fechar o zoológico e enviar todos os animais para a Arábia Saudita, para que "morram de insolação". Nunca sei em que parte dos streams de Noah devo acreditar, mas, do jeito que as coisas vão, tudo é possível. Divertimo-nos com os macacos, com "José, o castor" e com todos os animais de pequeno porte, mas a grande sensação foi um lindo elefante da savana chamado Sammy. Quando subimos até sua humilde jaula, Eunice agarrou-me o nariz e disse:
– *Kokiri.*
E explicou:
– "Ko" quer dizer "nariz". "Kokiri." Nariz grande. "Elefante" em coreano.
– O beu dariz é grande porque sou judeu – respondi, tentando tirar a mão dela da minha cara. – Dão posso fazer nada.
– Você é tão sensível, Lenny – caçoou. – Gosto *tanto* desse seu nariz. Quem me dera *ter* um nariz!
Ela então começou a beijar o meu projeto de tromba bem na frente do paquiderme, os pequenos lábios tesos subindo e descendo por aquela coisa que não tem mais fim. Enquanto isso, estabeleci um contato visual com o elefante e me vi sendo beijado pelo ponto de vista do animal, o aparato gigante, cor de avelã, rodeado por pequeninas sobrancelhas ásperas e cinzentas. Sammy estava com vinte e cinco anos, bem no meio de seu ciclo vital,

assim como eu. Um elefante solitário, o único que o zoológico possuía naquele momento, privado da companhia de seus semelhantes e da possibilidade de amar. Vagarosamente, ele moveu uma das orelhas imensas para trás, feito um comerciante galego do século passado abrindo os braços, como se dissesse "Sim, é o que se tem no momento". Foi então que ocorreu a este humilde autor, este cara que tem a sorte de estar refletido no olhar do paquiderme, este felizardo por ter a tromba beijada por Eunice: *o elefante sabe.* O elefante sabe que não há nada depois do fim desta vida, e muito pouco enquanto ela durar. O elefante tem consciência de sua futura e inevitável extinção. Isso o magoa, o reduz, faz com que sinta sua própria natureza solitária; mais cedo ou mais tarde, pisará com todo o seu peso mata adentro e morrerá onde um dia as ancas de sua mãe tremeram para dar à luz. Mãe, solidão, confinamento, extinção. O elefante é um animal ashkenasi em essência, só que de um tipo totalmente racional – ele também quer a vida eterna.

– Vamos. Não quero que o *kokiri* veja você beijar meu nariz desse jeito. Ele vai ficar ainda mais triste.

– Ah, que fofo! Você é tão carinhoso com os animais, Lenny. Acho que é um bom sinal. Uma vez meu pai teve uma cachorra e tratava dela muito bem.

É, diário, tantos bons sinais! Que semana positiva! Progresso em todos os aspectos. Estou dando conta de boa parte da minha lista: Ame Eunice (Item 3) – em andamento; Seja legal com seus pais (Item 5) – em andamento; e Empenhe-se por Joshie (Item 1) – em andamento. Vou chegar à nossa (sim, *nossa*!) visita aos Abramov num segundo, mas deixe-me atualizá-lo com os eventos lá do trabalho.

Bem, a primeira coisa que fiz na divisão de Serviços Pós-Humanos foi entrar no Lounge da Eternidade e conversar com o cara de bandana vermelha e com o tal macacão SUK DIK, que me colocou no stream "101 Pessoas Dignas de Pena", Darryl de Brown, o mesmo que roubou minha mesa enquanto eu estava em Roma.

– E aí, cara. Olha só, agradeço a atenção, mas comecei a namorar uma garota que tem 780 de Fodabilidade...

Como não sou bobo, antes da conversa, coloquei, como papel de parede de meu äppärät, uma Imagem de Eunice que eu havia tirado no zoológico.

– ... e estou assim, tipo, tentando levar a coisa numa boa com ela. Então, dava pra você me tirar do seu stream?

– Ah, vá se foder, reso – disse o garotão. – Faço o que eu bem quiser. Você não é meu pai e, mesmo que *fosse*, ainda ia mandar você se foder.

Assim como da outra vez, os jovens e belos acharam graça de nossa interação, soltando gargalhadas duras, lentas e cheias de refinada malícia. Com toda franqueza, fiquei surpreso demais para responder (achava que, aos poucos, eu estivesse fazendo amizade com o cara do SUK DIK) e fiquei ainda mais surpreso quando a colega Kelly Nardl saiu de trás do verificador de nível de glicose com os braços cruzados sobre a vermelhidão do pescoço e do peito, com resto de água alcalinizada reluzindo sobre o queixo.

– Não ouse falar com Lenny desse jeito, Darryl. Quem você pensa que é? Só porque ele é mais velho? Estou doida pra ver você chegar aos 30. Já dei uma olhada no seu gráfico. Você tem um baita dano estrutural por causa do tempo em que era viciado em heroína e carboidratos. Isso sem falar em sua família imbecil lá de Boston que é predisposta a alcoolismo ou sei lá mais o quê. Acha que seu metabolismo vai mantê-lo assim magrinho o resto da vida? Sem se exercitar? Quando foi a última vez que o vi malhando na ZeroMass ou na No Body mesmo, hein? Você vai envelhecer *rapidinho*, meu caro!

Então, pegando-me pelo braço, disse:

– Vamos, Lenny.

– Só porque ele era amigo de Joshie, tá achando que tem o direito de defendê-lo? Vou dedurar os dois pra Howard Shu! – gritou Darryl lá atrás.

– Ele não *era* amigo de Joshie – rosnou Kelly. Que delícia vê-la com aquele ódio todo, aqueles ferozes olhos americanos, a projeção daquele queixo enorme. Uma delícia. – Eles *ainda são* amigos. Se não fosse pela velha guarda como Lenny, não haveria a Serviços Pós-Humanos e você não estaria recebendo seu polpudo salário, sem falar nos benefícios. Era bem capaz de ainda estar concluindo o mestrado no que antigamente se chamava *arte e design* na SUNY Purchase, seu merdinha. Por isso, seja grato aos mais velhos, senão vou *botar na sua bunda*!

Saímos os dois do lounge orgulhosos e confusos, como se tivéssemos encarado uma criança enlouquecida e violenta. Passei meia hora agradecendo a Kelly até que ela gentilmente me pediu que calasse a boca. Tive medo de que Darryl contasse a Howard Shu, que, por sua vez, contaria a Joshie, que ficaria chateado com Kelly por ter estressado Darryl, e estressar Darryl é algo proibido em nossa empresa.

– Não estou nem aí. Estou pensando em pedir demissão mesmo. Talvez volte para SF – disse Kelly.

A ideia de sair da Serviços Pós-Humanos, de desistir da Prorrogação Indefinida de Vida e ir embora para tão somente sobreviver em San Francisco, na minha opinião, era o mesmo que saltar do Empire State com tamanha massa e velocidade, que as inúmeras redes de proteção se romperiam antes mesmo de o seu crânio espatifar-se na calçada. Fiz uma massagem nos ombros de Kelly.

– Nem pense nisso, Kel. Ficaremos com Joshie o resto da vida – confortei-a.

Entretanto, Kelly nunca foi repreendida. Quando entrei no santuário principal da nossa sinagoga numa manhã úmida, Little Bobby Cohen, o mais jovem funcionário da Pós-Humanos (acho que tem, no máximo, uns 19 anos), aproximou-se, vestindo uma espécie de hábito de monge, em tom de amarelo açafrão.

– Venha comigo, Leonard – disse com a voz de Bar Mitzvah reforçando a profundidade do que estava prestes a fazer.

– O que é isso? – perguntei com o coração pulsando sangue com tamanha violência que os dedos dos pés chegaram a doer.

Enquanto ele me conduzia a uma sala dos fundos – a julgar pelo cheiro adocicado, era o local da antiga sinagoga, onde guardava-se o peixe para o *gefilte* –, Little Bobby recitou:

– Que você tenha a vida eterna, que jamais conheça a morte, que flutue como Joshie, com fôlego de um recém-nascido.

Meu Deus! A Cerimônia de Posse da Mesa.

E lá estava ela, cercada por doze funcionários e nosso líder (que me abraçou e beijou) – minha mesa nova! Enquanto Kelly servia-me bulbos de alho, que faziam parte do ritual, seguidos de umas balinhas de ácido nicotínico sem açúcar, observei todos os lindos jovens que duvidaram de mim, todos aqueles Darryls e amigos de Darryls. Senti a repugnante e volátil justiça do mundo. Eu estava de volta! Meu fracasso em Roma estava prestes a ser esquecido. Agora eu poderia recomeçar. Corri em direção ao santuário da sinagoga, onde o Quadro ruidosamente registrava minha existência, o monótono, mas reconfortante som das letras "LENNY A." tomando seu devido lugar no final de um dos painéis, junto com meu último exame de sangue – nada do que me orgulhar – e o promissor indicador de estado de espírito "submisso, mas cooperativo".

Minha mesa. Em todos os seus três metros quadrados, reluzente, lustrosa, cheia de textos, streams e Imagens emergindo de sua superfície digital; deve ter custado os 239 mil dólares em valores de iuan que eu ainda devia a Howard Shu. Ignorando o Lounge da Eternidade, como se agora fosse inferior a mim, passei praticamente a semana inteira sentado à minha mesa, abrindo vários fluxos de dados de uma só vez, de forma a parecer alguém ocupado demais para se preocupar com vida social.

Assumindo uma atitude de divindade, com o narigão – beijado por Eunice – virado em direção ao teto, as duas mãos acariciando os dados à minha frente, como se estivesse pronto a fazer um homem do barro – escaneei os arquivos de nossos futuros Amantes da Vida. Os rostos brancos e beatíficos, na maioria homens (nossa pesquisa mostra que as mulheres estão mais preocupadas em cuidar dos filhos do que em ter vida eterna), apareciam à minha frente, informando-me sobre o trabalho social que desenvolviam, seus planos para a humanidade, sua preocupação para com o nosso planeta cronicamente enfermo, seus sonhos de transcendência eterna com bilionários do iuan, com quem possuem afinidade. Acho que a última vez que tinham agido de maneira terrivelmente desonesta foi quando prenderam todas as suas aplicações na Swarthmore quarenta anos atrás.

Selecionei os perfis que mais me agradaram, alguns por razões financeiras, intelectuais e de "durabilidade" (saúde), mas outros porque não conseguiam tirar o medo dos olhos, o medo de que, apesar de todas as riquezas e benesses acumuladas, apesar da súplica de seus filhos e netos, o fim era irreversível, o lapso dentro do vazio, uma tragédia antes da qual todas as outras tragédias eram escandalosamente banais, os descendentes, uma piada, suas realizações, uma gota de água doce em um oceano salgado. Escaneei os dois tipos de colesterol, o bom e o ruim, o índice de estrogênio e os baques financeiros, mas, acima de tudo, eu procurava pelo equivalente ao manquejar engraçado de Joshie: o reconhecimento da fraqueza e da insignificância; uma alusão à imensa injustiça e ao erro cósmico do universo que habitamos. E um profundo desejo de consertá-lo.

Um de meus *candidatos*, vamos chamá-lo de Barry, tinha um pequeno império no Varejo espalhado pelo Sul do país. Quando chegou aos meus cuidados, parecia intimidado provavelmente por algo que Howard Shu lhe disse. Aceitávamos, em média, 18% de nossos candidatos de Alto Patrimônio Líquido, e enviávamos nossa temida carta de recusa por postagem convencional. A admissão levava um tempo. Barry, tentando amenizar o último vestígio de seu sotaque caipira do Alabama, quis mostrar-se conhecedor de nosso trabalho. Perguntou sobre a inspeção, reparo e reconstrução de células. Pintei para ele um quadro tridimensional dos milhões de nanobôs autônomos dentro de seu corpo bem conservado de atleta, extraindo nutrientes, suplementando, distribuindo, brincando com os blocos de encaixe, copiando, manipulando, reprogramando, substituindo sangue, destruindo bactérias e vírus nocivos, monitorando e identificando agentes patogênicos, revertendo a destruição de tecido mole, prevenindo infecção bacteriana, consertando o DNA. Tentei lembrar-me do quanto fiquei entusiasmado ao ser admitido na empresa de Joshie, quando ainda cursava o último período na NYU. Eu usava muito as mãos, do mesmo jeito que os decadentes atores romanos fizeram no da Tonino, o restaurante onde eu levara Eunice para comer a berinjela apimentada.

– Quando? – perguntou Barry, visivelmente entusiasmado com o *meu* entusiasmo. – Quando tudo isso será possível?

– Estamos quase lá.

Senti uma pontada de desânimo ao dar aquela resposta. Os 239 mil dólares em valores de iuan que eu devia a Howard Shu seriam descontados no primeiro dia do mês seguinte. Eu estava contando em depositar esse dinheiro para realizar meus primeiros, entre vários tratamentos de descronificação beta. Era uma vez meu nome no Quadro. O trem partia da estação e eu corria atrás dele, com a mala quase aberta, as cuecas brancas comicamente caídas pela plataforma.

Levei Barry ao nosso centro de pesquisa que fica na devastada York Avenue, em um edifício de concreto de dez andares, que antigamente funcionava como anexo de um grande hospital. Estava na hora de ele conhecer nossos Índios. Na divisão de Serviços Pós-Humanos, criamos a ideia de Caubóis e Índios. Na divisão de Auxílio aos Amantes da Vida, intitulamo-nos de Caubóis; os Índios são os indianos, aqueles que de fato participam da equipe de pesquisa, a maioria emprestada do Subcontinente e do Leste Asiático, alojada numa instalação de quase sete mil metros quadrados na York e em três locações satélite em Austin, no Texas, Concord, em Massachusetts, e Portland, no Oregon.

Os Índios simplificam tudo. Não há muito para se ver nas áreas em que se permitem visitantes; lá encontramos basicamente o que se vê em qualquer consultório: jovens portando äppäräti, alheios ao resto do mundo, talvez a casual gaiola de vidro cheia de ratinhos cobaias e uma giratória geringonça sabe-se lá das quantas. Dois de nossos rapazes mais sociáveis, ambos chamados Prabal, vieram dos laboratórios de câncer e viroses para cumprimentá-lo e enchê-lo com mais terminologia, enquanto recitavam algumas informações ensaiadas: "Já passamos dos testes alfa, sr. Barry. Eu diria que já estamos no estágio beta."

De volta à sinagoga, submeti Barry a alguns exames: o H-scan, que detecta a idade biológica do indivíduo. O exame de disposição para sobreviver em condições adversas. O Teste de Resistência à Tristeza Infinita. O teste de reação à perda de um filho. Ele deve ter percebido o quanto estava em jogo, considerando-se o tremor em seu nariz pontudo, típico de brancos de Alto Patrimônio Líquido, ao ver as Imagens projetadas diante de suas pupilas, os resultados aparecendo em meu äppärät. Ele faria qualquer coisa para persistir. Estava entristecido pela vida, pela interminável progressão de uma fonte de dor para outra, mas não mais do que a maioria das pessoas. Tinha três filhos e com eles ficaria para sempre, ainda que sua atual conta bancária não pudesse garantir a preservação de mais do que dois *pela vida eterna*. Digitei "A escolha de Sophia" em meu äppärät, um enorme problema a ser resolvido com Joshie.

Barry estava exausto. Precisaríamos marcar outra sessão para submetê-lo ao Teste Patterson-Clay-Schwartz de Cognição Linguística, o barômetro final da seleção. Eu sabia muito bem que aquele sujeito centrado, extraordinariamente gentil, de 52 anos, não ia preencher os requisitos. Estava fadado ao fracasso, assim como eu. Sorri para ele, parabenizei-o pela franqueza, pela paciência, pela inteligência e maturidade e, com um toque da ponta dos dedos sobre minha mesa digital, joguei-o à ardente pira funerária da história.

Senti muito por Barry, porém eu me senti ainda pior em relação a mim mesmo. A sala de Joshie passou o dia inteiro cheia de gente, mas, no primeiro momento de folga, vi-o à janela, observando intrigado um céu de brigadeiro, apenas um único e robusto helicóptero militar movendo-se com dificuldade em direção ao East River, a ponta blindada virada para baixo, feito uma ave de rapina à procura de alimento. Avancei em sua direção. Ele acenou com a cabeça, não de forma antipática, mas com certa reserva, mostrando-se cansado. Contei-lhe a história de Barry, reforçando a bondade inata do sujeito e seu problema de ter filhos demais, os quais ele adorava, mas não tinha condições financeiras para salvá-los todos; Joshie simplesmente deu de ombros.

– Quem quiser ter vida eterna, tem de achar meios para isso – sentenciou, citando o princípio básico da filosofia da Serviços Pós-Humanos.

– Urso Pardo, você acha que consegue um desconto para mim nos tratamentos de descronificação? Só a manutenção do tecido mole, talvez a redução de uns dois anos de idade biológica?

Joshie observou o Buda de fibra de vidro de quase três metros de altura, um dos pouquíssimos itens presentes em sua sala. A figura tem um olhar em êxtase e emite raios alfa.

– Você sabe muito bem que é só para clientes, Reso. Não me force a dizer isso em voz alta. Mantenha-se firme na dieta e nos exercícios. Use stevia em vez de açúcar. Você ainda tem muita vida pela frente.

Minha tristeza encheu a sala, tomou seus contornos simples e em ângulo reto, penetrando inclusive no odor de pétala de rosa que emanava de Joshie.

– Não foi o que eu quis dizer. Você tem mais do que *muita vida pela frente*. Talvez, eterna. Só que não pode se enganar, contando com isso.

– Um dia, você vai me ver morrer.

Logo depois de dizer isso, eu me arrependi. Tentei, como vinha fazendo desde a infância, sentir a inexistência. Forcei uma frieza a percorrer a umidade natural de meu faminto corpo de segunda geração de imigrantes. Pensei em meus pais. Permaneceríamos juntos – mortos. Nada restaria de nossa raça cansada e falida. Minha mãe comprara três jazigos contíguos no cemitério judeu de Long Island. "Agora podemos ficar juntos para sempre", ela me dissera e por pouco eu não me debulhei em lágrimas em função de seu otimismo equivocado, seu desejo de passar à eternidade – e o que *poderia* ser a eternidade para ela? – com o filho fracassado.

– Você testemunhará minha extinção, Joshie.

– Seria uma dor terrível para mim, Lenny – respondeu, com a voz fraca pela exaustão, ou talvez apenas pelo tédio.

– Daqui a 300 anos, você não vai nem se lembrar de mim. Talvez apenas como um baba-ovo.

– Não há garantias. Nem mesmo *eu* posso ter certeza de que minha personalidade sobreviverá eternamente.

– Vai sim – discordei.

Eu queria acrescentar que "Um pai nunca deve viver mais do que o filho", mas sabia que Joshie discordaria.

Ele então colocou a mão sobre a lateral de meu pescoço e apertou delicadamente. Inclinei-me um pouco sobre ele, ansiando por um pouco mais de seu toque. Ele fez uma leve massagem. Não havia nada de especial no gesto; nós, da Serviços Pós-Humanos, massageamo-nos uns aos outros com frequência. Ainda assim, eu me deleitei no seu calor e acreditei que aquele gesto era exclusivamente para mim. Pensei em Eunice Park e no seu corpo com pH equilibrado, forte e saudável. Pensei no dia quente de início de verão ganhando força do outro lado dos janelões. Nova York já não era mais a mesma; uma cidade que um dia foi tão promissora, a cidade de um milhão de notas promissórias. Pensei nos lábios de Eunice tocando meu nariz, amor e dor misturados, o iminente sabor de amêndoas e sal. Pensei em como tudo aquilo era lindo demais para acabar um dia.

– Estamos apenas começando, Lenny – disse-me, com a mão forte apertando-me o músculo cansado, feito um torniquete. –

Por enquanto, dieta e exercício. Dedique-se ao trabalho para manter a mente ocupada, mas não fique neurótico com isso e nem se deixe levar pela ansiedade. Há muitos *tsuris* pela frente. *Problema...* – esclareceu, quando não compreendi a palavra em iídiche. – Mas também não faltam oportunidades para quem merece e está devidamente qualificado. Ah, e vamos levantando esse ânimo, rapaz! Comemore, pois recuperou sua mesa.

– A LIBOR caiu 57 pontos, segundo a CrisisNet – informei, mostrando que estava inteirado.

No entanto, ele olhava meu äppärät, para a Imagem de Eunice que brilhava intensamente por sobre outros fluxos de dados. A foto fora tirada no casamento de uma colega da Elderbird College, ridiculamente jovem, celebrado no sul da Califórnia; trajava um vestido preto de bolinha que lhe marcava o corpo, tentando desesperadamente ostentar os primeiros sinais do corpo de uma mulher adulta. A pele brilhava ao sol da tarde e sua aparência exibia um discreto charme.

– É Eunice. Minha namorada. Tenho certeza de que você vai gostar dela. O que acha?

– Parece saudável.

– Obrigado – respondi, radiante. – Se quiser, posso lhe encaminhar uma Imagem dela. Ela é a cara da eternidade.

– Boa ideia – respondeu, mantendo os olhos na Imagem por ainda mais alguns instantes. – Dá-lhe, garoto! Muito bem.

No dia seguinte, eu e Eunice pegamos o trem rumo a Westbury, Long Island, para visitar os Abramov. O amor que senti por ela durante aquela viagem tinha uma capital e suas províncias, paróquias e Vaticano, um planeta laranja e muitas luas sombrias – era sistêmico e completo. Eu sabia que, apesar de não estar preparada para conhecer meus pais, Eunice estava ali me acompanhando, e assim o fazia para me agradar. Foi a maior manifestação de generosidade por parte dela em relação a mim e eu estava afogando em gratidão.

Minha doce Eunice estava tão nervosa que não parava de tremer (perdi a conta das vezes em que ela retocou o gloss sobre os lábios e removeu a oleosidade do nariz), o que demonstrava seu afeto por mim. Estava devidamente trajada para a ocasião, um toque a mais de conservadorismo na roupa, uma blusa azul-celeste, com gola estilo Peter Pan e botões brancos, saia plissada de lã abaixo do joelho, um lenço preto ao redor do pescoço – olhando de certos ângulos, parecia até uma das judias ortodoxas que lotavam meu prédio. O medo e a adoração pelos idosos, comum entre os coreanos, fizeram brotar um estranho orgulho imigrante em mim. Com Eunice suando em bicas sentada no banco de napa laranja do trem, antevi a longevidade natural de nosso relacionamento e, por pelo menos um instante, a impressão de que estávamos cumprindo nossos papéis de filhos de problemáticos pais imigrantes.

Havia ainda outra coisa. A primeira vez que eu me apaixonei por uma coreana aconteceu na Long Island Rail Road, uns 25 anos atrás. Eu era calouro numa renomada escola técnica, em Tribeca. A maioria da garotada era asiática e, embora, oficialmente, para frequentá-la, o aluno tivesse de residir na cidade de Nova York, muitos mentiam em relação ao endereço residencial e deslocavam-se de vários cantos de Long Island. A viagem até Westbury, em meio às dezenas de colegas nerds, era particularmente difícil, pois todos na escola sabiam que meu coeficiente de rendimento era de míseros 86.894 pontos, enquanto o mínimo recomendado era de 91.550 para entrar ou na Cornell ou na Universidade da Pensilvânia, a mais fraca das faculdades da Ivy League (na condição de filhos de imigrantes oriundos de países desenvolvidos, sabíamos que nossos pais nos dariam um belo de um bofete, se nem para a Pensilvânia conseguíssemos entrar). Muitos dos garotos coreanos e chineses que pegavam o trem comigo – aqueles cabelinhos espetados que eles usavam ainda assombram-me em sonhos – dançavam à minha volta cantando "oitenta e seis ponto oito nove quatro, oitenta e seis ponto oito nove quatro!".

– Com essa média, nem para a Oberlin você vai conseguir entrar.
– Divirta-se na NYU, Abramov.
– A gente se esbarra na Universidade de Chicago! É o mestre dos mestres.

Entretanto, havia uma garota, uma outra Eunice – Eunice Choi, para ser exato –, uma beleza alta e discreta, que afastava os garotos de mim, quando gritava:

– Não é culpa do Lenny, se ele não vai bem na escola! Lembrem-se do que o reverendo Sung diz. Somos todos diferentes. Temos habilidades diferentes. Vocês se lembram da Queda do Homem? Somos todos criaturas caídas.

Isso feito, ela sentava-se ao meu lado e, sem que eu pedisse, ajudava-me com o meu dificílimo dever de casa de química, movendo aquelas letras e números estranhos pelo meu caderno até que as equações ficassem, por alguma razão, o que se considerava "equilibradas", enquanto eu, completamente desequilibrado pela garota mágica ao meu lado, aquela pele acetinada reluzindo por baixo do short de ginástica e da camiseta laranja da Princeton, tentava captar um pouco do cheiro de seu cabelo ou receber uma esfregadela de seu cotovelo duro. Foi a primeira vez que uma mulher me defendeu, dando-me a vaga ideia de que eu devia ser defendido, de que eu não era uma pessoa ruim, apenas não tão capaz no que se referia à vida.

Em Westbury, eu e Euny desembarcamos em frente a um tanque parado ao lado da pequena estação, com a Browning calibre 50 movendo-se para cima e para baixo, rastreando o trem que partia, como se estivesse se despedindo de forma carinhosa e efusiva. Membros da Guarda Nacional vistoriavam os äppäräti da diversificada multidão – salvadorenhos, irlandeses, sul-asiáticos, judeus e quem quer que tivesse resolvido fazer daquele canto de Long Island a tapeçaria rica e fedorenta em que agora tinha se transformado. Os soldados estavam mais agressivos e mais bronzeados do que de hábito; muito provavelmente acabaram de voltar da Venezuela. Dois homens, um escuro e outro claro, foram retirados da fila e estavam sendo empurrados para dentro do blindado. Tudo o que se conseguia ouvir eram a vibração e os cliques de nossos äppäräti sendo escaneados e baixados e o chiado competitivo das cigarras que emergiam de seu sono de sete anos. E a expressão no rosto de meus compatriotas – cabeças passivamente baixas, braços estendidos ao longo do corpo, todos culpados por não serem melhores, por não ganharem o pão de cada dia, o tipo de docilidade que jamais esperei dos americanos, mesmo depois de todos esses anos de declínio. Ali estava o *esgotamento* da falência imposta a um país que só acreditava em seu oposto. Ali estava o produto final de nosso esgotamento moral. Quase mandei uma mensagem para Nettie Fine, implorando que ela me passasse um pouco daquela reluzente esperança nativa. Acharia ela de fato que as coisas iam melhorar?

Um *muzhik* barrigudo e de cavanhaque, com um capacete camuflado, vistoriou meu äppärät, mostrando os dentes de um jeito não lá muito satisfeito, exalando um bafo matutino que perdurou em minhas narinas o resto da tarde.

– Provisão maliciosa de dados incompletos – ladrou na minha direção, com um sotaque que identifiquei como vindo de algum lugar entre os Apalaches e o extremo Sul ao transformar "dados" em um trissílabo. (Como esse Kentucky falso conseguiu se tornar membro da Guarda Nacional?) – Que é isso, filho?

Murchei na hora. Por um momento, o mundo ficou reduzido aos seus contornos. Acima de qualquer coisa, fiquei apavorado por estar apavorado na frente de Eunice. Eu era seu protetor neste mundo.

– Não – respondi. – Não, senhor. Esse problema está sendo resolvido. É um engano. Eu estava em um voo de Roma com um gordo subversivo. Eu disse à lontra "são italianos", mas acho que ele entendeu "somalianos".

O soldado levantou a mão.

– Trabalha para Staatling-Wapachung? – perguntou, pronunciando errado o nome complicado de minha empresa.

– Sim, senhor. Na divisão de Serviços Pós-Humanos, senhor.

A palavra "senhor" soou como uma arma quebrada aos meus pés. Mais uma vez, lamentei que meus pais não estivessem perto de mim, embora morassem a menos de cinco quilômetros dali. Pensei em Noah, sei lá por quê. Será que ele estava mesmo colaborando com a SAR, como Vishnu havia cogitado? Caso estivesse, será que poderia me ajudar agora?
– Nega e consente?
– O quê?
O homem suspirou.
– O senhor nega a existência de nossa conversa, o que implica consentimento?
– Sim, claro!
– Digital aqui, por favor.
Esfreguei o polegar no sensor de seu äppärät marrom, um tijolão, por sinal.
Um leve toque com o punho.
– Circulando.
Quando segui em frente, uma placa no tanque chamou minha atenção: "PROPRIEDADE DA WAPACHUNG CONTINGENCY – VENDAS E LOCAÇÕES DE EQUIPAMENTOS." A Wapachung Contingency era a seguradora assustadoramente lucrativa de nossa empresa-mãe. Que diabo estava acontecendo?
Pegamos um táxi rumo à casa de meus pais, passando por vários exemplares de modestas casas de dois andares com coberturas laterais de alumínio, flâmulas do New York Yankees tremulando em cada porta – o tipo de gente guerreira que gasta tudo o que ganha nos gramados de doze por trinta que, mesmo no calor debilitante do verão da Costa Leste, estão cobertos de um verde cuidadosamente cultivado. Fiquei um pouco constrangido, pois sabia que o poder aquisitivo dos pais de Eunice era muito maior do que o dos meus. Por outro lado, alegrei-me com o fato de que tudo acabou bem com o fanhoso membro da Guarda Nacional, com o poder e a honra que me foram concedidos por ser funcionário da poderosa Staatling-Wapachung Corporation que, pelo visto, fornecia armas à Guarda Nacional.

– Ficou com medo do guarda, Euny?

– Sei que meu *kokiri* não é nenhum marginal – respondeu, esfregando meu nariz e inclinando-se para frente, de modo que eu pudesse beijar-lhe o cenho e comemorar o fato de que ela conseguia fazer piada nestes tempos difíceis.

Em poucos minutos, chegamos à esquina da Washington Avenue com Myron, a esquina mais importante de minha vida. Eu já avistava a casa de meus pais, metade de tijolos marrons, metade de estuque, a caixa de correio dourada bem na frente, acompanhada pela luminária imitando um modelo do século XIX, as modestas cadeiras de jardim empilhadas na ilha de cimento que funcionava como varanda, a figura de um cavalo negro e uma carruagem enfeitando a porta de tela metálica (não quero falar mal do gosto deles; todo esse lixo veio com a casa), e lá no alto de dois mastros, a bandeira dos Estados Unidos e a do Estado de Segurança de Israel tremulando na brisa úmida. Do outro lado da rua, o sr. Vida, o adorável vizinho e melhor amigo de meu pai, acenou da varanda e gritou, com seu típico jeito vigoroso, alguma coisa encorajadora para mim e, possivelmente, algo libidinoso para Eunice. Engenheiros em seus países de origem, meu pai e o sr. Vida foram aqui reduzidos a operários: mãos calosas, corpos pequenos e endurecidos, olhos castanhos e vivazes, rígido conservadorismo paisagístico e pais de filhos esforçados e ambiciosos, três do sr. Vida e um de meu pai. Estudei na NYU com o filho dele, Anuj, e agora o putinho é analista sênior na AlliedWasteCVSCitigroup.

Peguei Eunice pelo braço e levei-a até o gramado intacto de meus pais. Minha mãe apareceu à porta com a roupa de costume – calcinha branca e sutiã –, uma mulher que, desde que se aposentou, restringira-se à vida doméstica; fazia anos que eu não a via adequadamente vestida.

Estava quase me agarrando pelo pescoço de um jeito para lá de exagerado, quando percebeu a presença de Eunice. Em seguida, disse, em russo, algo incompreensível, em tom de surpresa, entrou de novo em casa, deixando gravada em minha retina, como de costume, a imagem dos seios fartos e afetados pela gravidade e da barriga branca e arredondada. Meu pai, sem camisa, de short bege manchado, logo veio me cumprimentar no lugar de minha mãe. Também olhou pasmo para Eunice e correu a mão pelo peito musculoso e à mostra, talvez um tanto envergonhado.

– Oh! – exclamou e me abraçou assim mesmo. Minha camisa nova foi então imprensada pelo tapete capilar grisalho que meu pai ostentava com um estranho toque de classe, como se fizesse parte da realeza num país tropical. Trocamos beijos no rosto e senti uma onda de intimidade, de repentina proximidade com alguém que habitualmente transita tão distante de mim. As instruções, o código confuciano das relações russas entre pai e filho, vieram-me à mente em um flash: *pai* é o sujeito que devo amar, ouvir, aquele que não posso ofender, magoar, tampouco repreender por erros do passado; agora, um homem velho, indefeso, merecedor de tudo o que eu puder lhe oferecer.

Minha mãe voltou vestindo short e uma camiseta regata.

– *Sinotchek* ("Filhinho") – gritou, beijando-me do mesmo jeito de antes. – Olhe quem chegou! *Nash lyubimeits* ("Nosso queridinho").

Cumprimentou Eunice com um aperto de mão e, assim como meu pai, fez uma rápida avaliação da jovem; ambos identificaram que ela não era, assim como seus antepassados, de origem judaica, mas silenciosamente aprovaram o fato de ser magra e atraente com uma viçosa cabeleira negra. Minha mãe soltou as preciosas madeixas louras do lenço verde que as protegia do sol americano e deu um lindo sorriso para Eunice, a pele macia e pálida, envelhecida apenas ao redor da boca que se movia freneticamente. Começou a falar – em um desembaraçado inglês adquirido após sua aposentadoria – que estava feliz por ter uma potencial nora (um sonho eterno – duas mulheres contra dois homens, melhores chances à mesa de jantar), preenchendo sua solidão com perguntas disparadas em sequência sobre minha vida misteriosa na longínqua Nova York.

– Lenny mantém casa limpa? Passa aspirador de pó? Uma vez, minha filha, fui no alojamento de faculdade e... misericórdia! Que fedor! Uma fícus morta! Queijo velho na mesa. Meias penduradas na janela.

Eunice sorriu e falou em meu favor.

– Ele é muito bom, sra. Abramov. É muito limpo.

Olhei para ela com ternura. Em algum lugar, sob o límpido céu do subúrbio, senti a presença de uma Browning calibre 50 girando em direção a um trem que chegava à estação de Long Island, mas ali estava eu, cercado pelas pessoas que me amavam.

– Comprei Tagamet na farmácia popular – contei a meu pai, retirando da bolsa cinco caixas do remédio.

– Obrigado, *malen'kii* ("menino") – agradeceu, pegando o seu adorado medicamento. – Úlcera gástrica – informou seriamente a Eunice, apontando para o fundo de seu combalido estômago.

Minha mãe já havia agarrado minha nuca e mexia freneticamente no meu cabelo.

– Tão grisalho! – exclamou, fazendo um exagerado sinal negativo com a cabeça, como se fosse uma comediante americana. – Está ficando tão velho. Quase 40. O que está acontecendo com você, Lyonya? Muito estresse? E ainda por cima está ficando careca. Ai, meu Deus!

Foi então que me desvencilhei de minha mãe. Por que estavam todos preocupados com minha decadência física?

– Você se chama Eunice – disse meu pai. – Sabe a origem desse nome?

– Meus pais... – começou Eunice a explicar de forma resoluta.

– Do grego *yoo-nee-kay*. Quer dizer "vitoriosa" – interrompeu o velho.

Ele então soltou uma gargalhada, feliz por demonstrar que, antes de ser forçado a trabalhar como zelador na América, foi uma espécie de intelectual e um almofadinha dândi na rua Arbat, em Moscou.

– Bem, espero que também seja vitoriosa na vida – completou.

– Deixe esse negócio de grego pra lá, Boris – protestou minha mãe. – Olhe só como ela é bonita!

Fiquei muito entusiasmado com o fato de meus pais gostarem da aparência de Eunice e de sua propensão à vitória. Mesmo depois de tantos anos, ainda anseio pela aprovação deles, desejo profundamente o binômio recompensa-castigo que norteou a criação do século XIX que me proporcionaram. Aprendi a controlar as emoções, a pensar sem o sangue da família pulsando nas têmporas. Tudo, porém, foi em vão. Voltei a ter 12 anos assim que passei pelo mezuzá da porta da frente.

Eunice corou com os elogios e, quando meu pai me conduziu até o sofá da sala para termos o nosso habitual papo íntimo, ela me olhou com um misto de medo e surpresa. Minha mãe correu em direção ao sofá com um saco plástico que colocou sobre o lugar onde eu estava prestes a sentar, com minhas roupas sujas de Manhattan. Depois levou Eunice até a cozinha, conversando alegremente com a provável nora e aliada a respeito de como "os homens conseguem ser tão porcos" e sobre um novo compartimento para guardar os esfregões que ela acabara de fazer.

No sofá, meu pai colocou o braço nos meus ombros – lá estava ela, a intimidade – e disse:

– *Nu, rasskazhi* ("Então, conte-me").

Juntos, demos um profundo suspiro, como se ambos estivéssemos conectados. Senti sua idade penetrar na minha, como se ele fosse o guardião da minha própria mortalidade, embora sua pele estivesse surpreendentemente lisa e ele possuísse um odor de vitalidade e apenas uma sugestão de declínio. Falei inglês com atormentadores traços do russo que aprendi casualmente na NYU, as palavras estrangeiras como passas saindo de dentro de um pão. Lembrei-me de algumas das palavras mais difíceis de se consultar no meu dicionário Oxford não digital de russo-inglês. Falei sobre trabalho, sobre o meu capital acumulado, sobre os 239 mil dólares em valores de iuan que eu devia a Howard Shu (*Svoloch kitaichonok* ["chinesinho canalha"], meu pai expressou sua opinião), sobre a avaliação mais recente e relativamente positiva de meu apartamento de 69 metros quadrados no Lower East Side e sobre todas as questões monetárias que nos amedrontavam e nos mantinham conectados. Dei a ele uma fotocópia de quem eu era, sem lhe contar de minha infelicidade, que eu me sentia humilhado e, com muita frequência, da mesma forma que ele, completamente só.

Ele segurou o äppärät que pendia de meu pescoço.

– Quanto custou? – perguntou, virando o objeto, os dados multicoloridos refletindo sobre os dedos peludos.

Quando expliquei que o recebera gratuitamente, bufou feliz e disse em bom inglês:

– Aprender tecnologia nova sem pagar nada é bom.

– Como está seu Crédito? – perguntei.

– Olha... – começou evasivo e depois encurtou o assunto. – É... eu nunca passo por aqueles Postes, então, que se dane!

O chão estava limpo, uma limpeza imigrante, uma limpeza tal que mostrava que ali alguém dera um duro danado. Meu pai tinha duas telas de *televizor* antigas na parede acima da lareira, neuroticamente lustradas pela minha mãe. Uma estava sintonizada no FoxLibertyPrime, mostrando a cidade de barracas no Central Park, agora se espalhando até os fundos do Metropolitan Museum, descendo a Sheep Meadow, em tudo quanto é canto ("Obeyziani" ["macacos"], como meu pai se referia aos manifestantes sem-teto). Na outra tela, o FoxLibertyUltra exibia cruelmente a chegada do Banqueiro Central Chinês na Base Aérea de Andrews, nossa nação prostrada diante dele, nosso presidente e sua linda esposa tentando não tremer enquanto uma daquelas pancadas de chuva gelada, típicas de Maryland, lavava a pista do aeroporto rachada pelo calor.

Quando lhe perguntei como se sentia, meu pai apontou para a região em que tinha azia e deu um suspiro. Depois começou a falar sobre as notícias "no Fox". Às vezes, quando ele falava, eu supunha que, pelo menos em sua própria imaginação, ele já não existia mais, que ele se via como um pontinho vazio transitando por um mundo ridículo. Usando as complicadas frases em russo que o inglês lhe negou, ele elogiou o secretário de Defesa Rubenstein, falou sobre tudo o que ele e o Partido Bipartidário fizeram pelo nosso país e que, com a bênção de Rubenstein, o Estado de Segurança de Israel deveria lançar mão da opção nuclear contra os árabes e os persas, principalmente contra Damasco, que, se os ventos forem favoráveis, *s bozhei pomochu* ["com a ajuda de Deus"], vai levar nuvens contaminadas e partículas radioativas em direção a Teerã e Bagdá, e não em direção a Jerusalém e Tel Aviv.

– Eu me encontrei com Nettie Fine em Roma. Na embaixada – comentei.

– E como vai a nossa mamãe americana? Ainda acha que somos "cruéis"? – indagou, dando uma risada um tanto cruel.

– Ela acha que haverá uma insurreição comandada pelo pessoal acampado nos parques. Os ex-membros da Guarda Nacional. Haverá uma revolução contra os bipartidários.

– *Chush kakaia!* ("Que besteira!") – bradou.

No entanto, pensou por alguns instantes e abriu os braços.

– O que se pode fazer com alguém como ela? – disse por fim.

– *Liberalka*.

Por 20 minutos, senti a respiração de meu pai em meu rosto, enquanto ele falava sobre sua complicada vida política. Depois, pedi licença, desvencilhei-me de seu abraço úmido e subi para o banheiro no andar de cima. Enquanto isso, minha mãe, da cozinha, gritava para mim:

– Lenny, não tire o sapato no banheiro de cima. Papa tem *gribok* ("frieira").

No banheiro contaminado, fiquei admirando o estranho objeto amorfo de plástico com varetas de madeira que seguravam a imponente coleção de esfregões de minha mãe, devidamente dispostos de forma a facilitar o acesso. Embora meus pais nunca tenham falado bem da Rússia, os corredores estavam cobertos de emoldurados postais em tom de sépia da Praça Vermelha e do Kremlin; a estátua do príncipe Yuri Dolgorukiy, fundador de Moscou, montado num cavalo, coberta de geada (tinha aprendido um pouco da história russa sentado no chão próximo aos joelhos de meu pai); o prédio em estilo gótico da prestigiada Universidade de Moscou, um arranha-céu da era Stalin, que nenhum de meus pais frequentou, pois, segundo eles, não era permitido o ingresso de judeus. Quanto a mim, nunca estive na Rússia. Não tive a chance de aprender a amá-la e, assim como meus pais, eu a odeio. Já tenho meu próprio império decadente contra o qual lutar e não pretendo, em hipótese alguma, lutar contra outro.

Meu quarto estava quase vazio; todos os rastros de minha residência ali, os pôsteres e os cacarecos colecionados em minhas viagens, minha mãe guardara em caixas cuidadosamente etiquetadas dentro dos guarda-roupas. Senti um enorme prazer no tamanhinho, no aconchego de um quarto do andar de cima numa casa tradicional de Cape Cod americana, o teto baixo que força qualquer um a se inclinar, a se sentir pequeno e inocente de novo, pronto para qualquer coisa, morrer de amor, seu corpo, uma chaminé cheia de uma estranha fumaça preta. Esses quartos quadrados e estranhos de teto baixo são como um hino de louvor de quatro metros quadrados à adolescência, à maturidade, ao primeiro e ao último sabor de juventude. Não dá para descrever a importância que teve a compra daquela casa, de cada minúsculo quarto, para mim e para minha família. Ainda lembro o momento em que a escritura foi assinada no escritório do advogado, os olhares que nós três trocamos, mentalmente perdoando um ao outro por uma década e meia de pecados, as surras que meu pai me dava, a ansiedade e as manias de minha mãe, minha própria introspecção adolescente, pois, afinal de contas, o zelador e sua esposa finalmente fizeram algo de bom! E, agora, tudo ia dar certo! Era um caminho sem volta do glorioso destino que nos foi concedido em plena Long Island, dos arbustos cuidadosamente aparados ao lado da caixa de correio (nossos arbustos, os arbustos **ABRAMOV**) até a sempre mencionada possibilidade californiana de uma piscina elevada nos fundos, uma possibilidade que nunca se concretizou em razão de nossas finanças precárias, mas que nunca poderia ser definitivamente posta de lado. E aquele quarto, o meu quarto, cuja privacidade meus pais jamais respeitaram, mas onde eu ainda encontrava um santuário de verão em minha glorificada cama de campanha, meus pequenos braços adolescentes fazendo a única coisa não masturbatória de que eram capazes, erguendo um grande volume vermelho de *Conrad*, meus lábios tenros movendo-se junto com as densas palavras, as paredes cobertas de painéis de madeira empenados absorvendo os ocasionais cliques de minha língua.

Lá fora, no corredor, vi mais uma lembrancinha emoldurada. Um texto escrito por meu pai, em inglês, para o boletim informativo de um laboratório de Long Island, onde ele trabalhou (fora publicado na primeira página para orgulho de nossa família), que eu, na condição de graduando da NYU, ajudara a revisar e aprimorar.

OS PRAZERES DE JOGAR BASQUETE
Boris Abramov

Às vezes, a vida é difícil e sentimos vontade de nos livrar das pressões e preocupações que ela nos traz. Uns consultam um psiquiatra, outros pulam num lago frio ou então viajam pelo mundo. Eu, no entanto, não acho nada mais prazeroso do que jogar basquete. No Laboratório, há muitos homens (e mulheres!) que gostam de jogar basquete. São oriundos de várias partes do mundo, da Europa, América Latina e muitos outros lugares. Não posso dizer que eu seja o melhor jogador, já não sou tão jovem, meus joelhos doem e, além disso, sou muito baixo, o que é uma desvantagem. Entretanto, levo o jogo muito a sério e, sempre que um problema grave me afeta e acabo perdendo a vontade de viver, imagino-me na quadra, tentando arremessar a bola de uma grande distância em direção ao aro ou então passando por um ágil adversário. Tento jogar de maneira inteligente. Consequentemente, sinto-me sempre vitorioso mesmo contra um jogador mais alto e mais ágil, africano ou brasileiro, digamos. Mas, ganhando ou perdendo, o que importa é a alma desse belo esporte. Por isso, se você tiver tempo na terça ou na quinta, horário do almoço (12:30), por favor, junte-se a mim e aos meus colegas no centro esportivo e desfrute de horas prazerosas e saudáveis. Vai lhe fazer muito bem e as preocupações da vida vão "desaparecer"!

Boris Abramov é zelador da Divisão de Manutenção.

Lembro que tentei convencer meu pai a retirar "muito baixo" do texto e também o trecho em que ele menciona os joelhos doídos, mas ele disse que queria ser sincero. Então retruquei dizendo que, na América, as pessoas gostam de ignorar seus pontos fracos e de destacar suas incríveis realizações. Agora, refletindo sobre o assunto, sinto-me culpado por ter nascido no Queens e por ter muita comida nutritiva no prato, comida que me permitiu atingir uma altura relativamente normal de um metro e setenta e cinco, enquanto meu pai mal atingiu a marca de um metro e sessenta e cinco. Era ele, o atleta, não eu, o molenga e sedentário, que precisava daqueles centímetros a mais para passar com a bola de basquete por algum gigante pituitário brasileiro.

O grito familiar de minha mãe veio lá de baixo mais uma vez:
– *Lyonya, gotovo!* ("Lenny, o jantar está na mesa!")

Na sala de jantar, com a reluzente mobília romena que os Abramov trouxeram do apartamento de Moscou (todas as peças poderiam ser espremidas em um pequeno cômodo americano), a mesa fora posta à moda russa, com tudo a que se tinha direito: de quatro tipos diferentes de salame picante, passando por um prato de língua difícil de mastigar, até todas as espécies que já habitaram o mar Báltico, sem falar na pequena porção sagrada de caviar. Eunice sentou-se, tipo rainha Ester com sua roupa ortodoxa, à cerimoniosa cabeceira da mesa, sobre uma almofada do Pessach, cenho franzido em função da tamanha atenção, sem saber como lidar com aquelas estranhas correntes de amor e com o que a elas se opunha e que circulava pelo ar recendendo a peixe. Meus pais se sentaram e meu pai propôs um brinde em inglês:

– Ao Criador, que criou a América, a terra da liberdade, e que nos deu Rubenstein que mata árabe, ao amor que, em tempos como os de hoje, floresce entre meu filho e Yooo-neee-kay que (com uma demorada piscadela para Eunice) será vitoriosa, como Esparta sobre Atenas, e ao verão, que é a estação mais propícia ao amor, embora alguns digam que é a primavera...

Enquanto ele prosseguia com o vozeirão, segurando com a mão trêmula um copo de vodca de procedência duvidosa e adquirida em alguma venda de garagem, minha mãe, já de saco cheio, inclinou-se em minha direção e disparou:

– *Kstati, u tvoei Eunice ochen' krasivye zuby. Mozhet byt' ty zhenishsya?* ("A propósito, sua Eunice tem dentes lindos! Será que vai sair casamento daí?")

Imaginei como Eunice estaria absorvendo e processando as ideias principais do discurso de meu pai (árabes – maus; judeus – bons; Banqueiro Central Chinês – talvez bom; América – sempre em primeiro lugar em seu coração), enquanto especulava sobre a intenção de minha mãe ao falar comigo em russo. As ideias giravam com uma rapidez enorme na cabeça de Eunice, mas o medo refletido em seu rosto denunciava uma vida que passava com uma velocidade tamanha que a privava de compreensão.

Findo o brinde, que descambou em algum feliz balbucio político, encaramos a comida sem reservas, todos nós oriundos de países historicamente afetados pela fome, nenhum de nós estranhos ao sal e à água salobra.

– Eunice, talvez você possa me responder uma coisa. Qual é a profissão de Lenny? Nunca consigo entender. Ele estudou administração de empresas na NYU. Então, ele é... administrador?

– Mamãe... – soltei um suspiro. – Por favor!

– Estou falando com Eunice. Conversa de mulher.

Nunca tinha visto o rosto de Eunice tão sério, mesmo quando o rabo de uma sardinha báltica desapareceu por entre seus lábios reluzentes. Comecei a imaginar o que ela poderia dizer.

– O trabalho de Lenny é muito importante. Acho que é, assim, tipo medicina. Ele ajuda as pessoas a viver para sempre.

Meu pai deu um soco na mesa, não com tanta força a ponto de quebrar a geringonça romena, mas suficientemente firme para me fazer encolher, o bastante para eu temer que ele pudesse me machucar.

– Impossível! – gritou. – Primeiro, contraria toda lei da física e biologia. Segundo, é imoral, contra Deus! Ora! Eu não ia querer uma coisa dessas.

– Trabalho é trabalho – retrucou minha mãe. – Se americanos ricos imbecis querem viver pra sempre e Lenny ganha dinheiro com isso, que mal tem?

Ela então gesticulou em direção a meu pai e exclamou:
– Idiota!
– Sim, mas o que Lenny entende de medicina? – Meu pai brandia um garfo com um cogumelo marinado espetado. – Ele nunca estuda quando na escola secundária. Qual a média dele? Oitenta e seis ponto oito nove quatro.

– A faculdade de administração da NYU exige onze para marketing, que é a especialização de Lenny. – Minha mãe lembrou meu pai desse detalhe.

Eu me senti reconfortado com minha mãe saindo em minha defesa. Eles se revezavam, um me atacando e o outro me defendendo, como se cada um quisesse sugar o máximo do meu amor, enquanto o outro cutucava as cascas das feridas.

Minha mãe então se virou para Eunice:
– Lenny conta que você fala um italiano perfeito.
Eunice corou mais uma vez.
– Não – respondeu, baixando os olhos e colocando as mãos sobre os joelhos. – Estou esquecendo tudo, os verbos irregulares.

– Lenny passou um ano na Itália – disse meu pai. – Visitamos ele. *Nada!* Blá-blá-blá. Blá-blá-blá.

Ele então moveu o corpo, como se me imitasse andando pelas ruas de Roma, tentando conversar com os nativos.
– Você mentiroso, Boris! – disse minha mãe sem se exaltar.
– Ele comprou tomate bonito pra nós no mercado da Piazza Vittorio. Ele barganhou. Três euro.
– Mas tomate é muito fácil. Em russo, *pomidor*, em italiano, *pomodoro*. Até *eu* sei. Se talvez ele tentasse comprar um pepino ou uma abóbora...
– *"Zatknis' uzhe, Borya"* ("Cale a boca, Boris") – ordenou minha mãe. Arrumou a blusa e olhou bem nos meus olhos. – Lenny, nosso vizinho, o sr. Vida, mostrou você num stream "101 Pessoas Dignas de Pena". Por que você faz isso? Esse sujeito do SUK DIK, ele caçoa de você. Diz que você é gordo, velho e idiota. Que você não come comida boa, que não tem profissão e que sua taxa de fodabilidade é muito baixa. Diz também *tebya ponizili* ["você foi rebaixado"] na empresa. Eu e Papa muito tristes com isso.

Meu pai desviou o olhar envergonhado, enquanto eu encolhia e esticava os dedos dos pés por baixo da mesa. Aquele era o ponto central da raiva que eles sentiam por mim. Eu havia pedido *tantas vezes* para que não assistissem a nenhum stream ou procurassem dados a meu respeito. Eu era um indivíduo com meu mundinho próprio. Morava em um prédio de aposentados. Acabara de aprender a FORMUNICAR. Por que não podiam passar a aposentadoria fazendo coisa melhor do que esse doloroso escrutínio de seu único filho? Por que me perseguiam com tomates, médias escolares e aquela lógica de "qual é a sua profissão"?

Foi então que ouvi Eunice falar, o inglês americano sem rodeios ecoando pela casa pequenina.
– Eu também disse a ele para não se expor ali. E ele não vai mais. Não é, Lenny? Você é tão inteligente, por que precisa fazer isso?
– *Isso mesmo* – concordou minha mãe. – Isso mesmo, Eunice!

Não contei a eles que eu tinha reavido a minha mesa. Não contei nada. Recostei-me e observei as duas mulheres da minha vida olharem do outro lado da lustrosa mesa romena, resmun-

gando sob uma cobertura plástica e vinte galões de maionese e peixe enlatado. As duas se olhavam com plácida compreensão. Às vezes, as mães e as namoradas competem entre si, mas eu nunca vivi essa experiência. É muito fácil para duas mulheres inteligentes, independente das diferenças cronológicas ou de origem, concordarem em gênero, número e grau a meu respeito. *Esse menino*, pareciam dizer...
Esse menino ainda precisa ser criado.

SOBRIEDADE, CARIDADE, FÉ E ESPERANÇA
DA CONTA DE EUNICE PARK NO GLOBALTEENS

25 DE JUNHO

EUNI-DIOTA *PARA* FODAMADRINHA:

Oi, Querido Pônei!

E aí, piranha, blz? Miguxa, ando me sentindo tão esquisita. Queria muito que você pudesse vir pra cá; a gente daria uma passada na Padma e faria o cabelo. O meu tá tão comprido e horrendo. Acho que seria legal fazer um permanente de ajumma como nossas mães; nossa, a gente só precisa dar uma secada de manhã e ajeitar feito um capacete. Menina, meus quadris estão mais largos, você precisa ver; tô parecendo o cruzamento da tia Suewon com um pato. E minha bunda tá TÃO GRANDE que tá ficando maior que a de Lenny, que tem uma bunda de meia-idade, dessas meio amassadas; não tô querendo te causar nojo de novo, amiga. Tá vendo aí? Fomos feitos um para o outro. Pode me chamar de Gordência Banha, muito prazer.

Ai, meu Pônei. O que tô fazendo com Lenny? Ele é tão cabeça que me intimida. Ben me deixava tímida em Roma por ser todo gato e, por causa disso, nunca me senti muito segura na cama. Com Lenny a coisa é mais fácil. Posso ser eu mesma, porque tudo que ele faz é tão gracinha e sincero. Outro dia deixei gozar na minha boca e quase vomitei, amiga, mas ele ficou tão emocionado com isso que chorou de verdade. Gente, quem faz uma coisa dessas? Acho que às vezes eu quero ter por ele o mesmo desejo que ele tem por mim, na mesma intensidade. Ele já tá falando de casamento, meu esquisitinho adorável! Eu queria muito que ele relaxasse e que não fosse tão fofo e parasse de tentar me agradar pra daí eu correr um pouco atrás dele, sabe? Faz sentido?

Bom, mas deixe eu te contar. Fui a Long Island pra conhecer os pais dele. Ele praticamente me forçou a ir, colocando minhoca na minha cabeça, me fazendo sentir culpada. O pai dele é uma pessoa difícil, esquisito mesmo, mas curti a velha. Ela não dá ouvidos às idiotices do filho e do marido. Nós duas conversamos inclusive sobre Lenny, sabe? Tipo, concordamos que ele poderia se vestir melhor e agir com mais segurança e firmeza no trabalho; gente, a velha me deu um beijo quando contei que ia levar o Lenny pra comprar umas roupinhas de tecido natural, acredita? Ela é toda emotiva; aliás, Lenny tem a quem puxar. Hum... que mais? Eles moram numa casa bem pobre. Lembra um pouco o estilo das casas dos pacientes mexicanos que papai atendia em Los Angeles. Lembra do sr. Hernandez, o diácono manco? Depois do culto, ele sempre convidava a gente pra dar uma passada na casinha megaultra pequena onde morava, em South Central. Acho que a filha dele, a Flora, morreu de leucemia.

Nem te conto! Amiga, me amassa que eu tô passada! Acredita que peguei Len lendo um livro? (Calma, o troço não FEDE. Ele passa Pinho Sol.) E nem vá achando que ele estava escaneando o texto como a gente fazia nas aulas de Clássicos Europeus, tipo, como aquele tal de *A Cartuxa de Parma*; nada disso! Ele estava LENDO mesmo! Magina, ele estava passando uma régua de cima a baixo da página, bem devagar, sussurrando umas coisinhas, tipo tentando entender cada parte do texto. Eu ia mandar uma mensagem pra minha irmã pelo GlobalTeens, mas fiquei tão passada que parei ali mesmo, durinha, por MEIA HORA, olhando pra ele lendo; no fim ele largou o livro e fiz a linha de que não vi nada. Depois dei uma olhadinha rápida e descobri que o livro era daquele russo, o tal Tolsoi (acho que faz sentido, porque os pais dele são da Rússia). Eu achava o Ben supercabeça, porque peguei ele assistindo ao stream de *As crônicas de Nárnia* no café, em Roma, mas aquilo ali era um LIVRO do Tolsoi, com umas mil páginas, não era um stream, e Lenny estava na página 930, quase terminando.

Ele é super do bem, megassimples e não sai por aí tirando onda por ter muito conhecimento, sabe? Nem digo que isso me incomoda, mas às vezes ele fala de política e crédito ou outra coisa e me deixa tipo: "Oi? Como assim?" Não quero nem pensar no dia que eu tiver de conhecer os amigos dele da Mídia; vai tá todo mundo falando dessas coisas, até as mulheres. Acho que se eu seguisse a vontade de mamãe e estudasse direito, eu ia aprender a ser assim também, mas quem é a louca que quer estudar direito? Acho que eu devia voltar a estudar Imagens, como na Elderbird. Na aula de Assertividade, a professora Margaux disse que eu era "supertalentosa" e até na escola Católica as freirinhas se chocavam com minhas "habilidades espaciais".

O estranho é que as coisas estão muito legais com Lenny, só que muitas vezes eu me sinto só. Tipo, eu não tenho nada pra dizer a ele e ele no fundo deve me achar uma descerebrada. Ele diz que sou inteligente porque aprendi italiano, mas não foi tão difícil, amiga. É muito simples: é só decorar e imitar o jeitão dos italianos; pra mim foi moleza, porque venho de uma família de imigrantes. Sabe como é, né? Desde cedo a gente vai parar no jardim de infância sem falar inglês e daí sai copiando e imitando os outros. Sei que é superbacana da parte de Lenny tentar aumentar minha autoestima dizendo que sou inteligente, mas tem vezes que me dá vontade de dar o fora da vida dele e voltar para Ft. Lee, que é meu lugar, e tentar dar uma força à minha família, ajudar minha mãe e Sally a aturar aquele buraco negro na sala – ou seja, meu pai. Ah, e se Lenny tocar MAIS UMA VEZ nessa tecla de conhecer meus pais, juro que vou dar um pé na bunda dele. Gente, às vezes ele não se toca. E também a verdade é que ele NÃO QUER entender e é por isso que fico tão p da vida com ele. Ele acha que temos "famílias difíceis" – ele usa essa expressão –, o que não é verdade. Eu conheci a dele e não tem comparação.

Ah, mais uma pra contar: almocei com a Sally e a gente fez compras. Fiquei meio preocupada com ela. Ela tava assim meio paradona, olhando pro nada, só dizendo: "Ahã. Ahã." Menina, ela não faz a menor ideia do que quer da vida. Ao mesmo tempo que tá doida para comprar aqueles sutiãs sem mamilos – daqueles Saaami –, ela quer que eu participe lá de um grupo na igreja, na Barnard. E ela deu uma engordada que foi além dos quilinhos que toda caloura ganha; a coitada tá que é só tristeza e banha, daí falei que era melhor ela tomar cuidado com o que come, daí ela olhou pra mim com cara de paisagem como se eu não estivesse ali. A única coisa que deixa a garota animada é a política. Agora é um tal dela se juntar com outras gordinhas pra fazer passeata de protesto, conversar sobre Rubenstein e dizer que não somos mais um país livre. Daí quando eu disse que ela devia se concentrar na igreja e não na política, ela respondeu que o cristianismo é uma "doutrina do ativista". Olha, se eu descubro quem ensinou isso pra ela, juro que meto a mão na cara do desgraçado. Amo tanto minha irmã, Querido Pônei! Acho que depois de minha mãe, ela é a pessoa mais importante na minha vida, e tô sem saber como ajudar a coitada. Afinal, quem sou eu pra criticar e dar conselhos, né não, amiga?

Bom, eu e Sally fomos a um parque supergracinha em East Village chamado Tompkins Square, cheio de Indivíduos de Baixo Patrimônio Líquido; os desgraçados estão acampados por lá, com as tralhas sujas, sem comida nem água limpa; os caras têm uns computadores jurássicos que eles tentam ligar, mas as máquinas não tem nem Imagens nem streams. Depois que a Sally foi embora, corri pra casa, catei todos os meus äppäräti velhos e saí distribuindo pra uma porrada de gente no parque; acho que assim talvez eles consigam procurar emprego ou entrar em contato com os parentes. Eles ficaram tão felizes que me baixou uma tristeza, porque percebi o ponto a que chegaram; ano passado alguns deles trabalhavam com Crédito ou eram engenheiros. Tinha um homem até bonitão – um tal de David –, alto, com pinta de alemão, mas todo desdentado. Trabalhava na Guarda Nacional, mas foi mandado pra Venezuela e, quando voltou, não pagaram o bônus. Ele foi supersimpático, me abraçou e disse que estávamos todos no mesmo barco. Daí pensei: "Queria muito que as coisas estivessem melhor pro seu lado, mas não estamos no mesmo barco." Então, quando eu estava indo embora, vi um chafariz antigo com uma espécie de gazebo de quatro cantos; em cada canto tinha uma palavra: "Sobriedade, Caridade, Fé, Esperança." Não sei por quê, mas, quando li as palavras, me veio à cabeça a época que eu era pequena e meu pai fazia curativo nos meus joelhos com aqueles dedos grossos; ele virava pra mim e repetia o que dizia pras criancinhas que ele atendia: "Agola o dodói fica bom; agola fica bom." Menina, quando me lembrei disso, comecei a chorar que nem uma boba. Daí então pensei no Lenny e no elefante que vimos no zoológico; lembrei o momento em que beijei o narigão dele e da cara que ele fez. Ai, a cara que ele fez, Pônei! Gente, quanto à sobriedade ou fé, não sei, mas já caridade e esperança... todo mundo precisa delas, né não?

Aí, por que será que estou sempre me queixando pra você? Não liga pra minha deprê. Quando a gente se encontrar, vou te dar um beijão bem no meio de seus peitinhos, minha safadinha exclusiva, princesa de tudo que é bom e legal no mundo!

FODAMADRINHA *PARA* EUNI-DIOTA:
    Querido Panda,
    E aí, retardada! Tdo bem? Desculpa, amiga, mas estou deprimida e com uma puta ressaca. Fui a uma festa lá na casa da Ha Ng, aquela viet-

namita gatinha da Católica que fez redução de estômago. Enchemos os cornos de Mai Tai e uma filipina de UGuangdong-Riverside vomitou e se sujou toda. NOJO! Tô deprimida porque acho que o Gopher tá de caso com alguém. E não é com a Wendy Snatch, mas com uma vagaba mexicana que vi fazendo boquete nele, no carro, bem naquela lanchonete de taco em Echo Park. Pois é, eu segui o puto; descobri a senha dele no Teens (se você quiser fazer um stream das merdas dele, anota aí a senha: "PORKadobo" ashuahauahua!) e já tem três semanas que os dois vêm trocando umas mensagens apaixonadas, muito toscas. Ele a chama de chuleta e a única coisa que a desgraçada sabe escrever numa língua ocidental é "Oi, benzinhooo". Daí, amiga, fui num novo site do Teens chamado "D-base", onde dá pra fazer umas montagens com a foto da pessoa como se ela estivesse toda cagada ou então como se ela estivesse dando pra quatro caras ao mesmo tempo; fiz uma montagem com uma foto minha, como se eu estivesse trepando com quatro caras e mandei pro Gopher. É como você disse: eu preciso admitir o que sinto pelo Gopher; só assim ele vai me respeitar e parar de foder por aí com qualquer imigrante ilegal, a puta retardada é bem capaz de ter só 300 pontos de Crédito. Ai, tomara que ela seja logo deportada. Bem, daí ele foi lá em casa e comeu meu rabo, o que pra mim é bom sinal porque fazia tempo que a gente não transava assim; só que, três horas atrás, ele entrou no Teens e deixou um scrap pra baranga; agora tô aqui, sem tirar os olhos do meu äppärät, só esperando aparecer mais provas de crime do safado.

    Nossa, que diabo de zica é essa com a gente, Querido Panda? Por que a gente não conhece alguém decente? Bom, pelo menos seu Lenny te ama tanto que nunca vai te chifrar. Não entendo essa sua insegurança. Tá, ele é cabeça, um nerd. E daí??? Pow, o cara não é nenhum astro da Mídia nem vice-presidente da LandOLakes, gente! Então, ele LÊ DE VERDADE em vez de escanear. Grandes merda. Vocês podem até ler um pro outro na cama, quem sabe? E depois você pode até costurar as próprias roupas HA HA HA. Bem, você sabe que a beleza é tudo, né miga? Então acho melhor nem pensar em ter filhos com ele, porque vai nascer tudo feinho.

    Que chato esse negócio de ver tanta gente pobre no parque, minha panda fofinha e sensível, mas você tem toda razão: não estamos todos no mesmo barco. Mas acho muito legal isso que sua irmã tá fazendo. Alguém precisa tomar uma atitude e dizer alguma coisa na cara desses escrotos que estão no poder. Um salve pra Sally! Ai, droga, vontade de fazer cocô. Por que o álcool deixa a gente assim, com vontade de ir ao banheiro toda hora? Isso é científico?

26 DE JUNHO

CHUNG.WON.PARK *PARA* EUNI-DIOTA
    Niciiin,
    Por que você não responde mamãe? Terceira vez que mamãe liga e iscrevi. Demos janta tio Joon e eu fiz dolsot bap como você gosta, com bastante arroiz crocante do fundo da panela. Quando eu pequena a gente não comia arroiz do fundo porque somos de família boa e noorooggi damos aos mendigo. Mas agora mamãe sabe que você gosta e então eu sempre cuzinho bastante o dolsot bap mesmo quando você não está aqui porque morro de saudade! ☺ Ai, tentei fazer carinha triste, mas saiu feliz; vai ver isso é sinal de Jesuis! De graças aos céus pelas bênção de Cristo. A gente é uma família muito mais feliz agora que você está por perto tomando conta Sally. Papai ama muito você, mas estou muito maguada. Vi mãe de Joy Lee no H-Mart. Você disse que fica no apartamento de Joy em Manhattan, mas sra. Lee disse que é mentira. Por que você mentir mamãe? Eu sempre acabo descobrindo tudo. Será que você está morando com rapais branco num apartamento sujo? Mamãe chocada. Volte pra casa, minha filha. Papai melhora muito. Sally precisa de você pra dá exemplo então se afasta desse branco sujo. Eu sei que iscrevo mau, mas acho que você entende.
    Te amo,
    Mamãe
    Oh, o que é 3200 dólares em iuan de tal "pacote de encargos" na conta da Allied-WasteCVS? A gente tem que pagar isso alem da taxa de serviço regular? Arranjei o link de um novo curso preparatório em Fort Lee que sra. Lee me disse que ajudou Joy a melhorar nota. De 154 ela passa pra 174. Perguntei pra outras mães na igreja e elas achar que é uma melhora muito boa.

EUNI-DIOTA: Lenny, acho que pedi que você limpasse a banheira. Esse apartamento tá IMUNDO. Já passei Swiffer no chão da cozinha e do banheiro e o aspirador no carpete do foyer. Limpe hoje! Não curto morar num chiqueiro.

LABRAMOV: Euny, mil desculpas, mas precisaremos ficar aqui no escritório, até mais tarde hoje. Marcaram uma reunião obrigatória para discutir a Crise da Dívida e o tal protesto dos sem-teto no Central Park e em Washington D.C. Estão achando que o dólar vai desvalorizar este ano (!) e nem todos os nossos clientes estão com seus investimentos em valores de iuan. Preciso puxar uns mil arquivos até às 18. Creio que Josh vá se encontrar com o banqueiro central da China! Bem, acho que essa confiança que depositaram em mim para realizar essa tarefa só faz bem à minha carreira.

EUNI-DIOTA: E daí? O que isso tem a ver com a banheira?

LABRAMOV: Quem sabe, no final de semana? Podemos nos divertir um pouco fazendo a faxina juntos.

EUNI-DIOTA: Cara, aquele cabelo na banheira é quase todo seu. Você passa o tempo todo soltando cabelo pelos cantos.

LABRAMOV: Eu sei. A limpeza da banheira nunca ficou para mim; da próxima vez, trocaremos as tarefas.

EUNI-DIOTA: Já te ensinei como se faz umas três vezes. Pra essas histórias de valorização e desvalorização de dólar você usa a cabeça, mas, na hora de limpar a banheira, a inteligência some?

LABRAMOV: Talvez você possa supervisionar enquanto limpo no final de semana.

EUNI-DIOTA: Ah, esquece. Pode deixar que eu mesma limpo. Acaba que é até mais fácil fazer tudo sozinha.

LABRAMOV: Não, não faça isso! Espere até que eu tenha um tempinho livre. Perdoe-me pelo excesso de trabalho.

LABRAMOV: Alô! Você está aí?

LABRAMOV: Está zangada comigo?

LABRAMOV: Eunice!

EUNI-DIOTA: Ai, que ódio!

LABRAMOV: O que foi?

EUNI-DIOTA: Odeio isso!

LABRAMOV: O que posso fazer pra tirá-la desse estado? Passarei o final de semana inteiro limpando tudinho.

EUNI-DIOTA: Ah, não tem nada que você possa fazer. Não dá pra mudar você. Acho que o jeito é assumir todas essas responsabilidades mesmo.

LABRAMOV: Ah, não é verdade, Eunice.

LABRAMOV: ESTOU mudando. Isso leva tempo.

LABRAMOV: Vamos jantar naquele restaurante brasileiro, no Village. Tudo por minha conta.

EUNI-DIOTA: Vê se não se esquece de comprar o papel higiênico de FOLHA DUPLA.

LABRAMOV: Pode deixar.

EUNI-DIOTA: Você nunca se lembra. Por isso é um cabeça de bagre.

LABRAMOV: KKKKKK. Que bom que você não está zangada comigo.

EUNI-DIOTA: Ih, não conte com isso não, nerd!

LABRAMOV: Não estou contando com nada.

EUNI-DIOTA: Eu só quero que o apartamento fique bacana, limpinho, Lenny. Não quer sair do trabalho e encontrar um apartamento limpinho também? Não quer ter orgulho de onde mora? Isso é ser adulto, não é? Ser adulto não é só ler Tolsoi e dizer coisas inteligentes. Grandes merda.

LABRAMOV: Ler o quê? Grandes o quê?

EUNI-DIOTA: Ah, deixa pra lá. Tenho que correr até a tinturaria. Se eu não for, ninguém vai pegar suas cuecas. Ah, e por falar nisso, você precisa usar mais cuecas boxer. São mais confortáveis. Essas cavadas que você usa são a treva! Depois fica se queixando de dor no saco só porque deu uma caminhada mais longa. Adivinha só o que causa essa dor?

LABRAMOV: Essas cuecas ruins que eu uso.

EUNI-DIOTA: Viu só como eu cuido de você, *kokiri*?

O "MOMENTO PNEUZINHO" DE AMY GREENBERG
DO DIÁRIO DE LENNY ABRAMOV

30 DE JUNHO

Querido diário,

Bem, depois da muitíssimo bem-sucedida visita a meus pais, pedi a Eunice que fosse comigo a Staten Island conhecer meus amigos. Acho que minhas intenções eram egocêntricas e superficiais. Queria apresentar Eunice aos meus amigos, impressioná-los, porque, afinal de contas, ela é jovem e linda. E eu também queria impressioná-*la*, porque Noah e a namorada, Amy, são supermídia.

A primeira parte funcionou – não dava para conhecer Eunice sem admirar sua beleza, sua fria e penetrante indiferença. A segunda parte, nem tanto assim.

A noite em questão era o que chamávamos de Noite em Família, quando todos os caras convidavam suas parceiras para irem ao Cervix, o tipo de programa em que eu, normalmente sem namorada, sentia-me deslocado. Naquela noite, porém, seríamos Noah e sua namorada emotiva, Amy Greenberg, Vishnu e Grace, Eunice e eu, o casal ainda em início de namoro.

Ainda estávamos a caminho do metrô, andando de braços dados, e eu tentava ostentar minha namorada para os moradores da Grand Street, mas a coleção de apreciadores de Eunice estava minguada naquele dia. Um cara branco maluco escovando os dentes em plena luz do dia. Um judeu aposentado jogando um copo plástico de Coca-Cola sobre um colchão largado no meio da rua. Da fachada de tijolos de um conjunto habitacional, um casal asteca brigando e batendo um na cabeça do outro com duas margaridas amarelas de plástico.

Quase consegui chegar à estação do metrô sem que nenhum incidente ocorresse. Entretanto, perto do terreno cercado por arame farpado, próximo ao RiteAid, onde nosso vizinho cagão costumava se agachar em plena luz do dia, notei uma coisa curiosa: um novo outdoor tinha sido colocado, cortesia da empresa onde trabalho, a Staatling-Wapachung Corporation. Exibia uma familiar estrutura em treliça, de vidro, cheia de pompa, uma série de apartamentos de três andares chocando-se em ângulos estranhos como um monte de cubos de gelo já meio derretidos dentro de um drinque mexido. "*Habitats East*", proclamava o outdoor, ao lado das bandeiras dos Emirados Árabes, da China-Worldwide e da União Europeia.

UMA COMUNIDADE EXCLUSIVA COM UNIDADES TRIPLEX
PARA **CIDADÃOS NÃO AMERICANOS**
Um empreendimento Saatling Property

Sete unidades TRIPLEX por 20 milhões de euros/33 milhões de iuans

— Vinte milhões de euros! — comentei com Eunice. — Tenho que trabalhar 50 anos para ganhar isso. Nem estrangeiros têm tanto dinheiro assim hoje em dia!
— Não é neste lugar que aquele cara vive cagando? — perguntou Eunice sem o menor interesse, claramente acostumada às excentricidades do meu *quartier*. Continuei a ler:

ATENÇÃO, RESIDENTES ESTRANGEIROS!
COMPREM UM TRIPLEX HOJE E GANHEM

- Isenção de Investigação de Cárie, Dados & Patrimônio da Secretaria Americana de Restauração (SAR)
- Excelente seguro pela Wapachung Contingency

- Assistência de Imortalidade EXCLUSIVA da nossa Divisão de Serviços Pós-Humanos
- Estacionamento gratuito por 6 meses

Apenas para indivíduos com pontuação de Crédito acima de 1500
Área COMPLETAMENTE demarcada para Redução de Danos

"Assistência de Imortalidade EXCLUSIVA?" Como assim? O interessado devia *provar* que tinha condições de enganar a morte na Serviços Pós-Humanos. Como eu disse, só 18% de nossos candidatos eram qualificados para o nosso Produto. Era assim que Joshie queria. Daí vinha o processo de seleção que eu tinha de ministrar. Daí a necessidade de aplicarem testes cognitivos e de se pedir que os candidatos escrevessem uma redação sobre a possibilidade de viver mais que os próprios filhos. Daí vinha toda a filosofia. Agora, eles iam conceder imortalidade para um bando de milionários de Dubai, aquela gente gorda e lustrosa, só porque compraram um "TRIPLEX" da Staatling Property?

Eu já estava prestes a fazer um longo discurso criticando Tudo e Qualquer Coisa (acho que Eunice gosta de quando lhe ensino coisas novas), quando percebi um rabisco familiar no canto do outdoor.

Num estilo *bleeding-edge* em estêncil, que deve ter sido bacana na virada do século, vi – não, não era possível! – uma reprodução artística de Jeffrey Otter, meu inquisidor na embaixada americana em Roma, com aquela bandana vermelha, azul e branca ridícula, uma mancha do que talvez tivesse sido herpes em seu peludo lábio superior.

– Ai! – exclamei, recuando.
– "*Kokiri*"? O que houve, cara de *nerd*?
Soltei um suspiro ruidoso.
– Uma crise de pânico? – indagou.
Levantei a mão como quem pedisse um tempo. Meus olhos percorreram o grafite, como se eu estivesse tentando esfregá-lo

até ele adquirir uma dimensão diferente. A lontra olhou para mim: curvada, estranhamente sexual, cheia de vida, o pelo amaciado e arrumado em montinhos cinza-escuros, quentinhos e gostosos de tocar. Lembrei-me de Fabrizia. Minha traição. O que fiz a ela? O que *eles* tinham feito a ela? Quem desenhara aquilo? O que estavam tentando fazer comigo? Olhei para Eunice. Ela aproveitou minha pausa de 40 segundos para enterrar a cabeça no äppärät. O que eu estava fazendo com aquela acetinada criatura digital? Senti, pela primeira vez, desde que ela entrou em minha vida, que eu estava de fato enganado.

O meu dia, porém, ainda não tinha acabado.

Quando chegamos ao Cervix, minha amiga Grace foi a única que fez objeção.

– Ela é muito nova pra você – cochichou em meu ouvido, quando Eunice se afastou para comprar umas coisas no AssLuxury. Não havia nada de antissocial naquilo, os rapazes assistiam à visita do Banqueiro Central Chinês, Wangsheng Li, a Washington em seus äppäräti, e a namorada de Noah, Amy, instalava hidratantes e outros produtos que patrocinavam um stream ao vivo em seu "Momento Pneuzinho de Amy Greenberg".

Por um instante, achei que Grace estava com ciúmes de Eunice, o que, para mim, era excelente, pois, honestamente, sempre tive tesão por Grace. Ela não era exatamente bonita, os olhos separados demais, os dentes inferiores pareciam um engavetamento numa estrada interestadual e ela era, se é que isso é possível, magra demais da cintura para cima, a ponto de parecer um pássaro quando fazia qualquer atividade, fosse subindo escadas ou passando uma travessa de Brie. No entanto, ela era gentil – tão gentil, franca, além de culta e séria diante da vida que, quando cheguei a imaginar estar me apaixonando por Fabrizia em Roma, bastava pensar em Grace falando sobre sua infância sem graça e complexa no distante estado de Wisconsin ou sobre o artista alemão Joseph Beuys, sua paixão, para saber que tudo o que se referia ao meu relacionamento com a pobre e infeliz Fabrizia era transitório e irreal.

– Por que não gosta de Eunice? – perguntei a Grace, torcendo para que ela gaguejasse e, magoada, confessasse que me amava.

– Não é que eu não goste dela. É que tenho a impressão de que essa garota tem muita coisa mal resolvida.

– Eu também tenho um bocado de coisa mal resolvida. Talvez Eunice e eu possamos resolvê-las juntos.

– Lenny... – Grace passou a mão em meu braço e mostrou-me a arcada inferior, toda amarela (como eu gostava de suas imperfeições). – Se é atração física que você sente, tudo bem. Não há nada de errado nisso. Ela é atraente. Divirta-se. Viva um casinho de amor. Só não me diga "estou apaixonado por ela".

– Tenho medo de morrer.

– E ela faz com que você se sinta mais jovem?

– Ela me faz sentir calvo – respondi passando a mão pelo que me restara.

– Gosto do seu cabelo – disse, puxando carinhosamente a sentinela armada na parte frontal da minha testa. – Sério mesmo.

– Imagino que, por mais ridículo que seja, acho que Eunice vai me deixar viver eternamente. Por favor, Grace, não me venha com filosofia cristã. Não lido bem com isso mesmo.

– Vamos todos morrer, Lenny. Eu, você, Vishnu, Eunice, seu chefe, seus clientes, todo o mundo.

Os rapazes faziam o maior estardalhaço diante dos seus äppäräti. Eu e Grace nos juntamos a eles. Estavam assistindo ao stream do amigo de Noah, Hartford Brown, que apresentava um programa de comentário político misturado com sexo gay explícito. O estimado Li – oficialmente governador do Banco Popular da China-Worldwide, extraoficialmente, o homem mais poderoso do mundo – foi focalizado pela primeira vez batendo papo com nossos líderes bipartidários – um bando de sem-noção – no gramado da Casa Branca. Lá estava o herói de meu pai, o secretário de Defesa Rubenstein, cumprimentando com um inclinar do tronco, seu ódio incoerente e desastroso transformado em tácita obediência, retirando do bolso do paletó o caríssimo lenço branco – sua marca registrada – como uma rendição barata. Rubenstein presenteou Li com uma espécie de peixe dourado que pulava no ar e abria-se miraculosamente em algo parecido com o formato bulboso da China, um sinal de que a América ainda podia produzir e *inovar*.

Em seguida surgiu Hartford, definitivamente drogado, a bordo do que se anunciou como um iate próximo às Antilhas Holandesas. Um spray de água fresca cobria-lhe os óculos escuros; o peito e os ombros marmorizados eram acariciados por duas mãos morenas e peludas. Então, com os solavancos das estocadas desferidas pelo amante, Hartford acabou sendo enquadrado na tela de seu äppärät.

"Mete, meu nego!" – sussurrou ele para o companheiro de bordo, os lábios tão imorais e, ao mesmo tempo, masculinos, tão cheios de vida e tesão que fiquei feliz com sua felicidade.

De volta à Casa Branca, a transmissão continuou mostrando Li e nosso jovem líder marionete, Jimmy Cortez; o presidente americano sentado imóvel, o banqueiro chinês mais à vontade, imperturbável pela microfonia que se espalhava pelo local.

– Gente, a roupa do chinês é um lu-xo! – comentava Hartford sobre o que se via na Casa Branca, gemendo intermitentemente ao receber as estocadas do antilhano.

Lembrava aos espectadores o fato de Li ter sido eleito o homem mais bem-vestido do mundo numa enquete informal reunindo vários países, com os inquiridos particularmente maravilhados pela "simplicidade de seus ternos" e pelos "glamurosos óculos imensos".

– Queremos que a China se torne uma nação de consumidores e não de lontras – implorou o presidente Cortez ao banqueiro.

Como é que é? Uma nação de *lontras*? Dei um replay no stream em meu äppärät. "Queremos que a China se torne uma nação de consumidores e não de poupadores", foi o que o presidente disse na verdade. Meu Deus, eu estava enlouquecendo!

– O povo americano precisa que a China-Worldwide se torne o salvador de nossos últimos fabricantes, grandes e pequenos. A China não é mais um país pobre. É hora de o povo chinês *gastar*.

O sr. Li assentiu com a cabeça distraidamente e deu aquele seu sorriso inexpressivo. Então, o presidente Cortez disse algumas palavras em chinês que foram interpretadas como "OK para gastar agora! Divirta-se!".

– Ai, merda! – exclamou Vishnu, teclando freneticamente o äppärät. – Alguma coisa está acontecendo, galera!

Mal dava para ouvi-lo em meio àquele falatório do bar. A rapaziada estava bebendo mais e algumas mulheres, nervosas, tiravam a roupa, mesmo quando Eunice amarrava um suéter leve ao redor dos ombros, esfregando o nariz por causa do ar-condicionado.

– Tá rolando um protesto no Central Park – informou Vishnu. – A Guarda Nacional está expulsando um negro e baixando o cacete na pobretada.

A notícia sobre a barbárie no Central Park se espalhava pelo bar. Ainda não havia ninguém mandando streams ao vivo do local, mas Imagens apareciam na tela de nossos äppäräti e também nos telões do bar. Um adolescente (pelo menos parecia, aquelas pernas finas e desengonçadas), o rosto virado, uma concavidade vermelha na cintura, todo enrolado em panos como um animal morto sobre a elevação verde de uma colina íngreme. Os corpos de três homens e uma mulher (uma família?) deitados de barriga para cima, os braços negros cruzando o tronco, como se abraçassem a si mesmos. Havia também um homem que achei conhecer – o motorista de ônibus que eu e Eunice víramos em Cedar Hill. Aziz não sei de quê. Lembro-me sobretudo de sua roupa, a camiseta branca e a corrente de ouro com um símbolo enorme do iuan. Lá estava – a estranha confluência de tê-lo visto vivo, ainda que por uns instantes, combinada com um ponto do tamanho de uma moeda de cinco jiaos que tinha perfurado a parte superior de sua testa negra e alongada, o filete de sangue tingindo de vermelho os elos de sua corrente pesada, os dentes trincados, os olhos já virados nas cavidades. Levou ainda um bom tempo até que eu conseguisse descrever o que via – *um homem morto* – até que na tela apareceu a imagem do céu que cobria o parque, a cauda de um helicóptero que pairava no ar, a parte da frente baixada, provavelmente para executar alguém, e uma rajada vermelha de tiro iluminando o final de um dia de verão.

Uma onda de silêncio invadiu o Cervix. A única coisa que eu ouvia era o som do meu frasco de Xanax sendo instintivamente aberto pelos meus três dedos dormentes e o arranhar do comprimido branco descendo pela minha garganta seca. Absorvemos as Imagens e, como um grupo de pessoas de poder aquisitivo semelhante, sentimo-nos invadidos por um medo existencial. Esse medo foi temporariamente substituído por uma empatia com aqueles que se denominavam nova-iorquinos. Como era ser um dos mortos ou um daqueles para quem a morte era iminente? Ser metralhado lá do alto em plena cidade? Perceber que sua família estava morrendo ao seu lado? Por fim o medo e a empatia foram substituídos por uma certeza diferente: a certeza de que aquilo não ia acontecer conosco, de que o que testemunhávamos não era terrorismo, de que éramos de boa estirpe, de que aquelas balas iam discernir.

Mandei uma mensagem para Nettie Fine: "Você viu o que está acontecendo no parque????"

Apesar da diferença de fuso horário em Roma (já devia estar passando das quatro da manhã), ela me respondeu no ato. "Acabei de ver. Não se preocupe, Lenny. É horrível, mas o tiro vai sair pela culatra de Rubenstein e seus partidários. Estão atirando no Central Park, porque há poucos ex-membros da Guarda Nacional lá. Jamais perseguirão os ex-soldados. A parada de verdade está acontecendo em Tompkins Square, que a Mídia não está cobrindo mesmo. Você precisa ir até lá e encontrar-se com meu amigo David Lorring. Eu fazia aconselhamento pós-traumático e ele passou a fazer sessões comigo depois de duas incursões em Ciudad Bolívar. Ele está organizando um movimento de resistência lá. Cara brilhante! OK, preciso tirar uma soneca, amor. Força! Bjs Nettie Fine. P.S.: Acompanho religiosamente os streams de seu amigo Noah Weinberg. Quando voltar aos Estados Unidos, vou adorar levá-lo para jantar."

Sorri ao ler a mensagem de Nettie. Uma mulher de mais de 60 anos ainda tentando colocar nosso país no rumo certo. É claro que havia ali *certa* dose de esperança. Para confirmar minhas expectativas, o CrisisNet soou com uma atualização: "TAXA LIBOR SOBE 32 PONTOS PERCENTUAIS; COTAÇÃO DO DÓLAR SOBE 0,8% EM RELAÇÃO AO IUAN 1¥ = $4,92." Será que os mercados estavam certos? Será que o massacre no Central Park era a hora da virada? Será que o tiro ia sair pela culatra de Rubenstein e seus amigos?

Reli a mensagem de Nettie Fine. Era inspiradora, mas havia alguma coisa fora do lugar no que se referia ao vocabulário. *A parada de verdade está acontecendo em Tompkins Square.* Tentei imaginar as palavras "parada de verdade" saindo da boca cautelosa e inteligente de Nettie. O que havia acontecido com ela? *A lontra.* Enviei uma mensagem para Fabrizia em Roma. "DESTINATÁRIO DELETADO." OK, eu precisava parar de me preocupar. Um verdadeiro massacre estava acontecendo diante dos meus olhos. Esqueça o Velho Mundo. Eu não era responsável pelo que aconteceu com Nettie ou Fabrizia. Era responsável apenas por Eunice Park.

Nesse ínterim, no Cervix, o silêncio provocado pelo estarrecimento já tinha cedido lugar a uma atmosfera de um misto de frivolidade e ultraje ensaiado, as pessoas atirando longe seus dólares praticamente sem valor e enchendo a cara de cerveja belga. Lembro apenas que senti um pouco de calor na altura das têmporas e quis ficar mais perto de Euny. As coisas tinham ficado meio esquisitas entre nós desde que vacilei e peguei um livro. Ela me pegou lendo; não era apenas um simples escanear de páginas à procura de dados. Com toda aquela violência acontecendo a poucos quilômetros ao norte, eu não queria que nada me separasse do meu amor e que, muito menos, fosse por causa do tijolão do *Guerra e paz*, de Tolstoi.

Noah imediatamente começou a mandar streams, mas a namorada, Amy Greenberg, já estava ao vivo. Ela levantou a blusa e mostrou a insignificante camada de gordura, que coroava suas pernas perfeitas e saltava do jeans igualmente perfeito. Era o tal *pneuzinho*, no qual ela deu um tapa e mandou sua famosa perguntinha:

– E aí, amiga, você tem pneuzinho?

– É a Era Rubenstein no Central Park! – disse Noah. – É a Redução de Danos, distribuindo todas as provisões, é queima total, minha gente! É a América vivendo a era "dos preços altíssimos", e R-stein não vai sossegar enquanto não puser esse bando de crioulos e cucarachos pra fora da cidade! Ele está soltando bomba em cima de nossas mães assim como Colombo soltou germes em cima dos indígenas, *cabróns*. Primeiro o tiroteio, depois a detenção de suspeitos. Metade das *mamis* e dos *papis* da cidade vai parar em alguma unidade de escaneamento da segurança em Utica, antes do final da semana. É melhor manter os äppäräti longe dos Postes de Crédito...

Ele então fez uma pausa para dar uma olhada nos dados não processados enviados a ele. Em seguida, virou o rosto cansado e profissionalmente animado em nossa direção, sem saber ao certo qual emoção expressar a partir de então, mas incapaz de conter o frisson visceral.

– Há 18 pessoas mortas – informou, como se tivesse ficado surpreso. – Alvejaram 18!

Foi então que comecei a refletir sobre a excitação em sua voz. E se Noah no fundo estivesse feliz por tudo aquilo estar acontecendo? E se todos nós estivéssemos? E se a violência estivesse realmente canalizando nosso temor coletivo para uma espécie de lucidez momentânea, para a lucidez de estar vivo em tempos decisivos e, por conseguinte, para a alegria de ser historicamente importante? Eu estava até me vendo contando que tinha visto Aziz, o motorista de ônibus morto, no Central Park, que talvez eu tivesse trocado sorrisos com ele ou talvez a saudação urbana "e aí?". Não me leva a mal, também senti aquele horror, fiquei sem saber muito bem que diabos eram as tais unidades de escaneamento mencionadas por Noah. Teriam de fato atirado na nuca do povo sem dar-lhe o direito de um julgamento? Lembrei Noah de que o *New York Lifestyle* mantinha correspondentes que saíam em campo, faziam a reportagem, checavam, mas ele só fez aquela cara de "cara, nem pensar" e voltou a gritar gíria em espanhol em direção à tela do äppärät. Mesmo assim, Nettie Fine acompanhava *religiosamente* seus streams, o que me fazia acreditar que era eu quem não estava entendendo alguma coisa ali. Talvez, hoje em dia, Noah fosse um cara totalmente bacana.

– Dezoito pessoas mortas! – gritava Amy Greenberg.

Ela então pôs a mão sobre o pneuzinho de mentirinha, por sobre a insignificante linha da cintura e na musculatura superior do tronco, cheia de tônus, como se estivesse repreendendo Rubenstein e sua administração. No entanto, esse movimento fez com que o contorno do seio direito – que uma enquete casual revelara publicamente ser o melhor – pulasse para fora do decote e ocupasse o centro da tela.

– Grande manifestação no Central Park, a Guarda Nacional atirando em todo mundo, esmagando os pequenos casebres... estou muito feliz que meu amado Noah Weinberg esteja bem aqui perto de mim, porque *eu não aguento mais isso*. Tipo, gente, me segura antes que eu faça outro lanchinho! Noah, é uma bênção ter você na minha vida neste momento terrível. Sei que não sou perfeita, mas, tudo bem, e sei que isto é um *superclichê*, mas você é tudo para mim, porque você é tão gentil, sensível e gostoso, você é *tão* Mídia e... – ela começou a ficar com a voz embargada, a piscar voluntariamente de um jeito que sempre provocava lágrimas – não sei como você consegue sair com uma gorda idiota como eu.

Grace e Vishnu estavam encostados um no outro, como se fossem partes de uma velha ruína, enquanto o número de mortos aumentava. Lembrei-me do item 4, Dê Atenção aos Amigos e, mais uma vez, foram os meus amigos que cuidaram de *mim*. Notando que eu estava sozinho ao lado de Eunice, que estava mergulhada no AssLuxury (será que ela estava chocada demais com a violência para parar de comprar?), eles me puxaram para o grupo. Senti o calor de suas mãos e o conforto alcoólico de seu hálito.

Ruidosamente, Noah e Amy mandavam streams a poucos metros um do outro, suando para se fazerem ouvir em meio à barulheira do bar.

— Rubenstein está falando algo importante para Li — dizia Noah. — Talvez não sejamos mais uma grande potência, talvez estejamos envolvidos com vocês por conta de sessenta e cinco trilhões de iuans, mas não hesitaremos em usar nossos soldados, caso nossas espadas não funcionem. Por isso, fiquem ligados ou vamos mandar uma pica nuclear sobre sua raça de rabo amarelo, se vocês tentarem deixar a gente na mão! É bom manter o crédito *rolando, chinas*!

Amy Greenberg:

— Vocês se lembram de Jeremy Block, com quem eu terminei na última Pessach?

Próximo ao äppärät de Amy, projetou-se um stream de um sujeito — parecido com Noah — pelado e se masturbando. Ela então franziu o cenho ao ver a Imagem daquele pênis de tamanho generoso, seu rosto lindo e pós-bulímico deixando escapar o esboço de um bico.

— Lembram que não pude contar com esse punheteiro quando a situação estava, tipo, problemática no mundo? Lembram que ele não me explicava nada, mesmo trabalhando para o LandOLakes? Lembram que ele me fazia me pesar todas as manhãs? Lembram que ele... — seguiu-se uma longa pausa e, então, surgiu um rosto sorridente — ... não respeitou o *pneuzinho*?"

CrisisNet: RUBENSTEIN CULPA EX-MOTORISTA DE ÔNIBUS AZIZ JAMIE TOMPKINS PELOS PROTESTOS NO CENTRAL PARK. "RELATÓRIOS DA SAR REVELAM QUE 'AZIZ'

TREINOU COM FORÇAS DO HEZBOLLAH NO SUL DO LÍBANO." "ESTAMOS LIDANDO COM TERRORISMO ISLAMOFASCISTA DE LINHA DE FRENTE." CITAÇÃO: "É HORA DE GASTAR, POUPAR E UNIFICAR. UM PARTIDO, UMA NAÇÃO, UM DEUS."

Vishnu fora pegar mais cerveja para nós. Eunice e Grace estavam fazendo compras pelo AssLuxury juntas. Grace falou alguma coisa que fez Eunice rir. Era papo para lá, papo para cá, os olhos de Grace em Eunice e os de Eunice quase sempre no äppärät, mas, de vez em quando, direcionava-os timidamente para Grace. Achei que tivesse ouvido umas palavras em coreano. "Soon-Dooboo" (seja lá como se escreve isso) é um tipo de tofu ensopado que Grace pedira à beça na rua 32. Quis participar da conversa, mas Grace gentilmente me afastou. Eunice estava Formunicando um pouco com as três garotas asiáticas que estavam na sala. Notei, orgulhoso e um pouco preocupado, que sua FODABILIDADE estava em 795, mas sua PERSONALIDADE marcava apenas 500 (talvez não estivesse tão extrovertida). Entretanto, uma jovem Mediawhore filipina bem novinha, superantenada com a Mídia, discretamente enviava streams perto da jukebox. Vestia um cardigã suburbano, sapatos ortopédicos pesadões e jeans Onionskin; marcou vários pontos a mais em FODABILIDADE.

– Aquela garota tem um corpo perfeito. Ai, meu Deus, como eu odeio essas garotas de vinte anos – ouvi Eunice dizer a Grace.

Olhei com tristeza para minha pontuação. Boa parte dos homens vestiam suéteres bacanas, com decote em V, da Mr. Rogers e, com muito boa vontade, cumprimentavam-me com frieza. Alguém escreveu sobre a minha barbicha: "Aquele cara perto daquela piriguete asiática deliciosa parece que tem pentelho nascendo no queixo." Para piorar, dos 43 caras que estavam na sala, fiquei em quadragésimo lugar no ranking. Será que Eunice ligava para isso? Notei que, quando eu a abraçava, minha SENSUALIDADE MASCULINA chegava a cem pontos e eu alcançava o respeitável trigésimo lugar em um universo de 43 homens, mas o que aquilo dizia a meu respeito? Que eu precisava de Eunice só para ser socialmente reconhecido? Resolvi que amanhã mesmo iria raspar essa barbicha. Só cai bem em caras atraentes.

Amy Greenberg, apontando para a pele um pouquinho flácida que pendia das axilas e dos seios:

– Estou com asas! Trinta e quatro anos e estou com asas, que nem anjo! Duvido que *algum cara* quisesse me apalpar com essa pelanca! Olhe só para isto, gente! Olhe só para isto!

Noah Weinberg:

– Desde as 9:04 da noite, 33 pessoas mortas durante os protestos dos Indivíduos de Baixo Patrimônio Líquido. E a Guarda Nacional não para de atirar. No entanto, só nos dois últimos meses, na Ciudad Bolívar, perdemos 400 homens da Guarda Nacional. Essa é a estratégia de Rubenstein: quanto mais americanos morrem, menos importância se dá ao fato. Redefinam-se as normas por baixo. Comecem a cavar as sepulturas.

Amy Greenberg:

– Vou contar a vocês o que estou vestindo. Os sapatos são Padma, a blusa, uma Marla Hammond original, e o sutiã sem mamilos, um Saaami que disfarça as asas, minha mãe comprou pra mim numa promoção no Corredor de Varejo da ONU.

Noah Weinberg:

– E eu nem estou falando aqui da taxa LIBOR. Estou falando...

Ele parou e deu uma olhada em volta. Três garotas de Staten Island estavam cantarolando sensualmente uma música, de cuja letra só se entendia mesmo o "mmmmmmm". Noah ainda começou a dizer alguma coisa, mas resolveu encerrar ali mesmo:

– Quer saber, *patos*? Eu... não tenho mais nada a dizer.

Amy Greenberg:

– Só mais uma coisinha, minha mãe é *demais*. Quando eu estava terminando o relacionamento com Jeremy Block, ela me fez ver o lado merda dele. Juntas, olhamos os rankings do cara e ficamos assim, tipo, pô, e daí que ele tem um pauzão e consegue trepar a noite inteira? Quando fez 30 anos, o presente que ele me pediu foi que eu lambesse seu furico; depois não quis me beijar nem por um decreto. Isso revela *muita coisa* sobre a personalidade de um cara, quando ele não beija a namorada depois de ela lamber seu cu. Minha mãe é uma gracinha! Ela falou assim, tipo: "Você merece coisa muito melhor, Aimeleh. Seja a sua própria cafetina, minha filha!"

Grace me chamou num canto.

– Acho que Eunice é problemática mesmo.

– Dã, eu sei. O pai dela é um imbecil!

– Conheço esse tipo de garota. Não existe coisa pior do que essa combinação de abuso e privilégio, e crescer nesse novo gueto de classe média-alta do sul da Califórnia, formado por asiáticos, em que todo mundo é tão fútil e só pensa em dinheiro. São ainda mais fúteis do que as namoradinhas de Noah. Pelo menos, Amy *Green*berg sabe exatamente o que ela está fazendo.

– Mas eu a amo – sussurrei. – E acho que ela compra só porque nossa sociedade está *dizendo* aos asiáticos para comprarem. Como se diz nos Postes de Crédito, sabe? Ouvi um cara gritar pra Eunice: "Hei, formiga, faça umas comprinhas ou então volte pra China!"

– Formiga?

– É, sabe a formiga que economiza demais e o gafanhoto que gasta demais? Como nos cartazes da SAR? Chineses e latinos? Quanto racismo!

– Leonard, pare de namorar essas asiáticas e essas branquelas faveladas, cheias de problemas. Você não está fazendo nenhum favor a elas.

– Você está me magoando, Grace – murmurei. – Como pode julgá-la assim sem conhecer? Como pode *nos* julgar?

Grace amansou na mesma hora. Baixaram o sentimento cristão e o conceito de boa vontade. Ela chorou.

– Desculpe. Meu Deus, são os tempos em que vivemos. Estou ficando tão dura. Talvez eu possa dar umas voltas com ela. Talvez eu possa ser como uma irmã mais velha.

Pensei em me indignar, mas lembrei-me de quem era Grace, a filha mais velha de cinco filhos ajuizados. Era herdeira de pais médicos de Seul, cujas ansiedades de imigrante e sentido de alienação de Wisconsin eram consideráveis, mas que sempre deram amor e incentivo, como se fossem os nativos mais doces e progressistas. Como poderia entender Eunice? Como poderia compreender o que havia entre nós dois?

Abracei-a por alguns instantes e beijei-lhe uma das faces mornas. Quando olhei para trás, vi que Eunice olhava para nós, a parte inferior do rosto com aquele sorriso anfíbio, o sorriso sem qualidades, o sorriso que me perfurava a parte macia do coração.

– Bem, por hoje é só, república! – dizia Hartford em seu stream antilhano, enquanto o jovem amigo esfregava-lhe as costas com uma toalha, removendo o jato quente de sêmen. – Yibbity-yibbity, até mais ver, meu povo!

Voltamos para Manhattan em silêncio. As barreiras da Guarda Nacional estavam praticamente abandonadas, a maioria dos soldados provavelmente enviados ao Central Park para conter a insurreição. De volta ao meu apartamento, lá estava eu, de joelhos, chorando de novo. Ela ameaçava voltar para Fort Lee.

– Seus amigos são horríveis! Eles se acham!

– Que mal lhe fizeram? Você praticamente não disse uma palavra a eles a noite inteira!

– Eu era a mais nova dali. São todos dez anos mais velhos do que eu. O que você queria que eu dissesse? Todos trabalham na Mídia. São todos engraçados e bem-sucedidos.

– Pra começar, não são não. Segundo, você ainda é jovem, Eunice! Um dia, você vai trabalhar na Mídia também. Ou no Varejo. Além disso, achei que você tivesse gostado de Grace. Vocês estavam se dando tão bem. Vi as duas navegando no AssLuxury juntas e conversando sobre Soon-Dooboo.

– Ela foi a que mais *odiei* – sibilou Eunice Park. – É exatamente o que os pais querem que ela seja e tem muito *orgulho* disso!

E outra coisa: nem pensar em conhecer a minha família. Isso nunca vai rolar, Lenny! Como eu posso confiar em apresentar você a eles? Você estragou tudo.

Deitei-me sozinho na minha cama; Eunice, mais uma vez, na sala com o äppärät, mandando mensagens e fazendo compras, enquanto a noite caía lá fora; foi então que percebi, com muita dor, que, sem os 239 mil dólares em valores de iuan, sem o amor complicado de meus pais e o apoio efêmero de meus amigos, sem meus livros fedorentos, tudo o que me restava era a mulher no cômodo ao lado.

Minha cabeça estava cheia de preocupação judaica doentia, o pogrom interno e o pogrom externo. Recusei-me a pensar em Fabrizia, Nettie ou na lontra. Foquei no momento presente. Tentei descobrir o que estava acontecendo com os manifestantes do Central Park. Alguns Mídias jovens e ricos na Central Park West e na Quinta Avenida faziam streams de varandas e coberturas. Outros haviam rompido o cerco da Guarda Nacional e embrenharam-se pelo parque, de onde mandavam streams exacerbadamente emotivos. Desviei o olhar daqueles rostos emocionados, expressando ódio, gritando pelos pais, pelos amantes e pelo ganho de peso, tentando ver os helicópteros pairando atrás, atirando em direção ao coração verde da cidade. Pensei em Cedar Hill – o novo marco zero de minha vida com Eunice Park – e considerei o fato de que tudo aquilo estava coberto de sangue. Então, senti-me culpado por pensar em minha própria vida com tamanha obsessão de Mídia, esquecendo-me tão rapidamente do recente número de mortos. Grace estava certa. São os tempos em que vivemos.

Mas de uma coisa eu tinha certeza: eu jamais seguiria o conselho de Nettie Fine. Jamais visitaria aquela gente no Tompkins Square Park. Quem podia dizer o que lhes aconteceria? Se a Guarda Nacional atirou nas pessoas no Central Park, por que não atiraria neles lá também? "Segurança em primeiro lugar", como dizem lá na Serviços Pós-Humanos. A nossa vida vale mais do que a dos outros.

Uma esquadrilha de helicópteros voou em direção ao norte. O edifício inteiro balançou com a ferocidade com que se deslocavam, fazendo a louça dentro do armário da cozinha do vizinho chacoalhar e crianças pequenas chorarem. Eunice assustou-se e tratou de deitar-se ao meu lado, tentando encontrar aconchego no meu corpo de dimensões maiores, pressionando-o com tanta força que doía. Senti medo, não por causa da operação militar acontecendo lá fora (no final, não feririam alguém com um patrimônio como o meu), mas porque eu sabia que jamais conseguiria deixá-la, independente de como ela me tratasse, independente do fato de que ela me fazia sofrer. Porque havia familiaridade e alívio em seu ódio e em sua ansiedade. Porque eu entendia aquelas novas famílias de imigrantes do sul da Califórnia melhor do que conseguia entender a bondosa família de Grace, típica do Meio-Oeste, o anseio por dinheiro e respeito, o misto de exercício de direito e ódio de si mesmo, a ânsia por ser atraente, notado e admirado. Porque, depois que Vishnu me disse que Grace estava grávida ("ha-*huh*", gargalhou sem graça ao dar a notícia), percebi que a última porta havia se fechado para mim. Porque, diferente da inteligente e irônica Amy Greenberg, Eunice não fazia a menor ideia de que diabos ela estava fazendo. E nem eu.

Desculpe, diário, mas hoje estou em frangalhos. Dormi mal. Nem meus melhores fones de ouvido conseguem me proteger do som das hélices e da voz de Eunice reclamando em coreano durante o sono, continuando a conversa interminável com o *appa*, o pai, o vilão culpado por todo o seu sofrimento, mas sem cujas amarras odiosas eu, provavelmente, jamais teria me apaixonado por ela, ou ela por mim.

Percebo também que estou omitindo algumas coisas aqui, diário. Deixe-me descrever alguns dos belos momentos – ocorridos antes do início dos protestos dos Indivíduos de Baixo Patrimônio Líquido e do aparecimento das barreiras próximas à estação da linha F.

Frequentamos restaurantes coreanos e nos fartamos de bolinhos de arroz besuntados com pasta de chili, lula mergulhada em alho, assustadoras barrigas de peixe abarrotadas de ovas salgadas e as onipresentes travessas com repolho, nabo em conserva, algas e nacos de uma carne-seca deliciosa. Comemos do jeito asiático: os olhos pregados na comida, ruidosas sugadas no ensopado de tofu e discretos arrotos que indicavam o nosso envolvimento com a comida; minha mão pegando o copo de *soju* alcoólico e a dela, uma xícara de um delicioso chá de cevada. Uma família tranquila. Sem necessidade de conversa. Amamo-nos e alimentamos um ao outro. Ela me chama de *kokiri* e beija-me o nariz. Eu a chamo de *malishka*, ou seja, "miúda" em russo, uma palavra perigosa só porque, uma vez, saiu da boca de meus pais, quando eu tinha menos de um metro e o amor deles por mim era simples e verdadeiro.

E o calor de um restaurante coreano, a interminável procissão de travessas, como se a comida não pudesse terminar até que o mundo inteiro seja comido, a algazarra e as gargalhadas uma vez concluída a refeição, a embriaguez incontrolada dos homens mais velhos, o bate-papo regado a risinhos das mulheres mais jovens e, em toda a parte, laços de família. Não me admira que os judeus e coreanos tenham tanta facilidade em mergulhar tão facilmente nas relações amorosas. Fomos cozidos em panelas diferentes, por certo, mas as duas panelas borbulhavam com calor familiar e com a facilidade, a bisbilhotice e a neurose que tal proximidade cria.

Enquanto almoçávamos num dos lugares mais barulhentos da Rua 32, Eunice avistou um homem comendo sozinho e tomando uma Coca-Cola.

– É tão triste ver um coreano sem uma esposa ou namorada que lhe diga para não tomar essa porcaria – comentou, erguendo a xícara de chá de cevada, como se estivesse mostrando a ele uma alternativa mais saudável.

– Não creio que seja coreano – comentei. – Meu äpparät diz que ele é de Xangai.

– Ah! – exclamou, perdendo o interesse assim que se rompeu sua relação de ascendência com o sujeito.

Enquanto voltávamos para casa, nossos estômagos cheios de alho e chili, o calor do verão do lado de fora e, do lado de dentro, o calor da pimenta conferindo aos nossos corpos um adorável brilho, comecei a refletir sobre o que Eunice dissera. Era triste ver um homem asiático sem uma esposa ou namorada para lhe dizer que não tomasse Coca-Cola. Alguém tinha de *dizer* a um homem adulto como se comportar. Ele precisava da presença de uma esposa ou namorada para impor limites aos seus instintos mais primários. Que desconsideração monstruosa pela individualidade! Como se ninguém, vez ou outra, tivesse uma enorme vontade de sentir o líquido adoçado artificialmente descendo pela goela.

Entretanto, comecei a pensar sobre o assunto do ponto de vista de Eunice. Família era coisa eterna. Os elos de parentesco jamais poderiam ser rompidos. Você cuida dos seus semelhantes e eles, de você. Talvez *eu* tivesse negligenciado ao não cuidar de Eunice, por não corrigi-la, quando pedia batata-doce frita com alho ou tomava um milk-shake carente da devida dose vitamínica. Ainda ontem, depois que fiz um comentário sobre a nossa diferença de idade, ela disse, toda séria: "Você não pode morrer depois de mim, Lenny." Então, depois de considerar por um momento, completou: "Por favor, prometa que vai se cuidar, mesmo quando eu não estiver por perto para lhe dizer o que fazer."

Foi então que, descendo a rua, nosso hálito impregnado de *kimchi* e cerveja OB borbulhante, comecei a repensar a nossa relação. Comecei a ver a coisa pela ótica de Eunice. Agora, tínhamos obrigações um com o outro. Nossas famílias tinham falhado conosco e, agora, criáramos uma conexão consistente e duradoura. Qualquer hiato entre nós era uma falha. Nossa relação só seria bem-sucedida quando nenhum de nós soubesse onde um acabava e o outro começava.

Com isso em mente, ao chegarmos em casa, montei nela e esfreguei-me no seu osso do púbis com toda sofreguidão.

– Lenny.
Ela estava ofegante. Eu a conhecia havia um mês e ainda não havíamos consumado nosso relacionamento. O que eu tinha visto como um significativo sinal de paciência e moralidade tradicional de minha parte, agora eu via como falha na conexão.
– Eunice, meu amor – disse eu, mas aquilo soou insatisfatório. – Minha vida.
As pernas de Eunice estavam abertas e ela tentava me acomodar.
– Você é minha vida – repeti.
– O quê?
– Você é...
– Psiu! – falou, esfregando-me os ombros pálidos. – Psiu, Lenny. Fique quieto, meu querido cabeça de bagre.
Eu a penetrei mais profundamente, tentando trilhar, bem devagar, um caminho de onde eu jamais sairia. Quando cheguei lá, quando seus músculos tensionaram e me prenderam, quando sua clavícula se projetou, quando o ocaso espetacular do final de junho invadiu meu modesto quarto e ela soltou um gemido do que eu esperava ser de prazer, vi que existiam, pelo menos, duas verdades na vida. A verdade da minha existência e a verdade da minha morte. Projetando-me acima de minha falha capilar e, logo abaixo, as fartas mechas da juba de Eunice descendo por três travesseiros que serviam de apoio, vi as pernas fortes e vigorosas, com as panturrilhas em meia-lua e, entre elas, o meu corpo volumoso, branco como giz, ancorado, corretamente posicionado, estabilizado para o resto da vida. Vi o corpo bronzeado, parecendo o de um menino, debaixo do meu, e as sardas que surgiram com o verão e os mamilos alertas que formavam pequenas cápsulas marrons entre os meus dedos. Senti então a melodia de seu hálito doce, recendendo a alho, ligeiramente para o lado – e comecei, com a insistência que provoca ataque cardíaco em homens seis anos mais velhos do que eu, a entrar e sair de dentro da rigidez de Eunice, um grunhido animal saindo dos

meus pulmões. Os olhos de Eunice, marejados e compadecidos, observaram-me fazer o que eu precisava fazer. Diferente de outras de sua geração, ela não era versada em pornografia. Então, o instinto sexual surgiu de algum lugar de dentro dela e denunciou a necessidade de calor e não de humilhação. Ela então ergueu a cabeça, envolvendo-me com seu próprio calor, e mordeu o próprio lábio inferior.

– Não me deixe, Lenny – sussurrou em meu ouvido. – Por favor, nunca me deixe.

O AMERICANO TRANQUILO
DA CONTA DE EUNICE PARK NO GLOBALTEENS

2 DE JULHO

CHUNG.WON.PAR *PARA* EUNI-DIOTA:
 Niciiin,
 A gente muito preocupado agora porque parece situação política ruim em Manhattan. Volte pra casa em Fort Lee, minha filha. É até mais importante do que estudar provas. Não esquecer que a gente é velho e conhece o que já passou na historia. Comi o pão que o diabo amassou na Coreia com seu pai quando muita gente morreu pelas ruas, estudante jovens que nem você e Sally. Não se mete em política, minha filha. Não deixe Sally se meter com esse troço. Uma hora ou outra ela vai acabar abrindo a boca. Queremos ir aí vê vocês na terça-feira que vem. O Reverendo Suk era professor nosso reverendo Cho; ele faz uma cruzada especial de pecadores a madison square garden, trazendo povo lá da coreia e é bom ir com toda família rezar e depois jantar junto e conhecer esse moço branco que você diz dividindo apartamento com ele. Esstou decepcionada por causa de você mentir pra mim dizendo que morando com Joy Lee, mas dou graças a Jesuis por você e Sally estão vivas e seguras. Até papai calmo porque está grato e ajoelhado perante Deus. Que tempo difícil, filha. A gente mudou pra América e agora, vê só! O que aconteceu com América? A gente preocupado. Do que adianta tudo isso? Quando a gente chega, antes de você nascer, foi difícil. Você não sabe o duro que seu pai deu pra arranjar paciente, mesmo os mexicano pobre sem plano de saúde e que paga 50 dolar, 100 dolar. E até agora ele não para de lutar. Acho que foi um grande erro nosso.
 Por favor, arrume um tempinho pra nós na terça. Se vista direitinho, nada vulgar nem que deixe você parecendo uma "mulher da vida"; mamãe confia na roupa que você veste. Papai diz que a ponte GW bloqueada e o túnel holland também. Como povo de Nova Jersey vai participar?
 Te amo,
 Mamãe

EUNI-DIOTA: Sally, tá tudo bem?
SALLYSTAR: Tá. E com você? Que loucura. Avisaram pra gente não sair do campus. Tem uns calouros do Meio-Oeste em pânico. Vou preparar um informativo pra acalmar o povo.
EUNI-DIOTA: Não quero saber de você metida em política! Tá escutando? Desta vez acho que mamãe está coberta de razão. Por favor, Sally, prometa que não vai se meter mais nessas paradas.
SALLYSTAR: OK.
EUNI-DIOTA: Tô falando SÉRIO. Sou sua irmã mais velha, Sally.
SALLYSTAR: Ai, gente, eu já disse que OK.
SALLYSTAR: Eunice, por que não me contou que estava namorando?
EUNI-DIOTA: Porque mamãe acha que eu tenho que dar o exemplo.
SALLYSTAR: Ah, vá! Sem graça! Poxa, irmã que é irmã conta essas coisas.
EUNI-DIOTA: Ah, nossa família não é muito normal, né? Somos especiais. Ha ha. Bom, a gente não tá namorando firme. Nem rola papo de casamento. Eu disse pra mamãe que a gente divide o apê.
SALLYSTAR: Como ele é? É gostoso?
EUNI-DIOTA: Faz diferença? Sabe, Sally, com esse cara o visual é o que menos conta. Ah, e vá logo sabendo que ele não é coreano; nem venha me condenar!
SALLYSTAR: Ah, por mim o importante é que ele te trate bem.
EUNI-DIOTA: Olha só, não quero falar nisso.
SALLYSTAR: Ele vai participar da cruzada na terça?
EUNI-DIOTA: Vai. Então, por favor, não vá abrir a boca pra falar besteira, hein! Você entende de literatura clássica?
SALLYSTAR: Andei escaneando alguns autores, mas são tantas páginas que já não me lembro de nada. Li uma parada de um tal de Grayham Green sobre uma vietnamita chamada Phuong, como a garota que trabalhou na Lee's Banh Mi, em Gardena. Por que temos que impressionar esse cara?
EUNI-DIOTA: Não temos que nada. Só quero que ele saiba que somos uma família inteligente.
SALLYSTAR: Tenho certeza que mamãe vai bancar a simpática e depois falar mal dele pelas costas.
EUNI-DIOTA: Vão ficar lá sentados... parece que tô vendo; papai vai beber e pigarrear.

SALLYSTAR: Han-han. Han-han. Han-han.
EUNI-DIOTA: Kkk. Adoro quando você imita o papai. Ai, que saudade de você.
SALLYSTAR: Por que você não vem jantar com tio Joon na sexta? Tipo, sozinha, *sans* namorado.
EUNI-DIOTA: Gostei do "sans", isso sim é uma palavra chique. Não tô muito a fim de me encontrar com o tio Joon. Ele é um escroto que não tem onde cair morto.
SALLYSTAR: Ai, que maldade.
EUNI-DIOTA: Ele gritou comigo no dia de Ação de Graças, ano passado, quando voltou da Coreia porque eu e mamãe compramos um peru muito grande. Daí a mulher dele foi pra Topanga e comprou um alicate pro papai, desses de 16 dólares, preço em dólar mesmo, e ficou dizendo: "Olha, lembre a seu pai que esse presente foi eu que comprei pra ele, hein!" Você sabe quanta grana papai já deu pro idiota do marido dela? E olha só como a cretina retribui: com um alicate!
SALLYSTAR: Ah, o que vale é a intenção. São nossos parentes, minha irmã. Parece que não andam muito bem no negócio do táxi.
EUNI-DIOTA: São as únicas pessoas na Coreia que não estão faturando. Retardados.
SALLYSTAR: Por que você está sempre furiosa? Como se chama seu namorado?
EUNI-DIOTA: Acho que sou furiosa por natureza. Ai, eu odeio quando alguém tira proveito dos outros. Ele se chama Lenny. Já disse que não é meu namorado.
SALLYSTAR: Vocês se formaram na mesma época?
EUNI-DIOTA: Um... ele é 15 anos mais velho.
SALLYSTAR: Que é isso, Eunice?
EUNI-DIOTA: Que é isso o quê? Eu hein! Cara, ele é inteligente. E cuida de mim. E se você e mamãe implicarem, vou acabar gostando dele mais ainda.
SALLYSTAR: Não vou implicar com ninguém. Ele é católico ou protestante?
EUNI-DIOTA: Nenhum dos dois! É circuncisado. Ha ha.
SALLYSTAR: Não entendi.
EUNI-DIOTA: Ele é judeu. Eu o chamo de *kokiri*. Você vai ver por quê!

SALLYSTAR: É... interessante.

EUNI-DIOTA: O que anda comendo?

SALLYSTAR: Manga com um iogurte natural grego que estão servindo lá no refeitório.

EUNI-DIOTA: No almoço? Tá fazendo lanchinho, é?

SALLYSTAR: Comi um abacate.

EUNI-DIOTA: Abacate é bom, mas gorduroso.

SALLYSTAR: Ah, tá. Valeu.

EUNI-DIOTA: O Lenny me diz umas coisas superfofas, mas não me dão vontade de vomitar. Não é como uns caras da Mídia ou do Crédito que só querem transar e ir embora. O Lenny tem coração. E todo dia me dá a maior força.

SALLYSTAR: Eu não disse nada, Eunice. Não precisa defender o cara. Só avisa pra ele tirar o sapato se ele for lá em casa.

EUNI-DIOTA: Ha ha. Eu sei. Os brancos são muito doidos. Não estão nem aí se pisaram em cocô ou num sem-teto.

SALLYSTAR: Ai, que NOJO!

EUNI-DIOTA: Lenny diz que eu não controlo minhas emoções porque papai é assim. Diz que eu quero atenção negativa.

SALLYSTAR: Você contou sobre papai pra um estranho????

EUNI-DIOTA: Ele não é um estranho. Pode ir parando com isso. Se relacionar é assim. A gente conversa com a outra pessoa.

SALLYSTAR: Por isso que eu não quero nada com relacionamento. Só vou casar e pronto.

EUNI-DIOTA: Você tem saudade da Califórnia? Gente, eu morro de saudades do In-N-Out. Daria tudo por um hambúrguer Style Animal. Huuummm. Umas cebolas grelhadas. Sei que não se deve comer carne vermelha, mas às vezes eu queria que tudo voltasse a ser como na época que a gente era pequena. A pior coisa do mundo é quando você está feliz e triste ao mesmo tempo, sem saber distinguir um sentimento do outro.

SALLYSTAR: Nossa, imagino. Bom, preciso estudar química. Não fale muito sobre nossa família pros outros, tá, Eunice? Eles não entendem e, vamos combinar, ninguém dá a mínima.

EUNI-DIOTA: Por favor, se cuida, Sally. Estude e coma direito. Eu te amo muito.

EUNI-DIOTA *PARA* FODAMADRINHA:
Querido Pônei,
Que semana! Tô FERRADA. Minha mãe descobriu que não tô morando com a Joy Lee, daí acabei finalmente contando pra ela que tenho um "AMIGO" branco com quem divido um apê. Agora ela tá querendo que a gente vá a uma parada não sei lá das quantas, coisa da igreja, pra ela conhecer o cara. Ai, que ódio! É o maior pesadelo que já vivi. Lenny não para de encher o saco, dizendo que quer conhecer meus pais e agora vai ficar achando que eu dei o braço a torcer e que ele tem poder sobre mim e que pode fazer o que quiser, tipo, deixar de limpar o apê ou então me obrigar a pagar a gorjeta no restaurante, mesmo sabendo que tô com o crédito ESTOURADO. Pois é, miga, meu status atingiu o número mágico. Abaixo de 900! Lá se foi o mito de que os "chineses" são econômicos. Ha ha.

E agora minha mãe vai saber que tô namorando um cara branco, mais velho e cabeludo. Daí pedi pro Lenny não contar que a gente tá de namoro e ele ficou pau da vida. Tá achando que tenho vergonha dele, sei lá. Diz que tô tentando afastá-lo porque tô substituindo meu pai por ele; disse que não vai deixar isso acontecer, o que, aliás, é bem ousado prum nerd.

A gente tem passado por altos e baixos, mas finalmente ele conseguiu fazer um pouco de Pimba na Xana Mágica; não foi nada mau. O que ele tem de feio, tem de gostoso na cama. Pensei até que ele fosse explodir, menina! Que mais? A chapa tá quente lá fora e tem sido uma dificuldade andar pela cidade. Lenny tenta bancar o guarda-costas, como se me protegesse dos caras da Guarda Nacional, mas imagina só se eles vão atirar em algum asiático, gente!

Ah, conheci uns amigos dele. Tem um cara chamado Noah, que é gatinho, meio alto e bonito, dentro dos padrões. Ele namora uma garota toda gostosona, uma tal de Amy Greenberg, dona de um stream que recebe tipo um milhão de acessos. Ela tem uma personalidade pseudointeligente superbacana e um rosto lindo. Ela faz streams sobre não ser baixinha, o que é triste, mas ela não nasceu assim. Bem, percebi que o Noah ficou me checando DE CIMA A BAIXO e, quando tirei o suéter, ele ficou olhando mais pra baixo da minha blusa e eu fiquei toda boba, embora eu não tenha nada lá embaixo. Então ele me disse que tenho um "humor cáustico" e eu ri, né, amiga! Mas não resisti e fiquei meio que traindo o Lenny tipo assim, mentalmente. Daí a tal coreana chamada Grace passou horas de papo comigo. Ela é supersimpática e tenta deixar a gente à vontade, mas acho que é tudo cena. Ela veio toda cheia de amor pra dar, como se quisesse amizade, e acabei contando que meu pai bateu na minha mãe por causa do tofu que não saiu legal. Não sei por que contei essas coisas pra ela e passei a noite toda me sentindo vulnerável. Ah, que se dane. Odeio todos eles.

Daí, no dia seguinte, voltei a Tompkins Park com umas caixas de água mineral em garrafa, porque fiquei sabendo que os coitados não tem o que beber e que a SAR mandou fechar o registro do chafariz e bloquear os banheiros em todos os parques. Uma porrada de gente descolada, de papo-cabeça, passava às pressas transmitindo streams sobre o tumulto, mas não tinha ninguém ajudando os pobres. Fui ver o David, aquele gatinho que trabalhou pra Guarda Nacional na Venezuela. Ele só tem uns quatro dentes porque nunca teve plano odontológico e foi atingido numa explosão. Mas ainda assim é inspirador conversar com ele por causa da sinceridade (o que não rola quando converso com o Lenny e seus amigos). Tipo assim, com ele não tem cerimônia, sabe? Ele diz na lata: "Ah, para!", "Você tá errada, Eunice", "Você não sabe o que está dizendo" ou ainda "Esse é um ponto de vista de gente rica". Eu gosto quando a pessoa dá um sacode na gente assim desse jeito.

Bem, nunca achei que fosse me interessar por política, mas consigo passar horas escutando o que David tem pra dizer. Ele disse que vários outros guardas que se ferraram como ele, sem receber o bônus depois da Venezuela, estão pensando em se juntar e reagir contra a Guarda Nacional se eles forem atacados. Disse que hoje em dia os guardas são um bando de pobretões que vieram lá da região Sul, trazidos por uma tal de Wapachung Contingency sei lá do quê, onde Lenny trabalha, e parece que os caras não tão nem aí pra quem eles matam. Ele e os amigos estão chamando esses caras de Exército de Aziz por causa do motorista de ônibus que levou um tiro no Central Park, o mesmo que vi com Lenny. Eu disse pro David que não quero me meter em política, mas ele fez uma lista com tudo que eles estão precisando, tipo, latas de atum e feijão, lenços pra limpar bebê, coisas assim, e tô aqui sem saber se devo fazer essas compras, se bem que minha conta AlliedWaste está completamente estourada. Talvez fosse legal pedir ajuda pro Lenny, só que não sei por quê, mas acho melhor ele não ficar sabendo do David, embora a gente seja só amigo. Menina, é incrível como eles estão organizados. É um parque bem pequeno, mas cada centímetro de espaço é usado pra alguma coisa. Na área onde o povo levava os cachorros pra passear, agora uns molequinhos FOFUXOS e, POR INCRÍVEL QUE PAREÇA, LIMPINHOS jogam futebol com uma bola de basquete velha. Tô com vontade de comprar uma bola de futebol pra eles lá na Paragon. Os caras reciclam todos os alimentos das latas de lixo, que é meio noja, mas em geral as pessoas como o Lenny jogam fora tanta coisa que David disse que dá pra fazer tipo umas dez refeições de um jantar típico desperdiçado por um cara de Crédito do East Village. Não interessa a idade da pessoa, ali no acampamento, cada um tem uma responsabilidade; cada um tem que fazer a sua parte, mesmo os metidos, que trabalhavam na Mídia e no Crédito e foram despedidos e agora moram no parque. E se não fizer o que mandarem, dançou! Tá fora!

Eu meio que senti falta do tempo que eu dava uma força naquele abrigo para albanesas traficadas lá em Roma. Lenny diz que sente orgulho pela minha ação, só que ele sempre as chama de ALGERIANAS ou AFRICANAS e não de ALBANESAS, que soa melhor. Mas o David me entendeu logo de cara. É interessante como as pessoas que já passaram por poucas e boas têm uma expressão assim infantil.

Bem, o David disse que eu não precisava mais fazer nenhuma aula de Assertividade na Columbia, que era meu plano. Disse que eu devo me ocupar e dar uma força lá no parque. Eu topei, mas não quero topar com minha irmã por lá, não sei por quê. É que esse negócio de ser SANTINHA é coisa dela; só quero que ela me veja como protetora de nossa família.

Olha, é tanta coisa precisando ser feita que eu fico até tonta. Eles deram um fim à maioria dos roedores, mas o maior problema é assistência médica; nos cantos do parque, tem umas barracas com placas dizendo "DIFTERIA" (megacontagioso), "TIFOIDE" (placas vermelhas no peito, eca), "PELAGRA" (tenho que lembrar e pegar um pouco das vitaminas B3 do Lenny), "ASMA" (pegar umas das antigas bombinhas do Lenny que ainda tenham um resto de líquido), "DESIDRATAÇÃO" (mais garrafas de água

ASAP), "LAVAGEM DE ROUPA E SANEAMENTO" (é onde vou ajudar semana que vem), "DESNUTRIÇÃO". Eles comem muito milho de pombo e arroz por serem baratos e por muita gente aqui ser caribenha, mas estão buscando qualquer tipo de doação. Eles têm até uma conta no GlobalTeens com o nome "exército de aziz", se você quiser doar uns iuans.

Acho que seria bom pedir pro papai ajudar também, já que ele é médico, né não? Quando eu estava no colegial, tentei dar uma ajuda lá no consultório, mas ele disse que eu não servia apesar de me esforçar, daí colocou todos os cartões num computador porque ninguém consegue entender a letra dele; nossa, até o banheiro do consultório eu cheguei a limpar, porque minha mãe se distrai com tanta facilidade que deixa uns cantos sujos.

Sabe, o Lenny é tão bacana comigo que às vezes eu baixo a guarda e falo como se ele fosse amigo, mas você continua sendo a melhor, a maior e a mais verdadeira de todas, minha Pônei! E mesmo assim estou superapaixonada por ele. Ai, droga, pronto, já disse. Tem vezes que passo meia hora de manhã só olhando ele dormindo, daí eu o abraço e puxo ele pra bem pertinho e ele ali, todo tranquilinho e querido, com o peito cabeludinho subindo e descendo, feito um cachorrinho. Ai, que vida, amiga! Só espero que você não fique achando que não dou importância pras suas coisas, querido Pônei. Penso em você o tempo todo e você ainda é uma parte IMPORTANTÍSSIMA de minha vida. Ah, eu vi as fotos da piriguete mexicana que o Gopher tá pegando; menina, que cara cabulosa! Poninha, você é tão linda que nem tem comparação! Não deixe de ser quem você é só por causa desse idiota. Ele só tá tentando te atingir porque sabe que você é muita areia pro caminhão dele. Bom, agora tenho que ir e limpar a banheira porque meu namorado superinteligente não sabe limpar. Até mais, Miguxa.

FODAMADRINHA *PARA* EUNI-DIOTA:

Panda, tô sem tempo agora porque tô indo fazer um rejuvenescimento vaginal lá na Juicy, mas que diabos significa "humor cáustico"? Procurei a expressão no Teens, mas não achei nada. Lembra o que a professora Margaux disse? Cuidado com os caras que tentam falar bonito.

P.S.: Procurei sua Amy Greenberg e ela tá precisando URGENTEMENTE perder mais dez quilos; o que salva é que ela é velha.

P.S.S.: Você vai ver o stream American Spender hoje? Lembra-se da Kelli Nozares, que fazia biologia com a gente? Aquela com herpes no olho? Ela vai participar esta noite e tô sabendo que ela ganhou vários tipos de Crédito porque TODOS OS TRÊS irmãos dela são prospectores de débito. Cara, se ela ganhar, eu torço o pescoço de alguém.

P.S.S.S.: Se as coisas ficarem perigosas por aí, acho melhor você se mudar pra Califórnia. Vejo umas pessoas pobres morando em barracas nos canteiros centrais das pistas, mas não é tão ruim assim. O problema aqui é que meu pai anda mal nos negócios, embora o mercado de desentupidor de privada geralmente fique aquecido; só que entrei no banheiro de minha mãe e peguei ela sentada no chão chorando, com todas as suas revistas *Golf Digest* de vinte anos, todas espalhadas. Credo, acho melhor eu sair de casa, né? Só que por outro lado pode ser o momento em que eles mais precisem de mim porque se depender do meu irmão, coitados. Sempre sobra para as meninas essa coisa de manter a família unida. É como se a gente fosse a tábua de salvação.

Depois a gente se fala, doida!

EXERCITODEAZIZ-INFO *PARA* EUNI-DIOTA:

Oi, Eunice, aqui é o David. Olha só, daqui a dois dias é o feriado de Quatro de Julho e o Cameron da Morale, Welfare & Recreation diz que precisamos de 120 salsichas kosher da Hebrew National e 120 pães para cachorro-quente, 90 latas de cerveja (qualquer uma), 50 unidades de AfterBite Original para os mosquitos e 20 unidades de creme hidratante masculino da Clinique Skin Supplies, com FPS 21. Daria para trazer essas coisinhas logo?

Pensei em nosso papo sobre pais e irmãos. Vou te contar a conclusão que tirei quando estava na faculdade e depois, fazendo manobra pelos pântanos da Venezuela, comendo capivara grelhada com minhas tropas da Guarda e levando chumbo de Bolívar 24 horas por dia: seja qual for o grupo social em que estejamos inseridos, somos sempre um exército. Você é um exército e seu pai, outro, e vocês se amam; mas precisam encarar uma guerra para conseguir ser pai e filha.

EXEMPLO PRÁTICO: Meu pai morreu a 80 quilômetros ao norte de Karachi. Era soldado da artilharia, a pior raça que existe. Mas na última mensagem que recebi logo antes dele ser emboscado, ele disse: "David, você é um sonhador e uma desgraça e nunca vai tomar jeito; vou sempre lutar contra todas as suas crenças, mas jamais amarei outra pessoa como amo você. Se algo me acontecer, então, continue sendo o que é."

Acho que foi aí que erramos como país. Tivemos medo de lutar uns contra os outros, daí andamos pra trás e criamos o Bipartidarismo e esse negócio de SAR. Quando nós nos esquecemos do quanto odiamos um aos outros, abdicamos da responsabilidade sobre nosso futuro comum. Creio que depois que a poeira baixar e não existirem mais os bipartidários, aí sim, viveremos como pequenas unidades em desacordo. Não sei qual será a denominação, se partidos políticos, conselhos militares, cidades-estados, mas vai ser assim e não vamos vacilar dessa vez. Será igual a 1776. Segundo Ato para a América.

Bom, agora vou dormir. Não se esqueça dos suprimentos para o feriado.

Beijão,
David

A CRUZADA DOS PECADORES
DO DIÁRIO DE LENNY ABRAMOV

7 DE JULHO

Querido diário,

Odeio o Quatro de Julho. Começo do alto verão. Por ora, tudo está vibrante e animado, mas a inevitável passagem para o outono já começou. Alguns dos arbustos menores, secos pelo calor, parecem ter perdido a cor com água oxigenada mal aplicada. O calor chega a ponto de incendiar, mas o verão está só se enganando, queimando toda sua energia feito um gênio alcoólatra. E aí você começa a se perguntar – o que eu fiz em junho? O pessoal mais pobre – os moradores do conjunto Vladeck que fica mais abaixo do meu condomínio – parecem levar o verão na boa; gemem e suam, tomam o tipo errado de cerveja, fazem amor, as crianças atarracadas fazem círculos loucos ao redor deles, com os pés ou com a bicicleta. No entanto, para o mais competitivo dos nova-iorquinos, até mesmo para mim, o verão existe para ser sorvido. Sabemos que o verão é o ápice de se estar vivo. Não acreditamos em Deus ou na vida após a morte, então sabemos que temos cerca de uns oitenta verões ao longo da vida e cada um tem de ser melhor do que o outro, tem de incluir uma viagem àquele centro de artes, lá no Bard, uma simples partida de badminton no chalezinho de algum matuto, em Vermont, e uma volta de caiaque fria, molhada e ligeiramente perigosa em um rio implacável. Do contrário, como você vai saber se aproveitou ao máximo o verão? E se você tiver deixado de desfrutar as delícias de um nirvana à sombra?

Francamente, na atual conjuntura, sabendo que a imortalidade está mais longe de mim do que nunca (os 239 mil já foram; só me restam agora 1.615.000 iuans), prefiro o inverno, quando tudo ao meu redor está morto e nada floresce e a verdade da eternidade, tão fria e obscura, é revelada aos infelizes acólitos da realidade. E, acima de tudo, odeio este verão em particular, que já deixou cem cadáveres no parque.

"Um país instável, praticamente ingovernável, apresentando sério risco ao sistema internacional de governança corporativa e aos mecanismos de troca" é como o Banqueiro Central Li nos chamou após aterrissar, com toda segurança, aquele rabo amarelo em Pequim. Fomos humilhados perante o mundo. Cancelaram os fogos de comemoração do Quatro de Julho. O desfile para premiar o vencedor do American Spender foi adiado, pois uma parte da Broadway próxima à Prefeitura sucumbira ao calor e desabara. As demais ruas estavam vazias, a população prudentemente em casa, a linha F disponibilizando apenas uma composição por hora (nada muito diferente do normal, cá entre nós). As únicas mudanças notáveis são as novas faixas da SAR tremulando nos Postes de Crédito mostrando um tigre com a pata sobre uma miniatura de um globo e os dizeres "A América está de volta! Grrrr... Não nos subestime [sic]! Agora nada nos segura! Juntos vamos surpreender o mundo!".

Manhã de terça-feira, depois de um fim de semana prolongado, a Serviços Pós-Humanos enviou um carro da Hyundai para me buscar. Levamos uma eternidade para chegar ao Upper East Side. Em direção à Primeira Avenida, quase que, em cada quarteirão, havia uma barreira com arame farpado em volta. Membros da Guarda, de olhos embaçados, trabalhando em excesso, com aquele sotaque carregado meio Alabamississippi, faziam-nos parar, revistavam o carro – do motor até o porta-malas –, brincavam com os meus dados, humilhavam o motorista dominicano, fazendo-o cantar "The Star-Spangled Banner" (nem eu mesmo sei a letra; alguém sabe?) e depois fazendo-o desfilar em frente a um Poste de Crédito.

"Logo, logo vai chegar a hora, gafanhoto", um dos soldados bradou para o motorista, "de a gente mandar esse rabo *chulo* de volta para o seu país."

Na empresa, Kelly Nardl chorava por causa dos tumultos, enquanto a galera jovem do Lounge da Eternidade estava envolvida com seus äppäräti, rangendo os dentes, os pés, enfiados em tênis, cruzados, inseguros em relação à forma de como interpretar todas aquelas informações novas pipocando a cada instante, todo mundo aguardando a posição de Joshie. A Guarda tinha evacuado parte do parque e deixado a Mídia entrar. Eu assistia ao stream de Noah enquanto ele subia e descia Cedar Hill, passando pelas lonas remanescentes e pelas poças de sangue em tempo real e formato de ameba, que ficaram sobre a grama maltratada, fazendo Kelly choramingar à mesa cheia de tempeh. Nossa Kelly era um ícone da emoção genuína. Era a minha vez de acariciar-lhe a cabeça e aproveitar para sentir seu cheirinho. Um dia, se nossa raça sobreviver, teremos de descobrir como fazer o download de sua bondade e instalá-la em nossas crianças. Nesse ínterim, meus indicadores de estado de espírito nos Quadros variavam de "submisso mas cooperativo" para "brincalhão/carinhoso/que gosta de aprender coisas novas".

Joshie convocou uma reunião totalmente organizacional, Caubóis e Índios. Encaminhamo-nos ao auditório dos indianos, na York Avenue, muito maior do que o santuário principal da nossa sinagoga, Joshie acompanhando-nos de mão erguida ao passar pelas barreiras como um professor num passeio escolar.

"Insensata perda de vidas", disse sobre o tablado, sorvendo chá verde sem açúcar da garrafa térmica, enquanto o observávamos multiculturalmente de nossas poltronas de veludo reclináveis. "Perda de prestígio para o país, perda de iuans provenientes do turismo. Falta de vergonha de nossos líderes, como se eles tivessem vergonha na cara para perder. E tudo isso pra quê? Nada se conseguiu no Central Park. Quando é que os bipartidários vão chegar à conclusão de que matar Indivíduos de Baixo Patrimônio Líquido não vai reverter o deficit do país ou resolver os problemas da nossa balança comercial?"

– É isso aí! Abaixo a opressão às minorias! – bradou o puxa-saco Howard Shu por detrás dele, mas o resto permaneceu em silêncio, talvez chocado demais pela última reviravolta da história para achar consolo mesmo nas palavras de Joshie. Ainda assim, dei um sorriso acanhado e acenei, esperando que ele me notasse.

– O dólar vem sendo mal administrado de forma grosseira e absurda – continuou Joshie, com a clássica fisionomia confusa, contorcida pelo tipo de ódio que não era permitido na Serviços Pós-Humanos, um ódio definitivamente pré-humano, partes de seu queixo tremendo involuntariamente, de modo que, de um ângulo, ele aparentava ter trinta anos, e de outro, sessenta. – A SAR já tentou vários planos econômicos em muitos meses. Privatização, estatização, incentivo à poupança, incentivo ao consumo, regulamentação, desregulamentação, indexação cambial, câmbio flutuante, câmbio controlado, câmbio sem controle, mais tarifas, menos tarifas. E o resultado: *necas de pitibiriba*. "Falta-nos ainda tração na economia", para citar nosso estimado representante federal. Neste exato momento, em HSBC-Londres, os chineses e a União Europeia estão discutindo os últimos detalhes para estabelecer uma parceria. Perdemos, enfim, qualquer importância no cenário econômico mundial. O resto do mundo já é forte o suficiente para se dissociar de nós. Nós, nosso país, nossa cidade, nossa infraestrutura, estão em queda livre.

Nesse momento, Joshie respirou fundo, deu um sorriso sincero, os tratamentos de descronificação ganhando vida em seu rosto, no brilho dos olhos, da cabeça, da pele – deslizamos discretamente até a beira dos assentos e, sugestivamente, passamos os dedos nos porta-copos. E continuou Joshie:

– Entretanto, precisamos nos lembrar que nossa maior obrigação é com os clientes. Temos de nos lembrar que todos aqueles que morreram no Central Park, durante os últimos dias, eram, a longo prazo, IP, Impossíveis de Preservar. Diferente de nossos clientes, seu tempo aqui neste planeta era limitado. Não podemos nos esquecer da Falácia da Mera Existência, que restringe o que podemos fazer a favor de um específico grupo de pessoas. Mesmo assim, embora nos isentemos de responsabilidade, nós, na condição de elite tecnológica, podemos servir de bom exemplo. Digo a todos os pessimistas: o melhor ainda está por vir. Porque somos a última esperança para o futuro desta nação. Somos a economia criativa. E vamos prevalecer!

Houve murmúrios de concordância por parte dos Caubóis, enquanto os Índios resmungavam para voltar ao trabalho. Confesso que eu estava com a cabeça em outro lugar também, apesar da importância do que Joshie dizia, apesar do meu orgulho em fazer parte dessa economia criativa (um orgulho quase patriótico) e apesar da culpa que sentia pela morte de gente pobre. Naquela noite, eu ia conhecer os pais de Eunice Park.

Nunca tinha me vestido para ir à igreja e meus tempos de sinagoga ficaram a um quarto de século para trás, que Javé seja louvado. Nenhum de meus amigos tinha conhecido a pessoa certa (à exceção de Grace e Vishnu); por isso, nunca precisei me arrumar para ir a um casamento. Revirei um dos armários não cedido para os sapatos de Eunice, procurando um paletó feito do que talvez tenha sido poliuretano, uma peça prateada que usava nos torneios de debates do colégio, um que sempre me angariava pontos de empatia por parte dos juízes, porque me fazia parecer um gigolô novato de alguma parte degenerada do Brooklyn.

Eunice me examinou de cima a baixo com olhos incrédulos. Inclinei-me para beijá-la, mas recebi um empurrão.

– Aja como alguém que divide o apê comigo, tá bom? – recomendou.

Apesar do protocolo do encontro, o papel de colega de apartamento pesando sobre meus ombros, resolvi abstrair. Os Park eram pais imigrantes. Eu os convenceria de meu valor financeiro e social. Pressionaria seus botões de pânico emocional com o vigor que reservo para digitar minha senha bancária. Eu lhes mostraria que, nestes tempos difíceis, eles poderiam confiar os cuidados da filha a um cara branco como eu.

– Será que posso contar pelo menos para sua irmã que somos mais do que colegas de apartamento?
– Ela sabe.
– Sabe?
Uma pequena vitória! Estiquei a mão e abotoei a blusa que Eunice vestia. Enquanto eu colocava os botões dentro das casas elaboradas, ela beijou-me as mãos.

O culto seria em um dos auditórios do Madison Square Garden, um anfiteatro bem iluminado e, ao mesmo tempo, basicamente escuro onde cabiam talvez umas três mil pessoas, mas hoje com metade disso. A farta iluminação expôs a imundície do lugar, as dependências ainda com sujeira do último evento – pelo visto, uma convenção da indústria de doces de alcaçuz. Os presentes, em sua maioria, eram coreanos, à exceção dos poucos judeus e dos rapazes WASP, trazidos pelas namoradas. Adolescentes usando fitinhas verde-claras com os dizeres "Bem-vindos à Cruzada dos Pecadores do Reverendo Suk" nos recepcionaram, curvando-se aos mais velhos. Crianças vestidas de maneira impecável, os äppäräti confiscados pelos pais, brincavam silenciosamente entre nossos pés, envolvidas em joguinhos adequados para meninos e meninas com tachinhas e fita adesiva, uma avó solitária incumbida de ficar de olho nelas.

Senti meu paletó monstruoso brilhar sobre os ombros, mas acabei ficando à vontade no meio das mulheres de meia-idade de permanente no cabelo e blazers com ombreiras, as *ajummas*, um termo, às vezes pejorativo, para mulheres casadas, que aprendi com Grace. Juntos, parecíamos ter sido todos retirados da distante década de 1980 e inseridos neste futuro sem graça e esquisito, um bando de pecadores malvestidos, atirando-nos à misericórdia de Cristo – este sempre elegante e arrumado, gracioso mesmo na dor, benevolente no Céu. Sempre me perguntei se o Filho de Deus não nutria um ódio por gente feia, apesar de seus ensinamentos. Seus olhos, de um azul translúcido, sempre me incomodaram até a alma.

Eu e Eunice nos encaminhamos aos nossos lugares, bancando os "coleguinhas de apê", mantendo um espaço – todo empoeirado, diga-se de passagem – de pelo menos um metro entre nós, o tempo todo. Com o queixo tocando no peito, homens de meia-idade, descalços, exaustos em razão de semanas de trabalho de noventa horas, tiravam um valioso cochilo antes do início da sobrecarga de preces. Percebi que não se tratava de coreanos classe A, cuja maioria voltou à terra natal depois que a balança comercial pendeu para o lado de Seul. Devia ser gente das províncias mais pobres, que não conseguiu entrar nas melhores universidades em seu país de origem ou que rompeu seriamente com a família. A era dos coreanos verdureiros que conheci quando criança já fazia parte do passado, mas as pessoas à minha volta estavam menos adaptadas, ainda tensas com a própria condição de imigrantes. Possuíam pequenos estabelecimentos fora da área nobre de Manhattan e de Brownstone Brooklyn, lutavam e calculavam, cobrando dos filhos a ponto de até privá-los de sono – não haveria entre eles nenhum que apresentasse uma vergonhosa média de 86.894, não se falava de Boston-Nanjing Metallurgy College ou Tulane.

Eu não sentia tamanho nervoso desde a infância. Na última vez em que estive num templo – o Beit Kahane –, fui criticado pelos fiéis idosos e indignados por entoar o *kadish* para meus pais que, obviamente, ainda estavam vivos, mais precisamente de pé, impassíveis, ao meu lado, pronunciando as palavras em hebraico que nenhum de nós pensava em compreender.

"A realização de um desejo", dissera-me a assistente social, enquanto eu chorava em seu consultório apertado no Upper East Side, uma década depois. "A culpa por ter desejado a morte deles."

Meu paletó prateado deslizou por entre as fileiras de coreanos exaustos. Fiz de tudo para não suar, pois a reação do sal ao poli-não-sei-o-quê do meu paletó poderia apressar nossa ida aos braços de Jesus. Foi então que eu os vi. Sentados numa fileira boa, cabeças pendendo para frente ou por vergonha ou porque pretendiam adiantar-se nas preces. A família Park. O torturador, a conivente e a irmã.

A sra. Park parecia 20 anos mais velha do que Eunice dissera – pouco mais de 50 anos. Quase me dirigi a ela com outro termo que aprendi com Grace, "*halmoni*", mas eu tinha certeza absoluta de que ela não era a avó e que, na verdade, a avó de Eunice já estava enterrada em algum lugar na periferia de Seul.

– Mamãe, este é meu colega de apê, Lenny – Eunice me apresentou, com um tom de voz que eu nunca ouvira, um sussurro gritado quase virando um apelo.

A sra. Park fizera as sobrancelhas com pinça, deixando-as finíssimas, estilo Eunice, e os lábios arredondados tinham um traço de ruge, mas isso era o máximo que seu projeto de embelezamento conseguia atingir. Cruzando-lhe a face, uma enorme teia de rugas – como se, abaixo do pescoço, vivesse uma criatura parasítica que, de forma paulatina mas proposital, removia todos os elementos que, em seres humanos, combinam para gerar satisfação e contentamento. Era bonita, os traços econômicos, os olhos equidistantes, o nariz reto e marcante, mas vê-la me fez lembrar uma peça de cerâmica grega ou romana restaurada. Há que se extrair a beleza e a elegância do design, mas os olhos insistem em voltar às linhas e fissuras preenchidas com alguma substância escura e aderente, às asas quebradas e rachaduras casuais. Era o exercício de imaginar a sra. Park como a pessoa que ela fora antes de conhecer o Dr. Park.

Curvei o tronco ao cumprimentá-los, sem me baixar demais a ponto de caricaturar o costume, mas o bastante para mostrar a ela que eu conhecia a tradição. Cumprimentei o Dr. Park com um aperto de mão, sentindo-me, de imediato, envergonhado e inferior diante dele. Tinha força nas mãos, assim como no resto do corpo. Um homem singularmente belo do qual, obviamente, Eunice herdara a beleza. Vestia roupas informais – pelo menos, se comparado aos outros paroquianos –: uma camisa polo Arnold Palmer, um paletó pendurado em um braço. O pescoço era robusto e a pele ainda exibia o bronzeado do sol da Califórnia. Nunca tinha visto um queixo tão firme e bem desenhado – tão inquestionavelmente másculo – e um corpo mais compacto que continha uma propulsão infinda. Os óculos tinham lentes parcialmente escuras, uma outra incongruência ou talvez até mesmo um quê de blasfêmia, que ele baixava um pouco só para dirigir-se a mim. Apesar da raça, os olhos eram quase que tão claros quanto os de Jesus e observaram-me com indiferença. Sentei-me ao lado de Sally Park, irmã de Eunice, que me deu um tímido aperto de mão.

Sally era bonita, mas se parecia mais com a mãe do que com o pai; de certa forma, ela apontava para a beleza que a mãe outrora ostentara. O rosto mais achatado e os ombros mais largos tiravam-lhe o encanto natural da irmã, pelo menos segundo a minha observação crítica, mas o fato de se parecer com a mãe conferia-lhe uma doçura instantânea. As olheiras sinalizavam estudo, preocupação infinda e trabalho árduo. A criatura parasítica imaginária que reprimia a felicidade da mãe e da irmã não se escondera sob seu pescoço. Eunice dissera-me que Sally era a mais carinhosa e amorosa da família, fato ao qual dei fé.

Mesmo assim, Sally me incomodou. Durante todo o culto, ela e Eunice começaram uma dança de olhares como ex-cônjuges que, depois de anos sem se ver após o divórcio, ficam analisando um ao outro. Nas poucas vezes em que Eunice falou comigo sobre Sally, foi em voz baixa, praticamente um balbucio, oposto ao tom alto e afetado que ela usava para cercar os pais. Quando falava da irmã, Eunice parecia dispersa e hesitante. Às vezes, Sally era retratada como rebelde, às vezes como religiosa, às vezes como politicamente engajada, às vezes como alienada, às vezes como alguém despertando para a sexualidade, e sempre como gorda, o que, para Eunice, era a maior vergonha, o maior desprestígio imaginável. À primeira vista, Sally parecia ser isso tudo (à exceção de gorda) e mais alguma coisa. A dança de olhares entre as irmãs – investidas de Sally e recuos de Eunice – revelou tudo isso. Sally estava magoada e sentia-se solitária. Adorava a irmã, mas não conseguia transpor os muros que faziam de Eunice um castelo lindo e imponente em meio a uma paisagem devastada.

Sentamos em silêncio. A família estava constrangida em dizer qualquer coisa; sem álcool, os coreanos podem ficar tímidos. Senti orgulho de mim mesmo. Tinha conhecido Eunice havia um pouco mais de um mês e já estava sentado ao lado de sua família. Certamente, eu a pacificava da mesma forma com que ela me domesticava. Como a minha vida mudou em tão pouco tempo! Com apenas uns beijinhos nas pálpebras pela manhã, beijos espontâneos e bem-vindos, Eunice conseguia me transformar, pelo resto do dia, no oposto do feioso Laptev, de Tchecov. Eu recebia de cueca os entregadores, esquecendo-me de minha habitual timidez ao mostrar as pernas cabeludas, feliz com a ideia de que, no sofá atrás de mim, havia uma garotinha que fazia compras, mandava mensagens, assistia, no *American Spender* a uma odiada ex-colega de turma tentando encontrar um jeito de arrumar novas linhas de crédito, uma garotinha totalmente escondida dentro de sua realidade virtual, mas também entre as paredes do *meu* apartamento. Eu dava a nota de dez iuans ao entregador com o peito estufado, com um sorriso padrão-Joshie no rosto, o sorriso de um campeão nato. *Sou um homem, este é meu dinheiro, essa é minha futura esposa, e esta é minha vida encantada.*

O culto começou. Um violoncelista, dois oboístas, vários violinistas, um pianista, um coral pequeno, mas adorável, composto em sua maioria por moças com roupas bem justas, subiram ao palco e começaram a tocar um pot-pourri que variava do sacro ao bizarro. Ouvimos um concerto para violino de Mahler, depois o emocionante hino pop coreano "Forever Young", do Alphaville, cantado por alguns adolescentes de aparência cansada, com cortes de cabelo horrorosos e de calça jeans apertada, seguido de um tributo aos Efésios em ritmo de rock pesado que deixou a parcela mais velha da congregação confusa. Terminamos com "Softly and Tenderly Jesus is Calling". Foi esta última canção que despertou todos os paroquianos, que começaram a cantar alto e com empolgação, enquanto, em um telão, um tipo de apresentação em powerpoint aparecia em inglês e em coreano, por sobre um pano de fundo de orquídeas flutuando por riachos e, bem visível, um símbolo de direitos autorais, que parecia agradar nossa natureza de cumpridores da lei. Todos cantaram em harmonia, inclusive os mais velhos pronunciando as palavras em inglês com mais competência do que meu pai e minha mãe tentando entoar o Sh'ma Yisroel (Ouça, Israel) na sinagoga.

Fui surpreendido pelo verso "Por que hesitar quando Jesus está implorando?/Implorando a você e a mim?". A língua inglesa morria ao nosso redor, o cristianismo era uma ideia mais insatisfatória e equivocada do que nunca, mas a eficiência da frase – a mistura inteligente de kitsch, culpa e imagem comovente, Jesus *implorando* pela atenção e pelo amor daqueles asiáticos explorados – causou-me arrepios. O pior de tudo: eram palavras lindas. Pela primeira vez na vida, senti pena de Jesus. Lamentei que os milagres atribuídos a ele não tivessem feito diferença. Lamentei que estivéssemos sós em um universo, onde até nossos pais permitiriam que nos pregassem a uma árvore, se assim o desejassem, ou então cortar nossa garganta, se assim lhes fosse ordenado – na bíblia, procure Isaac, mais um judeu idiota e azarado.

Voltei-me para Eunice, incomodada com o sapato formal, e depois para Sally, que tentava seriamente acompanhar o culto, a boca contorcendo-se com as palavras, os olhos fixos na tela em que mais imagens pastoris apareciam, um veado americano saltando duas bétulas americanas. De sua boca, não senti sair nada além de sons melancólicos, mas esperançosos.

"Oh, pois a vida maravilhosa que Ele prometeu/Prometeu para você e para mim."

Alguns dos idosos começaram a chorar; eis o tipo de som hemorrágico e arraigado que traz alívio a quem sofre. Pelo que choravam? Por eles mesmos, pelos filhos, pelo futuro? Ou seria aquele choro algo meramente rotineiro? Logo depois, para decepção geral, o coro e os músicos deixaram o palco e o reverendo Suk subiu ao púlpito.

Era um homem fino, com uma fisionomia enganosamente simpática, os ombros largos preenchendo um elegante terno azul-escuro, um sorriso inocente usado depois de um enfadonho pronunciamento, uma espécie de recompensa, como um pai tentando recuperar o amor da filha depois de lhe tirar o brinquedo. Parecia o pregador perfeito para os cidadãos de uma nação insegura e em franco desenvolvimento, uma nação que a Coreia tinha recentemente se tornado.

O reverendo Suk e seus ministros mais jovens se revezavam nos gritos em inglês e coreano que dirigiam a nós. Olhei para Dr. Park, sentado em silêncio, as mãos cruzadas sobre o colo, sem os óculos escuros, o que revelava profundas marcas de expressão e um certo ódio oculto. Não me surpreenderia o fato de ele odiar o reverendo ou de se achar mais inteligente. Eunice dissera-me que o Dr. Park lia a bíblia desde as quatro da manhã e mergulhava na leitura do Alcorão e de textos hindus. Um homem inteligente, disse ela orgulhosa, mas então aquele sorriso amarelo ressurgiu, como se dissesse: "Está vendo como 'inteligente' significa quase nada para mim?"

– Por que há tantos assentos vazios? – gritou o reverendo Suk em nossa direção, em tom acusativo, por não termos feito nossa parte, por sermos um fracasso aos seus olhos e aos olhos de Deus. – Tanta gente na rua e tantos assentos vazios! Já se foi a época em que este país dedicava-se ao Evangelho! Agora, onde está todo mundo?

Minha vontade foi de responder: "Em casa, borrando-se de medo."

– Não aceitem seus pensamentos! – gritou o reverendo, com os globos oculares cor de cobre refletindo uma chama impiedosa. – Aceitem o mundo de Cristo, não seus pensamentos! Vocês devem se despir de si mesmos. Por quê? Porque somos sujos, maus!

E os fiéis lá sentados, submissos, contidos, obedientes. Não quero ser literal aqui, mas as mulheres imaculadamente penteadas e limpas, com penteado parecendo uma auréola e as ombreiras despontando-se feito palas, eram exatamente o oposto de sujo.

Até mesmo as crianças impacientes, inclusive as que nem sabiam falar ainda, entenderam que eram pecadoras e que aquilo ali era uma cruzada; que fizeram algo incomensuravelmente errado, que tinham se cagado num momento inoportuno, e que logo desapontariam, de várias maneiras, seus pais pobres e trabalhadores. Uma menininha começou a chorar, um tipo de choro soluçado e cheio de muco que me deu vontade de abraçá-la e confortá-la.

O reverendo Suk partiu para a ofensiva. Três palavras formaram as flechas que trazia na aljava: "coração", "fardo" e "vergonha".

A saber:

– Carrego enorme *fardo* no coração. Meu coração é assim. Jesus, ajude-me a me livrar disso! Se me pegarem em vergonhosa situação...

Creio tratar-se de uma tradução direta do coreano; a última palavra foi pronunciada com dificuldade – "chi-tu-a-chon".

E continua:

– ... encha meu coração pesado com Vossa graça! Porque só a graça de Jesus vai salvá-lo. Só a graça de Jesus vai salvar este país arruinado e protegê-lo do Exército de Aziz. Porque vocês são preguiçosos. Porque são ingratos. Porque são arrogantes. Porque não são dignos de Cristo.

Meus olhos se voltaram para o símbolo de direitos autorais abaixo da imagem exibida no telão, um veado macho adulto com orquídeas flutuantes, sobre o qual se sobrepunham frases-chave em coreano e em inglês, retiradas do sermão do reverendo Suk ("LIVRE-SE DO ORGULHO", "A GRAÇA DE JESUS VAI SALVÁ-LO", "QUE VERGONHA"). Que reconfortante ver o símbolo de direitos autorais em contraste com o primeiro plano religioso! Que assertiva a ideia de que somos uma nação de leis apenas na teoria!

Será que os jovens que controlavam o powerpoint acreditavam mesmo naquilo? Sempre quis entender melhor a conexão coreano-cristã. Um amigo meu da parte indiana da Serviços Pós-Humanos, um de nossos melhores nanotecnólogos e sobrevivente de não apenas um, mas dois acampamentos bíblicos coreanos, uma vez me disse: "Você precisa entender que, comparado com a vertente coreana do confucionismo, o cristianismo é brinquedo de criança. Comparado com o que veio antes, o protestantismo é quase uma teologia da libertação."

Pensei em Grace, de inteligência inquestionável, mas cuja fé me incomodava.

"Isso passa", dissera-me Vishnu sobre a crença da namorada. "É a forma com que assimilam a cultura ocidental. É como um clube. Na próxima geração, isso acaba." Eu me recusava a simplificar como forma de assimilação cultural a experiência profundamente pessoal de Grace, o Novo Testamento todo grifado de marca-texto que uma vez ela me mostrou, suas idas semanais a uma igreja episcopal cheia de jamaicanos; mas eu sabia, instintivamente, que a criança que ela gestava não adoraria o Senhor.

– Esqueçam todo o bem que vocês fizeram! – gritava o reverendo Suk. – Se vocês se orgulharem do bem, se vocês não o desprezarem, jamais ficarão na frente de Deus. Não aceitem o bem diante de Deus. Não aceitem seus pensamentos.

Olhei para Eunice. Ela brincava com as alças da bolsa bege da JuicyPussy, quase do seu tamanho, correndo as alças pelos dedos, fazendo marcas suaves em vermelho e branco sobre sua pele branca, da cor de giz, até a mãe agarrar-lhe a mão, fazendo um som forte, mas breve, similar ao de um fungado.

Tive vontade de me levantar e dirigir-me ao público presente: "Vocês não têm do que se envergonhar", eu diria. "São pessoas decentes. Estão tentando. A vida é muito difícil. Se há um fardo sobre seu coração, não será aqui que encontrarão alívio. Não descartem o bem. Orgulhem-se do bem. Vocês são melhores do que esse homem rancoroso. São melhores do que Jesus Cristo."

E aí então acrescentaria: "Nós, judeus, criamos todo esse negócio, inventamos a Grande Mentira que originou o cristianismo, toda a civilização ocidental, porque também sentíamos vergonha. Muita vergonha. Vergonha de sermos dominados por nações mais poderosas. O martírio sem fim. O lamento à sepultura dos antepassados. Poderíamos ter feito mais por eles! Nós os decepcionamos! O Segundo Templo ardeu em chamas. A Coreia ardeu em chamas. Nossos avós arderam em chamas. Que vergonha! Levantem-se! Não joguem fora seu coração! Mantenham-no aí mesmo! Seu coração é tudo o que importa. Joguem fora a sua vergonha! Joguem fora sua modéstia! Joguem fora seus antepassados! Joguem fora seus padres e os padres que se autodenominam representantes de Deus. Joguem fora sua timidez e o ódio que se localiza poucos centímetros abaixo. Não creiam na mentira judaico-cristã! Aceitem seus pensamentos! Aceitem seus desejos! Aceitem a verdade! E, se existir mais de uma verdade, então aprendam a executar a difícil tarefa: aprendam a escolher. Vocês são bons o bastante, são *humanos o bastante* para escolher!"

Estava tão absorto em meu ódio, um ódio que poderia ser mais bem resumido pelo simples apelo "Dr. Park, por favor, não bata na sua mulher e nas suas filhas", que nem percebi que os fiéis ao meu redor tinham se levantado e estavam cantando "The Rose of Sharon". Era o último capítulo da Cruzada dos Pecadores. Corri os olhos feito um judeu doido para sair dali, ficar longe da família e cair nos braços da amada. Com ternura e ódio, Jesus implorava por nossas almas, mas estávamos cansados demais, famintos demais, para ouvi-lo, famintos demais até para responder o breve questionário ("só por entretenimento, sem valer nota") sobre o sermão do reverendo Suk, que os jovens de fitinha distribuíam pelas fileiras.

Saímos do Madison Square Garden e seguimos para um restaurante novo que ficava próximo, na rua 35, especializado em *nakji bokum*, um prato feito com tentáculos de polvo temperado com pimenta em pasta e em pó, além de outras tantas variedades de temperos debilitantes.

A mãe de Eunice fez a pergunta que todo branco escuta:
– Apimentado demais pra você?
– Já comi esse prato várias vezes – respondi. – É delicioso.

A sra. Park me olhou muito desconfiada.

Fomos conduzidos a uma salinha vazia, onde tivemos de retirar os sapatos e juntarmo-nos, de pernas cruzadas, ao redor de uma mesa. Percebi, com grande repulsa, que uma de minhas meias tinha um enorme furo, através do qual minha pele pálida podia ser vista por todos. Olhei para Eunice com aquela cara de "por-que-você-não-me-avisou?", só que ela estava apavorada demais com a colisão entre seus dois mundos para perceber meu olhar desesperado. Tirou os sapatos de bico fino, usados para ir à igreja, e sentou-se, deslocada, à mesa. Os mais velhos estavam de um lado; Eunice e Sally, submissas, de frente para nós. A sra. Park começou a pedir os pratos, mas o marido a interrompeu, despejando um monte de grunhidos em cima do jovem garçom de rosto cheio de espinhas e cabelo em formato de parábola perfeita. Uma garrafa de *soju*, a bebida alcoólica coreana, foi imediatamente apresentada ao pai de Eunice. Tentei alcançá-la e servir-lhe, do jeito como os mais jovens devem servir aos mais velhos naquela cultura (como se os mais velhos fossem melhores do que nós e não simplesmente perto da extinção), mas ele afastou minha mão de forma agressiva e serviu-se ele mesmo. Em seguida pegou meu copo, colocou-o à sua frente e, com uma entornada precisa e calibrada, encheu-o até a borda. Depois, com o dedo indicador, moveu o copo em minha direção.

– Oh, obrigado – agradeci.

Movi a garrafa na direção de Eunice e Sally.

– Alguém quer um pouco deste negócio? É bom!

Desviaram o olhar. O Dr. Park engoliu o seu remédio sem dizer uma palavra.

– Pois é... – comecei. – Devo dizer que ter Eunice como colega de apartamento tem sido realmente maravilhoso nessa última semana, com tudo isso que vem acontecendo...

– Ei, mocinha! – disparou o Dr. Park para Sally. – Como vão os estudos?

Sally enrubesceu. Um cubo branco e frio de rabanete pulou, espremido pelos pauzinhos que ela usava.

– Eu... – começou ela. – Eu...
– Eu, eu... – remedou o Dr. Park. Virou-se para mim rápido, como se eu fosse seu cúmplice. Sorri para ele, achando impossível ignorar qualquer gesto daquele homem, mesmo que tivesse de apoiá-lo contra aquelas mulheres inocentes sentadas à mesa. É o que os tiranos fazem, acho eu. Fazem com que você deseje imensamente sua atenção; fazem com que você confunda atenção com piedade.
– Do que serviu todo aquele dinheiro para Elderbird, para Barnard? – disse o doutor. – Elas não têm nada a dizer. Essa aqui protesta e essa outra gasta meu dinheiro.
Ele falou com um leve sotaque britânico, adquirido durante o período de residência em Manchester. A qualidade de seu discurso apavorou-me ainda mais. Era um homem pequeno e perfeito, dominando-nos de um modo próprio e especial.
– Na verdade... – comecei – ... não vivemos tempos muito propícios para falar e escrever. Os jovens se expressam de formas diferentes.
– Sim, sim – a sra. Park assentiu, concordando comigo, uma das pequeninas mãos erguida diante de seu rosto igualmente minúsculo, corando como as filhas, a outra mão agitando-se de forma nervosa sobre o arroz.
– São os tempos em que vivemos – completou. – O fim dos tempos.
E depois, dirigindo-se às filhas:
– Papai só quer o melhor. Vocês ouçam *ele*.
Ignorei a referência bíblica assustadora e continuei a elogiar a mulher que eu amava.
– Talvez vocês se surpreendam ao saber que Eunice, na verdade, diz frases ótimas. Recentemente, discutíamos...
O Dr. Park começou a falar baixo e em coreano com Sally e Eunice. Falou por 20 minutos, por detrás dos óculos escuros, parando apenas para encher o copo novamente e engolir toda a bebida no espaço de um segundo. Elas ali, enrubescidas, entreolhando-se de vez em quando, observando como a outra estava

encarando o castigo. Fui o único a comer qualquer coisa. Havia muito tempo que eu não sentia tanta fome e estava tomado por uma tontura hipoglicêmica. Os garçons vieram, carregando um monte de pratos fumegantes. Um pote enorme com filhotes de polvo veio em minha direção, quente e doce, cercado de *ddok*, um bolinho de arroz tubular que absorvia os temperos como uma esponja. Fiquei ansioso com tanto tempero na boca, enquanto palavras jorravam da boca do Dr. Park. Peguei um prato de picles e um pudim para me refrescar; o sabor da lula, da cebolinha, da pimenta, as cebolas com listras laranja embebidas em óleo de gergelim intensificavam o paladar. Eu não conseguia parar de comer. Tentei pegar a garrafa de *soju*, mas o Dr. Park afastou minha mão com um tapa e encheu meu copo ele mesmo, enquanto continuava a descarregar em cima das filhinhas do outro lado da imensa mesa de madeira.

Pensei ter ouvido a palavra *hananim*, que sei que significa "Deus" em coreano e o termo profundamente ofensivo *michinneyun* que fez Eunice expirar de um jeito triste, magoado, longo e final. Fiquei pensando se ele uma dia seria capaz de repor aquela expiração. A mão da sra. Park continuava a mover-se por sobre a tigela metálica de arroz, cuja borda ela tocava de vez em quando. Pela minha experiência, era para lá de estranho um coreano sentar-se diante da comida e não participar. Fechei os olhos e deixei o contorno da minha boca virar calor puro. Flutuei por sobre a mesa e penetrei no denso ar daquele pedaço da cidade. Queria ser mais forte e ajudar Eunice ou, pelo menos, tomar meu lugar em frente a ela e absorver um pouco de sua dor. Queria mergulhar o rosto no calor de seu cabelo, no almíscar e nos óleos dele, pois eram familiares a mim. Porque eu sabia que ela era pequena demais tanto física quanto emocionalmente, demais devota à família e à noção de família para aceitar esse tipo de mágoa sozinha. Teria sido por isso que ela fugiu para Roma, aprendeu italiano, conheceu alguém gentil e flexível, talvez feio, para ser seu par, e tentou ser uma pessoa diferente? Mas ninguém consegue vencer os Drs. Parks da vida. Joshie pedira-nos que escrevêssemos um diário, pois a mecânica de nosso cérebro está em constante mudança e, com o passar do tempo, transformamo-nos em pessoas completamente diferentes. Contudo, era aquilo que eu queria para Eunice, para que as sinapses destinadas a responder ao pai morressem e renascessem, para se dedicar novamente a alguém que a amasse incondicionalmente.

Algo me puxava para trás, um hálito fresco que me vinha pelo cenho. Quando abri os olhos, vi Eunice olhando para mim, de um jeito suplicante e tímido, como na primeira vez em que a vi em Roma conversando com aquele escultor ridículo. Como eu a amei naquele momento e como eu a amo agora! Raras são as vezes em que o afeto pode ser tão instantâneo e profundo. Entreolhamo-nos por um milésimo de segundo, tempo suficiente para baixarmos um milhão de bits de empatia e para eu dizer-lhe: "Logo você estará em casa, em meus braços, e o mundo vai se reconfigurar ao seu redor e haverá bastante compaixão para que você se assuste com o quanto eu gosto de você." Nesse ínterim, o Dr. Park aterrissava o avião de seu solilóquio. O voo abandonava-lhe o corpo. Ele ainda cuspiu mais algumas coisas e depois ficou quieto, tão quieto que parecia ter se esvaziado diante de meus olhos, deixando para trás apenas o tutano denso e envenenado daqueles cuja vida inteira se resume a ferir e ser ferido. Quem fizera o que com ele? Ou seriam apenas os neurotransmissores tendo um surto costumeiro? O Dr. Park entornou outro copo de *soju* e depois debruçou-se sobre o polvo e começou a empurrar grandes quantidades da iguaria boca adentro. As meninas e a sra. Park começaram a comer também e, num intervalo de cinco momentos intensos, toda a comida já tinha sumido.

– Então, Lenny – disse a sra. Park, como se nada tivesse acontecido. – Eunice disse que você tem bom emprego de ciência.

O Dr. Park fungou.

Eu queria fortalecer minha relação com os Park, mas não queria forçar demais meu cargo na Serviços Pós-Humanos, porque sabia que cristãos fervorosos não são lá muito chegados à ideia de vida terrena eterna, o que torna seus sonhos celestiais lastimavelmente inválidos.

– Trabalho numa divisão de Staatling-Wapachung – respondi.
– A senhora talvez já tenha visto alguns de nossos prédios sendo erguidos em Nova York. São da Staatling Property. E há também a Wapachung Contingency, uma grande empresa de segurança. Propriedade, segurança e prorrogação da vida, acho que são essas três coisas com que lidamos. Todas muito importantes em tempos de crise.

Prossegui com aquele assunto, tomando cuidado para me manter neutro, seguindo o conservadorismo FoxLiberty-Prime de meus pais. Às vezes, quando eu falava sobre a Wapachung Contingency, Sally me olhava com uma irritação mal disfarçada, como se ela não fosse nada chegada ao meu empregador, mas, mesmo em seu descontentamento, ela era educada e tolerante e eu, por minha vez, queria me livrar dos pais dela e falar-lhe diretamente, conversar com ela de forma amistosa e casual.

– Claro... – dizia eu ao pai dela. – Não sou médico, profissional da área da ciência, como o senhor. O que tento fazer é sintetizar o comércio e...

O Dr. Park apontou o indicador para o meu pé, a pele branca à mostra no buraco da meia como um número burlesco vergonhoso.

– Vejo que você tem um edema epitelial ou ósseo na base da articulação do seu metatarso. Talvez o início de um joanete. Você deveria comprar outro tipo de calçado, que não pressione os dedos do pé. É um tipo de patologia de que você deveria cuidar mesmo, porque, com o passar do tempo, sua única opção será a cirurgia.

Ele então se voltou para Eunice, que assentiu com a cabeça.

– Sapatos novos – disse ela.

– Tomem conta um do outro em dificuldade – completou a sra. Park. – Bons colegas de apartamento, OK?

– Obrigado – agradeci. Quis voltar a falar sobre minha carreira, como eu ia ajudar Eunice a sobreviver à incerteza do futuro, mas o telão tinha acabado de escurecer.
– Um.
A sra. Park pegou um velho äppärät e colocou-o sobre a mesa, entre um recém-chegado prato de mudas de samambaia e outro de carne salgada.
– Veja – disse ela a Eunice e Sally. – É o vídeo de Myong-hee que a mãe dela acabou de mandar.
– Prima de Topanga – informou-me ela.
Uma garotinha asiática com, no máximo, três anos de idade, correu em direção à câmera e, ao fundo, um monte de prédios residenciais californianos baratos, e uma piscina verde-mar. Ela vestia um maiô com apliques de margaridas e estampava um sorriso profundamente sincero no seu rosto largo.
– Oi, Eunice *Emo*. Oi, Sally *Emo* – gritou ela para a câmera.
– Que saudades de você, Eunice *Emo* – berrou novamente a menina, mostrando todos aqueles dentes protuberantes.
– Olhe... – disse a sra. Park. – Ela está com um grão de arroz em cima do olho.
Havia um grão de alguma coisa acima do cenho. Todos riram, inclusive o Dr. Park, que disse alguma coisa em coreano, as primeiras palavras de aprovação da noite, a primeira vez que sua mandíbula tinha se aberto, o hino de guerra silenciado, o batalhão de frente se recolhido às barracas. Eunice enxugava os olhos e percebi que não estava rindo. Descruzou as pernas, levantou-se da mesa em um único movimento e saiu correndo do recinto descalça. Comecei a me levantar para segui-la, mas a sra. Park disse:
– Ela sente saudade da prima na Califórnia. Não se preocupe.
No entanto, eu sabia que não fora apenas a menina linda na tela que fizera Eunice chorar. Era o pai rindo, sendo gentil, a família momentaneamente amável e intacta – uma cruel viagem ao impossível, uma história alternativa. O jantar havia acabado. Os garçons limpavam a mesa com resignação e sem dizer uma

palavra. Eu sabia que, segundo a tradição, eu deveria permitir que o Dr. Park pagasse a conta, mas acessei meu äppärät e transferi para ele trezentos iuans, o valor total da conta, de uma conta anônima. Eu não queria seu dinheiro. Ainda que meu sonho se realizasse e eu viesse a casar com Eunice um dia, o Dr. Park seria sempre um estranho para mim. Depois de trinta e nove anos de vida, eu havia perdoado meus pais por não saberem amar uma criança, mas aquilo tinha sido o ápice do meu perdão.

VOU AMAR ESSE CARA AINDA MAIS
DA CONTA DE EUNICE PARK NO GLOBALTEENS

10 DE JULHO

EUNI-DIOTA *PARA* CHUNG.WON.PARK:

    Mamãe, faz um tempo que você não manda nenhuma resposta. Ainda tá chateada por causa do Lenny? Para de se preocupar com o Mistério, tá bem? Você precisa se preocupar com Sally, isso sim. Fique de olho no peso dela. Fique esperta pra ela não pegar o telefone e pedir "pítiça". Só faça comida com muita verdura. Vou comprar pra ela uma sandália bacana da FootsieGalore, um modelo que ela pode usar pra comparecer a entrevistas também.

    Não vai dar pra fazer as provas do LSAT agora porque tô procurando emprego, mas pode deixar que no próximo verão, com certeza. O pacote de encargos na conta AlliedCVS deve ser esse novo "APR mínimo agregado" que estão cobrando agora. Significa que vamos pagar um pouco menos pela taxa mensal, mas o pagamento tem que ser feito imediatamente, senão ele vai ser somado ao valor principal e a coisa vai virar o máximo agregado, que, se bobear, chega a seis mil ou mais nos próximos dois ciclos de cobranças de encargos. Acho que é hora mesmo de fechar a conta na AlliedWaste e este mês a LandOLakes está oferecendo taxas promocionais; o problema é que, pra abrir a conta lá, é preciso pegar um empréstimo extra de 10 mil. Acho que a gente podia, pelo menos, "dar uma calculada" e verificar.

EUNI-DIOTA *PARA* FODAMADRINHA:

    Querido Pônei,

    Um alô pra vocês aí na terra da TV! Ai, céus. Acho que tenho baixado e visto demais programas velhos de TV com Lenny. Sinistro. Minha mãe está pau da vida comigo também. O jantar com *la famiglia* foi um desastre, como você bem previu. Por que diabos Lenny achou que ia conseguir seduzir meus pais? Às vezes ele SE ACHA. É essa coisa de branco americano que acha que no fim tudo fica na boa: os mocinhos são respeitados por serem legais e tudo vira final feliz. Ele encheu o saco dizendo que eu conseguia formar frases e que eu me preocupava com a Sally e, enquanto isso, meu pai contraía o punho debaixo da mesa. Ai, acredite, amiga: eu e Sally só conseguíamos pensar naquele punho enquanto Lenny fazia aquele discurso chato.

Sei que a intenção dele é boa. Sempre é. Só que depois de um tempo, de que adianta intenção, né? Pior é que, não sei por quê, ele não me entende. Tipo, ele não se esforça para unir os pontos. Ele prometeu que ia ler menos e cuidaria melhor do nosso apartamento, mas não consegue tirar a cabeça dos textos. Dei uma pesquisada sobre *Guerra e paz* e vi que é sobre um cara chamado Pierre que luta na França e passa o maior perrengue, mas, no fim, como é charmoso, acaba ficando com a garota que ele ama de verdade; ela também o ama de verdade, mas chifrou o coitado. Resumindo, é assim que Lenny vê a vida: no fim quem é bacana e inteligente sempre vence.

Mas o pior foi minha mãe. Ela me pagou o maior PAU. Tipo, agora veja só. Você merece coisa melhor. Ele velho, feio, com pele de quem tem doença, pé ruim. Não é tão alto como você disse que era e ganha 25 mil iuans por mês. Se quer namorar velho, tem um de Palisades que trabalha com pedra preciosa, ganha perto de um milhão por ano e papai diz que esse tal de Pós-Humano que Lenny trabalha é um trambique sem tamanho e vai falir. Mamãe ficou me dizendo: "Mantenha abertas as opções, mantenha abertas as opções."

Tentei não ficar chateada, mas foi impossível. Sabe como o Lenny não me vê? Pois é, meus pais também não veem ELE. Acham que ele não passa de um feioso pobre sem um tostão furado (pensei que eu fosse matá-lo por isso).

Então, fomos pra casa e recebi aquela mensagem podre da minha mãe. Foi aí que comecei a sentir que gostava ainda mais dele. Tipo, quanto mais ela detesta o cara, mais apaixonada por ele eu fico, sabe? Ele estava tão cansado do jantar e do culto idiota lá na igreja que capotou no sofá e chegou até a roncar, coisa que ele nunca faz. Tive plena consciência de que ele se esforçou pra cacete, meu fofinho cabeça de bagre; gente, ele fez de tudo pra agradar meus pais e pra me defender do chato do meu pai. Depois disso tudo, ele estava um caco. Foi aí que a ficha caiu: nossa, quem não consegue reconhecer que o Lenny é um cara totalmente do bem, pra mim não presta. Ah, sei lá; acho que a verdade é que os pontos fracos do Lenny já não são mais tão brochantes pra mim; graças à tonta da minha mãe, eu me toquei disso. É essa a parada com Lenny: se você passar um tempo com ele, vai perceber que ele é muito fofuxo. Acho que é uma coisa muito coreana: ser capaz de perceber que alguém é carinhoso e gentil e admirar o cara por ele ser assim.

Não liga se eu falo muito. No geral, as coisas estão muito bem por aqui. A gente tem saído, conversado e feito muita coisa legal junto. Fomos ver algumas Imagens numa galeria e comemos uns hambúrgueres no bürgr, em Bushwick (poxa, por que não abrem uma In-N-Out aqui em Nova York?). Transamos sem camisinha e ele disse que até imaginava a gente tendo um bebê. Aí eu disse: "O QUÊ?", mas até que fez sentido. Eu QUERO ter um filho com ele, mesmo com toda essa droga que tá rolando no mundo. Acho que seria a fada mais feliz da floresta, se um dia formássemos uma família de verdade. Ah, depois fomos jantar num restaurante singalês e Lacy Twäat estava sentada pertinho da gente. Lembra que, quando a gente era pequena, ela fazia aqueles filmes de sacanagem com o cara enfiando no rabo, tirando e enfiando na boca pra ela chupar até se engasgar? Ela estava com um blazer Parakkeet, tamanho dois, colar de pérolas e jeans da Onionskin transparente; pois é, ela não é mais nenhuma mocinha, mas está com tudo em cima e tá podendo usar uma calça dessas. No geral, um visual assim de puta classuda. E estava acompanhada por um cara mais velho, com pinta de alemão, bem bonito.

E, por falar nisso, tenho ido a Tompkins Square pra levar suprimentos; dou uma forcinha lá na parte de LAVAGEM DE ROUPA E SANEAMENTO e aí fico de papo com o David. Ele é muito engraçado. Teve um dia que ele me agarrou, me jogou nos ombros e me carregou pelo parque inteiro só pra eu acenar pra todo mundo. Foi gostosa a sensação de ser dominada por um cara forte; David é FORTÃO e não é só porque fez manobra na Venezuela. Precisa ver como ele deixa o barraquinho todo arrumado (bem diferente de você-sabe-quem ha ha), coisa que ele aprendeu no exército. Ele está se preparando para quando a Guarda chegar pra expulsar a galera dali (fico uma pilha só de pensar nisso). Se você tiver algum äppärät velho ou até laptop, por favor, mande pra mim, porque o pessoal tá desesperado mesmo. Tentei sair pra almoçar com ele, mas o danado não arreda o pé do parque. A dedicação que ele tem com o pessoal é igualzinha à que meu pai tem com os pacientes. Nossa, que admirável. Olhando bem pra boca dele percebi que a falta de alguns dentes deixa o cara assim meio que carismático. É um homem forte que sabe quando usar o físico e quando usar a inteligência. Aposto que, se ele tivesse plano de saúde, seria ainda mais bonito. Às vezes, quando ele fala de como as coisas vão ficar depois que os bipartidários forem derrotados, fico pensando: "mmmmmmm, nada mau". Ele é contra o pessoal do Crédito, mas acha que o Varejo vai sempre fazer parte da nossa vida e que as vendedoras às vezes são criativas. Ele meio que viaja na maionese, mas, pelo menos, acredita em alguma coisa, né?

OK, Princesa P, agora vou passar um Swiffer na sacada, pra tirar o monte de cocô que os passarinhos deixam lá o dia inteiro, todos os dias. Isso aqui é Nova York, amiga, lugar onde todo mundo sempre caga em cima de você. Ha ha.

12 DE JULHO

FODAMADRINHA *PARA* EUNI-DIOTA:

Desculpe a demora pra responder, Panda. Tá rolando um lance muito RUIM por aqui. Uns pobres invadiram a fábrica do meu pai quando estava fechada, tomaram o lugar; a polícia de Los Angeles foi desativada mês passado, a Guarda Nacional não vai fazer nada e parece que a gente vai perder o negócio, sei lá. Ouvi meus pais VERBANDO BEM BAIXINHO no quarto e fiquei assustada, porque não sei o que tá acontecendo e nem o que devo fazer pra ajudar. Normalmente eles me contam tudo, mas a cara do meu pai estava tipo "uhhhhhhhhhhhhhh" e estavam até falando em voltar pra Coreia, pelo menos por um tempo. Tentei dar uma passada na Padma, mas estava rolando uma blitz na 405; tinha gente com as mãos por trás da cabeça, pode? Então, entrei num posto de gasolina e fiquei lá com o motor ligado. Comecei a SOCAR, SOCAR E SOCAR o volante. PQP!!! Pra proteger nossa empresa, eles não servem, né? Como é que deixam o

Exército de Aziz fazer o que bem quer? Pelo jeito os caras não querem mesmo que a gente se sinta seguro. Acho que você não devia mais andar com esse tal de David, Eunice. Parece que ele é um desses escrotos que estão destruindo minha família. E não quero nem saber de Gopher também, porque ele não é um dos nossos, não entende NADA, o dinheiro dos pais dele é do passado e o sacana leva tudo na BRINCADEIRA. Contei a ele o que aconteceu com a fábrica do papai e ele disse: "Que bom. Deixe os pobres assumirem." Acho que o momento é pra gente se esquecer de quem somos e fazer parte de nossas famílias; o resto, miga, é só um barulho esquisito de um bando de desconhecidos verbando. É verdade, só não tô cercada de fantasmas quando eu me conecto com vc no äppärät. Que país mais idiota, gente. Só mesmo um bando de brancos mimados pra estragar as coisas que eram tão boas. Que chato esse lance do jantar com seus pais, miga; e que bom que você está amando o Lenny mais do que nunca, mas vá com calma e pese o que seus pais dizem, porque eles têm mais experiência. Não tô dizendo pra não namorar o Lenny, não é isso; pense bem no que você sente por ele e no que vai ter que fazer mais tarde. Adoro você, lindinha.

EUNI-DIOTA: Oi, Sally. Já soube que os Indivíduos de Baixo Patrimônio Líquido tomaram a fábrica de desentupidores de Kang?
SALLYSTAR: Não. Que chato.
EUNI-DIOTA: É só isso que você tem pra dizer?
SALLYSTAR: Quer que eu diga o quê?
EUNI-DIOTA: Tá a fim de comer hambúrguer? Você come um pouco de carne vermelha agora, e depois se compromete a passar uma semana só na verdura e no iogurte.
EUNI-DIOTA: Alô? Planeta Terra falando com Sally Park.
EUNI-DIOTA: Parece que você tá ocupada. Ainda não me disse o que achou do Lenny.
SALLYSTAR: Tá todo mundo preocupado com você.
EUNI-DIOTA: PREOCUPADO? Que bom!
SALLYSTAR: Mamãe e papai não querem que você se precipite.
EUNI-DIOTA: E você agora é a porta-voz deles?

SALLYSTAR: Não somos uma família perfeita, mas ainda somos uma família, certo?
EUNI-DIOTA: Não sei. Você é que deve saber.
SALLYSTAR: Precisamos trocar o carpete da sala e as passadeiras das escadas. Quer ir a NJ ajudar a escolher?
EUNI-DIOTA: Posso ir com o Lenny?
SALLYSTAR: Pode fazer o que quiser, Eunice.
EUNI-DIOTA: É brincadeira.
SALLYSTAR: Então você vem?
EUNI-DIOTA: Vou, mas quero distância do papai; nem vou falar com ele. Lenny usa a palavra *truculento*. Papai é como uma criança truculenta: melhor ignorar.
SALLYSTAR: Ah, dá um desconto, vai. Ele tá tentando. Ele não tá 100% bem por dentro, pow! A gente tem que perdoar o velho.
EUNI-DIOTA: Ah, sei não.
SALLYSTAR: É sério. Você vai se sentir muito melhor se perdoá-lo, Eunice. Depois você se concentra no que está acontecendo no resto do planeta. Talvez possa me ajudar a organizar um comitê de distribuição de alimentos para as cidades de barracas que estamos fazendo em conjunto com a Columbia e a NYU. As coisas estão ficando feias em Tompkins Square.
EUNI-DIOTA: E você lá sabe se já não estou ajudando?
SALLYSTAR: Ãh?
EUNI-DIOTA: Nada. Vou perdoar papai quando ele tiver 70 anos, sem um tostão, desabrigado, depois de ter deixado o tio Joon perder todo o dinheiro no jogo; daí ele vai pedir ajuda pra mim e pro Lenny. Então, vou dizer bem assim: "Você tratou a mim, mamãe e Sally feito merda, mas agora tome aí uma grana pra não morrer de fome."
SALLYSTAR: Que horror! Nem acredito que isso passou pela sua cabeça!
EUNI-DIOTA: Cara, tô de sacanagem. Cadê o seu senso de humor?
EUNI-DIOTA: Sally, você ainda está aí? Não sei o que há de errado comigo hoje. Tô com muita saudade de Myong-hee! Da última vez que estive em LA, tentei fazer uma trança nela e ela berrou: "Não, Eunice emo!", como quem diz: "Me deixa em paz, você não manda no meu cabelo!!!!" Ela é tão lindinha, aquela fofa! Com certeza, da próxima vez que a

gente se encontrar, ela vai estar uns dez centímetros mais alta. Não quero que ela cresça.

EUNI-DIOTA: Sally? Ah, para com isso! Foi aquilo que eu disse do papai?

EUNI-DIOTA: Então tá. Meu NAMORADO já tá quase chegando em casa e vamos preparar um branzino juntos.

EUNI-DIOTA: Sally, você me ama?

SALLYSTAR: O quê?

EUNI-DIOTA: É sério. Você me ama de verdade? Tipo, como pessoa. Não só como a irmã mais velha que você tem que considerar como exemplo.

SALLYSTAR: Não quero falar sobre isso. Claro que amo você.

EUNI-DIOTA: Vai ver eu dei uns vacilos com você.

SALLYSTAR: Como assim, gente? Ai, CHEGA DESSE PAPO! Estou de saco cheio de você! O PASSADO, O PASSADO, O PASSADO!!!

SALLYSTAR: Alô? Eunice?

SALLYSTAR: Eunice.

SALLYSTAR: Alô.

ANTI-INFLAMAÇÃO
DO DIÁRIO DE LENNY ABRAMOV

20 DE JULHO

Querido diário,

Noah me contou que no verão há um dia em que o sol bate nas avenidas largas em um determinado ângulo que dá a sensação de que toda a cidade está sendo inundada por uma luz melancólica do século XX. Até mesmo os edifícios mais prosaicos e odiados iluminam-se e saltam aos olhos e, quando isso acontece, dá vontade de chorar por algo que se perdeu e sair correndo para dar boas-vindas ao cair da tarde. Parecia que ele descrevia um êxtase urbano; seu rosto envelhecido adquiria um pequeno brilho, como se tomasse emprestado um pouco da luz de que estava falando. Achei até que ele estivesse fazendo um stream emotivo, mas seu äppärät estava no *standby*: era real. Estávamos sentados em um café de quinta categoria em St. George, estranhamente emocionados por conseguirmos encontrar um café no mundo, ainda mais em Staten Island.

– Bem que eu gostaria de ver esse fenômeno – comentei. – Quando acontece exatamente?

– Acabamos de perder um. Foi no final de junho.

– Então, só no ano que vem.

E aí, dramático que só ele, Noah, meu amigo supermídia, disse que esperava já estar morto no ano seguinte. Algo sobre a Secretaria de Reustauração, os bipartidários, o preço do biocombustível, a baixa das marés – quem ainda consegue acompanhar tanta informação? Aquilo meio que comprometeu o efeito do que ele dizia sobre a luz refletindo nas avenidas. Quis lhe dizer que ele não precisava se esforçar por minha causa, que eu gostava dele exatamente do jeito que ele era: acima da média, raivoso, mas decente e inteligente na medida certa. Pensei no Sammy, o elefante do zoológico do Bronx, com aquela fisionomia tranquila e deprimida, na forma como se aproximava da extinção com tranquilidade e desespero discreto. Talvez fosse sobre isso que Noah estivesse tagarelando, quando acompanhou a luz pela cidade. A luz que se esvai somos nós, e, por um momento tão breve que não conseguimos sequer registrar na tela de nossos äppäräti, somos belos.

E, por falar em luz, esta semana tive um momento iluminado com Eunice. Flagrei-a olhando para minha Muralha de Livros com certa curiosidade, em especial para uma brochura de Milan Kundera, de capa velha e desbotada – que mostra um chapéu-coco pairando sobre a cidade de Praga. Os dedos indicadores dela se ergueram acima do livro, como se estivessem prontos para clicar no ícone COMPRE AGORA na tela do äppärät, os outros dedos massageando a contracapa do livro, talvez até apreciando a consistência do material, o peso incomum e sua relativa discrição. Quando viu que eu me aproximava, enfiou o livro de volta na prateleira e retornou para o sofá, verificando se os dedos ficaram com cheiro de livro, as bochechas vermelhas de vergonha. Contudo, eu sabia que minha relutante comerciante de frases estava curiosa, e emplaquei mais uma vitória – a segunda depois do que imaginei ter sido um bem-sucedido jantar com seus pais.

A vida com Euny tem sido legal. Animada mas, às vezes, emocionalmente estressante. Brigamos todos os dias. Ela nunca cede. Luta até o último minuto. É no que o ser humano se transforma após uma infância infeliz. É a independência conquistada com o crescimento, com o fato de se defender, ainda que de um inimigo imaginário.

Em geral, brigamos por causa de compromissos sociais. Ela ficaria bem com as amigas da Elderbird que acabam de voltar para Nova York. Parecem meninas decentes, eufóricas, mas inseguras, ávidas por artigos caros e alguma medida de identidade, confundindo um com o outro, mas, de um modo geral, sem grande pressa de crescer. Uma garota, que de fato consumia comida de verdade, recebeu míseros 500 pontos de FODABILIDADE, então as outras lhe davam dicas de como perder peso. Elas a beliscavam o tempo todo, besuntavam-na com cremes até que ficasse brilhando, triste, no meu sofá e verificavam seu peso, como se fosse um atum premiado pendurado num cais em Tóquio. Outra garota adotara aquele novo look Bibliotecária Nua, trajando pouco mais que um par de óculos tão grossos quanto o vidro reforçado de minhas janelas, o que achei esquisito, pois até uma instituição da categoria da Elderbird fechara recentemente sua biblioteca física; a que diabos essa garota fazia referência? Então, enchiam a cara de rosé em nossa (nossa!) sacada, aquelas caras lindas, inchadas e bêbadas. Contavam histórias longas e cheias de rodeios que deveriam ser engraçadas, mas na verdade chegavam a incomodar, narrando um mundo efêmero e chulo, onde é natural que as pessoas desapontem umas às outras e as mulheres sejam tratadas de forma degradante em público. Senti inveja de sua juventude e, ao mesmo tempo, temi pelo seu futuro. Em suma, senti-me paternal e excitado, o que não é lá uma combinação muito boa.

 Eu dissera a Eunice, de antemão e com o mais lindo sorriso de ornitorrinco, que as duas semanas seguintes seriam socialmente agitadas. Joshie estava louco para conhecê-la e nos receberia em sua casa, no sábado. Grace e Vishnu iam dar uma festa em Staten Island, na segunda-feira da semana seguinte, para comunicar oficialmente a gravidez de Grace.

 – Sei que você não é a mais sociável das criaturas – comentei.

 Ela, porém, já tinha se virado, deixando em minha mão consoladora a sensação da protuberância agressiva de sua omoplata.

 – Seu chefe quer *me* conhecer?

 – Ele adora gente jovem. Ele mesmo está virando adolescente.

 – Aquela puta da Grace quer que a gente vá? Pra quê? Pra rir de mim mais um pouco?

 – Que é isso, Eunice? Grace adora você!

– Deve estar a fim de bancar a irmã mais velha. Não, obrigada, Lenny.
– Ela gosta de você sim, Eunice. Quer arrumar um emprego pra você no Varejo. Disse que a colega dela de Princeton deve saber de algum estágio na Padma.

As três vezes em que tocamos, breve e superficialmente, no assunto de Eunice procurar emprego e ajudar a pagar a crescente conta do ar-condicionado ($8.230 não indexados ao iuan, só no mês de junho), ela mencionara trabalhar no Varejo. Todas as amigas da Elderbird queriam o mesmo. Não era novidade. *Crédito para os rapazes, Varejo para as moças.*

– Você não entende, Leonard.

É a frase que mais odeio na vida. Entendo *sim*. Não tudo, mas muita coisa. E aquilo que não entendo, certamente quero aprender mais a respeito. Se algum dia Eunice me pedisse, eu tiraria uma semana inteira de folga no trabalho, alegando problema de família (o que não deixava de ser verdade) e lhe daria toda atenção. Colocaria uma caixa de lenço de papel e uma relaxante sopa de missô entre nós, pegaria meu äppärät, digitaria tudo, identificaria a mágoa, daria sugestões sensatas baseadas em minha própria experiência e ficaria versado em toda a problemática Park.

– Tô dura.

– O quê?

– Não tenho nada pra vestir. E minha bunda tá gorda.

– Você pesa trinta e sete quilos. Todo mundo na Grand Street olha admirado para sua bunda. Você tem três armários cheios de sapatos e vestidos.

– Trinta e nove. E não tenho nada pra usar no *verão*, Lenny. Você está me ouvindo?

Tivemos mais uma briga. Ela foi para a sala e começou a navegar, as pernas cruzadas, o sorriso amarelo, suspiros forçados, meus apelos cada vez mais intensos. Às vezes, chegávamos a um acordo. Íamos ao Corredor de Varejo da ONU e comprávamos roupas para nós dois. Eu pagava 60% de suas compras e o resto ela pegava com o Crédito dos pais. Como eu disse, um acordo.

Nunca tinha ido ao Corredor de Varejo da ONU. Sempre me senti intimidado com Corredores de Varejo e esse parecia ser o maior até o momento. Quando fui ao Corredor que fizeram na Union Square dois anos atrás, todo mundo tinha uma aparência melhor do que a minha e parecia bem mais jovem do que eu. Adoro ir às butiques alternativas de Staten Island com Grace, mesmo que a clientela seja mais velha e mais grisalha, gente que chegou à maioridade em bairros do Brooklyn como Greenpoint e Bushwick e que agora se viu obrigada a viver em Staten Island.

Comecei a entrar em pânico ao chegarmos à ONU: aquele bando de gente saindo aos borbotões dos sete andares de estacionamento; as liquidações de mostruário emitindo informações que inundavam meu äppärät com dados impulsivos; os prospectores de débito destacando-me pelo meu impressionante ranking de Crédito; as gigantescas faixas da SAR "A América Celebra Seu [sic] Consumidores", que agora traziam a imagem de uma garota que Eunice conhecia do colegial e que forjara linhas de Crédito e conseguira comprar seis coleções de primavera e uma casa.

O brilho do sol poente penetrou pelo telhado de vidro do Corredor da ONU, as treliças de aço centenas de metros acima de nós reluzindo como as costelas de algum animal assustador. Não tenho certeza, mas acho que era ali que ficava a área de reuniões do Conselho de Segurança. Desde minhas férias em Roma, parece-me que a América aprendera a lição sobre ataques aéreos e fechara os shoppings tradicionais. Esses econômicos Corredores de Varejo imitavam os antigos bazares do Norte da África, cujo propósito era tão somente uma breve troca de bens e serviços; só faltavam o estridente apregoar dos vendedores e a leve brisa de tangerina doce.

Eunice não precisava de mapa. Ia à frente e eu seguia as mercadorias que lotavam aleatoriamente o enorme espaço, uma loja grudada à outra, *racks* e mais *racks*, cada um examinado, considerado, dispensado. Lá estavam os famosos sutiãs Saaami – que revelavam os mamilos – que Eunice me mostrara no AssLuxury e os lendários espartilhos da Padma que a atriz pornô polonesa usou no filme *AssDoctor*. Paramos para ver uns vestidos bem-comportados da JuicyPussy.

– Vou precisar de dois, um para a festa do seu chefe e outro para a da vaca da Grace.

– Lá no meu chefe não será uma festa. Vamos tomar umas taças de vinho e comer umas cenouras e uns *blueberries*.

Eunice me ignorou e continuou sua tarefa. Teclou no äppärät para checar as tendências da moda no mundo. Depois, dirigiu-se a um círculo de vestidos pretos, todos idênticos, e começou a clicar neles. Clique, clique, clique, um cabide batendo no outro, reproduzindo o som de um ábaco. Não passou mais de um segundo em cada vestido, mas cada instante parecia mais significativo do que as horas que ela passava no AssLuxury olhando as mesmas mercadorias; cada um era um encontro com o real. O rosto duro como aço, concentrado, a boca ligeiramente aberta. Era a angústia da escolha, a dor de viver sem história, a dor de alguma necessidade maior. Senti-me simplório diante deste mundo, surpreso por sua religiosidade, a tentativa de extrair sentido de um artefato cujo conteúdo era pouco mais do que fios. Pena que a beleza não consiga explicar o mundo. Pena que um sutiã revelador de mamilos não possa fazer tudo dar certo.

– Droga, os únicos de tamanho zero que eles têm aqui vêm com um bordado na bainha! – protestou Eunice, clicando nos últimos vestidos de verão da JuicyPussy. – Estão tentando fazer vestidos mais clássicos do que a TotalSurrender, que têm uma abertura bem abaixo da verilha. Vamos até a Onionskin.

– Não são os jeans transparentes? – indaguei.

Imaginei Eunice com os lábios vaginais e traseiro expostos atravessando a Delancey Street cheia de gente, motoristas de Nova Jersey, incrédulos, baixando as janelas revestidas com insulfilm. Queria proteger-lhe a embalagem minimalista, mas havia também um frisson de erotismo, sem falar em posição social. Outros veriam sua pequena pista de pouso e me considerariam o tal.

– Não, bobo. Nem morta eu me exibiria num jeans daquele. Eles também fazem vestidos normais.
– Ah, bem.
A fantasia acabou ali e, estranhamente, fiquei feliz com a garota conservadora ao meu lado. Andamos uns quinhentos metros de *racks* e acabamos encontrando a ponta de estoque da Onionskin. De fato, havia uma série de *racks* com vestidos de noite, decotados, mas, por certo, não eram transparentes. Mulheres, cansadas e aflitas, caçavam desesperadamente os famosos jeans transparentes, pendurados feito pele rígida e sem carne, no meio do espaço de Varejo.

Quando Eunice começou a vasculhar os vestidos, uma vendedora aproximou-se. Meu äppärät rapidamente filtrou todos os dados das clientes ali presentes, feito ondas poluídas quebrando na areia antes intocada, e focou em McKay Watson. Uma linda vendedora. Alta, esguia, cujos olhos, claros e presentes, demonstravam uma honestidade nata, como se dissessem: *"Quem precisa se inventar quando tem uma formação como a minha?"* Acariciei os dados de McKay, mesmo enquanto observava o jeans Onionskin que lhe moldava o corpo pequeno, mas volumoso no traseiro – vestia o modelo semitransparente, que, em vez de expor as partes íntimas, conferia-lhes uma qualidade impressionista, do tipo que, para ser admirado, requer o distanciamento do observador.

Era formada em relações internacionais pela Tufts, com especialização em ciência do Varejo. Os pais, professores universitários aposentados em Charlottesville, Virginia, onde ela cresceu (surgiram Imagens da infância de MacKay, um bebê distraído, mas carinhoso, segurando uma embalagem de suco de laranja). No momento, não tinha namorado; com o último, um jovem midiadependente de Great Neck, ela curtia a posição "Rodeio reverso".

Eunice e McKay estavam verbando uma com a outra. Falavam sobre roupas de um jeito que me desagradou um pouco. Falavam dos aspectos mais delicados de um vestido em particular, que *não* era feito de fibras naturais. As cinturas, esticadas e comprimidas de volta. Composição – 7% de elastano, 2% de poliéster, tamanho três, 50% de viscose.

– Não é tratado com hidróxido de sódio.

– Comprei aquele com a abertura do lado esquerdo e acabou cedendo.

– Passe gel de petróleo por dentro da bainha.

Eunice colocou a mão sobre o reluzente braço branco da garota do Varejo, um gesto de intimidade que eu só a vi ter com uma de suas amigas da Elderbird, a gordinha com um índice baixo de Fodabilidade. Ouvi algumas expressões velhas e fora de moda como "JK", que significa "Brincadeirinha!", e "Fala sério", o oposto da primeira. Ouvi o familiar "JBF" e "TIMATOV", mas também "TPR!", "CFG!" "TMS!", "KOT!" e o mais universal "Gracinha!". É assim que as pessoas falam, pensei. Curta esse momento. Veja a mulher que você ama interagindo com o mundo ao seu redor.

Ela comprou dois vestidos de noite por 5.240 dólares em valores de iuan, dos quais cobri três mil. Senti que meus débitos deram uma gemida, perdendo alguns pontos, a imortalidade escorregando alguns metros para o improvável, mas nada como o chute no saco de 239 mil que levei de Howard Shu.

– Por que não perguntou àquela garota se ela não conseguia um emprego na Onionskin pra você? – indaguei, quando saímos do espaço do Varejo.

– Tá brincando? – retrucou. – Sabe qual é o nível escolar que você precisa ter pra trabalhar no Corredor de Varejo da ONU? Além do mais, ela tem um corpo perfeito! Uma bela bunda redonda, só que a parte de cima é igual à de um menino. É isso que está fazendo o maior sucesso agora!

Eu não tinha visto a coisa por esse ângulo.

– Seu nível e sua aparência não são piores que os dela. Bom, você poderia ter, pelo menos, pegado o endereço eletrônico da garota. Parece uma pessoa bacana e acho que seria legal que vocês fossem amigas.

– Valeu, papai.

– Bem...

– Tudo bem, acabou o assunto. Agora é sua vez de fazer compras. Tecidos que deixam a pele respirar vão fazer um bem enorme a meu *kokiri*.

Chegamos à loja da JuicyPussy4Men, toda recoberta de uma imitação reluzente de mogno.

– Você não tem um queixo muito marcante. Por isso, essas camisas que você usa, com colarinho grande e alto, acentuam justamente o queixo. Vamos comprar umas camisas com gola em V e umas camisetas de cores fortes. Camisas de algodão listradas um pouco mais largas vão disfarçar seu peito flácido e, faça o favor, querido: *cashmere*. Você merece, Len.

Ela me fez fechar os olhos e tocar em tecidos diferentes. Experimentei jeans JuicyPussy largos e ela pôs a mão no gancho só para se certificar de que minha genitália tinha espaço bastante para respirar.

– É uma questão de conforto. É uma questão de se sentir e agir como um homem de 39 anos... o que você é, pelo que eu saiba.

Eu podia sentir a família dentro dela – grosseira, odiosa, que não dá nenhum apoio, mas, mesmo assim, dando conta do que tinha a ser feito, agindo de forma apropriada, verificando se havia espaço suficiente para meus órgãos genitais, preservando a dignidade. Mais além das montanhas, segundo um velho ditado coreano que Grace mencionou uma vez, há outras montanhas. Estávamos apenas no começo.

Quando entrei em um dos provadores, uma das vendedoras adolescentes me disse: "Vou dizer a sua filha que o senhor está aqui." Em vez de encarar como ofensa o fato de ter sido confundido com o pai adotivo de Eunice, na verdade reverenciei minha garota, reverenciei o fato de que estávamos juntos todos os dias e ela ignorava as diferenças estéticas entre nós. Aquelas compras não eram apenas para mim ou para ela. Era para nós dois como um casal. Era para o nosso futuro juntos.

Saí da JuicyPussy com o equivalente a dez mil iuans em compras. Meus débitos piscavam freneticamente com a palavra

RECALCULANDO, o que assustou o enxame de prospectores de débito loucos para me dar mais dinheiro. Ao passar por um Poste de Crédito na rua 42, registrei a marca de 1510 (menos dez pontos). Eu podia estar mais pobre, mas saí do Corredor da ONU muito diferente do coroa pseudodescolado de três horas antes. Agora sim eu parecia um homem.

Não foi só isso. Fiquei com uma aparência mais saudável. As fibras que deixam a pele respirar rejuvenesceram-me uns quatro anos. No trabalho, os candidatos às admissões perguntaram se eu estava me submetendo aos tratamentos de descronificação. Fiz um exame físico e meus dados estatísticos começaram a aparecer nos Quadros, meus níveis de ACTH e cortisol em queda vertiginosa, minha atual designação era "indivíduo maduro, despreocupado e inspirador". Até Howard Shu veio à minha mesa e me convidou para almoçar. Àquela altura, Joshie mandava Shu a Washington em seu jato particular, toda semana. Corria o boato de que o destino de Shu era a Casa Branca ou algo ainda superior. "Rubenstein", soluçava o pessoal, com a mão na boca. Negociávamos diretamente com os bipartidários! Só não me pergunte o teor das negociações, pois eu não fazia ideia.

Entretanto, eu não mais temia Shu. Durante o almoço, encarei-o diretamente enquanto brincava com os punhos da minha camisa listrada de algodão, que de fato disfarçava-me as muxibas incipientes. Sentamo-nos em uma cantina concorrida, bebendo água suíça que alcalinizamos ali mesmo, na mesa, e comendo umas bolinhas de algo que se parecia com peixe.

– Gostaria de me desculpar por meu comportamento quando você voltou de Roma – disse Shu, com o olhar completamente fixado na nuvem de dados de seu äppärät.

– Ah, tudo bem.

– Vou lhe contar um segredo.

– Verba aí, amigo.

Shu limpou a boca como se eu tivesse acabado de cuspir nela, mas logo retomou o tom de intimidade.

– Muito provavelmente haverá um tumulto. Um realinhamento. Mais severo do que com as últimas manifestações. Não sei ao certo quando. É a informação que estamos obtendo com a Wapachung Intelligence. Estão pondo em prática uns exercícios militares.

– Segurança em primeiro lugar – comentei, aborrecido. – O que está rolando, Shuzão?

Shu então mergulhou em mais uma viagem pelo äppärät. Fiz o mesmo, fingindo que era algo sério e relacionado ao trabalho, mas, na verdade, estava apenas checando o paradeiro de Eunice pelo GlobalTracer. Para variar, ela estava no número 575 da Grand Street, apartamento E-607, minha casa, absorta no äppärät, mas inconscientemente saturada pela presença de meus livros e dos móveis estilo meados do século XX. De um jeito provinciano, o fato de eu saber que ela estava sempre ali me deixava feliz. Minha pequena dona de casa! A cada momento, ela também me rastreava, desconfiando de que eu me desviasse do curso diário, um encontro inesperado num bar com Noah ou Vishnu ou então uma caminhada na parte não ensanguentada do Central Park com Grace. Suas desconfianças e preocupações para comigo também me agradavam.

– Não vamos falar do que *pode* acontecer. Eu só queria que você soubesse do valor que a Serviços Pós-Humanos dá a você.

Ele se engasgou com a água e tossiu, cobrindo a boca com a mão. Shu tinha a mesma formação educacional e profissional que eu, mas notei a ponta calosa de seus dedos, como se trabalhasse como voluntário em alguma fábrica de tricô, nos fins de semana.

– Queremos que você esteja em segurança – completou.

– Estou comovido – respondi com sinceridade.

Lembranças de meus tempos de colégio vieram à tona, o dia em que descobri que uma aluna nova de cabelo cacheado que eu achava uma gracinha, com um charmoso mancar e gosto por poesia, correspondia ao meu afeto.

Howard assentiu com a cabeça.

– Atualizamos seu äppärät. Caso veja soldados da Guarda Nacional, aponte seu äppärät para eles. Se vir um ponto vermelho, é porque são funcionários da Wapachung Contingency. Você sabe... – completou, tentando dar um sorriso – ... os mocinhos.

– Não entendo. O que aconteceu com a *verdadeira* Guarda Nacional?

No entanto, Shu nunca me respondeu.

– Essa garota aí no seu äppärät... – disse, apontando para a Imagem de Eunice que ocupava toda a tela de meu äppärät.

– Eunice Park, minha namorada.

– Joshie disse que você tem que estar com ela num caso de emergência.

– Dã – retruquei, mas era legal que Joshie lembrasse que eu estava apaixonado.

Shu pegou o copo de água alcalinizada e, de brincadeira, fez um brinde. Depois recostou-se na cadeira e entornou a água goela abaixo de maneira tão forçada que chegou a estremecer nossa mesa de tampo de mármore. Os executivos ali presentes olharam aquele homem, que mais parecia uma pequena amêndoa e tentaram rir da sua demonstração de força, mas tinham muito medo dele.

Depois do almoço com Shu, caminhei da estação da linha F na Essex Street até meu distante condomínio às margens do rio com renovado senso de grandeza. Desde que Eunice escolhera minhas roupas, comecei a FORMUNICAR obsessivamente com toda garota que encontrava: bonita, dentro dos padrões, magra, esquelética, branca, mulata, negra. Talvez em função da autoconfiança, minha PERSONALIDADE estava atingindo a marca dos 700 e minha SENSUALIDADE MASCULINA chegava aos 600 – de modo que, num local fechado como o interior do ônibus M14, seu diminuto rebanho de modernosos pastando em meio aos velhos moribundos, eu conseguia às vezes emergir com certo grau de sedução, digamos, o quinto colocado num total de nove ou dez. Gostaria de descrever em detalhes esse novo sentimento, caro diário, mas temo que soe muito evangélico. Era como renascer. Como se Eunice tivesse me ressuscitado num leito de algodão ou lã.

No entanto, não foi fácil promover o encontro entre Eunice e Joshie. Na véspera da visita, ela não conseguiu dormir. Sussurrou:

– Não sei não, Len. Não sei não, não sei não, não sei não.

Vestia uma camisola de cetim longa, estilo século XX – um presente da mãe –, que deixava tudo por conta da imaginação, ao contrário de sua habitual TotalSurrender.

– Parece que você está forçando uma barra. Estou me sentindo contra a parede. Acho que as coisas estão acontecendo rápido demais. Talvez fosse melhor eu voltar para Fort Lee. Talvez você precise conviver com um adulto de verdade. A gente sabia que eu ia acabar te magoando.

Delicadamente, toquei-lhe as costas em meio à escuridão. Fiz meu patenteado barulho de "ratazana encurralada patinhando em desespero" sobre o colchão e reproduzi um ambíguo som animalesco.

– Ah, para! O zoológico já está fechado.

Sussurrei o que era necessário. Várias pérolas psicopops. Palavras de incentivo. Assumi a dívida e a culpa. Ela não tinha culpa. Talvez a culpa fosse minha. Talvez eu fosse apenas uma extensão de seu pai. A noite foi tomada pelos seus suspiros e meus murmúrios. Finalmente adormecemos, quando o sol surgiu por sobre o conjunto residencial Vladeck, uma combalida bandeira americana tremulando ao vento do verão. Acordamos às 5 da tarde, quase perdendo o carro que Joshie enviou para nos levar até Upper West Side. Vestimo-nos em silêncio e, quando tentei pegar sua mão dentro do reluzente Hyundai, provavelmente zero quilômetro, ela se encolheu e desviou o olhar.

– Você está linda. Esse vestido.
Não reagiu.
– Por favor, é importante para Joshie conhecer você. É importante para mim. Aja com naturalidade.
– Qual é? Idiota! Mala!
Cortamos caminho pelo Central Park. Helicópteros blindados faziam suas rondas de fim de semana, mas o tráfego ali estava tranquilo, a brisa úmida balançando a copa das árvores imortais. Pensei no jeito como nos beijamos na Sheep Meadow, no dia em que ela se mudou para meu apartamento, em como segurei aquela pessoa miúda durante cem vagarosos batimentos cardíacos, e em como, durante todo aquele tempo, pensei na morte como algo irrelevante.

O apartamento de Joshie ficava numa rua entre a Amsterdam e a Columbus – um prédio de doze andares no Upper West Side, que chamava atenção apenas devido aos dois membros da Guarda Nacional que ficavam em cada lado da portaria desviando pedestres da calçada com os rifles. Um cartaz da SAR na entrada da rua obrigava-nos a negar sua existência e, consequentemente, consentir. Joshie dissera-me que aqueles homens o vigiavam, mas até eu entendi que estavam ali dando proteção. Um ponto vermelho apareceu em meu äppärät com a inscrição "Wapachung Contingency". Os mocinhos.

O pequeno saguão estava praticamente todo ocupado por um gordo dominicano, muito gentil, de uniforme cinza desbotado e com respiração ofegante.
– Olá, sr. Lenny.
Eu o via com frequência, quando eu e Joshie éramos mais próximos, quando nosso trabalho não nos consumia por completo e achávamos normal dividir um bagel ou assistir a um enfadonho filme iraniano no Lincoln Center.
– Era onde a intelectualidade judaica morava há muito, muito tempo – expliquei a Eunice no elevador. – Acho que é por isso que Joshie gosta daqui. Nostalgia.
– Quem eram?

— O quê?
— A intelectualidade judaica.
— Ah, judeus que refletiam sobre o mundo e escreviam livros sobre isso. Lionel Trilling e outros.
— Foram eles que fundaram a empresa de imortalidade do seu chefe?
Quase beijei aqueles lábios frios e avermelhados.
— De certa forma sim. Eram de famílias pobres e resistentes; encaravam a morte de forma realista.
— Tá vendo? Era por isso que eu não queria vir. Porque não entendo nada dessas coisas.

As portas dos elevadores, antigas, abriram-se entoando uma sinfonia. À porta do apartamento de Joshie, um jovem musculoso de camiseta e jeans arrastava um saco de lixo pesado com as costas voltadas para mim, a fraca iluminação interior do Upper West Side refletindo sobre a cabeça raspada. Um primo, se eu não estava enganado. Jerry ou Larry, lá de Nova Jersey. Estendi a mão, quando ele começou a se virar.

— Lenny Abramov — lembrei-lhe. — Acho que nos conhecemos na festa de Chanucá de seu pai, em Mamaroneck.
— Macaco Reso?

A familiar pelagem negra de seu bigode moveu-se a título de cumprimento. Não era nenhum primo de Matawan. Eu estava diante dos efeitos da descronificação. Eu estava diante do próprio Joshie Goldmann, o corpo revertido, por obra da engenharia, em uma jovem e robusta massa de tendões em pleno movimento.

— Meu Deus! Por isso não o vi no escritório a semana toda.

No entanto, o rejuvenescido Joshie nem me notou. Respirava ofegante, mas compassadamente. A boca abriu um pouco.
— Oi — disse a boca.
— Oi — respondeu Eunice. — Lenny...
— Lenny — repetiu Joshie. — Desculpe. Sou...
— Eunice.
— Joshie. Entre, por favor.

Ele a observou passar pela porta, olhando cheio de desejo os ombros levemente bronzeados que ela exibia sob as alças do vestido preto. Em seguida, voltou o olhar anestesiado na minha direção. Juventude. Um aparentemente interminável fluxo de energia. Beleza sem nanotecnologia. Mal sabia ele como aquela jovem era infeliz.

Entramos na sala de estar, que eu sabia ser tão modesta quanto o resto do apartamento. Sofás art déco de veludo azul. Pôsteres de seu tempo de juventude – filmes de ficção científica com mulheres de cabelo comprido e homens de rosto comprido – em moldura tradicional em carvalho, como se dissessem que haviam resistido ao tempo e emergido, se não como obras de arte, pelo menos como artefatos de considerável potencial. Só os nomes. *No Mundo de 2020. A fuga de Logan*. Rastros do início de Joshie. Uma infância infeliz de um filhinho de papai rico, passada em vários subúrbios da elite americana. Imersão total na *Isaac Asimov's Science Fiction Magazine*. A primeira noção de mortalidade ocorrida aos doze anos de idade (visto que o verdadeiro tema da ficção científica é a morte, não a vida. Tudo acaba. Tudo mesmo). O amor-próprio. A recusa em morrer. O desejo inexplicável de viver. Sua observação extasiada do céu escuro, a eternidade negra do espaço sideral. Seu ódio pelos pais. O desejo pelo amor deles. Já uma noção angustiante do passar do tempo, os berros incessantes no banheiro por conta da morte de um lulu da Pomerânia, melhor e mais forte amigo do jovem Joshie, acometido de um câncer canino, jazendo sobre o gramado em Chevy Chase.

Eunice ficou ali parada, no meio da sala, muito enrubescida, o sangue correndo em ondas. Fiz uma coisa que surpreendeu até a mim mesmo. Quebrei o protocolo, fui até Eunice e beijei-lhe a orelha. Por alguma razão, eu queria que Joshie entendesse o quanto eu a amava e que aquele amor não residia em sua juventude, provavelmente a única coisa que ele apreciava nela. Constrangidas, as duas pessoas que compunham o meu universo desviaram o olhar de mim.

– Estou tão feliz em conhecê-la. Finalmente! Caramba! Lenny fala muito de você.

– Lenny fala *demais* – comentou Eunice, jocosamente.

Coloquei o braço nos seus ombros e senti sua respiração. Quando Joshie aprumou o corpo, vi seu tônus muscular, a realidade venosa e profunda daquilo em que ele estava se tornando, as pequenas máquinas escavando em seu interior, removendo o que ele tinha de errado, religando, renovando, zerando o odômetro dentro de cada célula, fazendo-o reluzir o brilho precoce de uma criança. De nós três ali na sala, eu era o único que estava conscientemente morrendo.

– Bem, vamos tomar um pouco daquele vinho delicioso – sugeriu Joshie.

Ele então soltou uma gargalhada estranha e forçada e depois foi direto à farta cozinha planejada.

– Nunca o vi assim.

– Ele se parece com você. Um grande nerd – retrucou Eunice.

Sorri com o comentário, feliz por ela ter considerado nossas semelhanças. Ocorreu-me que poderíamos formar uma família, sem saber ao certo que papel eu desempenharia. Eunice tirou alguns fios de cabelo do meu rosto, o semblante calorosamente atencioso, e depois passou um brilho sobre meus lábios rachados. Puxou para baixo minha camisa de manga curta, de modo que a alinhasse com o leve suéter de *cashmere* com gola em V.

– Faz assim com os braços – mandou, mexendo os próprios braços. – Agora, puxe as mangas.

Joshie retornou e entregou a Eunice uma taça de vinho; para mim, uma caneca cheia da bebida roxa.

– Espero que não se importe em usar a caneca, Lenny. Minha faxineira foi parada numa barreira da SAR na PW.

– Numa barreira *onde*? – indaguei.

– Na ponte de Williamsburg – explicou Eunice.

Os dois então reviraram os olhos e riram de minha dificuldade em entender abreviações.

– Seu apartamento é bem bonito – elogiou Eunice. – Aqueles pôsteres devem valer um bilhão. É tudo tão antigo.
– Incluindo o dono – disse Joshie.
– Que nada! Você está ótimo! – respondeu Eunice.
– Você também.
Puxei as mangas mais uma vez.
– Venha conhecer melhor o espaço. Sou especialista em *tour* doméstico de dois minutos.
Entramos em seu "estúdio criativo", repleto de tralhas. Percebi que Eunice já tinha bebido quase todo o Pinot e, com o dedo e a ajuda de um gel verde que ela espremia de um tubo, já arrumava um jeito de remover o arroxeado dos lábios.
– Aqui são fotos da minha "carreira solo" – informou Joshie, apontando para uma Imagem dele vestido de presidiário com um albatroz de pelúcia gigantesco pendurado no pescoço. Ali, diante de mim, Joshie aparentava hoje uns trinta anos a menos do que na Imagem, tirada pelo menos dez anos antes. Remoçara quarenta anos. Metade de uma vida tinha ido embora.
– O nome da peça era *Pecados maternos* – informei, prestativo. – Muito engraçada e, ao mesmo tempo, profunda.
– Foi na Broadway? – perguntou Eunice.
Joshie soltou uma gargalhada.
– Até parece. Só consegui encená-la em uma casa noturna tosca no Village, mas eu não estava nem aí para o sucesso. Pensamento criativo, trabalhar com a cabeça, essa é minha recomendação básica para a longevidade. É muito simples: se parar de pensar, se parar de questionar, você morre.
Ele baixou a cabeça, talvez percebendo que parecia mais um vendedor do que um líder. Notei que Eunice o deixava nervoso. Não que houvesse carência de mulher na Serviços Pós-Humanos, mas as que havia lá eram tão cheias de si que acabavam todas com a mesma personalidade. E mais, Joshie sempre disse que só teria tempo para relacionamento amoroso quando a imortalidade se tornasse um "fato consumado".

— Foi você que desenhou? – perguntou Eunice, apontando para a aquarela de uma velha nua dividida em três por uma força desconhecida, os seios flácidos esvoaçando em todas as direções, uma massa púbica escura ligando as três partes.

— Muito bonito. Bem Egon Schiele – elogiei.

— Este se chama *Splinter Cell* – explicou Joshie. – Fiz cerca de vinte variações dele e todas parecem ser exatamente a mesma.

— Ela parece um pouco com você. Gosto do sombreado ao redor dos olhos – comentou Eunice.

— É, bem... – disse Joshie, que em seguida grasnou.

Sempre fiquei constrangido ao olhar os quadros que Joshie pintava da mãe. Era como se eu entrasse no banheiro e flagrasse minha própria mãe levantando as ancas cansadas da privada.

— E você, também pinta? – indagou Joshie.

Eunice tossiu. O Largo Sorriso de Constrangimento surgiu, a vergonha amenizando consideravelmente as sardas.

— Fiz uma cadeira – respondeu com dificuldade. – Na Elderbird. Desenho artístico. Nada importante. Fui um desastre!

— Eu não sabia que... – intervim. – Não sabia que você tinha feito aulas de desenho.

— É que você nunca me ouve, cara de bobo – sussurrou.

— Adoraria ver algo que você tivesse pintado – disse Joshie. – Sinto falta de pintar. É o que me relaxa mesmo. Quem sabe a gente não possa se encontrar um dia desses pra praticar um pouco.

— Ou então ter umas aulas na Parsons – sugeri a Eunice.

A ideia dos dois – vivos e imortais – criando alguma coisa juntos, uma Imagem, uma "obra de arte", como costumavam chamar, incitou-me a autocomiseração. Ah, se eu tivesse tido inclinação para a pintura. Por que eu tinha de sofrer aquela ancestral aflição judaica pelas palavras?

— Talvez possamos nós *dois* fazer um curso na Parsons – disse Joshie a Eunice. – Sabe, juntos.

— Mas quem tem tempo livre? – arrisquei.

Voltamos à sala. Joshie e Eunice sentaram-se num sofá aconchegante e curvo, enquanto eu me sentei em um pufe de couro em frente, com as costas arqueadas.

– Saúde! – disse Joshie, batendo a caneca na taça de haste longa de Eunice. Trocaram sorrisos e depois Eunice virou-se para mim. Tive de abandonar o pufe e caminhar até eles para completar o ritual. Em seguida, tive de voltar e me sentar. Sozinho.

– Saúde! – exclamei, quase quebrando a caneca de Joshie.

– Às pessoas que mais amo.

– À juventude! – disse Joshie.

Começaram a conversar. Joshie perguntou sobre sua vida e ela respondeu da maneira lacônica de sempre: "É", "Acho que sim", "Mais ou menos", "Talvez", "Tentei", "Não sou boa nisso", "Sou péssima nisso." Ela, no entanto, parecia feliz por estar entrosada, atenta como sempre, uma das mãos espalmada alisando uma mecha de cabelo que caía sobre o ombro. Não sabia muito bem como conversar com um homem sem sentir raiva ou flertar, mas estava tentando, ponderando, revelando o mínimo possível, mas disposta a agradar. Olhava-me preocupada, os olhos enrugando por causa da dor de ter de pensar e responder, mas a preocupação foi desaparecendo à medida que Joshie servia-lhe mais e mais vinho – os três ali já haviam ultrapassado o limite de duas taças de resveratrol – e uma travessa de cenouras e *blueberries*. Ele se ofereceu para ferver um pouco de erva numa chaleira de chá verde, coisa que eu não o vira fazer em anos. No entanto, ela educadamente disse que não fumava maconha, que sempre a deixava entristecida.

– Ah, eu aceito – manifestei-me, mas ninguém deu ouvidos.

– Por que você chama Lenny de "Macaco Reso"? – perguntou Eunice.

– Ele se parece com um.

Eunice acessou o äppärät e, quando o animal em questão apareceu, ela jogou a cabeça para trás e gargalhou de um jeito que eu só a tinha visto fazer com as amigas da Elderbird, uma gargalhada franca e cheia de alegria.

– É igualzinho! – disse ela. – Os braços compridos e a barriguinha estufada. É muito difícil comprar roupa pra ele. Sempre tenho de ensinar como...

Ela não conseguia descrever, então fez uns gestos com os braços, como se estivesse esticando alguma coisa.

– Vestir... – concluí por ela.

– Ele aprende rápido – disse Joshie, olhando para ela, esticando-se para pegar uma segunda garrafa de vinho, que aguardava obediente, próximo às suas pernas. Estendi a caneca. Continuamos a encher a cara. Eu me acomodei na umidade do pufe de couro, surpreso com o desleixo de Joshie com seu apartamento. Nunca o vi comprar sequer um móvel novo. Todo esse tempo, sozinho, sem filhos, sem ostentação americana, dedicando-se a um só objetivo, ali personificado a menos de um metro dele, uma perna enfiada para baixo, sinal de que estava angustiada. Joshie sempre teve o poder de deixar claro para os outros que ele jamais os magoaria. Mesmo quando os magoava.

O papo deles era jovial: *AssDoctor*, festinha de garotas, Phuog "Heidi" Ho, a nova estrela pornô vietnamita. Usavam palavras do tipo "piriguete" e abreviações adolescentes como TGV e ICE que me faziam pensar em trens velozes da Europa. Aquele Joshie com o rosto lisinho e corado pelo vinho, o corpo com novos músculos e obedientes terminações nervosas, inclinou-se para frente como um míssil em meio arco, a cabeça provavelmente fervendo, cheia de hormônios jovens, louco para se conectar a qualquer custo. Descrente, imaginei se um dia ele lamentaria não ter envelhecido, se algum dia seu corpo ansiaria por uma história.

– Quero muito desenhar, mas não levo o menor jeito – dizia Eunice.

– Aposto que você é boa – rebateu Joshie. – Você tem um senso tão apurado de... estilo. E economia. Vejo isso só de olhar pra você.

– Uma professora da faculdade me disse que eu era boa, mas ela era sapatão.

– Por que não rabisca alguma coisa agora mesmo?

– Sem a menor chance!
– Ah, para! Desenhe um pouquinho. Vou pegar papel.
Ele apoiou os punhos no sofá, ergueu-se e correu para o estúdio.
– Espere – gritou Eunice. – Puta merda!
Virou-se para mim:
– Estou muito assustada pra desenhar, Lenny.
Não obstante, sorria. Os dois brincavam. Estávamos bêbados. Ela correu atrás de Joshie e ouvi um gritinho jovem – não deu nem para saber quem gritou. Fui até o sofá vazio e sentei-me no lugar de Joshie, sentindo o calor que meu mestre deixara. Estava escurecendo. Pela janela, vi caixas-d'água e os fundos modestos de prédios, outrora considerados altos, e, logo adiante, ao longo de ambas as margens do rio Hudson, as construções em concreto e vidro, como dois espelhos sujos. Pacientemente, meu äppärät forneceu informação sobre vários preços de imóveis e comparou-os com os de HSBC-Londres e de Xangai. Pressionei a garrafa de vinho contra os lábios e deixei que o resveratrol invadisse meu organismo, esperando, rezando para que eu tivesse mais alguns anos adicionados à contagem regressiva de minha vida. Joshie voltou para a sala.
– Ela não quis me deixar olhar.
– Ela está desenhando mesmo? À mão? Não no äppärät? – indaguei.
– Claro, bicho! Você não conhece a própria namorada?
– Ela é tão modesta quando está comigo! Ah, pro seu governo, ninguém mais fala "bicho", Pardo!
Joshie deu de ombros.
– Jovem é jovem. Fale como jovem, viva como jovem. A propósito, como está seu pH?
Ela então saiu do estúdio, o rosto corado, mas feliz, com um bloco de desenho apertado contra o peito.
– Gente, nem vou mostrar! Tá um horror! Vou rasgar!
Protestamos os dois, um tentando se sobrepor ao trovejar barítono do outro, Joshie fazendo barulho ao pôr a caneca sobre

a mesa de centro, como se fosse um membro de fraternidade mal-educado. Tímida, mas com um ar de flerte inspirado em alguma série de TV antiga sobre mulheres de Manhattan, Eunice Park entregou a Joshie o bloco de desenho.

Desenhara um macaco, um macaco reso, se eu não me engano. Um peito protuberante e coberto de pelos cinza, orelhas longas em formato de coração, patinhas bem pretas segurando com firmeza um galho de árvore, um chumaço de pelo cinza no topo da cabeça e uma expressão de alegria e de inteligência bem-humorada.

— Meticulosa! — comentei. — Quanto detalhe! Olhe essas folhas da árvore. Você é maravilhosa, Eunice! Estou impressionado.

— Ela o desenhou, Lenny.

— Sou eu?

Olhei a cara do macaco de novo. Os lábios vermelhos e rachados e a barbicha sem forma. O nariz exagerado, brilhoso na ponta e no osso nasal, as rugas precoces marcando as têmporas expostas; as sobrancelhas grossas que pareciam dois organismos separados. Olhando para o desenho de ângulos diferentes, colocando-se o bloco à meia-luz, a alegria que antes eu havia discernido no rosto um tanto redondo do macaco poderia passar por carência. Era o meu retrato. Como um macaco reso. Apaixonado.

— Caramba! — exclamou Joshie. — Ficou *tão* Mídia!

Eunice disse que estava horroroso, que uma criança de doze anos faria coisa melhor, mas dava para notar que ela não estava totalmente convencida. Despedimo-nos de Joshie com um abraço. Ele deu um beijo no rosto dela e depois me deu um tapinha nos ombros. Ofereceu-nos um digestivo e uns morangos do Upstate para levar na viagem. Ofereceu-se para nos acompanhar e falar com os homens armados lá embaixo. Ficou à porta, segurando o umbral, observando o último de nós dois a sair. Durante esse momento final, o momento da partida, vi seu rosto de perfil e percebi a confluência de veias roxas que o faziam momentaneamente parecer velho de novo, que produziam um assustador raio

X do que borbulhava sob aquela pele jovem e bela e aqueles brilhantes olhos juvenis. Aquele tapinha idiota no ombro não foi suficiente. Eu queria abraçá-lo e confortá-lo. Caso o maior empreendimento de sua vida não desse certo, qual de nós dois ficaria mais arrasado: o pai ou o filho?

– Está vendo? Não foi tão ruim assim – comentei com Eunice dentro do carro, quando ela encostou a cabeça macia e cheirando a álcool sobre meu ombro. – Nós nos divertimos, não foi? Ele é um cara legal.

Ouvi a respiração compassada de Eunice no meu pescoço.

– Eu te amo, Lenny. Que pena que eu não consiga descrever melhor, mas eu amo você do fundo do coração. Casa comigo?

Nós nos beijamos na boca, nas orelhas enquanto passávamos por sete barreiras da SAR e ao longo da FDR Drive. Um helicóptero militar parecia nos seguir, seu único facho de luz amarela iluminando as ondas do East River. Falamos em ir ao cartório. Uma cerimônia civil. Talvez na semana seguinte. Por que não oficializar a coisa? Por que separarmo-nos?

– É você quem eu quero, *kokiri*. Você é o único.

TIOZÃO PEGADOR
DA CONTA DE EUNICE PARK NO GLOBALTEENS

20 DE JULHO

GOLDMANN-FOREVER: Oi, Eunice. Aqui é Joshie Goldmann. E aí?
EUNI-DIOTA: Joshie?
GOLDMANN-FOREVER: Isso, o chefe de Lenny.
EUNI-DIOTA: Ah, sim, oi, sr. Goldmann. Como me achou aqui?
GOLDMANN-FOREVER: Ah, fiz uma busca no Teens. E pode parar com essa história de "SR. Goldmann". SR. Goldmann é meu pai. Pode me chamar de Joshie. Ou Urso Pardo. É assim que Lenny me chama.
EUNI-DIOTA: Ha ha.
GOLDMANN-FOREVER: Bom, entrei pra lembrar você de nosso encontro.
EUNI-DIOTA: A gente marcou um encontro?
GOLDMANN-FOREVER: A aula de arte que a gente vai fazer junto, dã!
EUNI-DIOTA: Sério? Desculpa aí. Esta semana eu tô megaocupada. Procurando emprego no Varejo e coisas desse tipo.
GOLDMANN-FOREVER: Muitos de nossos clientes trabalham no Varejo. O que exatamente você está procurando? O cara do Ass alguma coisa acabou de ser admitido aqui para tratamentos. Isso é confidencial, na verdade.
EUNI-DIOTA: Ai, não quero forçar a barra.
GOLDMANN-FOREVER: Ah, nada disso. Quem está forçando a barra? Ha! Tenho certeza de que dá pra gente colocar você num emprego maneiríssimo.
EUNI-DIOTA: Então, tá. Valeu!
GOLDMANN-FOREVER: Bom, fiz nossa inscrição num curso de desenho na Parsons-Ewha. Curso de verão.
EUNI-DIOTA: Brigada pela gentileza, mas o curso de verão já começou.
GOLDMANN-FOREVER: Vão abrir uma exceção. A aula será só pra nós dois. Mas acho melhor você não contar pro Lenny. Ha ha.
EUNI-DIOTA: Poxa, superobrigada, mas é que não tô com grana.

GOLDMANN-FOREVER: PQP! Relaxa e deixa que eu pago tudo.
EUNI-DIOTA: É muita gentileza sua, sr. Goldmann, mas é que tô precisando me concentrar em arranjar um emprego esta semana.
GOLDMANN-FOREVER: Do que foi que você me chamou?
EUNI-DIOTA: Foi mal!!!! Joshie.
GOLDMANN-FOREVER: Dã! Cara, aquele seu desenho do macaco reso ficou tão bom que não quero ver seu talento desperdiçado, Eunice. Que talento! É até estranho, mas você parece comigo quando eu era mais novo, só que mais doce. Eu era um jovem muito emburrado até que me dei conta de que eu não precisava morrer. Existem pessoas entre nós que são tão especiais, Eunice; não temos de sucumbir à Falácia da Mera Existência. Talvez você também seja especial! Bem, posso ajudá-la a arranjar um emprego, então pode se despreocupar com isso. E vou ter uma aula com você. Vai ser ótimo!!!! Você pode fazer mais desenhos de animais com Lenny e depois dá-los de presente de aniversário.
EUNI-DIOTA: Pois é, na verdade eu ando até pensando no que dar pra ele.
GOLDMANN-FOREVER: Bótimo! Melhor que bom, melhor que ótimo. Então tá. Agora tenho que ralar, mas não demore pra me dar uma resposta quanto às aulas. Os caras vão trazer alguém diretamente de Paris só pra dar aula pra gente.

EUNI-DIOTA *PARA* FODAMADRINHA:
Querido Pônei,
CARALHO!!! Miga, você tem que me ajudar. Tá sentada? Cara, a gente foi lá no apartamento do chefe do Lenny; o lugar é superbacana e retrô, parece até coisas de Paris. Uma decoração legal, sem aquele ar de coisa desses caras midiadependentes, tudo muito pensado. Magina, chegaram a fechar a rua só pra ele. Gente, que chefinho GRACINHA! Ele é o manda-chuva de uma empresa enorme que faz o povo parecer muito mais jovem. O cara já tem pra lá de 70, mas passa até como irmão mais novo e mais bonito de Lenny. Lembra aqueles filmes pornôs que a gente via quando estava no jardim de infância? De um velho que molestava adolescentes na praia? Tiozão Pegador, era isso? Ele lembra um pouco, com a cabeça raspada, só que mais bonito e mais jovem.

Bem, o chefe de Lenny disse que tem no organismo uns microrrobôs que restauram as células mortas, mas parece caô. Pra mim, ele fez uma porrada de cirurgia plástica, além de se cuidar e malhar três vezes ao dia (AO CONTRÁRIO DE LENNY!). Menina, desde que cheguei de Roma, eu não bebia tanto vinho quanto bebi nesse encontro, daí fiquei um pouco tonta. O tal chefe, sr. Goldmann, ficou olhando pra mim cheio de ternura e tesão, como se estivesse a fim de me comer, só que de um jeito suave, como se eu fosse uma filha e um brinquedinho sexual ao mesmo tempo. Ele é tão bobinho (magina, no passado, ele subiu no palco e fez um show sozinho e fez uns desenhos engraçados de uma velha superpentelhuda – AI, QUE NOJO!) que me deu vontade de pular no colo dele ou tipo isso. Ele é tão espontâneo, inteligente e DIVERTIDO à moda antiga, que até fiquei meio molhadinha, sabe? Faz tempo que o Lenny não age assim. Comecei a suar um pouco, daí fiquei TÃO envergonhada. Parecia que minhas coxas estavam tão gordas que se esfregavam um na outra fazendo um som como de um beijinho molhado. TIMATOV!!! Preciso emagrecer AGORA, não há desculpa. Parei com tanta proteína e carboidrato; se bem que o sr. Goldmann falou bastante sobre picos de proteínas. Esta semana só vou comer picolé de feijão vermelho light que vou comprar lá no mercado coreano e, pra jantar, cinco xícaras de água.

Mas, voltando. Daí fui pra casa com Lenny, a gente começou no rala e rola, rolou um Xana Mágica, coisa e tal, mas passei o tempo todo com Joshie Goldmann na cabeça. O que deu em mim? Gente, será que Lenny já não é velho o bastante? Acho que tenho um complexo de "ha ra buh gee"! Ha ha! Vou perguntar pra Sally se eu posso fazer um estágio na ala geriátrica do hospital onde ela trabalha como voluntária. Acho que me baixou uma culpa porque fiquei dizendo pro Lenny que queria me casar com ele! No dia seguinte, recebi uma mensagem de Joshie (ele quer que eu o chame assim) dizendo que TEMOS QUE FAZER UMA AULA DE ARTE JUNTOS na Parsons: só eu, ele e o professor que vem direto da França. Disse que era pra eu não contar pro Lenny que a aula seria só com nós dois. Você acha que ele tá dando em cima de mim? E agora, o que eu faço? Ele é chefe do meu namorado, Pônei!

Ah, e ele disse que podia me arranjar um emprego no Varejo, talvez na AssLuxury, sei lá mais o quê. Ele é poderoso. A questão é a seguinte:

ele é tipo 40 anos mais velho que o Lenny, mas parece criança, uma criança superavançada. Adora se divertir, é seguro e acho que pode liquidar minha dívida na AlliedWaste – HA HA HA! Brincadeirinha. Só que, por outro lado, consigo me comunicar com ele, tipo assim, com muito mais facilidade do que com o Lenny, embora, sei lá por quê, ele não use um äppärät e daí eu não consiga encontrar o perfil dele. Ai, pelo amor de Deus, vagaba! Por favor, me esculacha, diga que sou má e me passe um corretivo antes que eu trace mais um vovô.

A outra novidade mais importante é que fui ver meu pai; foi esquisito, mas ao mesmo tempo fiquei com o coração um pouquinho aliviado. Ele não tem mais nenhum paciente e daí perguntou pra Sally se podia dar uma força lá pelos parques onde estão acampados os sem-teto; só sei que ele foi parar lá em Tompkins Square e então a Sally "armou" pra gente se encontrar. Ela sempre paga de boa filha, unindo a família.

Menina, de repente começou a cair uma chuva tão forte que molhou a comida toda que tava nas mesas e alguém tinha doado três presuntos, daí o povo caiu no choro. Semana passada uma velha enfartou e morreu; as ambulâncias já não passam nem por perto daquela área e pra completar ninguém ali tem direito à assistência médica. Então lá foi papai salvar a pátria. Passou a tarde toda examinando o povo nas barracas, tudo de graça. E, no início, David ficou dando ordens pra ele aos berros, uma hora dizendo que X era prioridade, outra, que Y era prioridade, mas papai só ficou olhando pra ele, na maior tranquilidade, do jeito que ele faz comigo, só que sem dizer nada. David acabou se tocando. Papai levou todo o equipamento médico e foi superestranho vê-lo assim, tipo um velhinho ha ra buh gee andando pelo parque, carregando uma bolsa de couro marrom enorme que a mamãe deu de presente quando ele fez 60 anos, tão inofensivo e inocente; daí pensei: ESSE é o homem que destruiu minha vida?

Ele disse que a desnutrição por ali era séria, daí fomos no novo H-Mart, na Segunda Avenida, e compramos um monte de coisa não perecível, tipo 1.000 ddoks e uns pacotes de kim (do mais simples) e um caminhão de biscoitos de alga; levamos tudo pro parque de táxi. Foi estranho porque antigamente, no jardim de infância, eu morria de vergonha de levar tanta comida na lancheira e agora estamos doando pra ajudar os americanos pobres. Foi divertido fazer compras com papai e ele não gritou comigo em nenhum momento. E você sabe como ele fica um doce na presença de pacientes pobres. Até brincou com as crianças na barraca de Atividades do jeito que brinca com Myong-hee quando estamos na Califórnia, fazendo de conta que é um avião voando de volta pra Seul; ela embarca, se amarra toda, e então servem a refeição (mais ddok!) e daí, quando estão aterrissando, ele diz: "Obrigado por usar as Linhas Titio. Verifique se está levando TODOS os pertences pessoais." Ele passou tipo umas dez horas falando com David sobre a bíblia; percebi que David ficou boladão vendo meu pai falar sobre os Romanos e essas paradas; ele ficou vendo meu pai dizer que ajudar os pobres é como "ir a Jerusalém para ministrar aos santos" e eu curti essa frase porque colocou David e todo aquele pessoal pobrinho na posição de santos, muito melhor do que os cretinos da Mídia, todos de nariz empinado, que andam com Lenny. Precisaram pegar todas as lonas extras pra proteger o milho que sobrou do feriado de Quatro de Julho; David tentou pedir ajuda a outras pessoas, mas papai, feito um buldogue teimoso, recusou qualquer ajuda. Acabou que só ele e o David pegaram no pesado, como dois homens fortes e seguros, se bem que eu fiquei com medo de papai pegar uma gripe.

É estranho, mas cheguei a pensar que aquela ali podia até ser minha família, sem mamãe e Sally. Acho que eu deveria ter nascido homem, né? Sei que você não gosta do David nem do Exército de Aziz, mas depois que eles terminaram, papai me disse que achou David assim superinteligente e que é uma vergonha o que este país está fazendo com homens como ele, mandando pra Venezuela e deixando os caras sem bônus e plano de saúde.

Acho que em alguns pontos papai tem mais em comum com o David do que com o Lenny. É assim: como nossos pais cresceram na Coreia depois da guerra, eles sabem o que é não ter nada e como sobreviver usando a cabeça. Bom, mas aí, menina, minha preocupação era que papai puxasse assunto sobre Lenny, e num determinado momento cheguei a achar que ele ia tocar na tecla, porque só estava a gente ali sozinho e ele muda muito quando está só comigo, sabe? A máscara cai e aí ele enche o saco dizendo que decepcionei ele e mamãe, mas sabe o que ele disse? "Como vai, Eunice?"

Menina, quase desabei no choro, porque ele nunca me perguntou isso antes. Aí eu respondi: "Uh-huh, tô bem, uh-huh." Daí fiquei sem ar, não sei se foi de felicidade ou de medo porque ele perguntou tão sério, como se fosse a última vez que a gente estivesse se vendo. Fiquei pensando qual seria a reação dele se eu pulasse e lhe desse um abraço. Fico meio apavorada toda vez que saio de casa pra passar um tempo fora, porque ele sempre me ataca no último minuto, dizendo coisas terríveis no carro até o aeroporto; será que no fundo ele só quer ter algum tipo de contato comigo antes de eu partir e abandoná-lo por alguém como Lenny? Foi essa a sensação que rolou enquanto a gente saía do parque e daí eu só disse: "Tchau, papai, eu te amo" e voltei correndo pro apartamento e, graças a deus, Lenny não estava lá porque passei três horas chorando loucamente antes dele chegar em casa pra jantar; e eu não tava nem um pouco a fim de ficar de papo.

Bem, não quero pensar muito nisso pra não ficar deprimida. Quais as novidades por aí, meu churro frito? Seu pai recuperou a fábrica de desentupidores? Como foi o rejuvenescimento vaginal? E o idiota do Gopher? Ai, cada dia que passo longe de você, mais sinto sua falta. Ah, minha mãe continua SEM responder minhas mensagens. Parece um castigo por eu namorar o Lenny. Acho que seria bom levar o Joshie GOLDMANN, meu novo amiguinho de 70 anos, lá na igreja! Ha ha.

22 DE JULHO

FODAMADRINHA *PARA* EUNI-DIOTA:
Querido Panda,
Não tô podendo falar agora. Meu pai sumiu. Ele tinha ido lá na fábrica e foi o último GlobalTrace dele que consegui no meu äppärät. Desconfiamos que ele tenha entrado na fábrica de fininho, embora o prédio esteja cercado pela Guarda Nacional e, lá dentro, tenha um bando de pobre fazendo o que bem quer. A gente tentou passar pela blitz, mas os soldados não deixaram e um deles deu um soco na mamãe quando ela começou a gritar com ele. Agora estamos em casa e eu tô trocando a compressa pra desinchar o olho dela, coitada; ela não quer saber de ir pro hospital. A gente

já não sabe mais o que está acontecendo. Um tal de Pervaiz Silverblatt, um Mídia da Levy Report, está mandando um stream dizendo que a fábrica tá pegando fogo, mas nunca ouvi falar nesse cara. Ai, desculpa por não ser uma boa amiga e não estar podendo te ajudar agora. Seja forte e faça o que for preciso por sua família.

EUNI-DIOTA: Sally, tá sabendo o que tá rolando com os Kang na Califórnia?
SALLYSTAR: Pergunte pro seu namorado.
EUNI-DIOTA: Oi?
SALLYSTAR: Pergunte pra ele sobre a Wapachung Contingency.
EUNI-DIOTA: Não entendi.
SALLYSTAR: Não se preocupe.
EUNI-DIOTA: Ah, vá se foder, Sally. Por que me trata desse jeito? Que mal o Lenny fez pra você ou pra mamãe? E Lenny não trabalha nessa Wapachung sei-lá-o-quê; ele trabalha pra divisão de Serviços Pós-Humanos. Conheci o chefe dele, que é supermaneiro. A empresa deles simplesmente ajuda as pessoas a ter um visual mais jovem e a viver mais tempo.
SALLYSTAR: Nossa, que egocêntrico!
EUNI-DIOTA: Ah, pois é, minha querida. Só você e papai podem ser santos ministrando em Jerusalém.
SALLYSTAR: Hum?
EUNI-DIOTA: Pesquise, querida. Está lá na sua bíblia. Deve estar marcado com vinte cores diferentes. Adivinha só. Eu também tenho ajudado, Sally. Tenho ido ao parque nas últimas semanas. E fiz amizade com David, que acha você uma pentelha religiosa e mimada.
SALLYSTAR: Por mais quanto tempo, você vai continuar com tanto ódio, Eunice? Um dia sua beleza vai sumir e esses velhos brancos idiotas vão parar de correr atrás de você! E aí?
EUNI-DIOTA: Valeu, Sally. Bem, pelo menos você está sendo sincera pela primeira vez na vida.
SALLYSTAR: Desculpe, Eunice.
SALLYSTAR: Eunice? Desculpe!
EUNI-DIOTA: Tenho que ir me encontrar com David no parque. Tô levando polivitamínicos masculinos porque os caras precisam estar fortes caso role um ataque.

SALLYSTAR: Tá bom. Te amo.
EUNI-DIOTA: Ah, tá, falou.
SALLYSTAR: Eunice!
EUNI-DIOTA: Eu sei que você me ama.

24 DE JULHO

EXERCITODEAZIZ-INFO *PARA* EUNI-DIOTA:

Oi, Eunice. Gostei de conhecer seu pai e conversar com ele. Vocês dois se parecem no sentido de que ambos são duros na queda. Que bom que o encontro na Tompkins Square aproximou vocês. A presença do seu pai me fez sentir saudade do meu. Quando éramos pequenos, eles eram mais durões conosco do que o necessário, o que significa que crescemos mais fortes do que necessário. OBSERVAÇÃO: Você é muito grossa e reclama demais, Eunice. É seu *modus operandi*, mas você ainda é uma mulher muito forte, tão forte que às vezes dá medo. Use essa força para o bem. Siga em frente.

Esta chuva hoje está deixando a noite FRIA. Estão todos dormindo e o único som que se ouve é de Anna, a filhinha de Marisol, que está cantando umas canções R&B das antigas lá perto do chafariz. Estou preocupado com a Proteção de Força. Segundo meus PMs, não há nenhuma atividade da SAR em torno do perímetro do parque, o que é estranho para uma sexta-feira. Enviarei uma unidade à Laundromat, na St. Mark's. Talvez os bipartidários vejam o que está escrito no muro. Talvez eles paguem nosso bônus da Venezuela dessa vez.

OBSERVAÇÃO: No fundo você tem muita sorte, Eunice. Tem noção disso? Seria um adianto se você estivesse comigo aqui agora, para que pudéssemos conversar, aproveitando essa tranquilidade aqui na barraca (tentei fazer conexão de voz, mas você devia estar dormindo) e seria do jeito como era na faculdade, exceto que em Austin não havia nenhuma garota tão linda quanto você. Chauncey da Desnutrição disse que estamos precisando de 20 latas de repelente e que se conseguíssemos mais 100 abacates e caranguejo na H-mart, seria de grande auxílio para elevar nosso perfil nutricional.

Espero que esteja protegida da chuva e em bom estado físico e mental. Não sucumba à mentalidade do Alto Patrimônio Líquido esta semana. Realize algumas tarefas úteis que deixariam seu pai orgulhoso. Mas não se esqueça: relaxe um pouco. Não importa o que aconteça, pode contar com meu apoio.

David

A RUPTURA
DO DIÁRIO DE LENNY ABRAMOV

29 DE JULHO

Querido diário,

Grace e Vishnu fizeram uma festa para anunciar a gravidez de Grace, em Staten Island. A caminho da estação das barcas, eu e Euny vimos uma passeata, um protesto nos velhos moldes que seguia pela Delancey Street em direção à superestrutura partida da ponte de Williamsburg. Aparentemente autorizados pela Secretaria de Restauração, os manifestantes cantavam livremente e empunhavam cartazes com erros ortográficos exigindo melhores moradias: "Poder pupular!", "Moradia é direito umano", "Não nos joguem da *ponti*", "Qeimem todos os Postes de Crédito!", "Não sou gafanhoto, *huévon*!", "Não me chame de furmiga!" Cantavam em espanhol e chinês, em um emaranhado de sotaques, várias línguas marcantes brigando para se misturarem à nossa insossa língua materna. Eram homenzinhos da ilha de Fuji, mães latinas de costas largas e, destacando-se entre os manifestantes, os Mídias, brancos, de braços longos e desengonçados, tentando fazer streams sobre seus próprios problemas, como o sinal que deram na compra de seus apartamentos e os imperiosos administradores dos condomínios. "Estamos sendo recusados pelo setor imobiliário", gritavam os manifestantes mais eruditos. "Chega de ameaças de deportação! Uuu! O espaço da juventude LGBT não está à venda! A união faz a força! Devolvam nossa cidade! Sem justiça não há paz!"

Toda essa cacofonia me acalmou. Se ainda podia haver manifestações como aquela, se as pessoas ainda conseguiam se preocupar com coisas como moradia *melhor* para a juventude transexual, talvez ainda não estivéssemos acabados como nação. Pensei em dar as boas-novas para Nettie Fine pelo GlobalTeens, mas estava preocupado com o "parto" que era chegar até Staten Island. De acordo com meu äppärät, os soldados da Guarda Nacional nas barreiras do terminal das barcas não eram da Wapachung Contingency. Por isso, durante a habitual meia hora, nós nos submetemos às humilhações do "Negue e Consinta" como todo mundo.

Grace e Vishnu moravam num dos andares de uma casa imensa, estilo Shingle, no modernoso bairro de St. George, as colunas dóricas da casa denunciando uma historicidade marcante, o torreão fornecendo um relento cômico, janelas de vitral, um toque um tanto kitsch, o resto desgastado pela maresia, mas confiante, uma obra genuína do final do século XIX construída em uma ilha, num pequeno recanto do local que, naquela época, se transformava na cidade mais importante do país mais importante do mundo.

Não eram ricos, meus amigos Vishnu e Grace – compraram a casa por uma ninharia dois anos antes, quando a última crise chegou ao seu ápice –, e o lugar já estava uma bagunça, mesmo sem o bebê que estava por vir, uns móveis Shaker quebrados que Vishnu nunca tinha tempo de consertar e livros de verdade, fedorentos e antigos, que ele jamais leria. Vishnu estava do lado de fora, na varanda dos fundos, cuidando da grelha onde assava tofu e virava umas verduras. O deque da varanda conferia um toque especial ao apartamento, dando vista total do centro de Manhattan, destacando-se em meio ao calor do verão, a paisagem cansada, desgastada, precisando de um banho. Eu e Vishnu fizemos o cumprimento negro, um tapa e um abraço. Fiquei por ali, perto de meu amigo, batendo papo, cheio de atenção, como faria com uma mulher num bar quando eu era jovem e solteiro, enquanto Eunice ficou distante e tímida, um copo de Pinot ou algo parecido na mão.

CrisisNet: DÍVIDAS DO MERCADO DE CRÉDITO EXCEDEM 100 TRILHÕES DE EUROS.

Não entendi muito bem a mensagem. Vishnu, distraído, olhava para o nada, enquanto uma raiz caiu por entre as frestas da grelha sem fazer muito alarde.
O deque começou a encher. Noah estava lá, a pele vermelha, castigada pelo verão, mas pronto para apresentar o show em que anunciaria a iminente chegada do bebê, totalmente endividado, ao nosso estranho mundo novo. A namorada de Noah, Amy Greenberg, o lado cômico da noite, enviava streams ao seu "Momento Pneuzinho", cheios de risadas espasmódicas e agressividade não tão sutil sobre o fato de que engravidá-la não estava nos planos de Noah e que tudo o que lhe restava era a sua *carreira*.
Meus amigos. Meus queridos amigos. Conversamos, do jeito tipicamente meio triste, meio alegre – coisa de gente com o pé nos quarenta –, sobre coisas que um dia nos fizeram sentir jovens, enquanto Amy passava um baseado de verdade, sem sementes e úmido, do tipo que só os Mídias conseguem. Tentei fazer com que Eunice se entrosasse, mas ela ficou praticamente o tempo todo à beira do deque com o äppärät na mão, o vestido lindo como se fosse algo saído de um filme antigo, a princesa arrogante incompreendida por todos, exceto um homem.
Noah se aproximou de Eunice e começou a jogar para cima dela o seu charme retrô. Vi que a boca de Eunice se movia e formava pequenas sílabas de compreensão e incentivo, um rubor terminal espalhando-se pelo pescoço. Ela, porém, falou baixo demais e não consegui ouvi-la em meio ao som das verduras estorricando na grelha e à gargalhada coletiva de meus velhos amigos.
Mais gente chegou: as colegas judias e indianas de Grace, advogadas do Varejo que, num estalar de dedos, mudavam de estado de espírito: de sociáveis para austeras, de introspectivas para voláteis; as ex de Vishnu, lindas e bronzeadas, que ainda mantinham contato, pois ele era um cara bacana; e mais um bando

de gente que estudou conosco na NYU, a maioria, caras inteligentes do Crédito, um deles, que usava um Mohawk da moda e um brinco de pérola, tentando se equiparar a Noah em tom e importância.

Tomei rapidamente algumas doses de vodca com Noah que, desligando o äppärät, confidenciou que a gravidez de Grace "o estava deixando uma pilha de nervos", que ele não sabia o que fazer e que seu vício alcoólico, apesar de charmoso para a maioria, começava a preocupar Amy Greenberg.

– Faça o que achar correto – sugeri com naturalidade, conselho do tempo em que o primeiro Boeing Dreamliner, ainda voando sob a chancela da bandeira americana, decolou e partiu o céu plúmbeo de Seattle.

– O problema é que *nada* mais parece correto – respondeu Noah com franqueza, os olhos observando a diminuta silhueta de Eunice.

Servi-lhe uma dose mais generosa, vodca entornando e umedecendo meus dedos escurecidos pela grelha. Fiquei feliz, pois pelo menos ele não estava falando de política. Feliz e um pouco surpreso. Bebemos e deixamos que o baseado que passava de mão em mão adicionasse aos nossos incertos estados de espírito uma saborosa umidade verde; o perigo pulsava atrás da minha córnea, porém meu campo de visão continuava claro e límpido, pelo menos no que se referia aos meus afetos. Se eu pudesse ter meus amigos e minha Eunice para sempre, ficaria eternamente bem.

Um garfo bateu numa taça de champanhe, o único copo que não era de plástico. Noah estava prestes a fazer seu bem ensaiado discurso "de improviso". Vishnu e Grace ficaram de pé no meio do grupo. Transbordei de carinho por eles. Aquela mulher desengonçada e generosa estava linda com uma bata branca e lisa e jeans não transparente. Vishnu trajava roupas mais discretas e selecionadas; substituíra a babaquice infantil do SUK DIK pelas calças comuns e uma camiseta com a estampa "Rubenstein tem de morrer aos pouquinhos". Seus traços morenos ficavam ainda mais hebraicos sob o peso das iminentes responsabilidades (na verdade, nossas duas raças são unicamente preparadas para reproduzir). Grace e Vishnu, meus dois adultos.

Noah falou e, embora eu achasse que odiaria suas palavras, sua natureza superficial, aquela capacidade de estar permanentemente enviando streams que os Mídias não conseguem evitar, acabei por não odiar.

– Adoro esse Negão – disse ele, apontando para Vishnu. – E essa noiva do Negão aqui. Acho que são as únicas pessoas que deveriam ter filhos, as únicas pessoas qualificadas para criar um bebê.

– Sem dúvida! – respondemos em coro.

– As únicas pessoas seguras o bastante para amar, cuidar e proteger uma criança, venha o que vier. Porque são gente boa. Sei que todos dizem isso, "São gente boa", mas existe o tipo superficial do que vem a ser bom, o tipo de "bom" que se encontra e que qualquer um de nós é capaz de imitar; mas existe ainda outra coisa, bem profunda, tão difícil de encontrar hoje em dia. Consistência. O convívio diário. A capacidade de abstrair os problemas. A disposição de ponderar. De jamais perder a cabeça. A disposição de canalizar tudo, a raiva pelo que houve com nosso povo, canalizar tudo sabe lá como. Preservando, assim, as crianças. É o que eu tinha a dizer.

Eunice avaliava Noah com olhos atentos, fechando inconscientemente os dedos ao redor do äppärät e do AssLuxury que pulsava à sua frente. Pensei que Noah tivesse terminando, mas precisava fazer umas piadas para amenizar o fato de que todos nós amávamos Grace e Vishnu e que, ao mesmo tempo, temíamos muito por eles e pelo seu empreendimento de dois meses de vida intrauterina. Amy riu das piadas e todos nós tivemos de fazer o mesmo – o que foi bom.

O baseado voltou, passou pela mão magra de uma mulher desconhecida e dei um tapa bem fundo. Veio-me à cabeça uma lembrança de quando eu tinha uns quatorze anos. Eu passava pelos recém-construídos alojamentos da NYU, na Primeira ou na Segunda Avenida, aquelas coisas amorfas multicoloridas, com uma espécie de modernidade em formato de asa de galinha saindo do telhado. Havia umas meninas bem-vestidas que ficavam pelo saguão e que sorriram, uma atrás da outra, quando passei – não para fazer graça, mas porque eu tinha um visual comum e porque era um dia lindo de verão. Além disso, estávamos todos ali, vivos. Lembro-me da tamanha felicidade que senti (optei, ali mesmo, pela NYU); depois de andar meio quarteirão, entretanto, percebi que elas iam morrer e que eu ia morrer. O resultado final – inexistência, eliminação, nada daquilo importava no maior dos maiores prazos – nunca me satisfaria, nunca me permitiria curtir plenamente a felicidade dos amigos que eu suspeitava que um dia viesse a fazer; amigos como aqueles à minha frente, comemorando um bebê que ia chegar, rindo, bebendo, entrando numa nova geração com sua conectividade e decência intactas, mesmo que cada ano os aproximasse do impensável, aquelas horas passadas em claro que começavam às nove da noite e terminaram às três da manhã, aquelas horas de terror, pulsantes e regadas a picadas de mosquito. Eu tinha ido mais longe que meus pais, nascidos num país construído sobre cadáveres! Ultrapassara sua eterna ansiedade – caramba, pura sorte! Porém, ao mesmo tempo, eu não me distanciara tanto deles; eu era incapaz de agarrar o momento presente, de agarrar Grace pelos ombros e dizer: "Sua felicidade é minha também."

> CrisisNet: COMPANHIA DE INVESTIMENTOS CHINESA QUITA DÍVIDA DOS ESTADOS UNIDOS

Vishnu piscou várias vezes ao ver as últimas notícias no äppärät. Alguns caras do Crédito começaram a cochichar entre si. Vishnu segurou a noiva e agarrou-lhe a barriga ainda pequena. Voltamos a rir de Noah imitando Vishnu quando era calouro na NYU – um desengonçado de Upstate, ele fora parcialmente atropelado por um caminhão e parara no hospital com marcas de pneu no peito.

Duas fileiras de helicópteros, formando um V quebrado como um bando de gansos em revoada, sobrevoavam a região que imaginei ser a Arthur Kill de um lado e a poética curva da ponte de Verrazano do outro. Olhamos para cima, desviando-nos do lacrimejante discurso que Grace fazia – o quanto significávamos para ela, que nada a preocupava, já que nos tinha ao seu lado.

– Puta que pariu! – disseram dois caras do Crédito um ao outro, com as mãos trêmulas segurando suas Coronas.

CrisisNet: BANQUEIRO CENTRAL CHINÊS WANGSHENG LI ADVERTE: "TEMOS SIDO PACIENTES."

– Vamos... – começou a dizer Vishnu. – Ah, esquece. Vamos curtir a festa. Gente! Outro baseado está passando por aí!

Nossas pontuações de Crédito e de ativos começaram a piscar. RECALCULANDO. O cavalheiro de Mohawk já estava se retirando.

CrisisNet: URGENTE: SECRETARIA AMERICANA DE RESTAURAÇÃO CLASSIFICA NÍVEIS DE AMEAÇA EM NOVA YORK, LOS ANGELES E DISTRITO DE COLÚMBIA COMO VERMELHO ++ PERIGO IMINENTE.

E começou a gritaria. Gritávamos e nos agarrávamos, aflitos pelo que sempre suspeitamos que aconteceria, tingidos pela realidade de que estávamos de fato, finalmente, no meio do filme, impossibilitados de sair do cinema e buscar abrigo em nossos veículos. Olhávamos fixamente uns para os outros, nossos olhos *reais*, às vezes azuis e cor de mel, mas a maioria castanhos e pretos, como se avaliassem com precisão nossas alianças: conseguiríamos sobreviver juntos ou seria melhor nos separarmos? Noah esticou o pescoço, como sempre fazia, para tomar pé da situação e reafirmar sua primazia de homem alto.

– Precisamos ficar juntos – eu dizia a Amy Greenberg.

Ela, porém, estava em uma dimensão diferente, um lugar onde se faziam cálculos e dados e as Imagens fluíam como *vino verde* em julho. Ocupei-me de meus próprios dados, enquanto tentava encontrar Eunice.

CrisisNet: CONFLITO COM ARMAMENTO LEVE, MAS POTENTE, EM CURSO NA CIDADE DE NOVA YORK, ÁREAS IMEDIATAMENTE SUBMETIDAS À QUARENTENA DA GUARDA NACIONAL, CENTRAL PARK, RIVERSIDE PARK, TOMPKINS SQUARE PARK.

MENSAGEM URGENTE DO COMANDO DO MÉDIO ATLÂNTICO DA SECRETARIA AMERICANA DE RESTAURAÇÃO (18:04) – O Complexo Residencial-Financeiro-Credor-Consumidor do Lower Manhattan sofreu violento ataque. Moradores DEVEM se reportar à residência principal para maiores instruções/ realocações. *Ao ler esta mensagem, você negará sua existência, o que implicará consentimento.*

Começaram os streams. Dos Mídias que moravam em apartamentos alugados perto do Tompkins Park, inclinando cuidadosamente os äppäräti nos parapeitos. O retângulo verde estava encoberto pela fumaça; até as árvores mais frondosas foram desfolhadas pelo fogo da artilharia; os galhos nus balançando ao vento provocado pelo helicóptero. Cercaram os Indivíduos de Baixo Patrimônio Líquido. O líder, agora identificado pela Mídia como David Lorring, com dois erres e um ene, estava gravemente ferido. Soldados o removiam do parque em direção a um tanque. Não dava para identificar seu rosto por trás daquela massa indistinta vermelha e carnuda, tentando enxergar por entre as frestas do curativo feito às pressas. Ele, no entanto, ainda vestia o camuflado retrô venezuelano, um dos braços pendendo da maca, em um ângulo inumano, como se tivesse sido arrancado e reimplantado por psicóticos. Em meio à fumaça, vi pedaços de corpos reduzidos demais para serem categorizados, a silhueta de homens

empunhando armas ao lado, penetrando mais ainda no caos, e, em toda a parte, o barulho de garrafas d'água de plástico explodindo. Uma placa contendo a surpreendente palavra "DIFTERIA" invadiu a tela do äppärät de alguém.
Rapidamente, Eunice se aproximou de mim.
– Quero ir para Manhattan! – anunciou.
– Todos nós queremos ir pra casa, mas olhe o que está acontecendo.
– Tenho de ir ao Tompkins Park. Conheço alguém lá.
– Ficou maluca? Estão matando gente lá.
– Um amigo meu está correndo perigo.
– Assim como muita gente.
– Talvez minha irmã esteja lá também! Ela ajuda o pessoal no parque. Me ajude a chegar até as barcas.
– Eunice, não vamos a *lugar nenhum* agora!
O sorriso amarelo surgiu com tanta força que cheguei a pensar que o osso do queixo tinha quebrado.
– Então tá!
Grace e Vishnu, com a prudência de seus antepassados, guardavam comida para o pessoal que não cozinhava em casa, prevendo a situação semelhante a um estado de sítio que estava por vir. Meu äppärät começou a apitar. Recebia um considerável pacote de dados.

PARA: Acionistas e Executivos da Serviços Pós-Humanos
DE: Joshie Goldmann
ASSUNTO: Situação política
MENSAGEM: Passamos por um processo de profundas mudanças, mas pedimos a todos os membros da família Serviços Pós-Humanos que mantenham a calma e permaneçam vigilantes. Há considerável possibilidade de que a esperada queda do regime de Rubenstein/SAR/Bipartidários venha a acontecer. Nós, da Wapachung Contingency, estamos contatando os fundos de riqueza soberana de outros países, buscando investimento e alian-

ças. Prevemos mudanças sociais que beneficiarão todos os acionistas e funcionários de primeiro escalão. Nos estágios iniciais de transição, nossa principal preocupação é a segurança de todos os acionistas e funcionários. Caso esteja fora de Nova York, por favor, retorne logo à cidade. Apesar do aparente estado de ilegalidade e falência em certas regiões do centro da cidade, sua segurança estará garantida, se você estiver em seu Triplex, casa ou apartamento no trecho compreendido entre Manhattan e Brownstown Brooklyn. Os soldados da Wapachung Contingency receberam ordens para protegê-lo de Indivíduos de Baixo Patrimônio Líquido revoltosos e de dissidentes da Guarda Nacional. Em caso de dúvidas ou emergências médicas, por favor, contate Howard Shu na Coordenação do Amantes da Vida. Se, por alguma razão, a transmissão regular em seu äppärät for interrompida, por favor, acesse o canal de emergência da Wapachung Contingency e siga as orientações. Uma era espetacular está prestes a começar para nós e para a economia criativa. Somos afortunados e, num sentido abstrato, abençoados. Avante!

Eunice se afastara de mim e vertia lágrimas voluptuosas que se acumulavam no nariz, ganhando volume e força.
– Eunice, querida. Vai ficar tudo bem.
Ela se desvencilhou de meu abraço. O chão estremeceu e captei um som completamente surreal vindo de algum lugar além das cercas vivas maltratadas do pequeno *palazzo* de Vishnu e Grace – o revoltante contralto produzido pelos gritos da classe média.

CrisisNet: FONTES NÃO IDENTIFICADAS: FRAGATAS COM MÍSSEIS DA MARINHA VENEZUELANA MARISCAL SUCRE & RAUL REYES E NAVIOS DE APOIO VISTOS A 300 MILHAS DA COSTA DA CAROLINA DO NORTE. ST. VINCENT'S E OUTROS HOSPITAIS DE NOVA YORK EM ALERTA MÁXIMO.

Os poucos que eram de Manhattan e Brownstone Brooklyn faziam fila em frente a Vishnu e Grace, tentando conseguir um espaço para pernoitar na casa deles; outros que moravam em Staten Island ofereciam camas de campanha e um lugar aquecido no sótão. Nomes e telefones de cooperativas de táxi pulavam de äppärät em äppärät, todo mundo tentando descobrir se ainda era possível atravessar a ponte de Verrazano.

Meu äppärät apitou mais uma vez e, de repente, ouvi a voz de Joshie, desesperada como nunca antes.

– Onde você está, Len? O GlobalTracer está mostrando Staten Island.
– St. George.
– Eunice está aí com você?
– Está.
– Proteja-a.
– Ela está bem. Vamos pernoitar em Staten Island, esperar a poeira baixar.
– Pernoitar? Não recebeu o memorando? Precisam voltar para Manhattan.
– Recebi sim, mas não faz sentido. Não estamos mais seguros aqui?
– Lenny... – A voz pausou, deixando que meu nome ecoasse no meu subconsciente como se fosse Deus me chamando. – Esses memorandos não surgem do nada. Vêm direto da Wapachung Contingency. Saia de Staten Island *agora*. Vá para casa imediatamente! Leve Eunice com você. Garanta a segurança dela.

Eu ainda estava chapado. As janelas da minha alma estavam enfumaçadas e vermelhas. A transição de felicidade relativa para completo temor não fez sentido. Foi então que me lembrei de onde vinha aquela felicidade relativa.

– Meus amigos. Ficarão bem se permanecerem em Staten Island? – perguntei.
– Depende – respondeu Joshie.
– Do quê?
– Do patrimônio que tiverem.

Fiquei sem reação. Tive vontade de chorar.
— Seus amigos Vishnu e Grace vão ficar bem onde estão — afirmou Joshie.
Como ele sabia o nome dos meus amigos? Será que eu disse a ele?
— Concentre-se em trazer Eunice de volta para Manhattan.
— E meus amigos Noah e Amy?
Ele fez uma pausa.
— Nunca ouvi falar deles — respondeu Joshie.
Estava na hora de ir embora. Beijei Vishnu em cada lado do rosto, troquei cumprimentos com os outros e aceitei uma vasilha de kimchi e enroladinho de alga ofertada por Grace, que implorou para que ficássemos.
— Lenny! — gritou. Em seguida, sussurrou em meu ouvido, com cuidado para não deixar Eunice ouvir:
— Eu te amo, querido. Cuide de Eunice. Cuidem-se, vocês dois!
— Não fale assim! — respondi também sussurrando. — Vou vê-la de novo. Vou vê-la amanhã.
Encontrei Noah e Amy mandando streams, um ao lado do outro, ele, aos berros, ela, chorando, o ar impregnado de pânico e Mídia. Estiquei o braço e desliguei o äppärät de Noah.
— Você e Amy têm de vir conosco para Manhattan.
— Tá doido? A chapa esquentou no downtown. Os venezuelanos já estão a caminho.
— Meu chefe disse que temos de voltar para Manhattan. Disse que estaremos mais seguros lá. Recebeu essa notícia da própria Wapachung Contingency.
— Wapachung Contingency? — gritou Noah. — Virou bipartidário agora?
Dessa vez, tive vontade de arrancar a indignação de meu amigo a tapa.
— Temos que ficar em segurança, babaca! Há protestos violentos rolando! Estou tentando salvar sua vida!
— E quanto a Vishnu e Grace? Se não é seguro ficar aqui, por que eles não vêm conosco?

– Meu chefe disse que eles ficarão bem aqui.
– Por quê? Porque Vishnu colabora com o regime?
Segurei-lhe o braço como nunca antes, a carne abundante retorcendo dentro da minha mão, que o segurava com força. Aquele jeito também conotava que, pelo menos dessa vez, eu, e não ele, estava no comando.
– Preste atenção. Eu amo você. É meu amigo. Temos de fazer isso por Eunice e por Amy. Temos de assegurar que elas saiam ilesas.
Ele me olhou com o leve ódio dos justos. Sempre duvidei de seu amor por Amy, mas, agora, não restava dúvida. Ele não a amava. Estavam juntos pela razão óbvia e presente em todos os tempos da história: era um pouco menos doloroso do que viver sozinho.

CrisisNet: FONTES NÃO IDENTIFICADAS: 18 POSTES DE CRÉDITO INCENDIADOS POR MANIFESTANTES, INDIVÍDUOS DE BAIXO PATRIMÔNIO LÍQUIDO, NA REGIÃO DE CRÉDITO DE MANHATTAN. GUARDA NACIONAL RESPONDE COM "AÇÃO RÁPIDA".

Caminhamos pela linda, arborizada e vitoriana St. Mark's Place, como dois lindos casais. Noah abraçado com Amy e eu, com Eunice. No entanto, a graciosidade dos casais e a beleza dos salgueiros da rua, com seus galhos pendentes, eram uma mentira. Um temor caucasiano revoltante, grama aparada e sexo moderado, misturados a um surpreendente arroubo de transpiração terceiro-mundista, impregnaram a rua mais elegante do bairro, a humanidade branca, jovem e modernosa correndo em direção à estação de barcas de Staten Island, rumo a Manhattan e, depois, ao Brooklyn, enquanto outra multidão tentava voltar para Staten Island – ninguém sabia o que era melhor; para ouvir o falatório da Mídia dos äppäräti, a cidade inteira parecia mergulhada em violência, fosse real ou inventada. Partimos em meio à comoção, os Mídias enviando streams enquanto caminhavam,

Amy enviando um resumo do seu guarda-roupa e suas últimas frustrações com Noah, Eunice olhando em volta desconfiada, enquanto sua formidável pontuação de FODABILIDADE flutuava ao vento. Uma nova esquadrilha de helicópteros sobrevoou o local justamente na hora em que se armava uma tempestade.

Recebi uma mensagem urgente de Nettie Fine: "LENNY, VOCÊ ESTÁ EM SEGURANÇA? ESTOU TÃO PREOCUPADA! ONDE VOCÊ ESTÁ?" Respondi, dizendo que eu, Noah e Eunice estávamos em Staten Island, tentando voltar para Manhattan. "MANTENHA-ME INFORMADA", respondeu, acalmando-me. Embora o mundo desabasse, minha mamãe americana ainda olhava por mim.

Virei à esquerda na Hamilton Avenue, a estação das barcas de Staten Island, uma rápida descida para a baía. Um jovem midiadependente, todo dentes e bronzeado, com uma camisa guayabera aberta, quase se chocou contra nós enquanto corria e gritava para seu äpparät, alto e bom som:

– Estão atirando no pessoal da Mídia!
– Onde? – gritamos.
– Aqui. Em Manhattan. Brooklyn. Os Indivíduos de Baixo Patrimônio Líquido estão incendiando os Postes de Crédito! A Guarda está revidando a tiros! Os venezuelanos estão cruzando o Potomac!

Noah nos empurrou, os braços em volta de mim e de Eunice, sua força relativa e a solidariedade de seu corpo volumoso nos espremendo, fazendo com que eu o odiasse.

– Precisamos contornar – gritava ele. – Não dá pra chegar à Hamilton. Está coberta de Postes de Crédito! A Guarda vai começar a atirar!

Percebi que Eunice olhava para ele com um sorriso, parabenizando-o pelo fácil poder de decisão. Amy enviava streams sobre sua amada mãe – um protótipo bronzeado de uma Mediawhore contemporânea –, no momento, em férias no Maine; dizia que estava com saudades, desculpava-se por não tê-la visitado esta semana, mas que Noah, *Noah*, insistira para que eles

fossem à festa de Vishnu e Grace e que a vida agora estava "a treva", não estava?
– Pode me levar ao Tompkins Park? – perguntou Eunice a Noah.
Ele sorriu. Em meio àquela histeria toda, *ele sorriu*.
– Vamos ver o que eu posso fazer.
– Vocês enlouqueceram? – gritei.
Mas Noah já arrastava Eunice e Amy em direção ao Victory Boulevard. Havia gente correndo ali, menos do que na Hamilton Avenue, mas eram, no mínimo, cerca de cem, apavorados, desorientados. Alcancei Eunice e arranquei-a da mão de Noah. Meu corpo, flácido, mas real e quase o dobro do de Eunice, cobriu-a completamente e protegeu-nos da multidão que vinha em nossa direção, meus braços contendo o ímpeto da horda que avançava, o desfile dos jovens apavorados, exalando a densa essência floral de sabonete, mostrando-se densamente incapazes de sobreviver. Adiante, dois Postes de Crédito derretiam no calor, os contadores de LED destruídos, fagulhas saindo dos circuitos eletrônicos.
Fui avançando, com minha natureza russa, minha feiura, minha origem judaica, percorrendo-me o organismo – emergência, emergência, emergência – enquanto protegia minha preciosa carga de quaisquer danos, enquanto sua *nécessaire* da Padma esmagava-me as costelas, fazendo com que meus olhos lacrimejassem pela dor que me causavam aqueles duros contornos.
– Amor, minha querida, vai ficar tudo bem – sussurrava para Eunice.
Nem era preciso. Eunice estava bem. Demos as mãos. Noah conduzia Amy, Amy conduzia Eunice e Eunice conduzia a mim em meio à multidão que gritava, seguindo numa direção, depois em outra, boatos correndo com a velocidade de um äppärät. O céu mudou, como se zombasse de nós, um vento forte empurrando-nos de um lado para o outro.
Atrás do velho fórum, uma área municipal tornara-se a base de ocupações da Guarda Nacional, helicópteros decolando,

blindados, tanques, metralhadoras Browning girando em semicírculo, uma pequena área cercada por uma corda como se fosse uma prisão, onde interrogavam os negros mais velhos. Corremos. Tudo perdera significado. Todas as placas. Os nomes das ruas. Os monumentos. Mesmo aqui, no centro do reino de meu temor, a única coisa em que eu conseguia pensar era que Eunice não me amava, perdera o respeito por mim, Noah agora o líder decidido no momento em que ela deveria precisar de *mim*. Staten Island Bank & Trust. Ao lado, barbearia Da'Grain. Aliança Pró-Evangelização de Crianças. Associação de Saúde Mental de Staten Island. Ponte de Verrazano. A&M Cosméticos. Planet Pleasure. Creche Up and Growing. Pés e mais pés. Dados fragmentados em toda parte, pontuações inúteis, streams inúteis, comunicados oficiais inúteis de um mundo que nada mais significava para um mundo que jamais significaria. Senti o cheiro de alho vindo do hálito de Eunice e de seu corpo. Confundi aquilo com a ideia de vida. Senti o peso da ideia de ter uma ereção atrás dela. A ideia se transformou num mantra "Eu te amo, eu te amo, eu te amo".

– Tompkins Park – disse ela, irritando-me com sua teimosia.
– Minha irmã.

Surgiu uma multidão de negros, vinda do bairro não revitalizado, próximo a St. George, que se misturou conosco. Senti que os descolados tentavam separar-se dos negros, um instinto de sobrevivência americano que vinha desde o tempo em que chegou aqui o primeiro navio negreiro. Distância dos condenados. Negros, brancos, negros, brancos. Só que aquilo também não tinha a menor importância. Finalmente, éramos um só. Éramos todos condenados. Mais uma pancada de chuva cobriu-nos as faces, uma baforada de ar quente seguiu-se à chuva, o rosto abatido de Noah olhando fixamente o meu, condenando-me à vagareza e à indecisão, Amy enviando um stream com apenas uma única palavra "mamãe", repetida inúmeras vezes, invadindo os satélites lá em cima, invadindo a realidade tranquila de sua mãe no Maine, Eunice, o rosto plano e reto, os braços ao redor do meu corpo, ela inteira em meus braços.

Noah e Amy correram para dentro da estação das barcas, passando por uma porta de vidro completamente estilhaçada. Eunice agarrou-me o braço e puxou-me em direção ao nosso objetivo. Duas barcas tinham acabado de expelir seus últimos passageiros chorosos vindos de Manhattan. Quem estava conduzindo aquelas barcas? Por que ainda atravessavam a baía? Aquele deslocamento era seguro? Será que havia algum lugar seguro para aportar?

– Lenny, se não me levar ao Tompkins agora, vou com Noah. Preciso encontrar minha irmã. Preciso tentar ajudar meu amigo. *Sei que posso ajudá-lo.* Pode ir pra casa se proteger. Eu volto, prometo.

Uma barca, a *John F. Kennedy*, começara a gargalhar sobre a água, preparando-se para partir. Seguimos em direção à sua boca aberta. Noah e Amy já haviam embarcado com dificuldade e se acotovelado embaixo de um cartaz onde se lia "Transporte SAR – Ain't That América, Somethin' to See, Baby".

Pode ir pra casa se proteger. Eu precisava dizer algo. Precisava detê-la, senão acabaria levando um tiro como os manifestantes pobres. Seu Crédito não era lá essas coisas.

– Eunice! – gritei. – Pare! Pare de fugir de mim. Precisamos ficar juntos agora. Temos de voltar para *casa*.

Ela, porém, desvencilhou-se de mim e correu em direção à *Kennedy*, assim que a rampa da barca começou a ser erguida. Agarrei-lhe o ombro minúsculo e, morrendo de medo de deslocá-lo, de ouvir o estalo que me indicaria que eu a machucara, empurrei-a em direção a uma segunda barca que aguardava e cuja ponte exibia a inscrição *Guy V. Molinari*.

Um helicóptero preto sobrevoou a área, o bico blindado e dourado apontando em nossa direção e depois para a ilha repleta de arranha-céus.

– Não! – gritou Eunice, na hora em que a *Kennedy* partiu, levando a bordo meus amigos, seu novo herói, Noah.

— Está tudo bem. Vamos encontrá-los do outro lado. Venha! Vamos!

Subimos na *Molinari*, abrindo caminho entre jovens e famílias, tantas famílias, vertendo lágrimas, enxugando lágrimas, abraços paliativos.

"LENNY", começava a mensagem de Nettie Fine, "ONDE VOCÊ ESTÁ?" Apesar de toda a confusão, respondi, informando que estávamos na barca para Manhattan e, pelo menos naquele momento, seguros. "SEU AMIGO NOAH ESTÁ SEGURO COM VOCÊ?", perguntou, a doce e prestativa Nettie Fine, preocupada até com gente que ela nunca conheceu. Provavelmente nos acompanhando em tempo real pelo GlobalTracer. Escrevi que ele estava em outra barca, mas também em segurança. "QUAL BARCA?"

Na hora em que eu dizia a ela que estávamos na *Guy V. Molinari* e Noah, na *John F. Kennedy*, abriram fogo atrás de nós, ecoando por toda a Hamilton Avenue, os gritos provocados por tudo aquilo penetrando-me os ouvidos e ensurdecendo-me momentaneamente. Surdez. Silêncio profundo. A boca de Eunice se retorcendo em palavras cruéis que eu não conseguia entender. O focinho oblongo da *Guy V. Molinari* cortou a água quente e então seguimos desesperadamente em direção a Manhattan. Agora, mais do que nunca, eu odiava o falso campanário da "Freedom" Tower, eu a odiava por cada razão que poderia nomear, mas, sobretudo, por sua promessa de soberania e força bruta. Eu queria cortar os laços que me prendiam ao meu país, à minha namorada geniosa e carrancuda e a tudo que me prendia a este mundo. Estava louco para chegar aos 69 metros quadrados que legalmente me pertenciam e fiquei feliz ao ouvir o barulho dos motores, enquanto rumávamos para o que eu concebia como lar.

Um único corvo sobrevoou a barca de Noah e Amy. Baixou o bico dourado, que ficou laranja. Dois mísseis foram disparados em sequência. Uma explosão, depois, duas. O helicóptero manobrou como se nada tivesse acontecido e seguiu em direção a Manhattan.

Um momento em que os gritos cessaram, os äppäräti, em silêncio profundo, uma quietude tomou a *Guy V. Molinari*, os mais idosos agarrados aos filhos, os jovens perdidos em meio à dor de compreender a própria extinção, lágrimas frias ferindo a brisa do mar. Depois, enquanto as chamas reluziam sobre os deques superiores da barca, enquanto a *John F. Kennedy* afundava, partida em duas, desintegrando-se nas águas quentes, enquanto a primeira parte de nossas vidas, a parte falsa, chegava ao fim, uma voz rouca entoou a pergunta que por tantos anos esquecêramos de fazer: *mas por quê?*

ESTADO DE NORMALIZAÇÃO EM ANDAMENTO
DO DIÁRIO DE LENNY ABRAMOV

7 DE AGOSTO

Querido diário,

Sonhei com a lontra. Não foi com a que apareceu em forma de desenho e me interrogou em Roma, tampouco a que vi pichada na Grand Street, mas uma lontra de verdade, um mamífero em alta definição, bigodinhos finos, pelos, a umidade do rio. O bicho apertou o nariz preto aveludado em meu rosto, na orelha, dando-me beijinhos, abençoando meu rosto faminto com um bafo de salmão, tão familiar a mim, típico de meus parentes, as patinhas enlameadas destruindo a camisa social branca limpinha que eu vestira para Eunice, pois no sonho eu queria que ela me amasse novamente, queria que voltasse para mim. Então a lontra pôs-se a falar com a voz de Noah, com aquela voz nervosa, inapropriada, porém humana; a voz de um acadêmico frustrado.

– Pois é, os americanos se sentem solitários no exterior – disse, pausando para avaliar minha expressão. – É muito comum! Por isso nunca saio do canto onde nasci.

Fitando-me de cima a baixo, tentava decidir se eu o achava engraçado.

– Conheceu alguns estrangeiros interessantes durante sua estada no exterior.

Não era uma pergunta, mas uma afirmação. Noah não tinha tempo para indagações.

– Ainda estou esperando o nome, Leonard ou Lenny.

Senti minha boca onírica movendo-se para trair Fabrizia novamente, mas dessa vez não consegui abri-la. A lontra-Noah sorriu como se soubesse exatamente que tipo de homem eu era e limpou os bigodinhos finos com uma pata humana.

– Você disse DeSalva.

Noah. Três dias após a Ruptura. No lugar do luto, em vez da dor, vagas lembranças de nossos encontros, quando dividíamos um baseado pelos outeiros de cascalhos da Washington Square, o início de nossa amizade tão frágil e pateta quanto um namoro entre jovens. Política na língua, garotas na cabeça, dois caras suburbanos, calouros na NYU, Noah já trabalhando em um dos últimos romances a serem impressos, eu, tentando ser amigo de alguém como Noah. Seriam essas lembranças ao menos reais? Esta é minha vida agora. Sonhos, nada mais que sonhos.

Estou dormindo no sofá. Eu e Eunice mal nos falamos desde que a arrastei para casa, afastando-a da porcaria do Tompkins Park, do que quer ou quem quer que ela pensava poder salvar. Seu misterioso amigo? Sua irmã? Que diabos fazia Sally no meio de um campo de batalha?

– Acho que não vai dar certo – eu dissera a Eunice referindo-me à nossa relação depois que ela amuou-se no quarto durante boa parte daquele dia sangrento. – Se não podemos cuidar um do outro *agora*, quando o mundo está essa zona, como poderemos sobreviver? Eunice! Está pelo menos prestando atenção no que digo? Perdi um de meus melhores amigos. Não quer, tipo, me consolar?

Nenhuma resposta tampouco um sorriso amarelo, enfiou-se no quarto. *E basta.*

As explosões, ora grandes, ora pequenas, distantes e próximas, reverberando na minha cabeça, balas traçantes iluminando a lua nublada, iluminando as partes secretas e escondidas da cidade, um prédio inteiro de bebês chorando, e, mais assustador ainda, a ausência temporária daqueles lamentos. Implacáveis. Implacáveis. Implacáveis. Os flashes vermelhos são visíveis até mesmo por trás das cortinas completamente cerradas; dá para ouvi-los na pele. À noite, o som de um arranhar metálico vindo do rio, feito duas barcas chocando-se lentamente. Quando abro uma janela, o bizarro desabrochar de flores e folhas queimadas atinge-me o nariz – um podre adocicado e estranho, como se sente no campo depois de uma tempestade. Estranhamente, nenhum carro disparou seus alarmes de segurança. Tentei ouvir o som familiar de ambulâncias, presumivelmente correndo para salvar vidas – depois da Ruptura, ouviam-se esses sons a todo instante, depois a toda hora, depois silenciaram.

Meu äppärät não está conectando. Não consigo me conectar. Nenhum äppärät está funcionando. Todos os cérebros trintões da Mídia parados na portaria de nosso prédio dizem categoricamente que "É um PEMNN". Um Pulso Eletromagnético Não Nuclear. Os venezuelanos devem tê-lo detonado bem acima da cidade. Ou os chineses. Ninguém sabe ao certo. Na verdade, não há diferença nenhuma na qualidade das "notícias" desde que a Mídia saiu do ar.

Os venezuelanos detonando algo que não seja uma *arepa*.

Ah, que se dane, diria Eunice, caso ainda falasse comigo.

Aponto meu äppärät para fora da janela aberta pela metade, tentando encontrar um sinal. Não consigo localizar meus pais. Não consigo me conectar com Westbury. Não consigo me conectar com Vishnu. Não consigo me conectar com Grace. E nada de Nettie Fine. Completo silêncio no rádio desde que a barca de Noah explodiu. Tudo que tenho é a barra de rolagem emergencial da Wapachung Contingency. "ESTADO DE NORMALIZAÇÃO EM ANDAMENTO. PERMANEÇA EM CASA. ÁGUA: DISPONÍVEL. ELETRICIDADE: ESPORÁDICA. MANTENHA O ÄPPÄRÄT CARREGADO SE POSSÍVEL. AGUARDE INSTRUÇÕES."

No quarto ao lado, ela chora.

Estou muito assustado.

Não tenho ninguém.

Eunice, Eunice, Eunice. Por que você precisa me magoar tantas vezes?

Cinco dias após a Ruptura, instruções.

MENSAGEM DE EMERGÊNCIA DA WAPACHUNG CONTINGENCY:

MELHORA O QUADRO DE SEGURANÇA AO SUL/CENTRO DE MANHATTAN. FAVOR ENTRAR EM CONTATO COM A MATRIZ DE SUA DIVISÃO.

Vesti uma camisa e uma calça, sentindo um misto de medo e alegria. O ar-condicionado parara e eu estava vivendo de cueca, de forma que tive a sensação de estar envolto por uma armadura e alguma proteção blindada ao voltar a me vestir adequadamente. Eunice estava sentada próxima à mesa da cozinha, com o olhar perdido em seu äppärät sem sinal. Nunca senti nela nenhum cheiro de cabelo sem lavar, mas sempre há uma primeira vez: um fedor tão forte quanto os víveres semimortos na geladeira. E, não sei por quê, aquilo me desarmou um pouco, dando-me vontade de perdoá-la, de encontrá-la novamente, pois não importava o que acontecera entre nós, não tinha nada a ver comigo.

– Preciso ir ao trabalho – anunciei beijando-lhe a testa, sem medo de sentir o cheiro do que ela se tornara.

Pela primeira vez em cem horas, ela ergueu a cabeça e fitou-me, os olhos cheios de remela.

– Pra ver Joshie? – indagou.
– Sim.

Ela fez que sim com a cabeça. Fiquei ali parado, feito um executivo japonês, com as calças superquentes e camisa sufocante, esperando mais. Só que nada.

– Ainda amo você – disse-lhe.

Sem resposta, mas nenhum sorriso amarelo também.

– Acho que nós dois fizemos de tudo para que a relação desse certo. Mas somos muito diferentes. Não acha?

E então, antes que ela conseguisse evocar uma emoção e negar, eu parti.

Lá fora, as ruas estavam quase vazias. Todos os táxis fugiram para sabe-se lá de onde os táxis vêm, e aquela ausência de amarelo em movimento conferia a Manhattan uma paralisia e um silêncio dignos de Cabul nas preces de sexta-feira. Os Postes de Crédito estavam queimados em toda extensão da Grand Street, e pareciam árvores pré-históricas após o recuo das geleiras, suas luzes coloridas vergando-se em uma fileira de parábolas invertidas; as placas racistas de Crédito que ficavam no topo foram postas abaixo e destruídas, cobrindo os para-brisas de carros como velhos panos de limpeza. Uma antiga van Econoline com um adesivo no para-choque dizendo "Minha Filha É Fuzileira Americana na Venezuela" também fora incendiada por algum motivo – jazia de rodas para cima no meio da rua, imitando um inseto morto. A A-OK Pizza Shack estava aberta, mas protegera as janelas com tábuas, o mesmo feito pelo mercadinho árabe, as palavras "ACEITAMOS APENAS IUANS DESCULPE MAS TAMBÉM PRECISAMOS COMER" estampadas com estêncil em cada pedaço de papelão. Entretanto, com exceção desses detalhes, a área parecia impressionantemente intacta, com o mínimo vestígio de saques. O profundo silêncio matutino, após um golpe malsucedido de terceiro-mundo, vinha das ruas e cobria as torres. Senti orgulho de Nova York, agora mais do que nunca, por ter sobrevivido a algo que outra cidade não teria suportado: sua própria ira.

A entrada da linha F estava cheia de lixo, o metrô claramente parado. Caminhei pela Grand, um homem sozinho sentindo a densidade de agosto acompanhada da estranha fome de estar vivo, perguntando-se o que ainda estava por vir. A princípio, eu precisava de dinheiro de verdade, não de dólares.

Do lado de fora de minha agência do HSBC em Chinatown, uma fila enorme de chineses de classe média aguardava para ouvir o veredicto de suas economias. Poderiam esses arruinados velhinhos, praticantes de Tai Chi do Seward Park, com seus tênis de três iuans e sinais de calvície, encontrar um jeito de retornar à terra natal, agora mais rica e poderosa? Seriam ao menos bem-vindos de volta? Seriam os pais de Eunice bem-vindos caso decidissem retornar à Coreia?

Passei uma hora na fila, ouvindo um caribenho vestido de brim dos pés à cabeça, a pele rachada brilhando com patchuli, contar sua história neste mundo.

– Esse pessoal aí da Wapachung, toda essa corja da Staatling... os caras tão fugindo com nosso dinheiro. Tão fodendo com a economia e com nosso bolso. Isso é extorsão. Isso é coisa de mafioso. Por que mandaram bala naquela barca? Agora me respondam. Quem controla quem? Quer saber? A gente não vai saber porque é ralé.

Minha vontade foi de oferecer-lhe uma resposta consoladora, mas da garganta não saiu nada, muito embora a cabeça não parasse. Agora não. Agora não. Guarde as perguntas para Joshie.

Minha conta bancária ainda me concedia o privilégio de um caixa especial, uma velhinha grega, importada de uma filial saqueada em Astoria, que abriu todo o jogo para mim. Tudo que eu tinha indexado em iuans estava relativamente intacto, mas meu portfólio da AmericanMorning – LandOLakes, AlliedWasteCVS, e a antiga combinação de cimento, aço e serviços que outrora definira uma economia avançada – não mais existia. Quatrocentos mil iuans, dois anos de abnegação e gorjetas mixurucas deixadas em restaurantes, não sobrara nada. Somando-se as despesas relacionadas a Eunice no último mês, eu tinha 1.190.000 iuans. Do ponto de vista da imortalidade, eu já estava com o pé no necrotério. Do ponto de vista da sobrevivência, o novo padrão-ouro para todos os americanos, eu estava muito bem, obrigado. Saquei dois mil iuans, encarado diretamente pelo presidente Mao, estampado nas notas, com sua expressão idônea e extraordinário contorno capilar. Escondi as notas na meia.

– Você é o homem mais rico de Chinatown – bufou a caixa.
– Volte pra casa e vá cuidar da família.

Minha família. Como estariam sobrevivendo? O que acontecera em Long Island? Algum dia eu voltaria a escutar o gorjeio do canto ansioso de seus pássaros? Em uma esquina, vi um homem fazer sinal para um carro e então negociar o preço de uma carona. Meu pai contou-me que era assim que ele circulava por Moscou quando jovem, chegando a ponto de, certa vez, fazer sinal para um carro de polícia, o capitão louco para descolar uns rublos. Estiquei a mão e um Hyundai Persimmon, completamente decorado com tudo que há de mais colombiano, parou para mim. Ofereci vinte iuans até o Upper East Side, e, durante os minutos que se seguiram, a cidade passou por mim, reservada e vazia, contrastando com a ultrajante e vibrante salsa que coloria o interior do Hyundai. O motorista era uma espécie de empreendedor e, no trajeto, vendeu-me um hipotético saco de arroz que seria entregue em meu apartamento por seu primo Hector.

– Antigamente eu tinha medo das coisas – disse-me, abaixando os óculos de sol para mostrar os olhos insones, as esferas castanhas nadando nas cores das primeira e última barras da bandeira colombiana –, mas agora entendo como é nosso governo. Nada dentro! Parece madeira. Se você quebrar o troço no meio, não vai encontrar *nada*! Então agora, meu amigo, vou tratar de viver minha vida. E vou ganhar dinheiro. Dinheiro de verdade.

– Ã-ham, ã-ham – eu dizia, tentando ser simpático, usando o tom que usamos para conversar com gente que não tem nada em comum conosco.

Quando chegamos ao meu destino, entretanto, ele freou e gritou:

– *Salte, hijueputa!* Fora! Fora! Fora!

Saltei do carro, que imediatamente saiu cantando pneu na direção contrária, sem cobrar os vinte iuans combinados.

A Guarda Nacional enchia a rua.

Era a primeira vez que eu via militares nas ruas desde que deixei meu apartamento, mas a sinagoga da Serviços Pós-Humanos estava completamente cercada por tanques blindados e guardas, os quais meu äppärät alegremente identificou como Wapachung Contingency. (Na verdade, ao inspecionar-se de perto, as bandeiras e insígnia da Guarda Nacional estavam quase completamente raspadas dos veículos e uniformes; agora esses homens eram puramente Wapachung.) Protegiam as portas do prédio contra uma horda de jovens inflamados, aparentemente funcionários demitidos, nossos lindos Daltons, Logans e Heaths, nossas Avas, Aidens e Jaidens, que me atormentavam no Lounge da Eternidade e agora se aglomeravam fora da sinagoga de Joshie, a própria fonte de suas identidades, seus egos, seus sonhos. Meu arqui-inimigo Darryl, o cara do SUK DIK, pulava feito um gafanhoto em chamas, tentando chamar minha atenção.

– Lenny! – gritou quando passei pelos guardas à porta, que escanearam meu äppärät e permitiram imediatamente meu acesso. – Diga a Joshie que não é justo! Diga a Joshie que trabalharei pela metade do salário! Desculpe-me se magoei seus sentimentos! Eu ia te apoiar na Farra do Missô em novembro. Pô, Lenny! Olha pra cá!

Do alto da escadaria na entrada da sinagoga, olhei para eles. Como pareciam perfeitos. Todos muito lindos, antenados e jovens. Mesmo em meio à calamidade, suas mentes neuroaprimoradas trabalhavam intensamente, tentando resolver o enigma, tentando voltar para dentro. Foram preparados, a partir de uma perspectiva evolutiva, para viver exaltados, mas agora a civilização desmoronava à sua volta. Que azar!

E então lá estava eu, no interior do santuário principal onde se encontrava mais um aglomerado de guardas, todos paramentados com a insígnia de batalha. Os Quadros clicavam freneticamente à medida que os trens da maioria dos funcionários iam sendo CANCELADOS. Os estalos vindos simultaneamente dos cinco quadros davam a impressão de que bandos de pombos entraram em nossa matriz para realizar uma batalha aérea. Parei frente a uma das janelas de vitral, com a pintura da tribo de Judá, representada aqui por um leão e uma coroa, e pela primeira vez considerei o fato de que, para milhares de pessoas, aquele lugar fora um templo.

Um pequeno grupo que restara de nosso estafe ainda assombrava as salas, mas suas conversas eram lúgubres e densas. Ninguém mencionava níveis de pH, "sangue inteligente", tampouco "tratamentos beta". A palavra "triglicerídeos" não ecoava no banheiro masculino da Serviços Pós-Humanos onde dávamos longas e orgânicas cagadas, esforçando-nos para nos livrar de quaisquer verduras e legumes que nos atormentassem. Enquanto subia até a sala de Joshie, parei na mesa de Kelly Nardl. Vazia. Ela se fora.

Instintivamente peguei o äppärät para enviar-lhe uma mensagem, mas então me dei conta de que todas as transmissões externas estavam suspensas. Assim do nada, senti um temor pelos meus pais novamente.

Dois soldados guardavam a porta da sala de Joshie. Meu äppärät provavelmente enviou um *feed* de emergência, alertando-os de minha importância, pois ambos afastaram-se e abriram a porta para mim. Lá estava. Joshie. Budnick. *Papi chulo*. Sitiado em sua sala minimalista enquanto os jovens lá fora esbravejavam, querendo o SmartBlood *dele*. Consegui entender a ofensa nada criativa e totalmente infantil: "Um, Dois, Três, Quatro, Cinco, Mil, Queremos que o Joshie vá pra Puta que o Pariu!" e ainda mais ofensivo: "Perdemos nosso emprego/Perdemos nosso Sonho/Viramos balão de hélio/Mas um dia, seu bisonho/Você vai apodrecer de velho." Joshie carregava um símbolo dourado do iuan em volta do pescoço, tentando parecer jovem, mas estava abatido, a pele do lóbulo das orelhas arriada de um jeito estranho, e um grupo de veias roxas, formando um delta do Nilo, descia-lhe pelo lado esquerdo do nariz. Quando nos abraçamos, o leve tremor em suas mãos bateu contra minhas costas.

– Como está Eunice? – indagou imediatamente.

– Transtornada. Acredita que a irmã estava no Tompkins Park, por algum motivo. Não está conseguindo contatar a família em Nova Jersey. Há uma barreira em George Washington. Não estão deixando ninguém passar. Ela está aborrecida comigo. Na verdade, estamos sem nos falar.

– Bom, bom – balbuciou Joshie, olhando lá para fora.

– E você? Como está enfrentando tudo isso?

– Para mim é só um pequeno contratempo.

– Pequeno contratempo? Isso aí fora tá parecendo a Queda do Império Romano.

– Ah, não seja dramático, seu estraga-prazeres. Vou pagar essa meninada com ações preferenciais, e, depois que nos reerguermos, contratarei todos de volta.

Enquanto falávamos, ele recuperou as energias, os lóbulos se enrijeceram e voltaram à posição certa.

– Ei, escute, Reso! Aposto como isso tudo vai ser bom para nós no longo prazo. Esta é uma morte controlada para o país, uma falência planejada. Liquide mão de obra, ações, tudo, menos os imóveis. Neste estágio, Rubenstein não passa de um testa de ferro. O Congresso é só para inglês ver: "Vejam, ainda temos um Congresso!" Agora entrarão em cena partidos mais responsáveis. Aquela história de navios de guerra venezuelanos e chineses é tudo bobagem. Ninguém vai invadir lugar nenhum. Mas o que de fato acontecerá, e sei disso por fontes seguras, é que o Fundo Monetário Internacional abandonará a capital rumo a Cingapura ou Pequim, e então farão um plano de recuperação para os Estados Unidos; dividirão o país em concessões e as entregarão aos fundos de riqueza soberana. Noruega, China, Arábia Saudita, e por aí vai.

– A América deixará de existir? – indaguei, sem dar a mínima para a resposta. Queria apenas estar seguro.

– Esqueça essa merda! Haverá uma América *melhor*. Os escandinavos, os chineses vão querer retorno dos investimentos. Vão querer limpar todas as nossas cidades troféus, expulsando toda a gentalha sem Crédito, tornando os locais verdadeiros centros de estilo de vida. E quem vai se beneficiar disso? A Staatling-Wapachung, é claro. Propriedade, segurança e depois nós. Imortalidade. A Ruptura criou uma nova demanda: ninguém quer morrer. Já posso até imaginar a StatoilHydro, os noruegueses, unindo-se à Staatling. Talvez uma fusão! Isso aí! É assim que se faz! Os noruegueses têm euros e iuans a dar com o pau.

– O que quer dizer com expulsar toda a gentalha sem Crédito?

– Realocá-los. – Ele tomou um gole nervoso de chá-verde. – Esta cidade não é para qualquer um. Precisamos ser competitivos. Isso significa fazer mais com menos. Equilibrar nossas contas.

– Um negro lá no meu banco disse que é tudo culpa da Staatling-Wapachung – contei, tentando romper a hierarquia liberal do "um negro disse".

– Culpa do quê?
– Sei lá. Bombardeamos a barca. Trezentos mortos. Meu amigo Noah. Lembra-se do que me disse pouco antes da Ruptura? Que Vishnu e Grace ficariam bem, mas que você não sabia quem era Noah.
– O que está dizendo? – Joshie inclinou-se para frente, apoiando os cotovelos sobre a mesa. – Está me acusando de alguma coisa?
Não respondi, fazendo o papel do filho magoado.
– Olhe aqui, sinto muito pela morte de seu amigo. Todas essas mortes foram uma tragédia. A barca, os parques. Isso é óbvio. Só que, ao mesmo tempo, quem *eram* todas essas pessoas de Mídia, qual era a colaboração que traziam?
Levei a mão à boca e tossi, sentindo um frio doloroso pelo corpo, como se um iceberg tivesse me penetrado o ânus.
Jamais mencionei a Joshie o fato de Noah ser um Mídia.
– Espalhando boatos inúteis. Unidades de escaneamento da segurança no norte do estado. Até parece. O governo de Rubenstein não tinha competência nem para organizar uma reunião de abelhas em uma colmeia. Lenny, você conhece os números. Não é burro. Estamos trabalhando em algo importante aqui. Investimos muito neste lugar. Você e eu. E olha só agora. O jogo virou, rapaz. Não importa quem assuma o poder amanhã, sejam os noruegueses, os chineses, eles querem o que *nós* temos. Não se trata de nenhum aplicativo imbecil de äppärät. Trata-se da eternidade. O *coração* da economia criativa.
– Que se dane a economia criativa – retruquei, sem pensar.
– Manhattan está sem comida.
Um instante. A mão dele. Minha face. Os parâmetros do mundo movendo-se sessenta graus para a esquerda e então parando em um estalo. Senti a própria mão erguendo-se até minha face sem saber que a tinha movido.
Ele me dera uma bofetada.
Creio que a lembrança da primeira bofetada paternal em algum lugar lá no fundo de minha alma, a mão de Papa Abramov cruzando o ar, a postura pugilista de seus pés como se partisse

pra cima de um homem de 90 quilos e não de um garoto de nove anos, mas, por algum motivo, só consegui pensar que, em novembro, eu faria 40 anos. Em três meses eu seria um homem de 40 anos que acabara de levar uma bofetada de seu amigo, seu chefe, seu segundo pai.

 Então parti pra cima. Cruzei por sobre a mesa, o tronco machucando-se contra as bordas afiadas; segurei-o com as duas mãos puxando a parte de trás da gola de sua camiseta preta sedosa, sua face, sua face úmida e amedrontada, enfiada contra a minha, o gentil castanho de seus olhos, a expressividade, aquela face engraçada de judeu que podia ficar triste repentinamente, tudo o que fizéramos juntos, todos aqueles planos de batalha elaborados enquanto comíamos bandejas de samosas fritas em óleo de açafrão.

 Minha mão largou sua camiseta e cerrei o punho. Eu faria isso? Desferiria o golpe final ou abaixaria o punho cerrado? Mas que mais eu tinha neste mundo, além de Joshie? Seria ele capaz de reorganizar as coisas depois de tudo o que aconteceu? A Renascença não acabou seguindo à queda de Roma?

 Eu poderia mesmo esmurrar esse homem?

 Eu esperara muito tempo. Joshie já estava retirando delicadamente minha outra mão de sua camiseta.

 – Desculpe – disse ele. – Sinto muito mesmo. Ai, meu Deus. Não acredito que fiz isso. É o estresse. Estou estressado. Meus níveis de cortisol. Jesus! Estou tentando ser forte, mas estou assustado também, é claro.

 Recuei. Fui para o outro lado da sala feito uma criança de castigo; senti os raios alfa do Buda de fibra de vidro acariciando meu ser.

 – OK, OK – dizia Joshie. – Tire um dia de folga, vá para casa. Dê lembranças a Eunice. Diga a Joe Schechter que posso readmiti-lo pela metade do salário, mas Darryl está acabado. Volte amanhã. Temos muito trabalho pela frente. Preciso de você também, rapaz. Não me olhe assim. É claro que preciso de você.

Dei uma passada na A-OK Pizza Shack e comprei o pouco que ainda restava: três preciosas pizzas e calzones quentes, tudo por sessenta iuans. Quando saí, a luz atingiu-me, a luz de Noah, a luz que inunda a cidade e não deixa nada além de si mesma, o êxtase urbano. Fechei os olhos, pensando que, quando os abrisse, a última semana simplesmente desapareceria. Entretanto, o que vi foi aquela criatura abominável. Aquela *lontra* desgraçada, bem no meio da Grand Street, mascando algo no asfalto. Agarrei um calzone pesado, pronto para acertar meu antagonista peludo. Mas não; não era uma lontra. Era apenas um coelhinho que provavelmente fugira dos donos, aproveitando seu novo isolamento, deliciando-se com a refeição ali da rua, enquanto coçava espasmodicamente as orelhas com uma das patas, trazendo-me à lembrança Noah curtindo a enorme e vasta cabeleira. Vieram então as nuvens, e a luz urbana de Noah tornou-se uma densa escuridão no cinza-azulado. Meu amigo se fora.

Duas malas cheias de sapatos aguardavam-me à porta, mas Eunice não estava na sala de estar, tampouco no quarto. Estaria finalmente se mudando? Procurei por 65 dos 69 metros quadrados que constituíam meu ninho – nada. Finalmente, ouvi barulho de água no banheiro e, depois que um helicóptero passou, o lamento baixinho de uma mulher sofrida.

Abri a porta. Ela tremia e soluçava, duas garrafas vazias de cerveja Presidente aos pés, e o restante da metade de uma garrafa de vodca. Não se deixe levar pela piedade, disse a mim mesmo. Segure a raiva da última semana, prenda tudo no peito. Não sucumba à ritual humilhação. Você é o homem mais rico de Chinatown. Ela não fez nada a seu favor. Você merece coisa melhor. Deixe que o mundo desabe, a solidão só vai trazer vantagens agora. Liberte-se desse albatroz de 39 quilos. Lembre-se de quando se recusou a consolá-lo depois que Noah morreu.

– Ué, não era para abstermo-nos de qualquer bebida produzida com grãos e cereais? – indaguei, indicando o álcool consumido, o máximo que eu a vira beber até então.

Não ouvi o "vá se foder" que eu esperava. Sua tremedeira continuou, regular, como um animal moribundo debatendo-se no piso barato do banheiro. Sussurrava em inglês e coreano.

– *Appa*, por quê?

Das duas, uma: ou dirigia-se ao pai, em coreano, ou talvez simplesmente reclamasse de seu äppärät travado. Foi a primeira vez que percebi a similaridade entre o dispositivo que dominava o mundo e a palavra coreana que significava "pai". Trajava minha camiseta de golfe, ironicamente a que tinha uma estampa "Baghdad Tourist Authority", e aquela estranha associação – Eunice coberta com minha própria roupa – causou-me uma enorme vontade de abraçá-la e de sentir meu peso sobre ela. Levantei-a – até mesmo sua leveza me deu uma pontada na próstata, mas o resto de mim sentia-se abençoado – e a carreguei para nossa cama, sentindo seu hálito etílico misturando-se ao aroma de morango emanado de seus cabelos recém-lavados. Ela os lavara para mim.

– Trouxe pizza – anunciei. – E calzones de espinafre. Foi tudo que consegui encontrar. Nada orgânico.

Ela estremecia com tamanha intensidade que fiquei preocupado com sua saúde. Seu corpo, aquele *nada*, tremia em pequenos movimentos circulares de energia consumida. Toquei-lhe a fonte em brasa.

– Está tudo bem – confortei-lhe. – Tome este antitérmico. Coma uma pizza. Beba água. O álcool desidrata.

– Eu sei – sussurrou entre espasmos, e minha esperança era de que talvez fosse um sinal de seu desagrado retornando. No entanto, ela continuou a tremer, a face, uma máscara pálida coberta de sardas, contorcida para a esquerda como se por um ataque epilético. Uma criança, só uma criança.

– Len – disse. O furinho no queixo encheu-se da água que escorreu da boca. – Lenny. Eu...

Ela ia se desculpar, exatamente como Joshie. Eu elaborava uma decisão. Uma decisão final. Movi os lábios para formar as primeiras palavras de uma frase conclusiva e fatal. Segurei o movimento, prendendo-os em um bico por enquanto. Creio que podia ter começado enumerando todas as mudanças que ela precisaria fazer para que pudéssemos permanecer juntos, mas de nada adiantaria. Ou eu aceitava a criança aninhada em meus braços ou passava o resto do tempo buscando outra coisa.

Sua tremedeira aumentou e ela se virou, fazendo-me sentir o pesado choque de sua espinha contra meu peito. Dava para ver seus ossos embaixo de minha camiseta e, em suas convulsões, consegui ver os aspectos dinâmicos de seu esqueleto. Ela soltou um lamento vindo de tão fundo que só consegui associá-lo a algum lugar do outro lado dos mares e a um tempo em que nossos países mal tinham se formado. Pela primeira vez, desde que nós nos conhecemos, dei-me conta de que Eunice Park, ao contrário de outras de sua geração, não era completamente desprovida de história. Aninhei a maciez de seu traseiro, a parte do corpo que confirmava que era uma mulher. Meu toque espalmado a acalmou. Fui descendo até abrir-lhe a TotalSurrender. O sabor era o mesmo de sempre – não como os músicos urbanos descreveriam como doce feito mel, mas um almíscar, denso e com um leve toque de urina. Encostei a boca e ali fiquei, parado, aguardando o tremor passar, até que ambos adormecêssemos, esquecendo-me do estômago que roncava de fome por pizza. Eu pensava na palavra "verdade". Se houvesse algo mais a ser dito sobre Eunice Park era que tratava-se de uma criatura perfeitamente verdadeira.

DICAS AMOROSAS
DA CONTA DE EUNICE PARK NO GLOBALTEENS

4 DE AGOSTO

EUNI-DIOTA *PARA* EXERCITODEAZIZ-INFO:
 David, você tá aí? Ai, meu Deus! Vi os últimos streams da Mídia. Você estava sangrando. Seu rosto. E seu braço. Tadinho do meu David. Quase desmaiei. Juro que tentei ir a Tompkins Square, mas não deu. Não me deixaram passar. Você tá bem? MINHA IRMÃ ESTAVA NO PARQUE COM VOCÊ??? Sei que volta e meia ela vai aí no fim de semana.
 Por favor, me responda assim que puder. Ainda acredito em você. Ainda penso no que você me ensinou sobre minha vida, meu pai, seus Exemplos Práticos e suas Observações. Você tinha razão em tudo. Não vou sucumbir à mentalidade do Alto Patrimônio Líquido. Vou fazer coisas que te deixem orgulhoso. Sou guerreira e nunca vou deixar de lutar. David, fala comigo!
 Um beijo,
 Eunice

GLOBALTEENS MENSAGEM AUTOMÁTICA DE ERRO 01121111:
 MIL DESCULPAS pelo inconveniente. Estamos com problemas de conexão na seguinte localidade: Nova York, NY, EUA. Esperamos contar com sua paciência. Logo o problema se resolverá, tipo, por si só.
 Dica Amorosa do GlobalTeens: Os garotos adoram quando você ri das piadas que eles contam, mas não exagere na dose, pois não é nada sexy! Quando ele contar uma piada, sorria, mostre os dentes e o quanto você o "deseja" e em seguida diga: "Você é superengraçado!" Logo, logo você estará com a boca naquilo, vagaba.

EUNI-DIOTA *PARA* FODAMADRINHA:
 Pônei, você tá aí? Gente, o que está acontecendo? Tô tentando verbar com você há uma semana, meu äppärät não consegue fazer CONEXÃO

DE VOZ nem STREAM; toda hora dá mensagem de erro, já tô boladíssima! Me mande uma resposta. Tô com saudade. Tô preocupada com você. Tô com MUITA saudade. O que tá rolando por aí? Rolou tiroteio em Hermosa também? O que aconteceu com a fábrica do seu pai? Me escreva AGORA! Tô preocupada, Jenny Kang. Fale comigo, Pônei! Só consigo chorar. Não sei o que tá acontecendo com minha família. Não sei o que aconteceu com meu amigo David. Acho que o Lenny não me quer mais. Acho que a gente acabou geral, só que ele não pode me mandar embora por causa da situação. Por favor, me responda por texto ou por VOZ. Não quero ficar só e tô com medo. Você é minha melhor amiga.

GLOBALTEENS MENSAGEM AUTOMÁTICA DE ERRO 01121111:
MIL DESCULPAS pelo inconveniente. Estamos com problemas de conexão na seguinte localidade: HERMOSA BEACH, Califórnia, EUA. Esperamos contar com sua paciência. Logo o problema se resolverá, tipo, por si só.

Dica Amorosa do GlobalTeens: Quando sair com um carinha, jamais cruze os braços na frente dele. Isso sinaliza que você não concorda plenamente com o que ele está dizendo ou talvez que não esteja curtindo os dados dele. Em vez disso, mantenha as mãos abertas na sua frente, como se quisesse agarrar o saco dele! É, amiga! Aprenda tudo sobre Linguagem Corporal e fará boquete na turma toda.

EUNI-DIOTA PARA CHUNG.WON.PARK:
Mamãe! Oi! Mamãe, tô preocupada. Tentei verbar com você e com a Sally, mas não consigo conexão. Só queria que você soubesse que está tudo bem. Nem atiraram contra nosso prédio, que é judeu. Tô precisando de você agora, mamãe. Sei que ainda está zangada comigo por causa do Lenny, mas preciso saber se você está bem. Só quero saber se você, o papai e a Sally estão bem.

GLOBALTEENS MENSAGEM AUTOMÁTICA DE ERRO 01121111:
MIL DESCULPAS pelo inconveniente. Estamos com problemas de conexão na seguinte localidade: FORT LEE, NJ, EUA. Esperamos contar com sua paciência. Logo o problema se resolverá, tipo, por si só.

8 DE AGOSTO

EUNI-DIOTA *PARA* FODAMADRINHA:

    Oi, Jenny. Acho que vou receber uma mensagem de erro quando enviar isto, mas mesmo assim quero escrever, esperando que você receba, pelo menos algum dia. Eu me recuso a acreditar que você se foi como Noah, o amigo do Lenny. Nem pensar! Você é muito importante pra mim. Então deixe eu te contar o que está rolando.

    A coisa aqui tá difícil, mas acho que perdoei o Lenny. Só preciso aceitar o fato de que David e todo o pessoal do parque se foram, embora eu saiba, MESMO, que Sally não estava lá. Preciso aceitar o fato de que não dava pra eu ter feito nada pra salvar o David e a galera e que não foi culpa do Lenny... ele só estava tentando proteger a gente. Ai, minha poneizinha. Acho que eu amava o David de um jeito que nem dá pra descrever. É claro que a gente não combinava, mas eu e o Lenny não combinamos também. Papai me tratou superbem depois que me viu com David no parque, porque nós três estávamos nessa juntos, fazendo um lance por uma causa maior; papai ENTENDEU que, por mais maluca que eu seja, eu também sou uma pessoa do bem e não há motivos pra me odiar. Parece coisa cristã, mas acho que eu também tenho esse lance que a Sally tem: um instinto de ajudar.

    Não sei, não sei, mas ontem, quando transei com Lenny, não consegui olhar nos olhos dele. Ele me socava com aquela barriguinha alta e eu ali, só pensando no quanto perdi e no quanto ainda vou perder, e fiquei mal pelo David, como se eu estivesse chifrando ele. E aí acho que me deu vontade de chifrar o Lenny.

    O Lenny não tá fazendo nada de ruim. Ele tem iuan no banco, daí não falta pizza nem calzone e minha bunda não para de crescer. Estamos sobrevivendo e tudo graças ao Lenny. Ai, minha poneizinha, espero que alguém esteja cuidando de você como ele está cuidando de mim. Aqui no prédio, tem uma porrada de velhinhos, a maioria judeu, e ninguém dá a mínima pra eles; esta semana tá fazendo quase 40 graus e a eletricidade que temos não é suficiente pra ligar o ar-condicionado, daí precisamos sair pelo prédio distribuindo água pra eles. Tô tentando ver se o Lenny me ajuda a comprar garrafas nos mercadinhos porque tá rolando racionamento. Acho até que ele tá tentando ajudar, mas é tímido demais pra fazer o serviço. Os brancos não se importam com os velhos, menos o David, que tentou ajudar todo mundo. E então meteram chumbo nele, como se fosse um cachorro.

GLOBALTEENS MENSAGEM AUTOMÁTICA DE ERRO

MENSAGEM DE EMERGÊNCIA DA WAPACHUNG CONTINGENCY:
De: Joshie Goldmann, Serviços Pós-Humanos, Administração
Para: Eunice Park
Eunice, minhas mensagens para você estão sendo enviadas por uma frequência de emergência que pegamos do äppärät do Lenny. Que isso fique entre nós, OK? Nem conte ao Lenny; ele já tem problemas demais. Pra começar, preciso que você acuse o recebimento desta mensagem e diga se está bem. Diga se tem ALGO que eu possa fazer para ajudá-la. Bjs Joshie.

20 DE AGOSTO

EUNI-DIOTA *PARA* FODAMADRINHA:
Não repara no meu silêncio. Acho que ando um pouco deprimida. As coisas melhoraram muito comigo e Lenny, mas sinto que a parada mudou de figura. Agora, depois que o Lenny me deu um fora, perdi o controle. Parece até que tô pelada, sem armadura, sei lá. Meu medo é que ele me castigue por todas as vezes que não o amei completamente. Você acha melhor eu castigá-lo primeiro? Joshie, o chefe dele, não para de me mandar mensagens pela frequência de emergência da Wapachung, querendo saber como estou, mas não sei o que fazer. Acho o Joshie atraente, por ele ser másculo e mais velho. Acho que me sinto atraída pelo físico e pela personalidade forte que ele tem. Parece o David, sempre pronto pra assumir o comando quando as pessoas que ele ama estão ameaçadas. Bom, a verdade é que passei a metade do dia esperando uma mensagem de Joshie. Será que isso é totalmente errado? Ai, que namorada podre eu sou!

Mas ando pensando. Será que no final o David estava errado em tudo? Vai ver nem rolará um Segundo Ato para a América como ele disse. Talvez você estivesse certa com relação a ele. Talvez ele não passasse de um sonhador e jamais conseguisse cuidar de mim e da minha família. Mas, sem ser ele, quem mais? Lenny?

Às vezes me baixa uma culpa por não ter estudado e me preparado mais porque daí eu podia ajudar minha irmã e minha mãe. Seria bom, quem sabe, perguntar pro Joshie o que eu deveria fazer e perguntar se ele pode dar uma força à minha família, sei lá. Aí, eu sou doida, né? Por favor, responda, miga. Mande texto ou dá uma verbadinha. A qualquer hora do dia ou da noite, quando você receber esta mensagem, se for seguro pra escrever ou verbar alguma coisa. Preciso ouvir sua voz, Poneizinho do meu coração. Diga que eu não estou só.

GLOBALTEENS MENSAGEM AUTOMÁTICA DE ERRO

22 DE AGOSTO

EUNI-DIOTA *PARA* CHUNG.WON.PARK:

Oi, mamãe. Aposto como vou receber uma mensagem de erro, mas acho que preciso escrever assim mesmo. Se um dia você receber minha mensagem, só queria que soubesse que sinto muito. Estamos tão perto, mas não consigo ajudar vocês aí. Sei que vocês não me educaram pra isso. Sei que, se isso aqui fosse a Coreia, você ia descobrir um jeito de ajudar seus pais sem se importar com o sacrifício pessoal. Não sou uma pessoa boa, é só isso. Não tenho força e nunca fiz nada que preste; me perdoe por eu não ter me saído bem nas provas do LSAT. Ai, quem me dera saber qual é meu caminho especial, como o reverendo Cho gosta de dizer. Se a Sally estiver aí com você, diz pra ela que sinto muito por não ser uma boa irmã.

De sua filha inútil,
Eunice

GLOBALTEENS MENSAGEM AUTOMÁTICA DE ERRO

MENSAGEM DE EMERGÊNCIA DA WAPACHUNG CONTINGENCY:
 De: Joshie Goldmann, Serviços Pós-Humanos, Administração
 Para: Eunice Park
 Oi, Eunice. Como estão as coisas? Olha só, estou sabendo da escassez de alimentos no centro da cidade, então vou te enviar uma cesta bem grande. Vá à Grand 575 amanhã, por volta das 16h e procure um jipe preto da Staatling-Wapachung. Algum pedido em especial? Sei que as mocinhas adoram manteiga de amendoim orgânico, muito leite de soja e cereais, certo?
 Olha só, as coisas vão melhorar logo, garanto. Toda a situação já está se normalizando. Um conselho: dê uma atualizada no seu norueguês e no seu mandarim. JBF. Adivinha só? Aquele professor de arte está vindo de Paris; podemos começar a praticar aqui em casa! A Parsons fechou. Mal posso esperar para vê-la novamente. Vamos nos divertir muito, Eunice. Como sempre, por favor, que isso fique só entre nós. Temos nas mãos um Macaco Reso muito sensível e ele pode interpretar mal isso tudo, se é que me entende. Ha ha.

23 DE AGOSTO

MENSAGEM DE EMERGÊNCIA DA WAPACHUNG CONTINGENCY:
 De: Eunice Park
 Para: Joshie Goldmann, Serviços Pós-Humanos, Administração
 Oi, Joshie. Recebi sua mensagem carinhosa. Fiquei supercontente com o lance da cesta. Na última semana, a gente só tem comido carboidratos e gordura. A água da torneira, quando tem, está um horror e semana passada acabaram as garrafas de água no mercadinho. Aqui no prédio também tem uns velhinhos precisando de água e comida e o calor faz um mal danado a eles, se bem que tenho até medo do que possa acontecer quando chegar o inverno. Muito obrigada por tudo! Sim, eu adoro cereal (Smart Start é meu preferido) e MA orgânico. Desculpa por te incomodar, mas será que você poderia descobrir se meus pais estão bem? Não tenho notícias deles desde que meu GlobalTeens saiu do ar e estou superpreocu-

pada. Dr. Sam Park e sra. Chung-won Park, Harold Avenue 124, Fort Lee, NJ, 07024. Também queria ter notícias de minha melhor amiga Jennifer Kang, que mora na Myrtle Avenue, 210, Hermosa Beach, CA; não sei o código postal. Ah, e também meu amigo David Lorring, que estava na Tompkins Square quando deu todo esse chabu; talvez você consiga de alguma forma descobrir se ele tá bem. Mais uma vez me desculpe pelo trabalho, mas estou apavorada.

Acho que ia ser maneiríssimo desenhar com você, mas não seria melhor avisar pro Lenny? Como você disse, ele é um Macaco Reso muito sensível, mas acho que se ele acabar descobrindo, vai ficar pau da vida comigo. Depois, também, ele É meu namorado. Brigada por compreender.

Um beijo enorme,
Eunice

MENSAGEM DE EMERGÊNCIA DA WAPACHUNG CONTINGENCY:
De: Joshie Goldmann, Serviços Pós-Humanos, Administração
Para: Eunice Park
Smart Start! Nossa, é o meu cereal preferido também! Que bom que temos tanta coisa em comum. Você se cuida; por isso é tão linda e tem uma aparência tão jovem. Temos filosofias de vida muito parecidas e nós dois nos preocupamos com a saúde, algo que tentamos incutir na cabeça do Lenny; mas acho que Lenny não está aberto. Venho tentando fazê-lo pensar sobre as escolhas de saúde, mas ele só pensa nos pais e na morte DELES, sem entender de verdade o significado de querer viver a vida plenamente, cheia de frescor e juventude. Em alguns aspectos, eu e você somos da mesma geração e Lenny pertence a um mundo diferente, um mundo antigo, obcecado pela morte e não pela vida, consumido pelo medo e não pelo positivismo. Bem, vou encher dois jipes com suprimentos pra você se abastecer e ainda alimentar e hidratar esses velhinhos aí de seu prédio, coitados.

Não sei se o Lenny te explicou, mas a divisão de Serviços Pós-Humanos que eu gerencio faz parte da mesma empresa da Wapachung Contingency. Então, falei com uns caras da Contingency e eles vão sondar a situação de seus pais. Sei que a situação em Fort Lee é periclitante. Uma semana após a Ruptura, ninguém teve mais comando e controle por lá, mas o quadro não é tão ruim quanto em outros pontos do país, pois fica logo do outro lado do rio. Ou seja, estou certo de que estão bem. Não consegui nenhuma informação sobre Hermosa Beach, CA; só sei que houve relatos de tiroteios muito pesados com armas de pequeno calibre, durante e após a Ruptura. Sinto muito, Eunice. Não sei se sua amiga estava na área no momento do conflito. Acho melhor você se preparar para o pior.

Sinto-me meio idiota ao escrever isso, mas quero ser completamente honesto. O que sinto por você é muito forte, Eunice. Desde quando a conheci, fiquei tão atordoado que pensei que eu fosse desmaiar. Levei uns dez minutos só para abrir uma garrafa de resveratrol, de tão trêmulas que estavam as mãos! Quando a vi, lembrei-me de algumas das piores partes de minha vida, coisas das quais não deveria falar aqui neste canal de emergência. Digamos apenas que houve alguns momentos difíceis que para superar levarão ainda muitos anos (por isso não posso morrer); e quando a vi, DEPOIS que recobrei a respiração (ha ha), senti um pouco de alívio. Tive uma ideia do que desejo, não apenas na eternidade, mas no momento presente também. E, quando as coisas ficaram ruins nos últimos tempos, consegui continuar tocando porque pensei em você. Que efeito é esse que você tem sobre as pessoas, Eunice? De onde vem isso? Como seu sorriso consegue reduzir um dos homens mais poderosos do hemisfério a um adolescente bobo? Sinto como se, juntos, nós dois pudéssemos redimir toda miséria que encontrássemos neste planeta, quaisquer que tenham sido as mazelas que enfrentamos na infância.

Sinto-me tão esquisito, abrindo o coração assim, porque o sentimento que tenho por VOCÊ e por SUA FAMÍLIA EM FORT LEE E PELO BEM-ESTAR DELES, é tão forte e incondicional que tenho medo de que a faça fugir de mim. Sinto muito se for o caso. Mas se não for, por favor, me avise! A gente pode fazer alguns desenhos juntos, sem compromisso. Melhor do que ficar na tristeza da Grand Street 575, não é? Kkkkk.

Amor,
Joshie

OS HOMENS DE CINCO JIAOS
DO DIÁRIO DE LENNY ABRAMOV

5 DE SETEMBRO

Querido Diário,

Meu äppärät não está conectando. Não estou conseguindo me conectar. Já faz um mês que escrevi meu último registro aqui. Que chato. Mas não consigo me conectar com ninguém de jeito nenhum, nem mesmo com você, diário. Quatro jovens cometeram suicídio aqui em nosso condomínio; dois deles deixaram um bilhete suicida dizendo que não imaginavam um futuro sem seus äppäräti. Um chegou a escrever, até que eloquentemente, que tentou "buscar a vida", mas só encontrou "muros, pensamentos e rostos", o que não bastava. Ele precisava ser ranqueado, saber o seu lugar no mundo. Pode parecer ridículo, mas consigo compreendê-lo. Estamos todos muito entediados. Estou com as mãos coçando tamanha a minha vontade de me conectar; quero entrar em contato com meus pais, Vishnu e Grace; quero compartilhar com eles o luto por Noah. No entanto, tudo o que tenho é Eunice e minha Muralha de Livros. Então tento Celebrar o que Possuo, uma de minhas diretrizes mais importantes.

As coisas andam bem no trabalho. Meio indefinidas, mas mesmo a indefinição é melhor do que a lentidão da realidade. Trabalho a maior parte do tempo sozinho em minha mesa, com uma tigela de missô ao lado. Não tenho visto muito Joshie desde A Bofetada. Ele anda ausente, negociando com o FMI, ou com os noruegueses, ou com os chineses, ou com quem quer que ainda se importe. Imbecil que é, Howard Shu tornou-se o líder dos poucos que ainda permanecem na divisão de Serviços Pós-Humanos. Anda pelos corredores segurando uma prancheta antiga e dando ordens. Antes da Ruptura, nós jamais apoiaríamos nada tão hierárquico, mas agora já achamos estar até no lucro só por termos alguém que nos dê ordens, ainda que de forma tão grosseira. Por enquanto meu trabalho resume-se a enviar mensagens de emergência da Wapachung para nossos clientes, certificando-nos de que estão a salvo, mas também sutilmente checando como andam seus negócios, relações conjugais, filhos e finanças. Certificando-nos de que *nós* estamos a salvo e nosso orçamento mensal, garantido.

Não será fácil. Ninguém está trabalhando. Ouvi dizer que os professores estão sem receber. As escolas, sem aula. As crianças, livres e soltas pela nova e difícil cidade. Encontrei um garotinho morador de Vladeck, de uns doze ou treze anos de idade, sentado próximo ao mercadinho árabe lambendo o interior de um saquinho vazio de algo chamado "Clük", cuja embalagem dizia que fora "inspirado no sabor real de frango!". Quando me sentei ao seu lado, o pobrezinho mal conseguiu erguer os olhos para mim. Por puro instinto, peguei meu äppärät e o apontei em sua direção, como se o gesto fosse melhorar a situação. Então peguei uma nota marrom de vinte iuans e a coloquei a seus pés. Imediatamente, ele lançou a mão para pegar o dinheiro. Agarrou-o, amassando-o no punho cerrado. Levou o punho para as costas, escondendo-o. Virou-se lentamente e me encarou. Aqueles olhos castanhos fitaram-me de uma forma que não demonstrava gratidão. Aquele olhar dizia: *Deixe-me em paz com a fortuna que acabo de receber, senão vou te meter a porrada com toda a força que ainda me resta.* Deixei-o lá, com o punho nas costas, olhando fixamente para meus pés que se afastavam.

Não sei o que está acontecendo. Ou a cidade está completamente exterminada ou então já se encontra clamando por redenção. Estão pendurando novas placas. "Turismo NYC: VOCÊ está pronto para a Ruptura?" e "Nova York: Sabe quanto custa para sobreviver?"

Só sei que as formas mais significantes de emprego em Manhattan encontram-se nos canteiros de obra da "Staatling-Wapachung – Em obras", prometendo "Uma moeda de cinco jiaos por hora de trabalho honesto. Oferecemos almoço nutritivo". Homens enfileirados quebrando asfalto, cavando valas, enchendo-as com cimento. Esses homens de cinco jiaos rondam a cidade, com as mãos no bolso, äppäräti rudimentares inúteis plugados aos ouvidos, feito um bando de leões mudos. Homens que vão desde os de meia-idade aos mais jovens, cabelos ralos clareados pelo sol, o rosto e o pescoço tiranicamente bronzeados, camisetas caras compradas na época das vacas gordas, novas Antárticas de perspiração espalhando-se barriga abaixo. Pás, marretas, respirações audíveis que já não são mais grunhidos, para poupar energia. Na Prince Street, entre os homens que trabalhavam por cinco jiaos a hora, avistei o velho amigo de Noah, Hartford Brown, que, poucos meses antes, estava sendo enrabado em um iate nas Antilhas. Parecia louco, metade dele bronzeada, a outra, descamando; seu rosto levemente inchado, carente de toda e qualquer textura, parecia uma fatia grossa de prosciutto. Se esses sujeitos conseguem fazer um lendário homossexual trabalhar dessa forma, pensei, imagine o que conseguem fazer com o resto de nós!

Aproximei-me enquanto ele marretava e senti seu ranço penetrar-me as narinas.

– Hartford! Sou eu, Lenny Abramov, amigo de Noah.

Uma exalação horrível veio de algum lugar dentro dele.

– Hartford!

Ele virou-se para o outro lado. Alguém berrava em um megafone:

– Volte ao trabalho!

Entreguei-lhe então uma nota de cem iuans; ele aceitou e, como o garoto anteriormente, não agradeceu, simplesmente voltou a marretar.

– Hartford! Ei! Não precisa trabalhar agora. Cem iuans equivalem a duzentas horas de trabalho. Faça uma pausa. Descanse um pouco. Procure uma sombra.

Mas ele continuou marretando como um autômato, evitando contato comigo, mergulhando de volta em seu mundo, que começava com a marreta atrás do ombro e terminava com a marreta no chão.

Em casa, Eunice incumbia-se de organizar os esforços de auxílio aos velhinhos. Não sei por quê. Estaria sua formação cristã falando mais alto? Culpa por não conseguir ajudar os próprios pais? Limitar-me-ei a considerar os fatos pelas aparências.

Ia de andar em andar dos quatro blocos de nosso condomínio, totalizando oito andares, batia à porta e, caso encontrasse algum idoso, anotava suas necessidades imediatas, como alimentos e água, e garantia a entrega dos suprimentos, que chegavam na semana seguinte em um dos comboios da Staatling-Wapachung, disponibilizado por Joshie. Por que ele está nos ajudando? Creio que se sinta culpado pelo ocorrido a Noah e à barca, ou talvez pela Bofetada. Não importa, pois precisamos do que ele pode oferecer.

Eunice pessoalmente entregava a água – com minha esporádica ajuda – em cada apartamento; certificava-se de que todas as janelas e portas estivessem abertas de modo a melhorar a circulação de ar; sentava-se e ouvia os idosos chorar e falar sobre os filhos e netos espalhados pelo país; os velhinhos temiam que o pior houvesse acontecido com seus familiares. Ela me pedia que traduzisse algumas palavras em iídiche ("aquele Rubenstein é um *farkakteh*", "Rubenstein é um *shlemiel*", "aquele *pisher*"), mas sua principal atividade era sentar-se e abraçá-los enquanto eles polinizavam os tapetes e carpetes do século passado com lágrimas. Quando alguma velhinha (a maioria de nossas residentes idosas são viúvas) começava a exalar algum cheiro ruim, Eunice limpava a banheira dela, ajudava-lhe a entrar com o corpo trêmulo e dava-lhe um banho. Era uma tarefa que eu particularmente achava repulsiva – temia que um dia tivesse de cuidar dos meus pais de forma tão minuciosa e com tamanho contato corporal, como ditava a tradição russa –, mas Eunice, que odiava mau cheiro na geladeira ou das minhas unhas dos pés após muito tempo sem visitar a pedicure, não recuava, tampouco se desviava do monte imerso de pele amorfa em suas mãos.

Presenciamos a morte de uma mulher. Ou melhor, Eunice presenciou. Creio ter sido derrame. A pobre e enfraquecida criatura não conseguia pronunciar as palavras, sentada à frente de uma mesinha de centro na qual havia uma pilha de controles remotos inúteis e, na parede atrás dela, uma foto emoldurada de Lubavitcher Rebbe ostentando a bela barba. Não parava de dizer "Eupos", atirando perdigotos sobre os ombros de Eunice. E depois mais enfaticamente: "Eupos, eupos, eupos!"

Estaria a pobrezinha tentando dizer "Eu posso"? Deixei o apartamento, pois não aguentei reviver a lembrança de minha avó depois de seu derrame final, em uma cadeira de rodas, cobrindo as partes mortas do corpo com seu xale, tentando a todo custo não passar a impressão de desamparo na frente dos outros.

Eu tinha medo de gente velha, temia sua mortalidade, porém quanto maior era o medo, maior o amor que eu sentia por Eunice Park. Apaixonei-me por ela de forma tão profunda e vulnerável como quando me apaixonara em Roma, onde tive a impressão de que ela era uma pessoa diferente, mais forte. Meu problema era que eu não conseguia ajudá-la a encontrar a família. Nem mesmo com meus contatos na Staatling, pude descobrir o que acontecera com eles em Fort Lee. Um dia Eunice afirmou poder *sentir* que ainda estavam vivos e bem – um sentimento que, por um lado, impressionava-me com sua ingenuidade quase religiosa, mas, por outro, entristecia-me porque eu não podia ter a mesma fé em relação aos Abramov.

Eupos, eupos, eupos.

Diário, muito aconteceu desde a última vez em que escrevi aqui; algumas coisas terríveis, outras, em sua maioria, triviais. Creio que o principal seja o fato de que as coisas com Eunice estão melhorando, que, por meio de nosso desalento mútuo com o que aconteceu à nossa cidade, nossos amigos e nossa vida, acabamos aproximando-nos mais. Por não conseguirmos conectar os äppäräti, estamos aprendendo a prestar atenção um no outro.

Certa vez, depois de um longo fim de semana dando banho e hidratando nossos velhinhos, Eunice chegou a me pedir que *lesse* para ela.

Fui à minha Muralha de Livros e peguei *A insustentável leveza do ser*, de Kundera, cuja capa eu pegara Eunice examinando antes, passando o dedo sobre o chapéu-coco pairando no horizonte de Praga. A primeira página do livro trazia comentários elogiosos sobre o autor: do *The New Yorker*, *The Washington Post*, *The New York Times* (o *Times* mesmo, não o *Lifestyle Times*), até mesmo de algo chamado *Commonweal*. O que aconteceu com todas essas publicações? Lembro-me de que lia o *Times* no metrô, dobrando-o de forma desajeitada enquanto encostava-me na porta, perdido no meio das palavras, com medo de cair ou de tropeçar em uma gostosinha seminua (havia sempre pelo menos uma); porém, temia muito mais perder a linha de raciocínio do artigo à minha frente. Ficava ali com as costas batendo na porta do vagão, envolto pelo estrondo da enorme máquina, perdido entre as palavras, maravilhosamente só.

Ao ler o livro de Kundera, minha ansiedade foi aumentando à medida que lia em voz alta as palavras impressas naquelas páginas amareladas. Fui perdendo o fôlego. Eu já tinha lido o livro muitas vezes na adolescência e marcara, com uma pequena dobra, as pontas de diversas páginas onde a filosofia de Kundera combinava com a minha. Agora, entretanto, nem mesmo eu conseguia compreender facilmente todos os conceitos, imagine então Eunice! *A insustentável leveza do ser* era um romance de ideias ambientado em um país que para ela não significava nada; em um tempo – a invasão soviética da Tchecoslováquia em 1968 – que para Eunice nem sequer existira. Ela aprendera a amar a Itália, mas tratava-se de uma terra muito mais digerível e estilosa, um país de Imagens.

Nas primeiras páginas, Kundera discute várias figuras abstratas da história: Robespierre, Nietzsche, Hitler. Com pena de Eunice, eu queria que ele fosse direto à trama, que introduzisse logo os personagens "vivos" – lembrei-me de que se tratava de uma história de amor – e que deixasse para trás o mundo das ideias. Ali estávamos, duas pessoas deitadas na cama, Eunice com a cabeça preocupada sobre minha clavícula, e eu, desejando que sentíssemos algo em comum. Eu queria que aquela língua complexa, aquela gigantesca onda de intelecto, fosse transformada em amor. Não era assim que se fazia há um século? As pessoas não liam poesia umas para as outras?

Na página 8, li uma parte que eu, na época um adolescente melancólico, sublinhara. "Uma vez não conta, uma vez é nunca. Não poder viver senão uma vida é como não viver nunca." Eu escrevera, próximo do grifo, em maiúsculo bem forte: "CINISMO EUROPEU ou VERDADE ABSOLUTAMENTE ASSUSTADORA???" Reli as linhas, vagarosamente, com ênfase, diretamente no ouvido atento e limpinho de Eunice, e, enquanto o fazia, cogitei a possibilidade de que talvez tivesse sido por conta deste livro que eu passara a buscar a imortalidade. O próprio Joshie uma vez dissera a um cliente muito importante: "A vida eterna é a única vida que importa. O resto não passa de uma mariposa voando ao redor da luz." Ele não notara minha presença à porta de sua sala. Voltei à minha baia em prantos, sentindo-me abandonado ao nada, feito uma mariposa, porém, mesmo assim, impressionado com o lirismo ímpar de Joshie. Refiro-me à parte da mariposa. Ele nunca falava assim comigo. Sempre enfatizava as coisas positivas sobre minha breve existência, o fato, por exemplo, de eu ter amigos e poder frequentar restaurantes bons e de nunca passar muito tempo sozinho.

Continuei a ler, sentindo a respiração solene de Eunice contra meu peito. O personagem principal, Tomas, começou a ter relações sexuais com várias lindas tchecas. Reli diversas vezes uma passagem em que a amante de Tomas para em sua frente, de calcinha e sutiã e um chapéu-coco. Apontei para o chapéu-coco preto na capa. Eunice fez que sim, mas senti que Kundera expressara o fetiche com demasiadas palavras para que ela desfrutasse do que sua geração exigia de qualquer forma de conteúdo: uma pronta e imediata emoção, uma oportunidade temporária de satisfação.

Na página 64, a namorada de Tomas, Tereza, e sua amante, Sabina, estão tirando fotos uma da outra: nuas, trajando apenas o recorrente chapéu-coco preto. "Ela estava à mercê da amante de Tomas", li duas páginas adiante, piscando para Eunice. "Essa bela submissão a excitava." Repeti as palavras "bela submissão". Eunice se estimulou. Com um estalar do dedo, tirou a TotalSurrender e montou em mim, enfiando meu rosto entre suas pernas. Com o livro ainda parcialmente aberto em uma das mãos, agarrei-lhe o traseiro com a outra enquanto, com a língua, movendo-se de forma já conhecida, explorei-lhe a abertura. Ela afastou-se por um tempo e me permitiu encará-la diretamente. Interpretei sua expressão como um sorriso, mas era algo diferente; uma pequena abertura na boca, com o lábio inferior torcido para a direita. Era perplexidade: a perplexidade de ser plenamente amada. O milagre de não ser espancada. Retornou à sua posição sobre mim e emitiu uma torrente de grunhidos agudos que eu jamais ouvira antes. Era como se ela falasse em uma língua estrangeira, um idioma que não tivesse acompanhado a evolução da história, uma língua que se mantivera no primitivo som "guh". Eu a ergui, sem saber ao certo se ela estava tendo prazer.

– Devemos parar? – indaguei. – Estou te machucando?

Ela forçou-se para baixo, de volta sobre meu rosto, e balançou o corpo mais rapidamente.

Depois retornou ao aconchego de minha clavícula, farejando, com certo asco, os vestígios que deixara em meu queixo. Li mais uma vez. Li em voz alta sobre as proezas do fictício Tomas e suas inúmeras amantes. Pulei algumas páginas, buscando partes mais picantes para alimentar Eunice. A história passou de Praga para Zurique e voltou a Praga. A pequena nação da Tchecoslováquia estava dilacerada pelos soviéticos imperialistas (que, por sua vez, seriam igualmente dilacerados vinte anos mais tarde – à época em que escreveu o romance, Kundera jamais poderia ter imaginado tal destino). No livro, os personagens tinham de tomar decisões políticas que, no fim, não significaram nada. O conceito de kitsch era legitimamente, embora um tanto agressivamente, atacado. Kundera forçou-me a ponderar mais um pouco sobre minha mortalidade.

O olhar de Eunice enfraquecera-se, perdendo o brilho; aquelas duas esferas negras sempre carregadas com o incontrolável mandato de ódio e desejo.

– Está acompanhando tudo? – perguntei. – Talvez seja melhor parar.

– Estou prestando atenção – respondeu em um meio-sussurro.

– Mas você está *entendendo*?

– Nunca aprendi a ler texto nenhum. Só me ensinaram a escanear e buscar informações.

Soltei uma gargalhada tímida, mas estúpida.

Ela começou a chorar.

– Ah, meu bem – tentei consolá-la. – Desculpe-me. Não foi minha intenção rir. Ah, meu benzinho.

– Lenny...

– Nem mesmo eu estou conseguindo acompanhar o raciocínio do texto. Não é só você. Ler é difícil. Não estamos mais acostumados à leitura. Estamos em uma era pós-letrada. Vivemos uma era *visual*. Quantos anos após a derrocada do império romano apareceu um Dante? Muitos e muitos anos.

Passei mais alguns minutos nessa lamúria. Ela foi para a sala de estar. Sozinho, atirei longe *A insustentável leveza do ser*. Queria que se espatifasse. Toquei meu queixo, ainda molhado de Eunice. Tive vontade de sair correndo do apartamento e penetrar na noite empobrecida de Manhattan. Senti falta de meus pais. Nos momentos difíceis, os fracos recorrem aos fortes.

Na sala, Eunice abrira seu äppärät e concentrava-se na última página de compras armazenada na memória antes da pane nas comunicações. Vi que, instintivamente, ela abriu um stream de Pagamento de Crédito na LandOLakes, mas, sempre que tentava entrar com os dados de sua conta, acabava jogando a cabeça para trás, como se tivesse levado uma picada.

– Não consigo comprar nada – lamentou.
– Eunice, você não precisa comprar nada. Vá para a cama. Não precisamos mais ler. Não precisamos ler nunca mais. Prometo. Como podemos ler quando as pessoas precisam de nossa ajuda? É um luxo. Um luxo estúpido.

Quando a luz da manhã já estava bem forte, Eunice finalmente aninhou-se ao meu lado, coberta de suor, derrotada. Ignoramos a manhã e o dia. Ignoramos o dia seguinte também. Entretanto, quando acordei no terceiro dia, o calor invadindo pela janela aberta, ela se fora. Corri até a sala; nada de Eunice. Corri até a portaria. Perguntei sobre seu paradeiro aos velhinhos que lá passavam o tempo. Senti o coração parar e o sangue fugir das mãos e dos pés.

Quando ela finalmente apareceu, vinte horas depois ("Fui caminhar. Precisava sair daqui. Não é assim *tão* perigoso, Lenny. Desculpe por ter te preocupado"), ajoelhei-me, como sempre, implorando pelo seu perdão por algum pecado que eu mesmo não conhecia, rezando pelo seu sorriso de verdade e sua companhia, rogando para que jamais voltasse a me abandonar.

Eupos, eupos, eupos.

AI, MEU DEUS, SOU UMA NAMORADA PODRE
DA CONTA DE EUNICE PARK NO GLOBALTEENS

10 DE SETEMBRO

MENSAGEM DE EMERGÊNCIA DA WAPACHUNG CONTINGENCY:
De: Joshie Goldmann, Serviços Pós-Humanos, Administração
Para: Eunice Park
Olá, minha querida Eunice. Como vai? OK, devo confessar que não consigo parar de pensar em nosso breve encontro semana passada. Estou tão NA SUA. As 24 horas que passamos desenhando com Monsieur Cohen (ho ho ho, teoria da cor, aí vamos nós!), rodando pelo que restou da Barneys, ostras na cantina da Staatling, a... um... brincadeirinha na cama e aqueles alongamentos que fizemos juntos, caraca! Aquilo foi tipo um encontro perfeito. Você estava tão linda quando entrou no meu apartamento. Incrível como suas mãos tremiam. Ainda estou catando caco de vidro do chão (como conseguiu quebrar DUAS taças?), mas tudo bem, isso mostra que você é real. Ah, Eunice, obrigado por me fazer sentir BEM, confortável e pronto para aproveitar as oportunidades da vida. E obrigado por escolher aquelas roupas. Você tem razão: eu me vestia de um jeito assim meio hippie, e meu bigode TINHA que cair fora. Chega de bigode. Meu único problema é que já estou morrendo de saudade. Vamos repetir a dose logo? Vamos repetir a dose tipo, permanentemente? Não consigo mais imaginar minha vida sem o barulhinho de seus pés na cabeceira da cama. E tenho muito a viver, ha ha.

Nossa, que bom que seus pais e irmã estão vivos e bem, como todos os outros nessas circunstâncias. Passei para a Matriz a solicitação de realocação, mas o problema é que, ainda que eles consigam retirar sua família de Ft. Lee, onde vamos colocá-los? Estamos fazendo uns planos futuros com o FMI e creio que a ideia seja de reconstruir Nova York como uma espécie de "Centro de Estilo de Vida", onde os ricos possam fazer suas paradas, gastar dinheiro, viver para sempre, blá-blá-blá-BLÁ. Assim, cada centímetro de espaço será valioso e os preços serão ABSURDOS. E o resto do país ficará dividido entre os fundos estrangeiros de riqueza soberana, com a Wapachung Contingency assumindo o que restou da Guarda Nacional e do exército e dando apoio de segurança (supermaneiro pra gente!). Não tenho certeza se os chineses "controlarão" Nova Jersey ou se irão para a Noruega ou para a Agência Monetária da Arábia Saudita, mas qualquer que seja o caso, estou certo de que as coisas ficarão muito melhores e mais seguras. Só acho que talvez sua irmã tenha de aprender a usar burca. Brincadeirinha. Não será assim. Os caras só querem retorno de investimentos.

Ahhhh... que saudade de você. Sinto falta do seu CHEIRO. De seu rostinho terno sorridente e de seu abraço apertado. Por favor, me escuta; vou tentar mandar o Lenny passar o fim de semana com os pais em Long Island (não conte pra ele ainda, mas segundo a Wap Contingency, eles sobreviveram), o que significa que poderemos passar mais tempo juntos!!! Bjo, minha querida, querida Eunice, meu jovem e corajoso amor. Não é emocionante estar VIVO hoje?

12 DE SETEMBRO

MENSAGEM DE EMERGÊNCIA DA WAPACHUNG CONTINGENCY:
De: Eunice Park
Para: Joshie Goldmann, Serviços Pós-Humanos, Administração
Joshua,
Recebi sua mensagem. Obrigada. Pois é, Monsieur Cohen é muito interessante. Ele é gay ou é só francês mesmo? Desculpe se pareço atrasar o andamento da aula, é que sou perfeccionista e não acho que eu seja muito boa. E, se eu for tão boa assim como você e M. Cohen dizem, pode apostar que é pura sorte e não vai demorar pra eu voltar ao normal. Meu pai sempre disse que tenho as mãos fracas demais pra ser artista.

Sei que a gente passou bons momentos juntos e nunca vou me esquecer daquelas horas, mas tô me sentindo uma namorada podre para o Lenny. E a realidade é que sou namorada de Lenny; eu o amo e no momento não estou preparada para ter nada além de uma amizade com você.

Agradeço por conseguir notícias do pessoal lá de casa. Sinto muita saudade de minha família e queria muito dar um jeito de trazer todos pra

Manhattan ou até mesmo de volta pra Coreia. É essa minha maior preocupação agora. Tenho lido algumas das antigas mensagens de minha amiga Jenny Kang, a que desapareceu e que você não conseguiu achar em Hermosa Beach, e uma das últimas coisas que ela escreveu foi: "Desculpe por não ser uma boa amiga e não estar podendo te ajudar agora. Seja forte e faça o que for preciso por sua família." Sabe, você não tem família, e, pelo que já vi, nunca quis ter uma. Mas, durante todo esse lance de Ruptura, acho que o que descobri sobre mim mesma é que minha família é a coisa mais importante da minha vida, e sempre será.

Um beijo,
Eunice

MENSAGEM DE EMERGÊNCIA DA WAPACHUNG CONTINGENCY:
De: Joshie Goldmann, Serviços Pós-Humanos, Administração
Para: Eunice Park

Devo dizer que fiquei um pouco magoado com sua última mensagem. Se não queria tentar uma relação, então por que foi lá pra casa comigo? Acho que você não compreende totalmente meus sentimentos, Eunice. Venho tentando descobrir com exatidão, e creio ter chegado a algumas conclusões. Você é muito linda, mas no longo prazo isso não me importa de fato. Você é toda perfeita (desde a forma como se veste à forma minimalista com que se expressa), mas isso também não importa. O que importa é que EU SEI que você é capaz de amar, que não consegue se esconder para sempre da verdade de que no fundo você é um ser humano completamente emotivo, que precisa se conectar, estar com alguém que entenda você e suas origens, que respeite e que cuide de você. E é isso que desejo fazer, Eunice, cuidar de você, para todo o sempre. Quero ajudá-la a tornar-se uma artista completa, mesmo que para isso tenha de passar algum tempo longe de mim, estudando Arte & Finanças na HSBC-Goldsmiths, em Londres. Quero conseguir um emprego no Varejo para você, se for o que deseja, depois que Nova York se tornar um completo Centro de Estilo de Vida e voltarmos a nos reerguer. Ah, e quero ajudar sua família a se restabelecer na cidade, mas, por favor, me dê um tempinho para que eu veja o que posso fazer. As coisas ainda estão incertas.

Você diz que Lenny é seu namorado. Eu o conheço desde quando ele era um jovem como você. Lenny não é um cara mau, mas é cheio de conflitos, impotente e deprimido. Essas não são as qualidades que você deveria buscar em um parceiro sério, não nos dias de hoje, não no mundo do jeito que está. Quero que considere tudo isso, Eunice, e que saiba que, seja lá qual for sua decisão, sempre a amarei.

Joshie (nunca Joshua) G.

P.S.: Só pra deixá-la de sobreaviso: daqui a mais ou menos um mês, haverá uma espécie de atividade em sua área, o que a SAR chamava de "Redução de Danos", no conjunto residencial Vladeck Houses. Não tenho o menor controle sobre essa operação, acredite, mas a coisa pode ser violenta. Prezo por sua segurança e de Lenny. Acho que será aí que o enviarei a Long Island para visitar a família e então a gente pode fazer uma festinha do pijama aqui em casa.

ÁREA DE CRIANÇA SURDA
DO DIÁRIO DE LENNY ABRAMOV

12 DE OUTUBRO

Querido diário,

Por favor, perdoe-me por mais um mês ausente, mas hoje preciso escrever em você, pois tenho ótimas notícias. Meus pais estão vivos. Descobri há cinco dias, às 17:54, exatamente quando a Telenor, a gigante de telecomunicações norueguesa, restaurou os sinais e nossos äppäräti começaram a explodir com dados, preços, Imagens e calúnias; 17:54, uma hora que ficará na lembrança de todos da minha geração. As vozes de meus pais encheram-me os ouvidos imediatamente, os arroubos de alegria do meu pai com sua voz grave junto à gargalhada abafada de minha mãe, ambos gritando: *"Malen'kii, malen'kii! Zhiv zdorov? Zhiv zdorov!"* ("Pequeno, pequeno! Está vivo e bem? Está vivo e bem!") Gritei de tal forma (*"Urá!"*) que assustei Eunice. Ela foi para o banheiro, de onde, consegui escutar, usou o äppärät para verbar em um inglês monótono misturado a um rosário infinito de gritos coreanos apaixonados dirigidos à mãe: *"Neh, neh, umma, neh."* E assim nós dois celebramos com nossos pais, reconectamo-nos a eles tão fortemente que, quando Eunice entrou no quarto e nós nos encaramos, praticamente não havia nada que pudéssemos dizer no idioma do qual compartilhávamos. Rimos de nosso silêncio aturdido e feliz, enquanto enxuguei as lágrimas e ela pressionou as mãos contra o peito cheio de tônus.

    Os Abramov. Sobrevivendo, varrendo, construindo suas próprias barricadas com o sr. Vida e outros vizinhos enquanto o mundo desabava ao seu redor; eram imigrantes operários calejados, preparados, por um Deus irado, para uma calamidade dessa magnitude. Como pude duvidar de seu tenaz apego à vida?

Depois que terminamos de verbar, usaram o GlobalTeens para enviar-me inúmeras mensagens falando que as condições de segurança em Westbury estavam relativamente normalizadas, mas a farmácia fora saqueada e o supermercado Waldbaum's, muito bem protegido, estava sem Tagamet, o antiácido que meu pai usa contra sua azia e úlcera crônica. Assim, foi uma agradável surpresa receber a mensagem – *escrita à mão* – de Joshie:

> Macaco Reso! Seja um bom filho e vá visitar seus pais. Já designei alguns seguranças da Wapachung para escoltá-lo na segunda-feira. Eles o acompanharão até Long Island. Afaste-se daquelas carnes cozidas russas! E não fique muito agitado, OK? Estou de olho vivo nos seus níveis de epinefrina.

Do lado de fora da sinagoga da Serviços Pós-Humanos, fui recebido por dois jipes Hyundai Persimmon blindados, ostentando enormes armamentos montados no capô, provavelmente sobras de nossa malfadada aventura venezuelana. O líder de nossa expedição também parecia ser um venezuelano clássico: Major J. M. Palatino da Wapachung Contingency, um sujeito pequeno, mas poderoso e centrado, emanando um cheiro de colônia de classe média e cavalo. Inspecionou-me com olhar profissional, rapidamente concluindo que eu era o moleirão que precisava ser protegido, bateu continência e apresentou sua equipe de dois jovens armados, ambos sobreviventes da Guarda Nacional de Nebraska, um com metade da mão decepada.

– Eis o plano – anunciou Palatino. – Seguiremos pelas vias principais e vamos torcer para que não tenha ocorrido nenhuma conflagração pelo caminho. Refiro-me à I-495, a antiga via expressa de Long Island. Não espero encontrar muitos problemas por lá. Depois rumaremos para o norte no sentido Wantagh Parkways. Pode ser complicado, dependendo de quem esteja no comando no momento.

– Achei que fôssemos nós – comentei.

– Ainda há atividades esporádicas de combatentes inimigos depois de Little Neck. Líderes militares de Nassau lutando contra líderes militares de Suffolk. Questões étnicas. Salvadorenhos. Guatemaltecos. *Nigerianos*. Precisamos agir com cautela. Pode ficar despreocupado, que estamos armados até os dentes. Temos uma metralhadora M2 Browning calibre 50 no veículo à frente e antitanque AT4 em ambos. Impossível encontrar qualquer coisa que se aproxime deste nível. Minha estimativa é que cheguemos a Westbury às 14:00.

– Três horas para percorrer 48 quilômetros?

– Não fui eu quem criou este mundo, senhor. Só estou acompanhando a jornada. Temos sanduíches Oslo Delight para o senhor lá atrás. Se gosta de geleia de amora, aproveite.

À entrada da via expressa, tropas da Wapachung vistoriavam os carros à procura de armas e contrabandos, jogando ao chão os infelizes que trabalhavam por cinco jiaos, cutucando-os com armas, toda a cena estranhamente silenciosa e metódica, típica de um passado próximo.

– Isso aqui está parecendo a Secretaria Americana de Restauração – dirigi-me ao major. – Só o que mudou foram os uniformes.

– Não se dispersa uma força da noite pro dia. Teríamos uma situação como a que ocorreu no Missouri.

– O que houve no Missouri?

Ele agitou a mão para mim como se dissesse: "*Melhor nem saber.*" Deixamos Manhattan e passamos pelo horrendo gigantismo de LeFrak City, uma coleção de prédios que, com suas fileiras de sacadas em ambas as pontas, pareciam acordeões cobertos de fuligem. Esses conjuntos habitacionais eram repletos de imigrantes russos; meus pais sempre acharam que, caso sofrêssemos mais uma queda de nível econômico, acabaríamos direto em LeFrak, onde, segundo minha mãe, seríamos todos mortos. Galya Abramov era meio vidente.

Pelos arredores do conjunto habitacional de LeFrak, viam-se diversas barracas improvisadas. Gente deitada em colchões nas passarelas de pedestres, o cheiro ácido de carne ruim sendo grelhada pairando lá embaixo. Enquanto passávamos pela LeFrak City ("Viva um pouco melhor", seu lema entusiástico de meados do século XX), o lado da via expressa de Long Island fronteiriço a Manhattan tornou-se uma infinita confusão de carros manobrando vagarosamente em torno de homens, e crianças de todos os possíveis gêneros empurrando, com obediência, seus pertences em malas e carrinhos de supermercado. "Muita gente rumando para o oeste", disse Palatino, enquanto nos arrastávamos em frente, passando por um bando de carros baratos de classe média, pequenos Samsung Santa Monica e coisas do gênero, crianças e mães amontoadas.

– Quanto mais próximo da cidade, melhor. Ainda que se tenha de trabalhar por cinco jiaos. Trabalho é trabalho.

– Onde você mora? – perguntei a Palatino.

– Esquina da 68 com a Lex.

– Lugar bom. Próximo ao parque.

– Meus filhos adoram o zoológico. A Wapachung vai nos conseguir um panda.

Eu ouvira falar nisso.

Três horas depois, descíamos a Old Country Road, os Champs-Élysées de Westbury; passamos pelos fantasmagóricos pontos de Varejo, em sua maioria, protegidos por tábuas e tapumes: Payless ShoeSource, Petco, Starbucks. Uma multidão de potenciais consumidores ainda aglomerada em frente a uma loja de 0,99 da Paradise. O cheiro de esgoto e uma névoa densa marrom entravam pelas janelas do carro, mas também ouvi o som bem alto e estridente de gargalhadas humanas e de gente gritando amigavelmente. Pareceu-me que, de forma estranha, uma área residencial como Westbury, com sua população operária e de classe média, seus salvadorenhos, sul-asiáticos e algo assim, lembrava o que a cidade de Nova York fora quando ainda era um lugar real. Havia algo adorável na Country Road de hoje, bandos de gente andando de um lado para o outro, comprando e vendendo produtos, comendo *papusas*, crianças peladas, verbando entre si com amor.

– Eles aqui mantêm uma segurança de primeira – afirmou Palatino. – Não são os bandidos, mas os mocinhos quem estão com todas as armas e espalharam todos os bens estrategicamente.

Não entendi nada do que ele falou.

Saímos da rua comercial e entramos na parte residencial da Washington Avenue. Apesar da serenidade da rua de meus pais, fiquei tenso com uma placa que dizia "Área de Criança Surda". Tentei lembrar-me de uma criança surda da vizinhança, da época em que eu morava em Westbury, mas nada me veio à cabeça. Quem era essa criança surda, e que tipo de futuro ela teria hoje?

Aproximamo-nos da casa de meus pais, as bandeiras enormes dos Estados Unidos da América e do Estado de Segurança de Israel, ainda tremulando incessantemente. Por trás da tela da porta, avistei os Abramov atropelando-se. Por um segundo, pareceu que só havia um Abramov, pois, embora minha mãe fosse delicada e bela, ao contrário de meu pai, pareceram assumir uma forma gêmea, como se um se refletisse no outro. Não estava claro o que acontecera nos últimos meses. Envelheceram, ficaram mais grisalhos, mas também parecia que alguma parte indeterminada de cada um deles fora cirurgicamente removida, deixando uma espécie de transparência confusa. Quando me aproximei deles de braços abertos, sentindo no quadril o chocar-se do saco contendo Tagamet para úlcera e outras coisinhas, senti uma parte dessa transparência preencher-se; vi em suas faces enrugadas o regozijo pela minha sobrevivência, minha presença física, meu vínculo indelével com eles, surpresos por eu estar ali, secretamente magoados e envergonhados pelo fato de poderem fazer menos por mim do que eu por eles.

Estávamos rodeados por elementos um do outro: a exacerbada higiene de minha mãe, o odor almíscar absoluto de meu pai e meu próprio bafo de juventude esvaída e urbanidade decadente. Não me recordo se revelamos nada – ou tudo – no vestíbulo, mas, depois que minha mãe cerimoniosamente cobriu o sofá da sala com um plástico para que eu não o manchasse com a imundície de Manhattan, meu pai seguiu com seu discurso cordial de sempre:

– *Nu, rasskazhi* ("Então, conte-me").

Contei-lhes tudo o que pude sobre o que acontecera nos dois últimos meses, falando evasivamente da morte de Noah (minha mãe adorara conhecer "um rapaz judeu tão lindo" em nossa formatura na NYU), mas enfatizando que eu e Eunice estávamos muito bem e que eu ainda tinha 1.190.000 iuans no banco. Minha mãe escutou com atenção, suspirou e foi fazer uma salada de beterraba. Quando perguntei a meu pai como enfrentaram a situação, ele aumentou o volume da FoxLiberty-Prime, que mostrava as deliberações do Parlamento israelense, com Rubenstein ainda oficialmente empregado como o secretário de Defesa de seja lá qual for a entidade que estamos nos tornando, fazendo um discurso ortodoxo para o Parlamento sobre as formas de combate ao islamofascismo, os homens de preto fazendo que sim com a cabeça, alguns olhando para o nada, brincando com uma garrafa de água mineral. Na outra tela, a FoxLiberty-Ultra – de onde ainda transmitiam esse diabo? – apareciam três caras brancos gritando com um negro de todas as direções, enquanto a legenda "Gays vão se casar em NYC" corria na parte inferior.

Apontando para a FoxLiberty-Ultra, meu pai perguntou:

– É verdade que estão deixando os *gomiki* se casar em Nova York?

Minha mãe saiu correndo da cozinha, segurando uma travessa de salada de beterraba.

– O quê? O que você disse? Estão deixando os *gomiki* se casar agora?

– Volte pra cozinha, Galya! – gritou meu pai com sua habitual vitalidade abatida. – Estou conversando com meu filho!

Confessei não saber o que acontecia em minha cidade no que se referia ao matrimônio, e que havia outras coisas com as quais deveríamos de fato nos preocupar, porém meu pai desejava expressar sua opinião sobre a questão.

– O sr. Vida – disse, gesticulando na direção do vizinho indiano – acha que os *gomiki* são as criaturas mais nojentas do mundo e deveriam ser castrados e fuzilados. Não sei, não. Dizem, *naprimer* ["por exemplo"], que aquele famoso compositor russo Tchaikovski era *gomik*. Que *on soblaznil* ["ele corrompia"] garotinhos, até mesmo o próprio filho do czar! E que, quando ele morreu, o czar foi quem o forçou a se matar. Talvez seja verdade, talvez não.

Meu pai suspirou e levou uma das mãos à face. Nos olhos castanhos cansados, a marca de uma tristeza que eu vira apenas uma vez – no enterro de minha avó, quando ele emitira um uivo de proveniência tão desconhecida e animalesca, que achamos que tivesse vindo da floresta adjacente ao cemitério judeu.

– Mas, pra mim – continuou, com uma respiração pesada –, não importa. Sabe, de um gênio como Tchaikovski, eu conseguiria perdoar qualquer coisa. *Qualquer coisa!*

Seu braço ainda envolvia-me, prendendo-me no lugar, fazendo de mim sua propriedade. Eu já não entendia bulhufas do que ele estava falando. Uma parte perplexa de mim queria dizer: "Papa, tem um jipe blindado protegendo a loja de 0,99 na Old Country Road e o senhor aqui falando de *gomiki*?" Mas fiquei calado. Do que adiantaria? Senti a tristeza que fluía em todas as direções desta casa, tristeza por ele, por eles, por nós três – Mama, Papa, Lenny.

– Tchaikovski – disse meu pai, cada sílaba pesada expressando uma dor incomensurável em sua voz profunda de barítono. Ergueu a mão e silenciosamente fez um movimento, talvez como um maestro conduzindo a melancólica *Sexta Sinfonia*. – Piotr Ilyich Tchaikovski – continuou, perdido em reverência pelo compositor homossexual. – Ele me deu muitas alegrias.

Quando minha mãe finalmente me chamou para jantar – depois de eu ter descansado um pouco no andar de cima e percebido que substituíram o ensaio de meu pai sobre "Os prazeres de jogar basquete" por um pôster reluzente da fortaleza israelense de Massada – quase chorei. A mesa de jantar, comumente repleta de carnes e peixes de uma ponta à outra, hoje estava quase vazia

– somente salada de beterraba, tomate e pimenta do jardim, um prato com escabeche de cogumelos, e algumas fatias de um pão estranhamente branco.

Minha mãe percebeu meu desconforto e minha decepção.

– Está tudo em falta lá no Waldbaum's, meu filho, e além disso temos medo dos Postes de Crédito – explicou-me. – Já pensou se ainda estiverem funcionando? Já pensou se tentarem deportar a gente? Às vezes o sr. Vida nos leva na caminhonete; se não for assim, é muito difícil encontrar comida.

E então atinei para uma espécie diferente de verdade que me lembrou de meu próprio egoísmo, da certa dose de rancor que eu nutria pelos Abramov e seu lar insuportável. A transparência que eu percebera anteriormente, a forma com que eles se fundiram um no outro – era o mero resultado de uma observação mais atenta de seus pequenos corpos e movimentos.

Meus pais estavam famintos.

Entrei na cozinha e verifiquei a despensa quase vazia – batatas do jardim lá no quintal, pimentas enlatadas, escabeche de cogumelos, quatro fatias de pão branco mofado, duas latas enferrujadas de alguma espécie de bacalhau búlgaro.

– Que horror, gente! – exclamei. – Estamos com os jipes aí. Deixem-me pelo menos levá-los ao Waldbaum's.

– Não, não – gritaram em uníssono.

– Sente-se – disse meu pai. – Tem salada de beterraba. Pão e cogumelo. Você trouxe Tagamet. Do que mais precisamos? Estamos velhos. Logo morreremos e seremos esquecidos.

Sabiam exatamente o que dizer. Eu levara um chute no estômago, ou pelo menos foi o que pareceu, pois agora eu agarrava a barriga relativamente cheia e toda espécie de preocupação percorria-me o trato digestivo.

– Vamos ao Waldbaum's – insisti. Ergui a mão para interromper o protesto. O filho decidido toma a palavra. – Não tem discussão. Vocês precisam de comida.

Entramos em um jipe, o outro servindo de batedor, os homens de Palatino mostrando as armas para um bando de canalhas aglomerados em volta do que era o restaurante Friendly's, mas agora se tornara, pelo visto, o quartel de alguma milícia local. Teria sido esse o retrato da Rússia após o colapso da União Soviética? Tentei, sem sucesso, ver o país à minha volta sem usar o filtro do olhar de meu pai, mas pela *história* dele. Desejei participar com ele de um ciclo importante, um ciclo que não fosse o de nascimento e morte.

Enquanto minha mãe silenciosamente fazia uma lista de compras, meu pai contou-me sobre um sonho que ele tivera recentemente. Alguns dos desprezíveis engenheiros "chineses" no laboratório onde ele trabalhava o acusaram de liberar radiação no ar durante suas rondas matutinas; ele estava prestes a ser preso, mas acabou sendo inocentado quando apareceram duas zeladoras russas de Vladivostok e culparam os indianos pelo escape da radiação.

– Quando acordei, os lábios sangravam de medo – contou, com a cabeça grisalha ainda tremendo pela lembrança.

– Dizem que os sonhos sempre têm um significado oculto – afirmei.

– Sei, sei – respondeu, agitando a mão no ar, rejeitando a ideia. – Essa tal de psicologia.

Dei um tapinha no joelho de meu pai, tentando confortá-lo. Ele vestia brim, um velho tênis Reebok herdado de mim em testamento, uma camiseta Ocean Pacific com a estampa desbotada de alguns jovens surfistas californianos exibindo suas pranchas morey boogie (também da coleção da adolescência de Lenny Abramov), óculos de sol plásticos cobertos pelo que parecia algo oleoso. Ele estava, à sua maneira, magnífico. O último americano de pé.

Paramos em um shopping onde o supermercado Waldbaum's espremia-se ao lado de um salão de manicure todo coberto de tapumes e um antigo sushi bar que agora vendia "ÁGUA DE FONTE LIMPA, 1 GALÃO = 4 IUANS, TRAGA SUA PRÓPRIA LATA". Quando o jipe parou bem na frente das portas do Waldbaum's, meus pais olharam-me cheios de orgulho – ali estava eu, cuidando deles, honrando-os; finalmente, um bom filho. Controlei-me para não me jogar e abraçá-los pelo pescoço, mostrando gratidão. Vejam só a família feliz!

No interior do supermercado cinza e marrom, as luzes estavam fraquinhas, para criar um clima de compras mais triste ainda do que eu presenciara no auge do Waldbaum's, embora ainda se ouvisse Enya no sistema de som gorjeando sobre o fluxo do Orinoco e a possibilidade cruelmente descrita no refrão de se velejar. Fiquei também impressionado com uma série de fotos antigas mostrando os gerentes estrábicos e carecas das seções de hortifruti e frios do passado, uma combinação Wetsbury de diligentes trabalhadores hispânicos e asiáticos sob o lema fascista "Se é bom para você, é bom para o Waldbaum's".

Meu pai mostrou-me a gôndola vazia onde ficavam os comprimidos de Tagamet.

– *Pozorno* (Que vergonha) – lamentou. – Ninguém liga mais para os doentes nem para os velhos.

Minha mãe, parada no corredor de bolos, biscoitos e massas pré-prontas, próxima a uma velha italiana, perdia-se em um monólogo irado sobre o combo de massas para pão de ló e bolo amanteigado da Mix-n-Match, que custava exorbitantes 18 iuans.

– Vamos levar os bolos, mamãe – anunciei, consciente da paixão de minha mãe por doces. – É tudo por minha conta.

– Não, Lyonitchka – discordou. – Precisa economizar pro futuro. E pra Eunice, não se esqueça. Vamos procurar as promoções, pelo menos.

– Vejamos se há alguma coisa fresca lá no hortifruti – sugeri. – Vocês precisam comer alimentos saudáveis. Vamos evitar as coisas picantes e os sabores artificiais. Caso contrário, não haverá Tagamet no mundo que adiante para Papa.

Na seção de hortifruti, entretanto, não encontramos nada fresco; a maioria das coisas boas já havia sido enviada para Nova York. Enchemos os carrinhos com recipientes de 800 gramas de bolinhas de queijo (uma promoção de mais 20% de desconto) e um volumoso estoque de água tônica, muito mais barata que os quatro iuans cobrados pela "água de fonte limpa" vendida no sushi bar. Passei por todos os corredores e seções com meu carrinho. Um tanque de vidro próprio para a venda de lagosta ("Mais fresca que isso, só viva!"), além de vazio, estava sem um dos lados. Minha mãe comprou mais esfregões e vassouras na seção de produtos de limpeza, pão integral na padaria e quatro quilos de peito de peru sem gordura para meu pai.

– Use os tomates frescos do jardim para fazer um sanduíche com o peito de peru e o pão integral – orientei. – Use mostarda, em vez de maionese, porque tem menos colesterol.

– Obrigado, *sinotchek* ("filhinho") – agradeceu meu pai.

– *Zabotishsia ty o nas* ("Você está cuidado de nós") – disse minha mãe, com os olhos ligeiramente mareados, enquanto acariciava a cabeça de um novo esfregão.

Enrubesci e olhei para o outro lado, desejando o amor deles, mas tomando o devido cuidado para não me aproximar tanto, temendo ser novamente magoado. É que meus pais são originalmente de um lugar onde a expressão sincera de sentimentos pode denotar fraqueza, um convite ao ataque. Perca-se nos braços deles e talvez você nunca mais ache uma saída.

Paguei mais de 300 iuans no único caixa em funcionamento, e ajudei meu pai a pôr as sacolas no jipe. Quando estávamos prestes a começar a jornada de volta para casa, uma ensurdecedora explosão veio do norte. Os homens de Palatino apontaram as armas para o imaculado azul do céu. Meu pai agarrou minha mãe e a abraçou feito um homem de verdade.

– Nigerianos – disse ele, apontando na direção do condado de Suffolk. – Não se preocupe, Galya. Eu dava conta deles na quadra de basquete, dou conta deles agora. Mato os desgraçados com as duas mãos.

Mostrou-nos as mãos pequenas e fortes que no passado enfiavam bola na cesta, às terças e quintas.

– Por que todos culpam os nigerianos? – protestei. – Quantos nigerianos encontram-se deste lado do oceano?

Meu pai achou graça e esticou o braço para acariciar-me a cabeça.

– Ouçam só nosso pequeno liberal – disse, com o pomposo linguajar típico da Fox-Ultra. – Só falta agora dizer que é também um progressista secular!

Minha mãe riu também, fazendo um sinal negativo com a cabeça, debochando de minha tolice. Ele se aproximou e agarrou-me a cabeça com as duas mãos, dando-me, logo em seguida, um beijo molhado na testa.

– Você é? – berrou com uma seriedade debochada. – É um progressista secular, Lyon'ka?

– Por que o senhor não pergunta a Nettie Fine? – respondi alto e bom som. – Não recebi mais nenhuma notícia dela. Nem mesmo depois que os äppäräti voltaram a se conectar. Por que o senhor não pergunta a seu Rubenstein? O bem que ele lhes fez foi tamanho, que vocês perderam todas as economias e pensões e agora temem passar por um Poste de Crédito. Quando ele diz "o barco está cheio", está se referindo a vocês, sabiam?

Meu pai fitou-me debochadamente e deu uma risadinha de escárnio. Perdi meu tempo. No fundo, meus pais estavam com medo. E eu temia por eles. Após um mísero jantar de peito de peru, salada de beterraba e bolinhas de queijo, passei uma noite agitada e sem sexo, enfiado no quarto de baixo – um brinco de tão limpo, aromatizado com essência de maçã, roupa de cama limpinha e toda sorte possível e imaginária de manifestação do zelo de minha mãe. Senti-me só e tentei contatar Eunice via mensagem de texto e de voz, mas ela não respondeu, o que achei estranho. Levantei os dados de todas as suas andanças durante o dia usando o GlobalTracer: assim que saí, ela foi para o Corredor de Varejo na Union Square e depois prosseguiu rumo ao Upper West Side e por fim seu sinal simplesmente desapareceu. Que diabos ela fazia no Upper West Side? Teria perdido o juízo a ponto de tentar chegar a Fort Lee pela ponte George Washington para ver a família? Fiquei extremamente preocupado com ela e pensei até em fazer a cabeça de Palatino e voltar para a cidade.

No entanto, eu não podia abandonar meus pais assim, no meio de minha visita. Pela manhã, eu os encontrei lá, aguardando-me na escada, com o mesmo sorriso preocupado e submisso que os acompanhara metade da vida na América, fitando-me como se ninguém ou nada mais existisse no mundo. Os Abramov. Velhos e cansados, um casal com nada em comum, transbordando de ressentimentos importados e nativos, patriotas de um país desaparecido, amantes do asseio e da frugalidade, tépidos criadores de um filho único, proprietários de corpos difíceis e desleais (mãos profissionalmente queimadas por produtos de limpeza industriais e deformadas pela síndrome do túnel cárpico), imperadores da ansiedade, príncipes de um reino indescritivelmente cruel, Mama e Papa, Papa e Mama, *na vsegda, na vsegda, na vsegda*, para todo o sempre. Não, não perdi a capacidade de me importar – incessantemente, morbidamente, instintivamente, contrariamente – com as pessoas que fizeram de mim o desastre conhecido como Lenny Abramov.

Quem era eu? Um progressista secular? Talvez. Um liberal, independentemente do significado da palavra agora, talvez. Porém, basicamente – no final do arco-íris combalido, no final do dia, no final do império – pouco mais que o filho de meus pais.

COMO CONTAMOS AO LENNY?
DA CONTA DE EUNICE PARK NO GLOBALTEENS

13 DE OUTUBRO

GOLDMANN-FOREVER PARA EUNI-DIOTA:
   Bom-dia, minha doce menina, meu terno amor, minha vida. Ontem foi tão divertido, nem acredito que o fim de semana acabou e tenho de devolvê-la ao nosso amiguinho. Faltam 52,3 horas para vê-la de novo, e nem sei o que fazer! Sem você, fico tão incompleto quanto um leopardo sem garras. Estou dando um jeito em tudo que você disse. Preciso dar uma melhorada nos braços, mais do que em outras partes do corpo; em alguns aspectos, são os mais difíceis de consertar, pela falta de tônus muscular etc. Pena que não deu para fazermos tanto do que mais curtimos. Preciso pegar leve em função do coração, pois a genética não foi muito generosa comigo nessa área. Segundo os indianos, ano que vem meu coração será removido por completo. Músculo inútil. Mal desenhado. Este é o maior projeto deste ano na Serviços Pós-Humanos: ensinaremos ao sangue o caminho *exato* que ele deve percorrer e em que velocidade, depois o deixaremos circular. Pode me chamar de sem-coração. Hahaha.
   Bem, Howard Shu (que lhe manda lembranças) vem se dedicando à pesquisa e creio que ele tenha descoberto algo. Precisamos aumentar as credenciais de seus pais para que deixem de ser meros imigrantes americanos com Crédito ruim. É difícil conseguir documentação norueguesa, mas existe um passaporte chinês, o "Lao Wai", que concede muitos dos mesmos privilégios e que permite que a pessoa passe seis meses por ano fora de Nova York. Ele está tentando colocar seu pai como funcionário essencial, pois a cota de podólogos em Nova York ainda não foi completamente preenchida. O novo plano do FMI é muito metódico com relação às profissões. O problema é que, para se qualificar, seu pai terá de residir em Nova York – ou em Manhattan ou Brownstone Brooklyn – e o triplex mais barato em Carroll Gardens vai sair por volta de 750 mil iuans. Então minha proposta é a seguinte: eu compro um imóvel para sua família e caso

seu pai algum dia consiga ganhar dinheiro suficiente, ele me paga. Podemos arranjar um visto de estudante para Sally e eu posso passar como seu avô. Por assim dizer. Ha ha. Bem, é um bom investimento e eu não me importo em fazê-lo, porque te amo. Sei que detesta quando o Lenny lê para você, mas tem uma frase maravilhosa de um antigo poeta chamado Walt Whitman: "És a Nova pessoa por Mim atraída?" Eu pensava nisso o tempo todo, enquanto caminhava pelas ruas de Manhattan, mas parei de pensar, agora tenho você.

Quero tocar em um assunto e acho que no fundo não tenho direito de me meter. Sei que você deseja que sua família esteja segura, mas será que é sensato ter seu pai aqui, tão perto de você e de sua irmã? Talvez eu seja careta, mas, quando você conta que ele entra no chuveiro quando Sally está tomando banho, ou que você o viu arrastar sua mãe da cama, puxando-a pelos cabelos... bem, acho que algumas pessoas chamariam isso aí de abuso físico e psicológico. Sei que há fatores culturais envolvidos, eu só quero que você e sua irmã se protejam de um homem claramente destemperado, que deveria estar sob supervisão e medicação. A falta de limites é uma coisa, mas a violência infringe até mesmo as leis básicas chinesas, esqueça qualquer idiotice hippie que os noruegueses possam ter. Espero que venha logo morar comigo (podemos inclusive comprar um canto maior, caso se sinta claustrofóbica), e então jamais deixarei que alguém volte a tocar-lhe um fio de cabelo.

OK, minha imperatriz pinguim, parece que terei de trabalhar no fim de semana com mais questões internas da Staatling, mas, a cada instante que passa, olho para o teto ou para o chão e imagino seu semblante tão sincero e sinto-me completamente em paz e apaixonado.

EUNI-DIOTA *PARA* EUNI-DIOTA:

Tô escrevendo isso pra mim mesma. No futuro, quero me lembrar deste dia e compreender melhor o que estou prestes a fazer.

Minha vida toda se resume a dúvidas. Só que agora não há espaço pra elas. Sei que sou muito nova pra tomar esse tipo de decisão, mas as coisas são assim.

Às vezes tenho saudade da Itália. Saudade de ser uma completa estrangeira, sem estar amarrada a ninguém. Acho que a América vai pro saco em pouco tempo, mas nunca fui americana de verdade. Tudo fingimento. Sempre fui coreana, de uma família coreana, com um jeito coreano de fazer as coisas e tenho orgulho disso, ou seja: ao contrário de tanta gente ao meu redor, eu sei quem sou.

A professora Margaux disse na aula de Assertividade: "Você tem o direito de ser feliz, Eunice." Que ideia americana mais imbecil. Toda vez que pensei em me matar no meu quarto lá do alojamento, me vinha à cabeça o que a professora Margaux disse e daí eu me rachava de tanto rir. Você tem o DIREITO de ser feliz. Ha! Lenny sempre cita um tal de Froid; de acordo com esse psiquiatra, o melhor a se fazer é transformar toda a infelicidade maluca e todas as babaquices de nossos pais em infelicidade comum. Tô com ele e não abro.

Acordo ao lado de Joshie me sentindo assim. Mas também um pouquinho empolgada. A gente tava pintando com M. Cohen e nem acreditei na concentração de Joshie. O cara tava com a boca meio aberta, que nem um menininho, respirando bem devagar, como se não tivesse nada mais importante nessa vida do que as pinceladas. É muito poderoso conseguir se desligar assim de tudo e se concentrar em algo completamente externo. Acho que o Joshie sempre teve muito privilégio nessa vida e sabe o que fazer com ele.

Bom, daí ele percebeu que eu tava olhando e sorriu feito uma criancinha, fechou a boca e tentou fazer uma cara que combinasse mais com a idade dele, o que pra mim já não é mais possível. Então pensei: É isso: vou largar o Lenny e passar a vida acordando ao lado de Joshie, envelhecendo a cada dia enquanto ele não para de ficar mais jovem. Nada errado nisso. Eu mereço mesmo esse castigo. Manhã, tarde, noite, sexo, jantar, compras, qualquer coisa que a gente faça. O Joshie não me brocha e não me excita. Só quero dar umas pinceladas com ele e ouvir aquela respiração bem lenta. Ele tem um chinelo velho que fica certinho ao lado da cama pra ele calçar direto de manhã cedo; só que o chinelo é muito grande pra ele. Ele sai andando feito um velho quando calça essa desgraça. E é uma parada que eu posso dar um jeito. Dá pra dar um jeito nele. Que bom que ele aceita crítica. A primeira coisa que PRECISO fazer é comprar um chinelo novo. Acho que sou uma versão mais feliz de minha mãe com Joshie. Como disse o Froid, infelicidade comum.

Lenny, será que algum dia você vai me perdoar?

Tem vezes que me sinto como uma lata de lixo reciclável, com uma porrada de coisas passando por mim de uma pessoa para outra, amor, ódio, sedução, atração, repulsa, tudo. Eu queria ser mais forte e segura pra conseguir viver com um cara como o Lenny. É que ele tem um tipo de força diferente do Joshie. Ele tem a força de seus bracinhos de bagre. Tem a força de pôr o nariz no meu cabelo e se sentir aconchegado. A força de chorar quando faço boquete nele. Quem É Lenny? Quem FAZ uma coisa dessas? Quem mais vai se abrir assim pra mim nesse mundo? Ninguém. É perigoso demais, gente. Lenny é perigoso. Joshie é mais poderoso, mas o Lenny é muito mais perigoso.

Tudo que eu queria era fazer com que meus pais assumissem a total responsabilidade pela minha loucura e meu jeito torto de ser. Queria que admitissem que erraram. Mas, agora, também pouco importa.

Infelicidade comum, como disse o doutor, mas também responsabilidade comum.

Não dá mais pra ser uma garotinha maltratada. Preciso ser mais forte do que meu pai, do que Sally e do que mamãe.

Desculpe, Lenny.

Eu te amo.

EUNI-DIOTA *PARA* GOLDMANN-FOREVER:

Você parece uma abelhinha operária, hein, queridinho! Fico tão excitada quando você dá duro no trabalho, Joshie. Nada mais sexy do que um homem trabalhador, foi assim que me criaram e taí uma parte de meus pais que NÃO me causa vergonha. Nesse momento tô sentindo uma porrada de coisas. Não é só gratidão pelo que você fez pela minha família; é um amor profundo, bem profundo mesmo. Sou a Nova pessoa por VOCÊ atraída? Sou, Joshie. Às vezes vejo gente bonita na rua, mas é uma beleza óbvia, imposta pela Mídia. E você é real. Não se preocupe com o sexo, querido. Não sou um monstro sexual. Envolver você nos braços, tomar banho com você, passar a esponja bem firme em você, escolher suas roupas, ficar de chamego no sofá, fazer aquelas panquecas de *blueberry* sem gordura, nossa! Nunca fiz nada mais gratificante por mais ninguém. O simples fato de estar no mesmo espaço que você já me excita. Estou morrendo de saudade. Seus braços NÃO são de velho. Você é muito mais forte que o Lenny, e tem os lábios lindos e macios. Só preciso que você mantenha o pescoço em forma, porque vai ter que se enfiar lá embaixo e não vai ser pouco. Hahaha.

Quanto aos meus pais, às vezes acho que te conto coisas demais. Sei que a culpa é minha, porque preciso falar deles pra todo mundo que amo. Desabafar sobre minha vida é tipo a única coisa que não me deixa passar o dia inteiro na geladeira aumentando a GORDURA da minha bunda. Só não sei muito bem se estou sendo justa com eles e com você quando conto o que aconteceu comigo, Sally e mamãe. Tivemos momentos legais também, entende? Quando eu estava em Tompkins Park logo antes da Ruptura, meu pai me perguntou como eu estava. Sei que no fundo ele é um cara do bem; é que ele teve uma vida difícil, só isso; fico triste por ele. Às vezes, quando tenho saudade de você, eu me sinto triste da mesma forma, como se toda a minha vida corresse ao seu encontro e eu não conseguisse esperar mais um minuto pra gente se encontrar.

Aí acabei de assistir a um stream de um jamaicano sendo deportado de Nova York; ele chorava e a família toda estava se debulhando em lágrimas. Ele dizia pra filhinha que ele vai voltar e que era melhor eles ficarem na cidade a salvo. Pensei que eu também fosse desabar no choro. Já te contei que lá em Roma trabalhei como voluntária ajudando albanesas traficadas? Se fosse por mim, ninguém seria deportado. E não acredito que você disse que vão evacuar todos os conjuntos habitacionais. Gente, Lenny investiu uma grana preta nesse apartamento e ele tem uma porrada de livros. E o que vão fazer com os velhinhos, cara? Vão morrer. Você pode fazer alguma coisa, amoreco? Ih, sujou. O Lenny tá chegando. Posso ouvi-lo fungando e ofegando. Fui. Bom final de semana, Joshie. Você não sai dos meus pensamentos nem dos meus sonhos. Confio e preciso muito de você. Nunca alguém foi tão maravilhoso comigo.

21 DE OUTUBRO

CHUNG.WON.PARK *PARA* EUNI-DIOTA:

Niciiin,

Hoje recebemos documento pra passaporte Lao Wai graças você! Seu Shu liga pra gente e diz que é só protocolo e que já tá garantido que

a gente muda pra Nova York. Papai e eu orgulhosos de você. Filha inteligente! A gente sempre sabe. Mesmo na escola católica quando você tira nota boa e depois foi pra Elderbird. Lembra que professora de arte elogia suas abilidades espacial e a gente acha que ela disse abilidade ESPECIAL e ficamos sem entender o que era? ☺ Vimos seu novo amigo Joshie Goldmann. Ele bunitão pra idade dele, parece bem mais novo que coleguinha de apartamento Lenny. Estamos orgulhosos também por causa de que você tem amigos importantes. Lenny não tem condição de te ajudar, filha. É russo. Será que é comunista? Antigamente, antes do petróleo, todo russo era comunista. Mas já que você gosta de velho, a gente conhece o filho do sr. Choi em Toronto; ele tem 31 anos, é alto e muito musheesuh; tem bom emprego na industria de instrumentação médica. Brigada, Niciiin, por pensar família. Desculpa se não entender o que escrevo. Deus que te abençoe sempre.
    Um beijo,
    Mamãe

22 DE OUTUBRO

SALLYSTAR: Recebi o visto de estudante. Não sei o que dizer, Eunice; te amo. Sei que você sempre vai me dar força, e não é só porque é minha irmã mais velha. Você não quer ouvir isso, mas rezo por você todo dia. Peço a Deus pra que esteja feliz e com paz interior. Lembra como a gente ficava feliz quando comprava ddok e mandoo lá no H-Mart depois do culto? Lembra que você comia feito louca e depois chorava por achar que tinha engordado?
EUNI-DIOTA: Não precisa agradecer, Sally. Que bom que vocês estão a salvo. Que loucura esse negócio de você se esconder no porão por uma semana. Que chato o que aconteceu com a filha de Kim, como é mesmo o nome dela?
SALLYSTAR: Ai, acho que não tô a fim de falar nisso agora.
EUNI-DIOTA: Só me sinto culpada por não ter estado aí com você.
SALLYSTAR: É o tipo da coisa que faz a gente refletir. E agora sei por que estou viva. Por você, mamãe e papai. Vou ficar quieta, sem me meter

em política e vou fazer de tudo para que não aconteça com nenhum de nós o que aconteceu com a Sarah Kim. Você é mesmo um "exempro" pra mim, como diz mamãe, Eunice.

EUNI-DIOTA: Vai voltar pra Barnard?

SALLYSTAR: Vão fechar a Barnard pelo resto do ano, mas tudo bem. Tenho que fazer mais aulas de mandarim e norueguês mesmo.

EUNI-DIOTA: Vai se sair muito bem, Sally. Tudo que você resolve fazer, faz bem.

SALLYSTAR: E você?

EUNI-DIOTA: Oi?

SALLYSTAR: Qual o próximo passo que quer tomar na vida?

EUNI-DIOTA: Não sei. Joshie pode me arranjar um ótimo emprego na área de Varejo, mas talvez eu vá pra Londres estudar arte e finanças.

SALLYSTAR: Quer dizer que as coisas estão sérias mesmo com ele! Já contou pro Lenny?

EUNI-DIOTA: Não.

SALLYSTAR: Chega de mentir pra ele, Eunice. Nunca te disse isso, mas acho o Lenny muito legal, se bem que a gente só se encontrou uma vez. Ele fez de tudo pra agradar mamãe e papai.

EUNI-DIOTA: Eu sei. Não precisa me dizer. Mas ele não é perfeito. Só liga pra mim quando tô puta com ele. Bom, tenho certeza que ele vai conhecer outra coreana, como as centenas que ele já namorou. Uma nomo chakeh de verdade, bem diferente de mim. Ah, e vi umas Imagens de umas ex-namoradas dele, umas pobretonas. Lenny é um desses caras brancos que não sabem distinguir uma asiática bonita de uma feia. Pra eles, somos todas parecidas.

SALLYSTAR: Não tenho nada com isso, mas acho melhor pegar leve com Lenny, mesmo se terminar com ele. Não seja injusta.

EUNI-DIOTA: Eu sei, Sally. Vou ser honesta. Não sei se CONSIGO terminar com ele. Ainda amo o danado. Ele é tão sem noção. Tadinho do meu Leonardo Dabramovinci. Ele tá bem sentado aqui do meu lado, aparando as unhas dos pés, sorrindo pra mim sem o menor motivo. Não sei por quê, mas acho muito triste quando ele sorri assim. E também fico meio puta por ele ainda conseguir ter esse efeito sobre mim.

24 DE OUTUBRO

GOLDMANN-FOREVER *PARA* EUNI-DIOTA:
Eunice, precisamos conversar. Sei que me ama, mas às vezes me trata muito mal. Uma hora me diz que sou "o namorado mais melhor do mundo" e depois não tem certeza, quer dar um tempo e pegar mais leve. Fico me sentindo um idiota carente, forçando a barra para que você conte a Lenny sobre nós, para que venha morar comigo, para que leve essa relação tão a sério quanto eu levo. Você está me confundindo com o Joshie Goldmann, o cara high-profile que está tentando mudar o mundo e o qual todos idolatram. Sou um homem diferente com você. Não passo de um ser humano apaixonado.

Não gosto de quando você me deixa sentindo culpado pelos velhinhos que serão expulsos dos prédios de Lenny. Não é da minha alçada, Eunice. Posso ajudar seus pais e sua irmã, mas não consigo manter mais de cem imprestáveis em Nova York. Quem manda agora é o FMI. Creio já ter feito o que pude por eles nos últimos meses, enviando alimentos e água.

Veja bem, tenho a reta noção de que estou lhe pedindo que tomasse uma decisão muito séria, e sei que Lenny representa uma espécie de conforto emocional, e por isso você o defende. Mas não se esqueça de que quem pode mesmo garantir sua segurança sou eu. Sei também que Lenny não larga do seu pé, de um modo ridículo, e não quero cometer o mesmo erro. Embora eu não pareça às vezes, não nos esqueçamos de que tenho setenta anos. E posso lhe dizer uma coisa, por experiência própria, Eunice: só se é jovem uma vez. É melhor passar a juventude com alguém que consiga lhe proporcionar um sentimento bom, de acolhimento, amor, segurança e, no longo prazo, alguém que não vá morrer muito antes de você, como será o caso de Lenny. (Em termos estatísticos, os homens russos morrem cerca de 20 anos antes que as mulheres asiáticas.)

Se eu me assusto com o rápido rumo que as coisas estão tomando entre nós? Pode crer que sim! Às vezes, olho para nós no espelho e não acredito no que sou. Toda semana, estreitamos os laços e então, toda semana, você faz algo que me deixa sentindo que não a mereço. Você me afasta. Por quê? É simplesmente de sua natureza ser cruel com os homens? Então, talvez você possa mudar essa parte de sua natureza antes que seja tarde demais.

    Penso em você o tempo todo, Eunice. Às vezes você é a única coisa neste mundo que ainda faz sentido para mim. Agora VOCÊ tem de começar a pensar em MIM. Estou aqui, no bom e velho Upper West Side de sempre, batendo no peito, emitindo uns sons de um gorila triste, sonhando com o dia em que você me tratará como mereço ser tratado. Temos muitos anos à frente, meu chuchuzinho. Não vamos perder tempo, que é tão precioso. *Sogni d'oro*, como você gosta de dizer. Bons sonhos para você.

FOREVER YOUNG
DO DIÁRIO DE LENNY ABRAMOV

10 DE NOVEMBRO

Querido Diário,

Hoje tomei uma decisão importantíssima: *eu vou morrer.* De minha personalidade, nada restará. As luzes se apagarão. Minha vida, minha passagem por aqui, se perderá para sempre. Virarei pó. E o que restará? Flutuando pelo éter, fazendo cócegas na barriga vazia do tempo, iluminando os céus sobre as fazendas de Cape Town, chocando-se contra uma aurora em Hammerfest, Noruega, a cidade mais ao norte deste planeta estraçalhado – meus dados, a base mais densa de minha existência, postados em uma conta no GlobalTeens. Palavras, palavras, palavras.
Você, querido diário.
Este será meu último registro.

Um mês atrás, em meados de outubro, uma rajada de vento outonal passou pela Grand Street. Uma judia, moradora do conjunto habitacional, idosa e cansada, com um colar de jade falso sobre o colo, ergueu a cabeça e proferiu uma palavra:
– Tempestade.
Uma palavra apenas, uma palavra que significa nada mais do que "um período de tempo caracterizado por ventos e chuvas fortes"; uma simples palavra que, não obstante, pegou-me de surpresa, lembrando-me de como a língua fora uma vez utilizada, sua precisão e simplicidade, sua capacidade de suscitar lembranças. Ela não disse frio, nem gelado, mas tempestade. Eu enfrentara centenas de outros dias tempestuosos, minha jovem mãe trajando um casaco de pele falsa, parada na frente do nosso Che-

vrolet Malibu Classic, protegendo-me as orelhas com as mãos, pois meu defeituoso boné de esqui não conseguia cobri-las, enquanto meu pai esbravejava e lutava com as chaves do carro. Sentia no rosto a respiração preocupada de minha mãe, animado com o frio e pelo fato de estar protegido: exposto às intempéries da natureza e amado ao mesmo tempo.

– É tempestade *mesmo*, minha senhora – respondi. – Já estou sentindo nos ossos.

Ela então sorriu com o que ainda lhe restava de músculos faciais. Estávamos nos comunicando com palavras.

Retornei de Westbury e encontrei Eunice sã e salva, mas as casas do Vladeck estavam todas destruídas; suas carapaças, antes laranja, agora negras pelo fogo. Parei em frente às casas junto a um grupo de pessoas ainda empregadas na Mídia, calçando tênis caros; analisávamos as fileiras pontudas de janelas que passavam à nossa frente, fazíamos poesia com um solitário condicionador de ar Samsung que pendia, pelo fio, para frente e para trás na brisa leve do rio. Onde estavam os moradores daquele conjunto habitacional? Onde foram parar os latinos que outrora proporcionaram-nos a felicidade de dizer que ainda morávamos no "último bairro multiétnico do centro da cidade"?

Parou então um caminhão da Staatling cheio de homens de cinco jiaos. Ansiosamente, quase com toda a felicidade do mundo, trataram de colocar ao redor das cinturas bem finas os cintos de ferramentas que receberam assim que desembarcaram. Um caminhão madeireiro parou atrás do primeiro. Todavia, não transportava troncos, mas Postes de Crédito, roliços e lisos, desprovidos até mesmo dos adornos de seus precedentes. Em 24 horas foram instalados, ostentando um novo slogan, o perfil da nova matriz do FMI em Cingapura, no formato do Panteão, e as palavras:

"A vida está mais Rica, A Vida está mais Feliz! Obrigado, Fundo Monetário Internacional!"

Fui almoçar com Grace no parque, onde fizemos um piquenique. Encontrei-a sentada confortavelmente em uma pedra que despontava em Sheep Meadow, uma verdadeira espreguiçadeira da era glacial. Menos de seis meses antes, o sangue de centenas cobrira os gramados da região. Com um vestido branco de algodão ligeiramente solto nos ombros, uma curva perfeita de cabelo acentuando a concentração de sua face, grávida de muitos meses, porém elegante em repouso, ela parecia, de longe, uma visão de algo incompreensivelmente certo no mundo. Caminhei em sua direção vagarosamente, organizando as ideias. Agora eu teria de descobrir como ajustar nossa amizade para incluir mais uma pessoa, alguém menor e mais inocente ainda que a mãe.

Eu já conseguia ver a criança. Independentemente do que a natureza de Grace fosse imprimir nesse filho (disseram-me que seria um garoto), ele certamente seria pelo menos cabeludinho como Vishnu, herdaria aquele jeito desastrado, a generosidade e a inocência. Achei estranho considerar uma criança como o produto de *duas* pessoas. Meus pais, apesar de todas as suas diferenças de temperamento, eram tão parecidos que, às vezes, eu os considerava uma única entidade que recebera de um Espírito Santo iídiche o fardo de uma criança. E se eu tivesse um filho com Eunice? Ela ficaria feliz? Ultimamente ela andava meio distante de mim. Às vezes, até mesmo enquanto via suas modelos anoréxicas preferidas no AssLuxury, parecia que seu olhar ia longe, além das modelos, em direção a alguma nova dimensão desprovida de quadris e ossos.

Eu e Grace tomamos suco de melancia e comemos kimbaps fresquinhos, comprados na rua 32, fazendo um som crocante entre os dentes, o arroz e a alga enchendo-nos a boca com mar e amido. Era o que desejávamos: a normalidade. Após algumas preliminares jocosas, Grace assumiu uma expressão mais séria.

– Lenny, tenho algo um tanto triste para lhe dizer.
– Ah, não.

– Eu e Vishnu conseguimos um visto de residência permanente. Daqui a três semanas, a gente se muda pra Vancouver.
Senti o arroz inchar na garganta e então tossi, vomitando-o na mão. Avaliei a situação a mim imposta. *Grace*. A mulher que mais me amara. Escutara-me nos últimos quinze anos; escutara toda a minha melancolia e distimia. *Vancouver*. Uma cidade ao Norte, bem longe.
Grace envolveu-me nos braços; senti o cheiro de seu condicionador e de sua iminente maternidade. Estava me abandonando. Será que *ainda* me amava? Mesmo o feioso Laptev de Tchecov tinha uma admiradora chamada Polina, "muito magra e sem curvas, de nariz alongado". Depois que Laptev se casa com a jovem e linda Julia, Polina lhe diz:

"Então estás casado... Não fiques sem graça, todavia. Não definharei. Conseguirei extirpar-te de meu coração. Entretanto, é para mim irritante e amargo o fato de seres exatamente tão desprezível quanto qualquer outro; que o que queres em uma mulher não é a inteligência, tampouco o intelecto, e sim um corpo, a beleza, a juventude... A juventude!"

Queria muito que, naquele momento, Grace proferisse essas palavras, para confrontar-me novamente por amar alguém tão jovem e inexperiente, e que me fizesse considerar a possibilidade de trocar a companhia de Eunice pela sua. Entretanto, obviamente, ela não disse nada.
Isso irritou-me profundamente.
– Mas e então, como vocês conseguiram o visto para o Canadá? – indaguei, sem sequer dar-me ao trabalho de modular a acidez de meu tom. – Achava ser impossível. A lista de espera é de mais de 32 milhões.
– Demos sorte. Além disso, sou formada em econometria. Ajudou bastante.
– Gracie, um tempo atrás, Noah me contou que Vishnu colaborava para a SAR, para os bipartidários.

Ela permaneceu em silêncio, comendo seu kimbap. Um casal, conversando em outro idioma enrolado, passou, liderado por um enorme e imundo São Bernardo, cuja língua arrastava-se pelo chão, tamanho o calor que fazia nesse verão indiano. Atrás de uma barreira de árvores, um grupo de homens de cinco jiaos cavava uma vala. Um deles claramente desobedecera alguma ordem, pois o líder agora se aproximava dele trazendo um objeto brilhante e longo. O cara de cinco jiaos estava ajoelhado, as mãos cobrindo-lhe o longo cabelo louro opaco. Tentei impedir que Grace visse aquilo, erguendo meu copo plástico com suco de melancia; rezei para que não lançassem mão de violência.

– Tenho certeza de que não é verdade – continuei, catando os vestígios de mato sobre a calça jeans, como se falássemos de algo trivial. – Sei que Vishnu é um cara bacana.

– Não quero falar sobre essas coisas, Lenny. Sabe, vocês sempre foram três amigos muito estranhos. *Os rapazes*. Como nos livros. Com todo aquele show de vaidade e camaradagem. Só que nunca daria certo. Isolados, cada um de vocês era uma pessoa de verdade, mas, quando se juntavam, pareciam personagens de um desenho animado.

Respirei fundo e repousei a cabeça sobre as mãos.

– Desculpe – disse Grace. – Sei que você adorava Noah. Não se deve falar assim dos mortos. E não sei o que aconteceu com a SAR nem quem fez o quê. Sei apenas que não há futuro para nós aqui. E, pensando bem, tampouco para você. Por que não se muda para o Canadá conosco?

– Não tenho contatos, como vocês – retruquei, exasperadamente.

– Você tem diploma em administração, o que o colocaria na frente da lista. Deveria tentar chegar à fronteira do Quebec. Pode pegar um ônibus blindado Fung Wah. Se conseguir atravessar legalmente, os canadenses têm uma categoria especial para imigrantes. Chamam de "residente permanente". Podemos contratar um advogado do outro lado para representá-lo.

– Nunca permitirão a entrada de Eunice. Sua formação educacional de nada serve. É formada em Imagens com especialização em Assertividade.

– Lenny – disse Grace, com o rosto próximo ao meu, o ritmo de sua fala acompanhando o soprar do vento e das árvores. Sua mão sobre meu rosto, segurando todas as preocupações de minha vida. Ouvimos um baque abafado vindo de trás das árvores, metal acertando um escalpo, mas nenhum gemido ou choro; viu-se apenas um vulto distante, feito uma miragem, de um corpo abaixando-se completamente até o chão. – Às vezes, acho que você não vai conseguir sobreviver.

Final de outubro. Alguns dias após o almoço com Grace, Eunice verbou-me no trabalho, mandando-me correr para casa imediatamente. "Estão expulsando todos nós, Lenny. Os velhinhos, todo mundo. Aquele escroto." Não tive tempo de averiguar quem era o escroto. Peguei, sem autorização, um carro da empresa e corri ao centro, onde encontrei nosso inglório prédio robusto de tijolinho vermelho cercado por jovens rapazes magros de calças cáqui e sapatos Oxford, e dois tanques da Wapachung Contingency, suas tripulações descansando tranquilamente sob um olmo, com as armas aos pés. Os velhinhos, meus parceiros de condomínio, lotaram o enorme perímetro que cercava nossos prédios – semelhante a um parque – com seus pertences todos desorganizados, móveis pesados e decrépitos, sofás murchos de couro preto, e fotos emolduradas de seus filhos e netos gorduchos pescando trutas no rio.

Encontrei um jovem em trajes camuflados e um crachá dizendo "Staatling Property Serviços de Realocação".

– Ei, eu trabalho na divisão de Serviços Pós-Humanos. Que porra é essa? Moro em uma dessas unidades. Joshie Goldmann é meu chefe.

– Redução de Danos – respondeu o jovem, lançando-me um verdadeiro bico com os lábios grossos e vermelhos.

– Como é que é?
– Vocês estão muito próximos ao rio. A Staatling vai demolir tudo amanhã. Tudo por precaução caso haja uma enchente. Aquecimento global. Ah, e depois também a Pós-Humanos tem espaço para seus funcionários no uptown.
– Tudo mentira. Vocês vão construir uma porrada de triplex aqui, isso sim. Pra que mentir, cara?

O jovem afastou-se e então segui a multidão de velhinhas que se retiravam da portaria, usando andadores; algumas das vovós em melhor forma, com lenço cobrindo a cabeça e amarrado abaixo do queixo, empurravam os cadeirantes; um zum-zum-zum, mais pesado pelo desalento do que pela afronta, formava uma espécie de tenda sonora sobre a evacuação ali em andamento. Todos os mais jovens e mais revoltados que moravam no condomínio estavam provavelmente no trabalho. Por isso expulsavam-nos ao meio-dia.

Eu estava pronto para agarrar a cabeça do jovem da Staatling e começar a batê-la contra o cimento de meu amado prédio, meu refúgio rústico, meu humilde lar. Senti o ódio de meu pai encontrando um alvo justo. O zumbido em minha cabeça tinha algo típico dos Abramov, no contínuo vaivém entre algoz e vítima. "Os Prazeres de Jogar Basquete." Massada. Agarrei o jovem pelo ombro esquelético e disse-lhe:

– Espere aí, meu amigo. Você não é o dono daqui. Isso aqui é *propriedade particular*.

– Qual é, vovô? – retrucou, libertando-se facilmente de minha pegada de quase quarenta anos. – Se tocar em mim de novo, juro como te enfio algo no rabo.

– OK. Vamos conversar como dois seres humanos.

– Mas é o que *eu* estou fazendo. Quem está perdendo a compostura aqui é o senhor. Vocês têm um dia pra retirar as tralhas, senão vai tudo pro inferno com a demolição.

– Meus livros estão lá dentro.

– Quem?

— Artefatos de Mídia, impressos e encadernados. Alguns deles são muito importantes.

— Eca, não faça isso não, porque acabei de almoçar.

— Tá certo, mas e quanto a *eles*? — indaguei, apontando para os vizinhos idosos, arrastando-se para fora do prédio, onde encontravam a luz do sol, viúvas com chapéus de palha e vestidos de alça a quem talvez restassem apenas alguns míseros anos de vida.

— Vamos removê-los para um conjunto habitacional abandonado em New Rochelle.

— New Rochelle? Conjunto habitacional abandonado? Por que não os levam logo direto para o abatedouro? Cara, esses velhinhos não conseguem sobreviver fora de Nova York.

O jovem revirou os olhos e zombou:

— Ai, ai, ai, diz que eu não estou levando esse papo, diz.

Entrei às pressas na minha velha e conhecida portaria, com os dois pinheiros, símbolo do movimento da cooperativa, gravados no piso cuidadosamente encerado. Encontrei idosos sentados sobre trouxas amarradas, aguardando instruções, esperando serem deportados. Dentro do elevador, dois sujeitos com uniforme da Wapachung carregavam uma senhora para fora, ao estilo Bat Mitzvah, exatamente na cadeira onde ela estava sentada, suas feições inchadas e seu fungar demais para mim.

— Senhor, senhor — gritavam alguns de seus amigos, esticando os braços enrugados em minha direção. Conheciam-me do pior momento da Ruptura, quando Eunice vinha e lhes dava banho, segurava-lhes as mãos e lhes consolava. — Não pode fazer alguma coisa, senhor? Conhece alguém?

Eu não podia ajudá-los. Não podia ajudar meus pais. Não podia ajudar Eunice. Não podia ajudar a mim mesmo. Ignorei os elevadores e subi correndo os seis lances de escada, tropeçando, quase morto, na luz do meio-dia que inundava meus 69 metros quadrados.

— Eunice! Eunice! — gritei.

Ela vestia uma calça de moletom e camiseta da Elderbird, seu corpo exalando calor. O chão estava repleto de caixas de papelão que ela montara, algumas já cheias de livros pela metade. Abraçamo-nos e tentei beijá-la; ela, no entanto, me empurrou e apontou para a Muralha de Livros na sala de estar. Deu a entender que montaria mais caixas e que eu deveria continuar enchendo-as de livros. Voltei à sala de estar e dei de cara com o sofá onde fiz amor com Eunice pelas segunda e terceira vezes (o quarto ganhara a primeira rodada). Aproximei-me da estante, peguei uma porção de volumes, alguns títulos de Fitzgerald e de Hemingway que eu engolira junto com uma taça imaginária de Pernod no meu tempo de faculdade; os livros russos, mofados e quebradiços (preço mediano: um rublo, quarenta e nove copeques), que meu pai me dera como forma de preencher o incompreensível abismo entre nossas duas existências; e os volumes lacanianos e feministas que eu tinha para impressionar as potenciais namoradas que vinham à minha casa (só que ninguém dava a mínima aos textos na época em que fui para a faculdade).

Joguei os livros nas caixas de papelão, Eunice rapidamente tratando de refazer meu trabalho, pois eu não estava otimizando espaço da forma com que os acondicionava; quando se tratava de mexer e mover objetos e extrair o máximo do mínimo, sempre fui um zero à esquerda. Passamos três horas trabalhando silenciosamente, Eunice dando-me instruções e broncas quando eu fazia algo errado; a Muralha de Livros esvaziou-se e as caixas começaram a vergar com trinta anos de materiais de leitura, a totalidade de minha vida como um ser pensante.

Eunice. Seus bracinhos fortes, a vermelhidão do trabalho braçal em sua face. Fiquei tão grato a ela, que minha vontade foi de causar-lhe um pequenino dano e então implorar por misericórdia. Tive vontade de errar em sua frente, pois ela também merecia sentir a superioridade de estar correta. Toda a raiva acumulada contra ela durante os últimos meses agora se dissipava. Cada vez que uma porção de livros encontrava um lugar em seus túmulos de papelão, eu me pegava concentrando-me em um novo alvo. Senti a fraqueza desses livros, sua imaterialidade, seu insucesso em mudar o mundo, e então cansei-me de me sujar com sua fraqueza. Quis investir minha energia em algo mais frutífero e útil para uma vida que importasse de fato.

Em vez de retornar à Muralha de Livros e pegar mais uma leva de tomos, entrei em um dos closets de Eunice. Vi suas roupas íntimas, bisbilhotei as etiquetas, movi os lábios enquanto as lia, como se estivesse a recitar um poema: 32A, XS, JuicyPussy, TotalSurrender, fino veludo azul-celeste. No closet dos sapatos, peguei dois pares brilhantes e um mais simples de alguma espécie de híbrido sapato/tênis que Eunice adorava calçar para ir ao parque, e os levei para a cozinha. Sorrindo, joguei-os em direção a Eunice e disse:

– Não nos restam muitas caixas.

Ela fez que não com a cabeça.

– Só os livros – respondeu. – Só temos espaço para eles. Os caras vão nos levar pra algum bairro residencial porque você é funcionário do Joshie.

Largou a fita adesiva e serviu-me uma xícara de café que ela passara na cafeteira francesa, completando com leite de soja retirado daquela que logo deixaria de ser minha geladeira.

– Vamos pelo menos tentar levar todas as suas escovas Mason Pearson – sugeri, tomando um gole de café e então passando para ela. Eunice escovou as madeixas espessas concordando com a ideia. Beijamo-nos; duas bocas trocando hálitos de café. Seus olhos estavam cerrados, mas eu abrira os meus; "Ah, assim não vale!", ela gritava quando eu o fazia. Apertei o nariz contra a galáxia de sardas, algumas laranja, outras marrons, algumas do tamanho de um planeta e outras, o fino detrito espacial.

– Como poderei deixá-la ir embora?

Ela se afastou.

– Do que você tá falando? – indagou.

– Nada.

Do que *eu* estava falando? Minhas têmporas estavam quentes; mas os pés, um gelo. Os elevadores transbordavam de velhinhos e suas tralhas, mas conseguimos descer com nossas caixas até o saguão principal, Eunice fazendo questão de ajudar os mais idosos com suas sacolas de remédios, seus emaranhados de meias, e todas as fotos de família com molduras douradas, exibindo reuniões de adultos e crianças, todos judeus. Chutamos minha biblioteca encaixotada até o gramado na frente do prédio, em direção à picape Hyundai.

Dia 1º de novembro. Ou mais ou menos nessa época. Realocaram-nos para dois quartos no Upper East Side, em uma residência de enfermeiras dos anos 1950, na York Avenue, que parecia um quebra-cabeça abandonado na chuva. No mesmo andar estavam outros jovens funcionários da Staatling-Wapachung igualmente realocados; estes, porém, ao darem uma olhada em nossos dois quartos e verem que cada centímetro estava ocupado por livros, adotaram uma atitude distanciadora, evitando até mesmo Eunice, que pertencia à mesma geração.

No dia em que a Mídia mostrou a demolição dos conjuntos habitacionais na Grand Street, minhas lindezas de tijolinhos queimados pelo sol, deixando uma nuvem de tijolos vermelhos e detritos cinza, comecei a chorar e, em vez de me consolar, Eunice irritou-se. Disse que, quando eu me emocionava assim, ela se lembrava do pai que se descontrolava frente à adversidade, embora seu pai ficasse violento e não triste. Com os olhos inchados, olhei para ela e perguntei:

– Não consegue distinguir violência de tristeza?

Ela então me lançou um sorriso amarelo.

– Às vezes tenho a impressão de que não te conheço – sussurrou de um jeito que mal se podia considerar um sussurro.

– Eunice, meu apartamento. Meu lar. Meu investimento. Daqui a duas semanas, faço 40 anos e não tenho nada.

Eu queria que ela dissesse: "Você tem a mim", mas isso não ia acontecer. Contorci-me e esperei uma hora, sabendo que seu ódio por mim, mais cedo ou mais tarde, iria se tornar uma leve pena. Foi o que aconteceu.

— Ah, vamos reagir, cabeça de bagre! Vamos dar uma volta no parque. Ainda tenho uma hora antes de pegar lá no serviço.

Saímos do prédio, de mãos dadas, desfrutando daquele dia quente e agradável. Eu a observei. Deliciei-me ao vê-la caminhar feito uma patinha, com um jeitinho estranho de andar na rua, típico de uma californiana. Vi meu próprio reflexo nas lentes de seus óculos de sol. Compreendi muito bem o sorriso refletido em minha própria face. Quantas pessoas neste planeta conheceram o que conheci nos últimos seis meses? Não apenas o amor de uma linda mulher, mas o privilégio de compartilhar seu habitat.

O Central Park estava lotado, com pessoas de pelo menos duas tribos: turistas ou ocupantes, todos aproveitando o dia. As árvores rapidamente diminuíam em número, mas a arquitetura urbana mantinha-se em fluxo constante. Os arranha-céus que emolduravam a metade inferior do parque pareciam cansados de sua própria história, agora privados do comércio, os andares executivos mais altos dando para saguões vazios e praças de concreto onde outrora os executivos mais famosos do mundo encontravam combustível nos espetinhos de carne de cordeiro e pastinhas de grão de bico. Logo seriam substituídos por unidades residenciais pequeninas e inteligentes com designações árabes, asiáticas e escandinavas.

— Lembra-se do dia em que você voltou de Roma? — perguntei a Eunice. — Foi em 17 de junho. Seu avião pousou às 13:20. E a primeira coisa que fizemos foi caminhar no parque. Acho que já eram umas 18 horas. Estava anoitecendo e vimos o primeiro pobre acampado. O motorista de ônibus que acabou morrendo. O Exército de Aziz. Que fim levou? Meu Deus. Tudo muda com tanta rapidez. Mas, continuando, pegamos o metrô em direção ao uptown. Comprei passagens para a classe executiva. Tentava *desesperadamente* impressioná-la. Lembra-se?

— Lembro sim, Lenny — respondeu rapidamente. — Como pode achar que eu ia esquecer isso, cabeça de bagre?

Paramos em um sujeito trajado feito um vendedor de parquinho do século XIX, com quem compramos sorvetes que, no entanto, derreteram em nossas mãos antes mesmo que os abríssemos. Para não desperdiçar os cinco iuans, bebemos o que restou diretamente do embrulho de papel, e, em seguida, limpamo-nos mutuamente, tirando os resquícios de chocolate e baunilha do rosto.

– Lembra-se – tentei novamente – do primeiro lugar aonde fomos quando viemos ao parque?

Tomei-lhe a mão e a levei adiante, passando pela fonte Bethesda, rodeada por uma multidão, a estátua do *Anjo das Águas*, segurando um lírio, abençoando os pequeninos lagos abaixo. Quando Cedar Hill despontou em nosso campo de visão, ela se virou tão depressa que meu braço estalou.

– O que foi? – perguntei.

Ela, no entanto, já estava me tirando do transe nostálgico, caminhando rumo a pontos mais seguros emocionalmente.

– O que foi, minha querida? – tentei mais uma vez.

– Pode ir parando, Lenny. Nem vem, que não tem.

– Podemos ir embora daqui! – quase gritei. – Podemos ir para Vancouver. Podemos tirar um visto de permanência no Canadá, a terra da estabilidade.

– Pra quê? Pra você ficar com sua *Grace*?

– Não! Porque este lugar aqui... – Gesticulei com uma volta de 360 graus, usando um braço espástico, tentando englobar a totalidade do que se tornara minha cidade. – Não sobreviveremos juntos neste lugar, Eunice. Ninguém mais consegue. Somente quem sujar as mãos de sangue.

– Nossa, que dramático.

A forma com que Eunice proferiu tal frase, com um tom mais do que implacável, mas confiante, fez-me temer pelo pior. Algo desconhecido ou, talvez, totalmente familiar a mim estava sob sua posse.

Rumamos para o sul, por um caminho de cimento, evitando passar por Sheep Meadow, onde pela primeira vez trocáramos um longo beijo em Nova York, e todos os outros lugares agradáveis, verdejantes, emocionantes, onde encontráramos o amor. Na parte sul do Central Park, antes da fileira de triplex reconfigurados, onde ficava o Plaza Hotel, um prédio de telhado de mansarda, rodeado por cocô de cavalo que demarcava o limite entre o mato, as árvores e a cidade cruel, ambos viramo-nos para trás e olhamos o parque.

– Preciso ir – anunciou.

– Deixe-me levá-la até o trabalho. – Parei ali, sem querer perder um minuto sequer de sua companhia, sentindo o fim aproximar-se. – Olha só! Os táxis voltaram! Aleluia! Vamos pegar um. Pode deixar que é por minha conta.

Eu a deixei na Elizabeth Street, no ponto de Varejo onde, graças aos contatos de Joshie, agora Eunice vendia pulseiras recicláveis de couro com representações inovadoras de Budas decapitados e as palavras RUPTURA NYC por 2 mil iuans cada. Eu me escondi atrás de um tronco de uma cansada árvore urbana e observei. Ela trabalhava com outra garota, de cabelo escuro, integrante da diáspora irlandesa de Boston, e com a gerente da loja, uma senhora bem mais velha, que volta e meia aparecia para enfiar o dedo no peito das subalternas e esbravejar com elas em inglês com sotaque argentino. Observei Eunice trabalhar – varrendo cuidadosamente a loja com uma adorável vassoura de palha tailandesa, aguardando as perguntas dos intrépidos turistas chineses e franceses que por lá passavam, respondendo a todos com um sorriso bem simpático, registrando as vendas em um velho äppärät no final do dia, e então, depois de contarem os últimos iuans e euros, esperando as persianas da loja se fecharem para então poder parar de sorrir e retomar sua expressão normal, uma expressão de desagrado pesado e escancarado.

Uma picape parou no meio-fio, agressivamente enfiando-se entre dois carros estacionados. Do banco de trás saiu um homem, caminhando, com pernas poderosas, para dentro da loja. Era ele? O corte do cabelo arredondado, mostrando uma nuca esférica e rosada. Um blazer de *cashmere*, um pouco formal e caro demais. O modo de andar? Aquele equilíbrio precário que fez com que eu me apaixonasse por ele? Eu não sabia ao certo. Mas e daí? E daí se ele tivesse ido vê-la? Afinal, fora ele quem lhe conseguira o emprego. Estava apenas checando os investimentos. Eu a vi falando com o homem lá dentro da loja. Aqueles olhos. Ao receber informações importantes, estreitavam-se e recusavam-se a piscar. Então, ficou boquiaberta. Uma expressão de veneração.

Fui para um bar ali perto, decorado com um tema gaulês imbecil, e comecei a beber com alguns idiotas, um dos quais era também filho de pais oriundos da antiga União Soviética e também se chamava Lyonya em russo e Lenny em inglês. Um gemólogo com dupla cidadania – belga e russa; era um sujeito grandão, com mãos estranhamente delicadas e com um tipo de humor óbvio e simpatia natural que sempre me fora negada. Aquela noite acabou com meu *doppelgänger* dando-me dois murros na boca do estômago, como o irmão mais velho que nunca tive – coincidentemente, discutíramos sobre o papel da família em nossa vida – e, então, graciosamente colocando-me em um táxi, do qual desci chocando-me diretamente contra uma inocente cerca viva no Upper East Side, na porta do antigo dormitório de enfermeiras onde realocaram-nos, e lá, imerso na melancolia de meados de novembro, desfrutei de um rápido coma, meu primeiro sono real em semanas.

O outono chegou, finalmente substituindo o verão indiano; a cidade destruída esforçava-se para reaver a glória perdida. Minha empresa planejava realizar uma recepção de boas-vindas aos integrantes do Comitê Central do Partido Capitalista Popular Chinês. O evento aconteceria no triplex de um dos diretores da Staatling, e seria ao mesmo tempo uma festa e uma espécie de vernissage, algo muito estiloso.

No dia da festa, eu e Eunice acordamos tarde; ela se arrastou para cima de mim e pressionou a caixa torácica contra meu rosto e começou a fechar a última conexão entre nós. Já fazia um bom tempo. Na última semana, eu estivera triste demais para sequer pensar em amor físico, e nosso novo ambiente cinzento era muito deprimente.

— Euny, meu amor. — Tentei virá-la para comê-la, pois é o que faço de melhor; não estava seguro de que conseguiria, confortavelmente, ver seu rosto ao acordar tão próximo ao meu, as ínfimas imperfeições do sono ao redor dos olhos, a versão íntima e não editada de *minha* Eunice Park. Ela, porém, firmou as pernas ao redor de meu torso inchado, e imediatamente estávamos juntos, dois amantes em uma pequenina cama cercada exclusivamente por caixas de livros, uma luz fraca penetrando pela cretina janelinha quadrada, iluminando somente nós dois, mesmo assim porque formávamos apenas um.

"Não posso fazer isso", lembro-me de ter dito a mim mesmo no espelho alguns minutos depois, enquanto Eunice tentava abrir o chuveiro de quinta categoria. Agarrou-me a mão, levou-me para dentro da banheira, e ensaboou-me os pelos púbicos e as grandes confluências gêmeas formadas pelo meu peito. Tentei lavar suas partes inferiores também, mas minha Eunice tinha seu jeitinho especial de fazê-lo, cuidadosamente e com uma esponja. Então fiz algumas coisas erradas com meu sabonete e com a loção dermatológica Cetaphil; ela refez tudo para mim. Ensopou o que me resta de cabelo com condicionador e massageou com toda energia. Seu corpo parecia extremamente vulnerável sob a água; translúcido. "Não posso fazer isso", repeti.

— Está tudo bem, Lenny — respondeu, desviando o olhar. Saiu do chuveiro e disse:

— Respire. Respire por mim.

A vernissage de boas-vindas aos chineses foi mais formal do que eu imaginara. Creio que deveria ter lido melhor o convite e vestido algo mais bacana do que a camisa e calça sociais que eu usava desde meu tempo de executivo paspalho aos 20 anos. Não consigo me lembrar como se chamava o artista que assinava as obras expostas (John Mamookian? Astro Piddleby?), mas fiquei emocionado com seu trabalho. Ele fizera uma série de fotos em zoom das condições funestas em algumas partes do Centro e do Sul de nosso país. As telas, todas sedosas, faziam um ruído ao mover-se, pois pendiam feito carne em dois ou três ganchos que desciam do teto de 30 metros de altura do triplex; as peças de fato tremulavam um pouco quando as pessoas passavam, de forma que a presença delas ali perto criava uma impressão de proximidade e intimidade.

Morto é morto; sabemos onde arquivar a extinção de outrem, mas o artista propositalmente aproximou a lente dos vivos, ou, para ser mais exato, dos que eram forçados a viver e dos que estavam prestes a morrer. Closes estourados de pessoas usando pessoas de formas que eu jamais considerara abertamente – não que o assassinato não corra em minhas veias, mas porque cresci numa época em que o barroco era cautelosamente exposto com discrição. Um velho de Wichita, cujos olhos foram removidos, tinha uma das órbitas aberta à força por um jovem risonho. Uma mulher nua em uma ponte, cabelos enrolados, algo que nossa antiga civilização representava por uma antiquíssima sacola plástica de mercado aos seus pés, um nariz amassado acima de uma boca sangrando, forçada a manter os braços para cima enquanto algo escorria de uma axila e vários homens vestindo uniformes (nos quais via-se o logo de um antigo serviço de entrega de pizzas) gritavam animados ao redor da criatura, armas apontadas para sua nudez, uma alegria quase boêmia em suas faces barbadas. Todas as obras tinham títulos suspeitos, como *St. Cloud, Minnesota, 7:00 a.m.*, o que as tornava ainda piores e mais assustadoras. Havia uma chamada *A Festa de Aniversário, Fênix*, com cinco meninas, todas adolescentes; ah, não quero mais falar sobre isso. Posso apenas dizer que os trabalhos eram incríveis de se ver – arte real servindo como documentário.

O local era um triplex de fato: três andares, um sobreposto ao outro; o de cima retorcido em um ângulo de 45 graus em relação ao de baixo, parecendo três tijolos cuidadosamente empilhados – basicamente, um arranha-céu de pequenas proporções – e então estendidos sobre o East River, fazendo com que os destróieres da visitante marinha do Exército de Libertação Popular passassem ao nível dos olhos, quase permitindo-nos esticar o braço e tocar as baterias dos mísseis terrestres que resplandeciam feito latas de pastilhas de menta em seus deques elevados. Cerca da metade do triplex era a sala de estar criada a partir do centro dos três triplex para formar uma área supermovimentada similar a um mercado árabe sob a enorme claraboia. Disseram-me que era quase do tamanho do hall principal da Grand Central Station. Todos os móveis foram retirados do espaço (ou talvez tivesse sido sempre assim), com exceção daquelas obras assustadoras brilhando ao nível do ombro e dos pequenos cubos transparentes que, sempre que sobre eles alguém se sentava, inundavam-se por uma radiação vermelha ou amarela, em homenagem à bandeira chinesa e aos nossos convidados. O local estava tão inundado de luz natural que a distinção entre o interior e o exterior não mais importava, e às vezes eu me sentia como se estivesse em uma catedral de vidro sem telhado.

Eu quis parabenizar o artista por seu trabalho, tamanha a emoção que me causara, e recomendar uma viagem a Westbury, onde moravam meus pais, para que ele visse uma paisagem diferente e mais auspiciosa da América Pós-Ruptura. No entanto, havia uma espécie de dispositivo que era acionado quando alguém que o artista desconhecesse ou achasse feio se aproximasse: ao redor do fotógrafo, vindos do chão, despontavam espigões pontiagudos, de forma que a pessoa recuava. Ele era de fato um sujeito bonito, com o queixo meio quadrado, mas com algo leitoso nos olhos, quase do Meio-Oeste, e trajava uma camisa com estampa de oncinha e um blazer clássico de listras da Armani, decorado com números aleatórios feitos com fita-crepe. Estava ocupado conversando com uma senhora pós-americana extremamente emotiva, vestindo um quimono coberto de dragões e fênix. Quando eu me aproximei deles, os espigões dispararam do chão, cercando-o, e algumas das garçonetes, de calças Onionskin, paradas próximo ao artista, lançaram-me o famoso olhar que denotava que eu não era um ser humano. "Ah, fazer o quê, né?", pensei. Pelo menos o artista era maravilhoso.

Vários jovens Mídias agrupavam-se, protegendo-se mutuamente: grupos de rapazes e por vezes algumas garotas de trajes adequados para a ocasião, tentando impressionar, porém claramente perdidos na imensidão do local. Estampavam enorme felicidade por estarem ali, por serem alimentados, por beberem seu rum e cerveja Tsingtao, por serem parte da sociedade, e por evitar as filas de cinco jiaos. Teriam eles alguma vez ouvido falar em Noah ou saberiam como ele morrera? Como todos os Mídias que restaram na cidade, usavam crachás azuis distribuídos pela Staatling-Wapachung, que diziam: "Fazemos Nossa Parte."

Os chefões da Staatling-Wapachung vestiam-se como garotos, muitos capuzes clássicos da Zoo York Basic Cracker dos anos 2000, e toneladas de descronificação, fazendo-me supor que eles fossem na verdade os próprios filhos, mas meu äppärät informava que a maioria tinha cinquenta, sessenta, setenta anos de idade. Por vezes via alguém que achei ter sido um de meus candidatos selecionados e tentei cumprimentar, mas ninguém conseguia me compreender naquele contexto glamouroso.

Percebi que nenhum de nossos clientes ou diretores carregava um äppärät, apenas a criadagem e os Mídias. Howard Shu dissera-me mais de uma vez: os poderosos de verdade não precisam ser avaliados por ranking nenhum. Fiquei com vergonha por trazer em volta do pescoço aquele seixo brilhante. Passei por uma turma de Mídias, com seus vinte e poucos anos, fazendo streams uns dos outros, e ouvi os pequenos comentários verbados que sempre me deprimiam:

– Sabia que a semana do ciclismo é agora em novembro?
– Ela só tem uma coisa errada: é louca de pedra.
– Quando esse pessoal diz "12 *p.m.*", quer dizer meio-dia ou meia-noite?

Perto de um grupo de executivos da StatoilHydro, altíssimos noruegueses rosados e indianos de altas castas tão altos quanto os noruegueses, vi Eunice e a irmã, Sally, conversando com Joshie. Quando comecei a me aproximar deles, passei por um dos quadros mostrando um morto sobre o sofá de sua casa em Omaha; um sujeito com mais ou menos a minha idade, feições parcialmente indígenas, a face arrastando-se levemente do crânio e os olhos medonhamente silenciados, como se acabassem de ser apagados ("uma estratégia narrativa interessante", alguém dizia). A foto não era nem um pouco menos angustiante do que qualquer outra coisa ao meu redor; o cara estava misericordiosamente *morto*, mas, por alguma razão, fiquei nervoso só de olhar a foto, com a língua seca, grudada dolorosamente ao céu da boca. Fiz o que todos acabaram fazendo: desviei o olhar.

Agora quero falar das roupas. Algo que acho importante. Joshie vestia um blazer de *cashmere*, uma gravata de lã e uma camisa social de algodão, tudo da JuicyPussy4Men – uma aproximação ligeiramente mais formal das mesmas roupas que Eunice escolhera para mim. Ela trajava um terninho azul Chanel com um broche de pérola falsa e botas de couro na altura dos joelhos, de forma a não revelar nada, exceto o pequeno brilho de seus joelhos pontudos. Parecia mais um presente do que uma mulher. Sally também estava muito bem-vestida para a ocasião, um terninho listrado e uma pequena cruz dourada ao redor do pescoço, pendendo sobre o colo macio. Percebi o surgimento de duas marcas de expressão causadas pelas risadas, e um queixo dominado por um furinho encantador. Quando me aproximei deles, as irmãs pararam de falar com Joshie e levaram a mão à boca. E então, de repente, dei-me conta do que me incomodava na foto do morto no sofá em Omaha. No canto da foto, mais adiante, depois de um bando de tralhas colecionadas por jovens, incluindo vários instrumentos de cordas e laptops obsoletos, havia uma cadela morta, um pastor alemão alvejado bem de perto, um rastro de sangue esguichado pelo chão empenado da sala de estar. Um cãozinho com semanas, talvez dias de uma vida insignificante, repousara as patas dianteiras na barriga exposta do animal morto, agarrando-se às tetas ainda intumescidas. Não dava para ver a cara do filhote, mas era notório que suas orelhinhas estavam alertas e o rabinho, entre as pernas, com tristeza ou medo. Por que, de todas as coisas, essa me impressionou tanto?

Distraí-me por um segundo, pegando alguns fragmentos do que Joshie dizia.

"Eu o conheci no meio da galera do skate..." "Venho de uma outra cultura orçamentária..." "Pensando bem, o sistema capitalista é mais firmemente estabelecido nos Estados Unidos do que em qualquer outra parte do planeta..."

Então ele me envolveu com um dos braços e afastamo-nos das garotas. Eu não me recordo exatamente de nosso entorno quando ele me passou seu discurso. Perdemo-nos em espaço negativo, sua proximidade, a única coisa à qual eu ainda conseguia me apegar. Falou dos setenta anos que passara sem conhecer o amor. Disse que fora injustiça. Que ainda tinha muito amor para dar; e que eu, de alguma forma, fora receptor desse amor. Todavia, agora ele precisava de algo diferente: intimidade, proximidade, juventude. Quando Eunice entrou em seu apartamento pela primeira vez, ele *entendeu tudo*. Pegou meu äppärät e mostrou um estudo sobre como as relações entre maio e dezembro aumentavam o teto da estimativa de vida de ambos os parceiros. Falou de coisas práticas, meus pais em Westbury. Disse poder realocá-los para uma região mais segura e periférica, como Astoria, Queens. Disse que precisávamos nos afastar por um tempo e que, no fim, nós três nos reconciliaríamos.

"Podemos ser como uma família um dia."

Mas, quando o ouvi mencionar "família", lembrei-me imediatamente de meu pai, meu *verdadeiro* pai, o zelador de Long Island de sotaque impenetrável e odores reais. Minha atenção distanciou-se do que Joshie dizia e refleti sobre a humilhação de meu pai. A humilhação de crescer judeu na União Soviética, de limpar banheiros sujos de mijo na América, de venerar um país que faliria tão simples e deselegantemente como aquele que ele abandonara.

Perdi a noção de onde eu estava, até que Joshie levou-me de volta a Eunice e Sally, ambas de mãos dadas, olhando atentamente para o portal azul da claraboia, como se aguardassem pelo resgate. "Acho que você e Lenny precisam de certa privacidade agora – disse ele a Eunice." Ela, entretanto, não queria largar-se da irmã, tampouco olhar-me nos olhos. Ficaram ali paradas, silenciosas, com os pequenos seios projetados para frente, os olhos parados e distantes, a continuação aparentemente infinita de suas vidas esticada à sua frente pelas três dimensões do triplex.

Pronunciei as primeiras palavras. Palavras estúpidas. As piores últimas palavras que eu poderia escolher, mas ainda assim, palavras.

– Sua boba! – dirigi-me a Eunice. – Não deveria ter colocado esse terninho tão quente. Ainda estamos no outono. Não está com calor? Não está com calor, Eunice?

Do vestíbulo, próximo de onde estávamos, veio um berro estridente, e Howard Shu corria feito um majestoso galgo, gritando coisas para várias pessoas.

A delegação chinesa chegara. Dois cartazes gigantescos pairaram no ar, pendurados por uma força invisível, enquanto os primeiros acordes de "Forever Young", do Alphaville ("Let's dance in style, let's dance for a while"), tocavam ao fundo.

Bem-vindos à América 2.0: Uma Parceria GLOBAL

ESTA É Nova York: Centro de Estilo de Vida, Cidade Troféu

Uma série de explosões surgiu no ar, lembrando-me das balas tracejantes durante a Ruptura. Lançavam bombinhas do centro do espaço que parecia um mercado árabe e através da enorme claraboia sobre nós. Quando dispararam a primeira leva, vi Sally encolher-se e erguer o braço para se proteger. Então começou o empurra-empurra para chegar à frente e conseguir ver os chineses. Deixei os corpos passarem por mim, os jovens octogenários, trajando irônicas camisetas John Deere e bonés de caminhoneiro que mal continham o volume de seus novos cabelos sedosos. Separado das pessoas que eu amava, empurrado para fora da casa de vidro, acabei no ar frio, perto de uma falange de limusines, ostentando a insígnia do Partido Capitalista Popular, parada à frente de triplex que se estendiam sobre a FDR Drive e o East River. Havia conjuntos habitacionais aqui no passado e uma rua chamada Avenue D. Os Mídias passavam por mim às pressas, como se, em algum lugar, ocorresse um incêndio, como se arranha-céus estivessem ardendo em chamas. Eu olhava para o sul. Deveria estar pensando em Eunice, elaborando um luto por Eunice, mas não era o que acontecia nesse momento.

Eu queria voltar para casa. Queria voltar para os 69 metros quadrados que eram meus. Queria voltar para casa no que antes era a cidade de Nova York. Queria sentir a presença do todo-poderoso Hudson, do East River em sua fúria e aflição, e a grande baía que se estendia a partir do frontão de Wall Street e que nos tornava parte do mundo mais adiante.

Voltei para nossos cômodos no alojamento de enfermeiras. Sentei-me na cama dura e agarrei a colcha; então apertei meu travesseiro contra a similar maciez de minha barriga. Não sei por quê, mas o ar-condicionado central ainda estava ligado. Fazia um frio de rachar dentro do quarto. O suor gelado escorria-me pelo queixo, e meus livros estavam igualmente gélidos. A umidade me confundiu de forma que toquei nos olhos para certificar-me de que não estava chorando. Pensei nas bombinhas estourando. Ouvi seus estouros cruéis e desnecessários. Vi o braço de Sally erguido contra o soco fantasmagórico prestes a aterrissar. Sua expressão era de súplica, mas ainda afetuosa, ainda acreditando que podia ser diferente, que no último minuto algo recuaria, que o punho cerrado cairia ao lado dele, e juntos, formariam uma família.

No banheiro, dei falta das coisinhas de Eunice: os antialérgicos, absorventes íntimos e loções caras – Joshie provavelmente mandara alguém vir buscar tudo –, mas restara um frasco de Cetaphil para peles sensíveis, ali deixado em um cantinho da banheira. Abri o chuveiro, entrei e apliquei o Cetaphil em mim mesmo. Esfreguei-o nos ombros, peito, braços e rosto. E parei ali, sob o calor doloroso da água, com a pele finalmente tão suave e limpa quanto prometido no frasco.

BEM-VINDO DE VOLTA, PARCEIRO
NOTAS SOBRE A NOVA EDIÇÃO DO DIÁRIO DE LENNY ABRAMOV
PUBLICADO PELA "EDITORA DE LITERATURA POPULAR" (北京)

LARRY ABRAHAM
Donnini, Estado Livre Toscano

1

Quando era jovem, eu amava tanto meus pais que isso podia ser classificado como abuso infantil. Meus olhos marejavam cada vez que minha mãe tossia em função dos "agentes químicos americanos na atmosfera" ou que meu pai apertava o fígado combalido. Se eles morressem, eu morreria. E suas mortes sempre pareciam iminentes e inevitáveis. Sempre que eu tentava imaginar suas almas, vinham-me à cabeça os bancos de neve perfeitamente brancos que vi em livros de história sobre a Segunda Guerra Mundial, com várias setas apontadas para o coração da Rússia, seguidas dos nomes das divisões de *panzer* alemão. Eu era um borrão escuro sobre os bancos de neve. Antes mesmo de nascer, eu arrastara meus pais para fora de Moscou, uma cidade onde meu pai engenheiro não precisava revirar lixeiras para ganhar a vida. Eu os afastara de lá para que o feto dentro de minha mãe, o *futuro Lenny*, pudesse ter uma vida melhor. Um dia, não obstante, Deus castigar-me-ia por isso. Minha punição seria perdê-los para a morte.

Meu pai dirigia seu Chevrolet Malibu Classic a 150 quilômetros por hora, ziguezagueando entre as pistas como bem entendia, e olhando a faixa mediana de concreto com um escancarado regozijo. Certa vez, ele literalmente saltou sobre a faixa e chocou-se numa árvore, fraturando os ossos da mão esquerda, o que o afastou de suas obrigações como zelador por um mês ("Deixe que os chineses engasguem com o próprio lixo!"). Em um dia de inverno, meu pai se atrasou várias horas para buscar minha mãe no trabalho e tive certeza de que ele fizera mais uma vez a manobra da árvore. Lá estavam: suas faces largas e congeladas, lábios grossos judeus estranhamente roxos, estilhaços de vidro sobre a testa, mortos em uma horrenda vala de Long Island. Para onde iriam quando morressem? Tentei, com minha fértil imaginação infantil, projetar um lugar paradisíaco. Parecia, segundo os sábios adolescentes entre nós, com o castelo do mundo encantado do videogame que jogávamos no computador com seus frustrantes magos, espadas e virgens nuas; parecia, por mais estranho que soe, uma cópia do condomínio chinfrim de prédios baixos onde minha família morava, só que com torres projetadas.

Passou-se uma hora. E mais uma. Eu chorava e soluçava, já pensando no funeral de meus pais. As sinagogas não têm sinos, mas os sinos dobravam, profundos, sonoros e definitivamente russos. Um grupo de norte-americanos sem rosto e vestido de preto precisava ser convocado para carregar os dois caixões por um caminho sinuoso ladeado pela neve de Moscou descrita nos livros. Foi tudo que sobrou de meus pais, neve cruel em ambos os lados do caminho fúnebre, neve gélida e profunda demais para meus pés americanos, acostumados especialmente com o carpete felpudo e quentinho instalado, sem o menor cuidado ou zelo no chão de nossa sala de estar, por um americano retardado de nome Al.

Uma chave começou a girar na fechadura. Dei um salto, feito uma gazela, em direção à porta, gritando:

– Mamãe! Papai!

Mas não eram eles. Era Nettie Fine. Uma mulher equilibrada demais, meiga demais, nobre demais para ser uma Abramov, por mais que tentasse aprender nossas finíssimas frases russas – *"Priglashaiu vas za-stol"* ("Venha sentar-se à mesa, por favor") –, por mais esplêndida e sedosa que fosse a textura de sua borscht caseira, uma receita herdada de sua tataravó ucraniana (como esses judeus natos conseguem acompanhar sua infinita genealogia?).

Não, Nettie não servia. O fato era que, quando ela me beijava a face, não doía depois, tampouco cheirava. Então, que se danem suas boas intenções, como diriam meus pais. Ela era uma alienígena, uma invasora, uma mulher cujo amor eu não poderia retribuir. Quando a vi à porta, desferi o primeiro e último soco nesta vida. Surpreendentemente, pegou bem no meio de sua cintura, onde o último de seus três meninos passara nove meses em um conforto gostoso e aconchegante. Por que a esmurrei? Porque *ela* estava viva enquanto meus pais tinham morrido. Porque agora ela era tudo que me restara.

A sra. Fine nem estremeceu com meu ridículo ataque. Sentou-se e colocou-me no colo, segurou-me as minúsculas mãos de garoto de nove anos e aconchegou-me na infinidade de seu pescoço bronzeado e fragrante, onde chorei amargamente.

– Desculpe, Dona Nettie – lamentei com um sotaque russo, pois, apesar de eu ter nascido na América, meus pais eram meus únicos confidentes e sua língua era a minha, sagrada e temida.
– Acho que eles morreram em carro!
– Quem morreu no carro? – indagou Nettie.

Contou-me que meu pai ligara pedindo-lhe que cuidasse de mim por uma hora, pois minha mãe estava presa no trabalho. Entretanto, a notícia de que estavam seguros não me impediu de chorar.

– Todo mundo morre – disse-me Nettie após servir-me uma vitamina de chocolate e fruta que ela chamava de "a bananinha de chocolate", cujos ingredientes e forma de preparo ainda fogem-me à compreensão. – Mas um dia você também terá filhos, Lenny. Aí então você vai parar de se preocupar tanto com a possibilidade de seus pais morrerem.

– Por quê, Dona Nettie?
– Porque seus filhos serão a sua vida.

Pelo menos por um instante, aquilo fez sentido. Senti a presença de outra pessoa, alguém ainda mais jovem que eu, uma espécie de protótipo de Eunice, para cujos ombros transferiu-se o temor da morte de meus pais. Segundo os registros do Ospedale San Giovanni em Roma, Nettie Fine faleceu de complicações geradas por "pneumonia" dois dias depois que a vi na embaixada, após conversarmos em voz alta, no corredor, sobre o futuro de nosso país. Ela estava perfeitamente saudável quando a vi, e os prontuários de seu tratamento eram tão ridículos que pareciam piada. Não sei quem me enviou aquelas mensagens eletrônicas pelo GlobalTeens a partir de um endereço "seguro", incluindo aquela perguntando-me que barca Noah tomara, segundos antes de ser destruída. Fabrizia DeSalva morreu em um suposto acidente *motorino* uma semana antes da Ruptura. Nunca tive filhos.

2

Desde que a primeira edição de meu diário e das mensagens de Eunice foi publicada em Pequim e Nova York, há dois anos, fui acusado de escrever minhas passagens esperando que mais cedo ou mais tarde fossem publicadas, enquanto outras almas ainda menos gentis acusaram-me de vil imitação da última geração de escritores "literários" americanos. Devo alertar os leitores de que esse conceito é uma falácia. Ao escrever esse diário, décadas atrás, jamais imaginei que qualquer *texto* pudesse *algum dia* encontrar uma nova geração de leitores. Não fazia ideia de que algum desconhecido ou um grupo de desconhecidos invadiria nossa privacidade – minha e de Eunice – para saquear nossas contas no GlobalTeens e compilar os textos que agora aparecem em sua tela. Isso para não dizer que escrevi inteiramente no vácuo. Em muitos aspectos, meus rabiscos pressagiam a enxurrada de escritores de diários sino-americanos contemporâneos –

por exemplo, Johnny Wei e seu *Boy, Is My Ass Tired* (Tsinghua-Columbia), e Crystal Weinberg-Cha, com seu *The Children's Zoo Is Closed* (Audacious, HSBC-Londres) – que apareceram depois que o Partido Capitalista Popular enviou seus "Cinquenta e Um Representantes" quatro anos atrás, o último dos quais gritou para as massas: "Escrever texto é glorioso!"

Apesar dos ataques contra minha pessoa em minha antiga terra natal, fico emocionado com algumas das críticas na própria República Popular. Em sua coluna diária no 农民日报 *Farmer's Daily*, o equilibrado Cai Xiangbao classifica meu diário de 对书籍的一种贡献；实际上对文学的一种贡献. Ele tem razão. Não sou escritor. Não obstante, o que escrevi foi, segundo Xiangbao, "um tributo à literatura como ela *era no passado* [grifos meus].

Mas, como os críticos oficiais concordaram unanimemente, a melhor parte do texto são as mensagens de Eunice Park pelo GlobalTeens. Elas "são um alívio bem-vindo ao implacável egocentrismo de Lenny", para citar as palavras de Jeffrey Schott-Liu na *whorefuckrevu*. "Não se trata de uma escritora nata, o que é próprio de uma geração educada para as Imagens e o Varejo, mas seus textos são mais interessantes e dinâmicos do que qualquer outra coisa que eu tenha lido daquele período negro da literatura. Ora irritada, ora segura, Eunice traz em seus registros um toque de propriedade de classe média-alta, mas o que se manifesta é um real interesse pelo mundo que a cerca – uma tentativa de negociar sua libertação do precário legado de sua família e formar suas próprias opiniões acerca do amor, atração física, comércio e amizade, tudo ambientado em um mundo cujas crueldades gradualmente começam a espelhar aquelas de sua própria infância." Eu diria ainda que, não importa o que digam de minha ex-namorada, e independente das coisas terríveis que ela escreveu a meu respeito, ao contrário de seus amigos, ao contrário de Joshie, ao contrário de mim mesmo, ao contrário de tantos americanos, na época da derrocada de nosso país, Eunice Park não tinha a falsa ideia de que era especial.

3

Depois que deixei Nova York, morei em Toronto, no Canadá Estável, por quase uma década, onde troquei meu inútil passaporte americano por um canadense e meu nome para Larry Abraham, que me pareceu muito americano, um toque de jogos eletrônicos com uma pitada de Antigo Testamento. Após o falecimento de meus pais, eu não suportava a ideia de carregar o nome que recebi e o sobrenome que cruzara o oceano com eles. No entanto, acabei eu mesmo cruzando o mesmo oceano. Utilizei o que restara de minha ação preferencial da Staatling, peguei todos os iuans que tinha e mudei-me para uma pequena casa de fazenda no vale de Valdarno, no Estado Livre Toscano. Minha intenção era ficar em um local com menos dados, menos jovens, onde velhos como eu não eram repudiados simplesmente por serem velhos, onde um homem mais velho, por exemplo, podia ser considerado bonito.

Alguns anos depois de minha imigração final, soube que Joshie Goldmann estava a caminho da destruída península italiana. Algum canalha de Bolonha fizera um documentário sobre o tempo áureo da divisão de Serviços Pós-Humanos, e o curso de medicina da universidade trouxe pelos ares o que quer que tivesse restado de Joshie.

– Vamos todos morrer – disse-me Grace Kim uma vez, repetindo as palavras de Nettie Fine. – Eu, você, Vishnu, Eunice, seu chefe, seus clientes, todo o mundo.

Se alguma parte de meu diário consegue expressar alguma coisa que se aproxime da verdade, é o lamento de Grace. (Ou talvez não se trate de lamento.)

No palco, o rosto de meu segundo pai contorceu-se em uma expressão acadêmica séria, rapidamente se abateu, e ele começou a repuxar os nervos, um sintoma dos recém-descobertos Tremores Kapasianos associados à reversão da descronificação. Babando magnificamente sobre seu intérprete, ele nos contou, sem rodeios nem cerimônia: "Estávamos enganados. Os antioxidantes eram um impasse. Não havia como criar nova tecnologia a tempo de prevenir as complicações advindas da aplicação da antiga."

"Nossa guerra genocida contra os radicais livres mostrou-se mais nociva do que útil, danificando o metabolismo celular, roubando o controle do corpo. No final, a natureza simplesmente não respondia."

E, feito um idiota, fiquei com pena dele. Quando os clientes começaram a morrer, quando os tremores surgiram e os órgãos faliram, a diretoria da Staatling-Wapachung demitiu Joshie. Howard Shu assumiu a Serviços Pós-Humanos e transformou a divisão no que ele sempre imaginara: uma gigantesca butique de estilo de vida agendando spas e cirurgias estéticas dos lábios. Eunice separou-se de Joshie ainda antes do começo do declínio. Pouco sei sobre o jovem por quem ela largou Joshie, mas as informações que tenho apontam para uma pessoa de temperamento perfeitamente decente e ambição controlada, um escocês. Pelo menos por um tempo, sei que construíram um lar perto de Aberdeen, uma cidade ao norte de HSBC-Londres. A relação deles nasceu durante o único e exclusivo semestre que ela passou na Goldsmiths College em Londres, onde tentou estudar arte ou finanças, motivada por Joshie.

Depois que Joshie terminou seu blá-blá-blá, saí correndo do auditório. Não quis perguntar-lhe como se sentia ao saber que sua morte era iminente. Até hoje, mesmo após ter sido traído por ele, sou impedido, pelo mito da fundação que existe entre nós, de fazer tal pergunta.

4

No último inverno, fui a Roma visitar meus amigos Paolo e Giovanna em sua casa de campo, um celeiro de pedra do século XIV, na direção de Orvieto. Passei a primeira noite sob o teto de vigas largas de madeira da sala de estar redesenhada. Bebi meu Sagrantino di Montefalco, impressionado com os nichos e as prateleiras de madeira recém-construídas que, com sua simplicidade rústica, completavam a idade do celeiro. Também observei, com um olhar gentil, meus jovens amigos e seu adorável filhinho de cinco anos, um russo adotado que já era expert em mandarim e cantonês, cujo cabelo louro cacheado contrastava com a fisionomia morena dos pais. Uma fumaça de madeira enchia o recinto, banhando a todos com um brilho olfativo doce. Conversávamos tranquilamente, apesar de estarmos tomando vinho, sobre o aquecimento global e o fim da vida humana neste planeta. Os italianos descreviam nosso papel na Terra como moscas incômodas, e o ecossistema irregulatório como uma espécie de gigantesco papel antimosca. Eu não conseguia entender como, na condição de pais, meus amigos conseguiam sequer imaginar a extinção do mundo de seu filho, e talvez percebendo que o assunto deixava-me deprimido, e sabendo que provavelmente restava-me apenas uma ou duas décadas de vida, meus anfitriões imediatamente levantaram-se para aplicar uma injeção de antibiótico em uma cabra premiada que estava doente.

Com o avançar da noite, meus amigos receberam mais visitas, duas atrizes de Cinecittà, recém-chegadas a Roma. Não tinham a menor ideia de quem eu era, mas logo descobrimos que uma dessas jovens e glamourosas personagens acabara de receber o papel de Eunice Park em uma produção em vídeo do meu diário para Cinecittà. Os mercenários da Hengdian World Studios em Zhejiang já haviam realizado um desastre artístico com sua série *O amor real e supertriste de Lenny* ♥ *Euny*, e agora era a vez de os italianos explorarem o tema.

– Tenho que fazer *assim* com o rosto! – disse a atriz que fazia o papel de Eunice, repuxando as pálpebras e expondo a arcada dentária superior. Ela então encenou, com perfeição, uma garota californiana mimada do período Pré-Ruptura, enquanto sua amiga apressou-se para fazer o azarado Abramov.

"Meu cabeça de bagre! Meu carinha de bobo! Meu carinha de nerd!"

A primeira atriz esgoelava-se, enquanto a colega que fazia o papel de Abramov prostrou-se no chão aos seus pés, chorando histericamente. A cena fez com que meu amiguinho de cinco anos começasse a pular ao redor delas, tentando imitar as palavras engraçadas em inglês.

Meus amigos sorriram sem graça para mim, tentando fazer um sinal para as atrizes, pedindo-lhes que parassem a encenação. Entretanto, expressei tranquilidade. Imitei o sorriso amarelo de Eunice e deixei o riso sair de mim como os primeiros esguichos de água de uma tubulação congelada. Depois de passar um tempo rindo mecanicamente, percebi que a atriz de Cinecittà que fazia o papel de Eunice usava sua encenação como trampolim para uma crítica prolixa e chata aos Estados Unidos, indo bem longe, desde a era Reagan até o tempo em que nem mesmo seus *pais* ainda tinham nascido.

Ora, para com isso, pensei. *A América já era.* Após todos esses anos, ainda havia um ódio figadal por um país derrocado tão repentina, espetacular e irreversivelmente. Quando isso teria um fim? Até quando seríamos forçados a participar desse velório malévolo? E então, antes que eu conseguisse me conter, percebi o que acontecia comigo. Eu começara a me entristecer. Por todos nós. Por Joshie, Eunice, seus pais, a irmã e a Fodamadrinha – também conhecida como Jenny Kang –, e pela terra que ainda estremece entre Manhattan e Hermosa Beach.

Só havia um jeito de interromper a crítica mordaz da jovem atriz:

– Estão mortos – menti.

– *Cosa?*

– Não sobreviveram.

E então descrevi um cenário para os últimos dias de Lenny Abramov e Eunice Park mais horripilante do que qualquer um dos horríveis infernos estampados nos muros da catedral local. As jovens italianas irritaram-se com a repentina interrupção em sua frivolidade. Olharam para mim, uma para a outra, e depois para o lindo assoalho que levava até o caramanchão, além do qual um quadro vivo de oliveiras e campos de cereais, atormentado pelo inverno, sonhava com uma nova vida. Pelo menos por um tempo, ninguém disse nada e fui abençoado com algo de que mais precisava. Seu silêncio, profundo e completo.

AGRADECIMENTOS

Escrever um livro é uma tarefa árdua e solitária, podem acreditar. Sou muito grato por contar com um grupo generoso de leitores que erguem suas canetas vermelhas e desafiam-me a fazer melhor. A edição realizada por David Ebershoff dos vários rascunhos deste livro foi verdadeiramente heroica. Eis um achado raro, um editor que é também um autor brilhante, que transborda inteligência emocional e amor verdadeiro por nossa velha amiga, a sentença. Denise Shannon é uma agente maravilhosa e excelente leitora há mais de uma década, desde os contos de angústia imigrante, filhos de gângsteres gordos, e agora isso. Sara Holloway de *Granta* enviou conselhos muito sábios via pombo-correio que cruzou o Atlântico. E qualquer autor da Random House que conte com o talento de Jynne Martin é uma pessoa de sorte.

Quero agradecer a meu assistente de pesquisa, Alex Gilvarry, por ajudar-me a compreender o funcionamento da ciência. (Pelo visto somos todos feitos de muitas células.) Ele me ajudou a penetrar nos trabalhos de dois pensadores que influenciaram este livro: Ray Kurzweil, autor de, entre outros livros, *The Singularity Is Near: When Humans Transcend Biology* e *Fantastic Voyage: Live Long Enough to Live Forever*, e Aubrey de Grey, autor de *Ending Aging: The Rejuvenation Breakthrough That Could Reverse Human Aging in Our Lifetime*.

A Academia Americana em Berlim, o Civitella Ranieri Center em Umbria, Itália, e a Corporation of Yaddo proveram-me de esplêndido abrigo e deliciosas refeições.

Muitas pessoas maravilhosas revisaram os inúmeros rascunhos deste livro. Sei que estou omitindo pelo menos meia dúzia delas, mas é só porque minha memória anda claudicante nos últimos anos. A todos os que me ajudaram neste livro, por favor, aceitem meu carinho e gratidão. Entre eles: Elisa Albert, Doug Choi, Adrienne Day, Joshua Ferris, Rebecca Godfrey, David Grand, Cathy Park Hong, Gabe Hudson, Christine Suewon Lee, Paul LeFarge, Jynne Martin, Daniel Menaker, Alana Newhouse, Ed Park, Shilpa Prasad, Akhil Sharma e John Wray.

Este livro foi impresso na Editora JPA Ltda.
Av. Brasil, 10.600 – Rio de Janeiro – RJ
para a Editora Rocco Ltda.